KB248962

한국희곡의
희극성 연구

한국희곡의 희극성 연구

원명수 지음

국학자료원

한국희곡의 희극성 연구

지은이 원명수

인쇄일 초판1쇄 2008년 8월 4일

발행일 초판1쇄 2008년 8월 8일

펴낸이 정구형

제작 박지연 한미애

디자인 김나경 김숙희 노재영

마케팅 정찬용 한창남

관리 이은미 박종일

펴낸곳 국학자료원

등록일 2006 11 02 제324 - 2006 - 0041호

서울시 강동구 성내동 447 - 11 현영빌딩 2층

Tel 442 - 4623 Fax 442 - 4625

www.kookhak.co.kr

kookhak2001@hanmail.net

ISBN 978 - 89 - 6137 - 367 - 8 *93800

가격 28,000원

* 저자와의 협의하에 인지는 생략합니다.

책머리에

원명수

　내가 연극과 희곡에 대해 본격적으로 관심을 갖게 된 시기는 1979년에 계명대학교 인문대학 한국어문학과에 부임하여 '한국희곡'이라는 과목을 강의하기 시작하고, 1981년도부터 계명대학교의 연극동아리인 계명극예술연구회 지도교수를 맡게 된 때였다. 그 전에도 연극과 희곡에 관심이 없었던 것은 아니지만, 나는 단지 연극을 좋아하는 연극애호가이었을 뿐이었다. '한국희곡'을 강의하고, 계명극예술연구회의 지도교수로 있으면서, 나는 연극에 대해 더 많은 관심을 갖게 되었고, 그러다가 1985년 2월에 「한국모더니즘시에 나타난 소외의식과 불안의식 연구」로 박사학위를 받고나서, 본격적으로 연극과 희곡에 대해 연구하고, 대구에서 연극평론가로 활동하기 시작했다.

　연극 활동은 주로 신문이나 잡지 그리고 T.V.에서 대구연극인들의 활동을 소개하고 비평하는 것이었지만, 때때로 나는 배우로 무대에 서기도 했고, '동서연극학회' 등을 결성하여 다른 나라의 연극을 전공하는 교수들과 연구 활동을 하기도 했으며, 대구연극제와 목련연극제를 비롯하여 여러 연극제에 심사위원을 했다.

그리고 나는 계명극예술연구회의 지도교수로 있었기 때문에 연극계와 특별한 관계를 맺을 수 있었다. 계명극예술연구회 출신의 많은 제자들이 연극계에 진출해 서울에서 대구에서 활동하였기 때문에 나는 대구 연극계에서 중요한 위치를 차지하기도 했다.

계명극예술연구회 출신들 중에는 연극영화 계통의 교수가 된 제자도 있고, 대구시립극단의 예술감독이 된 제자도 있고, 그리고 제자들 가운데는 여러 한국연극협회 대구 지회 회장을 맡은 제자도 있다. 그리고 제자들 가운데는 여러명의 극단 대표들과 많은 연극배우들이 있다. 나는 제자를 잘 둔 덕택에 대구연극계에서 자연스럽게 중요한 위치에서 활동할 수 있었고, 한국연극협회 대구지회의 감사와 이사를 맡은 일도 있다.

그러나 나는 대학교수이면서 학자였기 때문에 항상 "한국연극과 희곡에 대한 연구"라는 문제에 대한 부담을 안고 있었다. 내가 연출가나 배우가 되는 것이 목적이 아니라면 대학교수로서 내가 할 일이 무엇인가 하는 것이었다. 그러다가 한국희곡에 대한 기존의 연구들을 살펴보게 되었다. 학자들이 대학에서 강의도 개설하지 않을 정도의 천대를 받으면서도 많은 연구를 했음을 알 수 있었다. 동시에 희극에 대한 연구가 부족하다는 사실도 알게 되었다. 결과적으로 나는 한국희곡의 희극성과 희극에 대해 연구하기로 마음을 굳혔다. 특별히 한국희곡의 희극성에 대해 연구하기로 마음을 다짐했다. 나는 지난 10년 동안 한국희곡의 희극성에 대해 연구하고 몇 편의 논문을 발표했다. <춘향가>의 희극성을 비롯하여, <박타령의 희극성>, <하회별신굿 탈놀이의 희극성>, <꼭두각시놀음의 희극성>, <김우진 희곡의 희극성>, <근대희곡의 희극성> 등에 대해 논문을 발표했다. 아직도 너무 부족해서 책을 내는 것을 주저했다. 그러나 아직도 "한국희곡의 희극성 연구"라는 제목의 저서가 보이지 않고, 정년이 가까워져 1차 작업을 정리하는 의미에서 책을 출간하기로 결정했다.

필자는 '한국희곡의 희극성' 에 대해 연구하면서 '희극성'에 대한 용어가 매우 혼란스럽다는 사실을 알게 되었다. '골계의 구조와 개념'이라는 항목에서 용어의 혼란성을 정리하려고 노력한 결과로 '희극성'이라는 용어를 쓰기로 했다.

그리고 가면극과 판소리에 대해서 잘 알지 못하나 다른 사람들의 연구의 결과를 이용해서 쓰려고 노력했다. 더불어 한국적 희극성의 개념을 추구하고 이해하기 위하여 선불교의 사상을 이용했다. 결과적으로 대부분의 문학작품이 희극이라는 결론을 얻게 되었는데, 기회가 있으면 이론을 더 보충하려고 한다. 선학적 이론의 핵심인 無我와 無分別心을 뒷받침해 주는 것은 12연기론임으로, 12연기론을 이용해 문학작품을 분석해야 된다고 생각한다.

끝으로 본 연구를 위해 비사연구비를 지급해 준 계명대학교에 감사드린다. 그리고 부족한 글을 편집하느냐고 수고하신 국학자료원 편집실에서 수고하시는 분들과 어려운 경제 상황에서도 책을 출간하신 정찬용 사장님께도 고맙다는 말씀을 드린다.

차례

1장 문제의 제기

　여러 학자들이 한국연극의 기원으로 고대의 종교의식이었던, 夫餘의 迎鼓, 高句麗의 東盟, 濊의 舞天, 馬韓의 春-秋祭, 駕洛의 禊浴 등을 연극의 기원으로 말하고 있다. 일반적으로 종교의식을 예술의 기원으로 본다는 점에서 종합예술인 연극의 기원을 夫餘의 迎鼓, 高句麗의 東盟, 濊의 舞天, 馬韓의 春-秋祭, 駕洛의 禊浴 등의 제천의식에서 찾으려는 것은 타당하다고 생각한다.

　이두현의 한국연극의 기원을 『韓國演劇史』에서 "3世紀頃의 韓半島의 여러 部族의 生活狀態를 기록한 三國志 魏志 東夷傳과 기타의 中國 史籍의 斷片的인 記錄들에 의할 것 같으면 어느 部族社會에서나 1年 1-2次의 國中大會를 열고 祭天과 아울러 部族意識을 鍊磨하고 歌舞百戲를 演行하였다고 보이는데, 이때에 原始的인 演劇 즉 無意識劇이 이미 그 속에서 胚胎되었음을 알 수 있다. 夫餘의 迎鼓, 高句麗의 東盟, 濊의 舞天, 馬韓의 春-秋祭, 駕洛의 禊浴 등을 그 대표적인 古代祭儀로 들 수 있겠다"[1] 라고 말하고 있다. 한국연극의 기원을 古代祭儀에서 찾고 있는 것이다.

---

1) 이두현, 『韓國演劇史』, 민중서관, 1975, 4쪽.

그리고 한국의 전통연극으로는 가면극, 판소리, 인형극, 발탈극, 그림자극 등이 있다. 가면극과 판소리는 여러 편이 남아 있으나, 인형극으로는 <꼭두각시놀음> 한 편이 있을 뿐이고, 그림자극은 현재는 존재하지 않으며, 단지 지족선사의 파계를 그리는 내용이었다는 이야기가 전할 뿐이다. 서양에서 도입된 연극의 형태로는 비극, 희극, 멜로드라마, 소극(Farce, 笑劇) 등이 있고, 전통적인 가면극을 현대화시킨 마당극이 있다.

서양에서 도입된 서양연극의 형식으로는 서양연극사에서 중요한 위치를 차지하는 사실주의연극, 자연주의연극, 표현주의연극, 부조리연극, 서사극, 전위극 등이 있다. 일제강점기에는 사실주의연극 같은 서양연극의 형식이 일본을 통해 들어왔으나, 한국정부가 세워진 후에는 표현주의연극, 부조리극, 서사극 등을 서양에서 직접 들여왔다. 2000년대에 들어서서는 미국식 뮤지컬이 한국에서 인기리에 공연되고 있다. 직접 외국의 뮤지컬 극단이 한국에 와서 공연하기도 하고, 한국인 들이 배우로 무대에 올라 공연하기도 한다. 한국인들이 직접 대본을 쓴 여러 작품들도 무대에 올려졌다.

한국의 현대연극과 현대희곡의 출발점에 대해서는 몇 가지 견해가 있다. 이두현과 서연호는 고전극에 대한 신연극의 출발점으로 1902년에 설치된 協律社의 출발을 들기도 하고, 유민영은 1911년 초겨울에 공연을 시작한 임성구의 신파극단 革新團의 출발 시기를 신연극의 기점으로 보고 있다. 신희곡의 기원을 삼는 작품으로, 이두현은 이광수가 1917년에 쓴 <규한>을 말하고, 서연호는 조일재가 1912년에 쓴 <병자삼인>을 들고 있으며, 김원중은 대한매일신보에 1905년 11월 17일부터 12월 13일까지 연재된 작가 미상의 <소경과 앉은뱅이 문답>이 출발점이 되어야 한다고 주장하기도 한다. 유민영의 『우리시대 演劇運動史』를 비롯한 몇 가지 연극사에 대한 책들이 있었다. 그 책들의 내용을 요약하여 1900~1948년까지의 연극사를 간단히 기술하면 다음과 같다.

協律社(1902년 12월 - 1906년 4월)와 圓覺(角?)社(1908년 7월 26일 - 1909

11월)로 시작된 초기의 신연극은 몇 가지 특징이 있었다. 첫째로 서구식 극장문화가 대두되었고, 둘째로 중국과 일본의 연극이 유입되었으며, 셋째로 연극에 대한 사회적 인식이 확대되었고, 넷째로 판소리가 창극화되었으며, 다섯째로 일제가 한국공연물에 대해 통제를 하기 시작한 것 등을 들 수 있다.

1910년대에 시작된 신파극의 등장은 한국의 현대연극사에서 중요한 의미를 갖는다. 서구적 의미의 연극이 일본을 통해 본격적으로 유입된 것이다. 신파극의 대표적 극단으로는 革新團과 文秀星 그리고 唯一團 등을 들 수 있다. 革新團은 1911년에 임성구에 의해 만들어졌는데, <不孝天罰>, <長恨夢> 등을 御成座에서 1919년 12월까지 공연하였다. 文秀星은 1912년 3월 29일에 윤백남, 조일재에 의해 만들어졌는데, <不如歸> 등을 圓覺社에서 1916년 6월 2일까지 공연하였다. 唯一團은 동경물리학교를 졸업한 이기세에 의해 1912년 11월 5일에 만들어졌는데, <妻>을 開城劇場에서 1913년 1월 29일까지 공연하였다. 그 후에도 신파극은 계속되어, 1940년대까지 대중들의 애환을 달래주는 통속극으로 존재했다.

1920년대에 중요시할 연극운동은 학생극운동이었다. 최초의 학생극운동은 1920년 봄에 김우진, 홍해성, 조명희, 김영팔 등에 의해 구성된 劇藝術協會의 발족이었다. 1921년 여름 동경에 유학 중인 고학생들과 노동자들의 모임인 同友會에서 회관건립을 위한 夏期 巡廻演劇團을 조직하여 달라는 요청이 있어, 극예술협회 회원들과 몇 명이 힘을 합쳐 조명희의 <金英一의 死>와 홍난파의 <最後의 握手> 등을 공연했다. 그리고 박승희, 김팔봉, 김복진, 이서구, 박승목, 김을한, 이제창 등이 1922년에 결성한 土月會가 있었다. 土月會는 1923년 7월 4일부터 8일까지 유진필롯의 <飢渴>과 안톤체홉의 <곰> 그리고 버나드 쇼의 <그 남자가 그 여자의 남편에게 어떻게 거짓말 했나>와 박승희의 <길식>등을 가지고 朝鮮劇場에서 제1회 공연을 가졌다.

1930년대 연극계의 중요한 사건은 '극예술연구회'의 발족이었다. 유치진, 김진섭, 이헌구, 서항석, 윤백남, 이하윤, 장기제, 정인섭, 함대훈, 홍해성 등은 1931년 7월 8일에 극예술연구회를 설립했다. 극예술연구회의 활동 시기는 일반적으로 3기로 나누는데, 제1기는 유치진보다 10년 연장인 대구 출신의 홍해성이 연출을 담당한 1932년 5월부터 1934년 12월까지이고, 제 2기는 <토막>과 <소> 등을 썼던 유치진이 연출했던 1935년 11월부터 1938년 2월까지이고, 제 3기는 劇硏座로 개칭 공연한 1938년 5월부터 1939년 5월까지를 말한다.

1930년대의 연극은 흥행극, 좌익극, 연구회극, 학생극 등으로 나누는데, 극장문제, 배우문제, 희곡작가문제, 관객의 수준, 번역극 위주의 공연, 연기자의 생활이 보장되지 못한 문제점 등을 갖고 있었다. 그러한 가운데 배구자의 남편 홍순언은 1935년 11월 1일에 600석 규모의 연극 전문 극장 '東洋劇場'을 개관했다. '동양극장'은 1935년 12월 15일에 첫 공연을 가졌는데, 1942년 홍해성이 탈퇴할 때까지 400여회를 공연했다. 대표작으로는 임선규의 <사랑에 속고 돈에 울고(홍도야 우지마라)>와 이서구의 <어머니의 힘> 등을 들 수 있다.

1940년대 전반기는 친일극 시대였다. 이서구, 김관수, 박진, 유치진, 최상덕, 심영 등은 1940년 12월 22일에 朝鮮演劇協會를 결성했는데, 초대 회장은 이서구였다. 조선연극협회는 現代劇場을 창단하고, '국민연극연구소'를 설치했는데, 친일연극인 '국민연극'을 내세웠다.

1942년 7월 26일에는 朝鮮演劇文化協會가 신도효, 서항석, 유치진 등에 의해 결성되었다. 조선연극문화협회는 조선연극협회와 악극, 창극 등의 일반 연예 단체가 합쳐져서 된 단체다. 조선연극문화협회는 제 1회 연극경연대회를 1942년 9월 18일부터 11월 25일까지 거행했는데, 유치진의 <대추나무>가 정보과장상을 받았다.

1940년대 후반기는 좌우익의 연극이 갈등하다가 이별한 시기였다. 1945년 8월 16일부터 불과 3일 만에 좌파 연극인들은 임화, 송영, 안영일, 박영호, 김승구 등을 중심으로 '조선연극건설본부'를 발족시켰고, 1945년 12월 20일에 '조선연극동맹'으로 통합되어 연극을 위한 체계와 전열을 갖추었다. 반면에 우익 진영의 연극은 "친일파의 앞잡이들의 연극"이라는 호된 비난으로 상당 기간 위축되었다가, 1947년 10월 유치진과 이서구가 중심이 되어 '전국연극예술협회'를 결성함으로써 비로소 '조선연극동맹'에 대한 우익 진영의 대응 조직을 갖추게 되었다. 좌우익 연극인들은 갈등하다가 1948년 8월 15일에 남한에 독립된 정부가 수립됨으로서 서로 이별하게 되었다.

그럼 희극은 한국연극사에서 어떤 양상으로 존재했는가? 우리나라에는 옛날부터 우리에게 웃음을 주는 신화, 전설, 민담, 민요, 가면극, 판소리, 인형극, 그림자극, 문학작품 등이 존재했다. 혹자는 단군신화에서 곰과 호랑이가 인간이 되려고 노력하는 장면도 우리에게 웃음을 주는 이야기라고 말한다. 우리에게 웃음을 주는 이야기는 많다. 그리고 그런 이야기에 대한 설명과 비판도 있었다. 조동일은 우리에게 웃음을 주는 이야기 뿐만 아니라 이론도 많았다고 주장한다. 웃음에 관한 이론의 예로 다음의 예를 소개하고 있다.

(가) 『三國遺事』권 5 <憬興遇聖>조에서 웃음으로 병을 치료했다는 기록
(나) 崔致遠, <鄕樂雜詠五首>: 李奎報, <觀弄幻有作> 이하 우스운 놀이를 보고 지은 많은 한시
(다) 조선 전기에 광대가 왕 앞에서 공연한 笑謔之戱에 관한 기록과 설명, 광대놀이에관한 전 후 시기 여러 자료에서 보이는 웃음의 특성과 효용
(라) 徐居正, <滑稽傳序>: 姜希孟, <滑稽傳序> 등 우수운 이야기를 모아놓은 책의 서문
(마) 李瀷, 『星湖僿說』의 <戱謔>, <戱言> 등을 비롯해 웃음에 관해 고찰한 갖가지 논설
(바) 1910년에 나온 재담집의 서문[2]

---

2) 조동일, 『세계 · 지방화 시대의 한국학 4』, 계명대학교 출판부, 125 - 126쪽.

고전문학작품의 희극성에 대한 연구는 많다. 그러나 고전희극의 이론에 대한 연구는 적다. 한국의 문학이론에 의한 희극문학에 대한 연구의 필요성이 요망되는 이유다.

본고는 서양의 희극이론과 필자가 제시하는 희극이론인 '禪學的 희극성'의 개념에 의한 연구로 이루어져 있다. 고전문학작품으로는 <화회별신굿 탈놀이>·<꼭두각시놀음>·<춘향가>와 <박타령> 등을 분석하고, 한국의 근대희극작품으로 볼 수 있는 것을 몇 편 분석했다. 그럼 한국의 근대희극의 첫 작품은 무엇인가?

한국의 근대희극의 첫 작품은 조일재가 쓴 笑劇으로 알려진 <병자삼인>이라는 것이 일반적인 견해다. <병자삼인>은 공연 여부를 확실히 알 수 없으나, 笑劇的인 작품임은 분명하다. <병자삼인>으로 시작된 한국의 근대희극은 윤백남의 <국경>, 김정진의 <15分間> 등으로 이어진다. 김옥희는 한국의 근대희극으로 생각되는 작품을 다음과 같이 20편을 열거하고 있다.

> 分析 작품은 趙一齋의 <病者三人>, 尹白南의 <國境>, 金井鎭의 <15分間>, <藥水風景>, 金祐鎭의 <正午>, <두더기 詩人의 幻滅>, 金束煥의 <바지 저고리>, 方仁根의 <社會相>, 朴勝喜의 <이 大監 亡할 大監>, <홀아비 兄弟>, 朴珍의 <竊盜病 患者>, 宋影의 <護身術>, <黃金山>, <假社長>, 許影 脚色의 <월급날>, 蔡萬植의 <목침맞은 사또>, 金起林의 <미스터 뿔덕>, 吳泳鎭의 <孟進士宅 慶事>, <살아있는 李重生 閣下>, <正直한 사기 한> 等 20篇이다.3)

1920년대와 30년대에도 대중극을 비롯하여 여러 가지 형식의 희극이 있었다. 徐淵昊는 1920년대와 1930년대의 희극으로 소극 이외에 넌센스 코메디,

---

3) 김옥희, 『韓國近代喜劇에 관한 硏究』, 숙명여자대학대학원 석사논문, 1982년 12월, 3쪽.

레뷰, 촌극, 만담, 버라이어티 코미디 쇼, 희가무극 등의 존재를 이야기 하고, 1920년대에서 1940년대의 작가로 조일재, 윤백남, 김운정, 김우진, 김동환, 박승희, 박진, 채만식, 김기림, 이무영, 송영, 오영진 등을 말하고 결론을 다음과 같이 맺고 있다.

> 이상에서 살펴본 대로 이 시기의 희극은 대중이 선호하는 형식으로서 혹은 절충형식으 로서 널리 활용되고 기반을 넓힌 것이 사실이다. 연극적인 즐거움과 재미를 제공하면서 관객층의 기반을 넓혔다는 점에서 역사적인 기여를 가늠할 수 있다. 그러나 이러한 오락 적인 기여 이외에, 희극이 본질적으로 추구하는 당대의 현실적 삶에 대한 골계적 표현이 나 인생과 사회의 진실에 대한 보편적이고도 구조적인 골계적 해석을 통한 웃음을 본격 적으로 창조해내는 데 전반적으로 미진하였다는 점에서 한계가 지적된다.[4]

그러나 본고는 희극으로 알려진 작품만이 아니라 일반적인 작품도 연구 대상으로 삼아 한국희곡이 가지고 있는 희극성을 규명하려고 노력했다. 본고의 제목이 '한국희곡의 희극성 연구'임으로, 연구 대상으로 한 분야는 가면극의 대본, 인형극의 대본, 판소리 사설 그리고 근대희곡이다.

---

4) 서연호, 『한국근대희곡사』, 고려대학교 출판부, 1996년 1월, 254 – 255쪽.

2장 기존 연구의 검토

어떤 의미에서 한국연극에 대한 연구는 1933년에 간행된 김재철의『조선연극사』에서 시작되었다고 말할 수 있을 것이다. 그 외에 연극이라 일컬어질 수 있는 가면극이나 판소리 그리고 인형극에 대한 자료의 수집도 연구 성과라고 볼 수 있으나, 초창기의 연구 성과로는 이두현, 서연호, 유민영 등의 저서를 들 수 있을 것이다.

이두현은 1973년에 민중서관에서『한국연극사』를 출간했고, 서연호는 1982년 4월에 고려대학교 출판부에서『한국근대회곡사연구』를 출간했고, 유민영은 1982년 8월에 홍성사에서『한국현대회곡사』를 출간했다. 고전연극에 대한 연구로는 이두현의『한국가면극』,『한국가면극선』, 심우성의『한국의 민속극』,『남사당패 연구』, 조동일의『탈춤의 역사와 원리』, 박진태의『한국가면극 연구』등이 있다.

민병욱은 한국 회곡문학에 관한 선행 연구사를 정리한 논문들을 소개하고, 논문들의 공통점을 다음과 같이 기술하고 있다.

① 유민영,「희곡의 운명과 그 연구에 대하여」(『국어국문학』제88호, 한국국어
　　국문학회, 1982)
② 김성희,「공연예술분야 석박사 학위 논문 현황 분석」(『문화예술』제108호,
　　1986.12)
③ 양승국,「희곡문학 연구의 현황과 전망」(『한국학보』제50호, 1988, 봄)
④ 김익두,「희곡분야 석·박사학위 논문 분석」(『문화예술』제118호, 한국문예
　　진흥원, 1988.10)
⑤ 민병욱,「한국 현대 드라마비평의 현황과 그 비판」(『현대비평과 이론』제5호,
　　1993, 봄)
⑥ 한옥근,「한국극문학 연구의 현황과 그 비판」(한국극문학회 제1차 학술발표
　　대회 자료집, 1998.8)

　　이 논문들의 공통점은 다음과 같다.
　　첫째, 이 논문들은 한국 희곡문학의 선행 연구사를 정리하고 비판하는 기준을
연구 대상, 연구 영역, 연구 주제와 연구 결과에 두고 있다.
　　둘째, 이 논문들은 그러한 기준에 따라서 한국 희곡문학 연구 수준이 매우 낙후
되어 있음을 비판하고 있다.
　　셋째, 이 논문들은 그 대안으로 이식사관과 실증주의의 극복 그리고 문학적 연
극학적 연구방법론의 도입을 제시하고 있다.
　　이러한 논문들은 선행 연구의 정리, 비판 기준으로 연구방법론을 제외하고 있
음에도 불구하고 희곡문학 연구 수준의 향상과 올바른 연구의 방향성을 방법론의
새로움에 두고 있다.[1]

　　연극과 희곡에 대한 기존의 연구 가운데, 희극성과 해학 그리고 풍자 등과 관
련된 연구들도 많다. 그러나 희극성과 골계와 해학과 풍자 등의 개념에 대한 학

---

[1] 민병욱,「희곡 연구 방법론의 현황과 비판」, 서연호 편,『한국연극의 쟁점과 새로운 탐구 - 현
　　대극』, 연극과 인간, 2001, 121 - 122쪽.

설도 많으나, 설득력 있는 개념이 정착되지 않은 가운데서 이루어진 연구들이라 기존의 연구를 일목요연하게 정리하기가 힘들다. '기존 연구의 검토'라는 제목으로 논문을 쓴다고 해도 엄청난 시간과 노력이 필요할 것이다. '기존연구의 검토'가 본고의 목표가 아니기 때문에, 이상근이 『해학형성의 이론』에서 기존의 연구 업적들을 유형별로 정리한 것을 인용한다.

① 金思燁·申東旭·李御寧 등과 같이 미학적 입장에서 골계의 개념을 규정 짓고 있는 類型
② 張德順·蘇在英·李廷卓·金鉉龍 등과 같이 한국 고전문학 속의 골계를 시대별로 구분하여 해당 작품을 인물이나 골격의 미적 범주의 측면에서 분석하고 사적으로 정리하고 있는 유형
③ 金知源·丘昌煥 등과 같이 고전문학에서부터 현대문학에 이르기까지 해학과 풍자의 양상을 구조나 문체, 주제와 인물 등의 면에서 사적으로 정리하고 있는 유형
④ 趙健相·洪起三 등과 같이 현대소설에 나타난 골계성을 철학적 인식 구조의 측면과 미적 구조의 측면에서 작품에 담긴 주제와 사상, 인물의 성격, 문체와 수사에 초점을 두어 고찰하고 있는 유형
⑤ 金東旭·鄭炳昱·郭種元·李周洪 등과 같이 한국문학 속의 골계의 양상과 정을 주로 주관적 인상에 의하여 고찰하고 있는 유형
⑥ 학위 논문 등에서 볼 수 있는 작가론의 입장에서 골계소설을 분석하고 있는 유형
⑦ 申東旭·李在銑·金容誠 등과 같이 개별 작품을 분석하고 있는 유형
⑧ 金仁煥·金宇鍾 등과 같이 희극적 구조의 원리를 적용시켜 한국골계소설의 위상을 밝히려는 유형
⑨ 손진원 같이 영문작품에 나타난 희극과 비극에서 해학성을 모순에서 찾는 유형
⑩ 신현제와 같이 영문 작품을 화용론적 접근으로 하여 해학이나 희극성을 밝히려는 유형
⑪ 김태자와 같이 담화분석에 의한 해학의 의미를 해석한 유형

⑫ 기타 해학을 실생활의 광고나 풍속화 등 용도에 따라 쓰이고 있는 것을 밝히는
유형[2]

<hr>

2) 이상근, 『해학 형성의 이론』, 경인문화사, 2002년 2월, 11 - 12쪽.

3장 연구방법과 범위

오늘날까지 희극과 문학작품의 희극성에 대한 연구는 주로 서양의 이론에 의존하여 이루어졌다. 비극의 개념도 희극의 개념도 아리스토텔레스의『詩學』을 비롯한 서양의 이론서들의 이론에 의해 설명되었다. 어떤 작품이 비극이냐 희극이냐 하는 것도 서양의 이론에 의해 규정했다. 그러나 대부분의 작품은 비극성과 희극성을 동시에 갖고 있는 것이라고 생각한다. 어떤 작품도 비극성만으로 이루어지거나 희극성만으로 이루어지는 것이 아니라고 생각한다.

그것은 문학작품 안에 사실성과 상징성이 동시에 있는 것과 마찬가지다. 어떤 문학작품도 사실성이나 상징성만으로 이루어지지 않는 것과 마찬가지라고 생각한다. 아무리 사실주의 작품이라고 해도 그 작품 속에 상징성이 있는 것이고, 상징주의의 작품이라고 해도 그 작품 속에 사실성이 있는 것과 마찬가지라고 생각한다.

필자는 한국희곡의 희극성에 대해 연구하면서 어떤 작품을 비극이나 희극으로 규정하지 않겠다. 전통적으로 연극은 비극적인 작품과 희극적인 작품으로 나눈다. 간단히 말하면 비극성을 가진 것을 비극이라 일컫고, 희극적인 성격을 가진 것을 희극이라 말한다.

그런데 우리나라의 전통연극인 가면극과 판소리는 비극성과 희극성을 동시에 가지고 있다. 전통연극은 서민들의 恨이 서린 비극성이 있는가 하면, 서민들이 권력이나 지식을 가진 기존세력에 대한 풍자나 비웃음을 통해 비판하려는 희극성이 함께 들어 있는 것이다. 판소리의 경우도 마찬가지다. 어떤 의미에서 연극은 비극성과 희극성을 함께 갖고 있는 것이라고 생각한다.

필자는 1차적으로 '골계의 구조와 개념'과 서양의 희극이론을 이용하여 한국의 고전연극의 대본과 근대희곡작품을 분석하고, 2차적으로 내 개인의 희극이론이며 동시에 한국적 희극이론이라고 생각하는 禪學的 문학연구방법에서의 '禪學的 희극성'의 이론을 가지고 고전연극의 대본과 근대희곡작품들을 분석하려고 한다.

연구범위는 가면극의 대본으로 <하회별신굿 탈놀이>의 대본과 인형극인 <꼭두각시놀음>의 대본을 분석하려고 한다. 판소리의 대본 중에서는 <춘향가>와 <박타령>의 대본을 분석의 대상으로 삼았다. 근대희곡작품으로는 1910년대의 <병자삼인>과 <국경> 같은 희곡작품들과 김우진, 오영진의 작품들을 다뤘다. 현대희곡으로는 희곡사의 새로운 전기를 마련한 이근삼의 <원고지>를 연구 대상으로 삼았다.

4장 골계의 구조와 개념

4-1. 문제의 제기

'희극성'이란 용어에 대한 개념만큼 정의하기 힘들고, 정의가 다양한 것도 드물다. 이유는 대체로 두 가지로 나누어 생각할 수 있다.

첫째는 희극성이란 시대나 지역에 따라 혹은 개인이나 집단에 따라 문화적 배경이 달라지면 웃음을 자아내게 하는 원인이 달라지기 때문이다. 둘째는 용어의 혼란상 때문이다. 그러나 두 가지 이유는 별개로 존재하는 것이 아니라 상호 관련성 속에서 존재하는 것이다. 왜냐하면 '희극성'에 대한 정의가 다양하고 정의하기 힘들기 때문에 결과적으로 용어의 혼란상도 존재하기 때문이다. 그리고 희극성에 대한 정의가 얼마나 어려운 작업인가 하는 것은 평생을 유모어에 대한 연구에 바쳤다고 하는 루이 카자미안이 1906년에『왜 유모어는 定義할 수 없는가』라는 제목의 책을 썼다[1]는 사실을 미루어서도 알 수 있다고 생각한다.

한국에는 옛부터 희극적인 문학 작품들이 많이 있었다. 고전소설이나 야담

---

1) 이병주,「유모어論 序說」,『신동아』(통권 71호), 동아일보사, 1970. 7, 82쪽.

등에 우리를 웃기는 것들이 많았다. 그 외 우화, 민요, 수수께끼, 속담 중에도 우리의 아픈 곳이나 약점을 찔러 섬짓하게 만들면서 우리를 웃기는 것들이 많다. 심지어 정인섭 같은 분은 "내가 아는 범위로는 한국 사람은 세계에서 제일 해학을 즐기는 민족이라고 하겠다. 실로 한국민족은 해학을 즐길 뿐만 아니라, 해학이 그들의 일상생활에 큰 역할을 하고 있다는 것도 사실이다"[2]고 과장해서 말하기도 했다.

그러나 우리는 웃음이나 우수운 이야기에 대한 이론은 많이 갖고 있지 않았다. 허기는 세상을 웃으면서 쾌활하게 살면 됐지, 웃음과 우수운 이야기에 대한 이론이 무슨 필요가 있었겠는가? 우수운 이야기에 대한 이론은 우리에게 웃음을 주기보다는 머리를 아프게 할 수도 있기 때문이다.

그러나 현대는 옛날과 다르다. 더욱이 21세기는 문화산업의 시대요 소프트웨어의 시대라는 것을 생각할 때, 웃음과 희극성 그리고 희극에 대한 이론은 희극적인 예술작품과 대중문화를 재생산할 수 있는 기틀을 마련해 주기 때문이다. 희극성이나 희극에 대한 이론을 연구하지 않고는 문화 경쟁의 시대에 국제무대에서 승리하기 어려운 것이다. 우리의 옛이야기나 문화의 희극성에 대해 연구하여 희극성과 희극에 대한 이론을 정립할 때, 세계무대에서 경쟁력을 확보할 수 있을 것이다. 여기서 '문화'라는 단어를 사용하는 것은 희극적인 문제는 문학뿐이 아니고 광고, 패션, 영화, 연극, 미술, 음악, 음식 등에서도 중요한 문제이기 때문이다.

우리의 문학이나 문화의 희극적인 면에 대해 연구할 때, 처음으로 부딪치게 되는 문제는 용어의 혼란이다. 우리에게 웃음을 주는 말이나 행위에 대한 용어는 많다. 예를 들면, 滑稽 · 諧謔 · 詼諧 · 護諧 · 諷刺 · 諷諫 · 譎諫 · 재담 · 희담 · 戲謔 · 희극 · 희극성 · 유모어 · 익살 · 위트 등이다. 그러나 이러한 용어들의 개념이 제대로 정리되어 있지 않아, 어떤 것이 유개념이고 종개념인지 조

---

2) 정인섭, 「해학의 사상적 배경과 수사학」, 『월간문학』, 1970. 5, 238쪽.

차 구별하기가 어렵다. 학계에서 나오는 논문들도 어떤 것은 滑稽[3]라는 용어를 쓰고 있으며, 다른 논문들은 諧謔[4]이라는 용어를 쓰고, 어떤 논문은 喜劇性[5]이라는 용어를 사용하며, 대중 매체들은 유모어라는 단어를 쓰고 있기도 하다.

앞에서 본 바와 같이 용어의 혼란상은 심각한 상황이다. 이런 의미에서 本攷가 기존 연구에 대해 검토한 후에 희극성과 관련된 용어의 개념 문제를 다루고 그 체계를 정리하려는 시도는 의미 있는 작업이 되리라 생각한다.

4-2. 기존 연구 검토

연구사적으로 볼 때, 해방 후 초창기의 논문들은 대부분 용어의 문제들을 다루고 있다. 용어의 혼란상을 다룬 논문으로 제일 먼저 떠오르는 논문은 김사엽의 「웃음과 諧謔의 本質」이다. 김사엽은 「웃음과 諧謔의 本質」에서 먼저 익살, 골계, 해학 등의 뜻을 국내외 사전에서 찾아 기술하고 있다.

James Scrarath Gale 博士의 英韓辭典에 依하면

익살 – Peculiarity : oddity, drollery.

滑稽 – Jest, Joke

諧謔 – Jest, Joke

다음 李允宰氏著 한글사전

익살 – 남을 웃기기 爲하여 멋지게 하는 말이나 짓

---

3) 이원주, 「고대 소설의 골계적 연구」, 『語文學』 25집, 한국어문학회.
　　김일열, 「골계의 성격과 기능」, 『古典小說新論』, 새문사.

4) 변재열, 「판소리 <春香歌>의 諧謔性 硏究」, 숭전대학교 대학원, 석사학위논문, 1982.

5) 박춘태, 「吳泳鎭戲曲의 喜劇性 硏究」, 숭실대학교 대학원, 석사학위논문, 1987.

滑稽(골계) - 익살

諧謔(해학) - 남을 웃기기 위하여 멋지게 하는 말이나 짓

한글학회의 큰사전에는

익살 - 일부러 멋지게 남을 웃게 하는 말이나 짓 (골계 = 滑稽) 滑稽 - 익살

諧謔 - 익살스럽고 취미 있는 농담. 유머. 유모어.

국어새사전 (東亞出版社刊)

익살 - 남을 웃게 하기 위하여 재미있게 하는 말이나 짓. 諧謔. 滑稽.

滑稽 - 익살

諧謔 - 익살 궂은 말이나 짓[6]

그 외 서거정의 『太平閑話滑稽傳』과 中國, 日本 등의 사전에서 나오는 내용들을 소개하고 있다. 그러나 용어에 대한 정확한 개념을 바탕으로 내용이 정리되어 있지 않아서, 각 용어들의 의미를 변별력 있게 파악하기가 어려웠다.

김사엽은 「웃음과 諧謔의 本質」에서 웃음에 대해 감정적 관점·도의적 관점·이지적 관점·사회적 관점 등으로 논하고, 웃음과 민족성의 관계에 대해서도 언급하고 있다. 그리고 마지막으로 해학문학의 내용을 논하면서, 골계와 해학 그리고 풍자의 관계와 laughter와 humour를 비교해서 설명하고 있는데, 종개념과 유개념에 대한 분명한 기준이 서 있지 않아 많은 혼란을 야기 시켰다.

다음으로 우리가 접하게 되는 글은 이어령의 「諧謔의 美的 範疇」[7]인데, 이 글은 『思潮』 1958년 9月號에 실린 김사엽의 「웃음과 諧謔의 本質」을 신랄하게 비판하는 것으로 시작하고 있다.

끊임없는 횡설수설 - 심장이 존재하지 않는 「데몽」 - 이런 글을 쓴 金敎授도 悲劇이려니와 그 글로 하여 하는 수 없이 하지 않아도 좋은 말을 해야만 되

---

6) 김사엽, 「웃음과 諧謔의 本質」, 『語文學』 2집, 한국어문학회, 2 - 3쪽.
7) 이어령, 「諧謔의 美的 範疇」, 사상계 6권 11호, 1958.

는 나의 경우도 悲劇임에 틀림없다. 어떠한 생각이 일단 활자화되면 그것은 萬人의 것이 된다. 通常貨幣처럼 그것은 독자의 정신에서 정신으로 교환, 순환되는 하나의 價値를 갖는다. 그러기 때문에 만약 金敎授의 「웃음과 諧謔의 本質」이 위조지폐와 같은 것이라면, 時效가 넘은 證券과도 같은 것이라면, 우리의 學的 良心이 그것을 허용하기 어렵다.[8]

김사엽의 글을 극단적인 말을 사용하여 비판한 이어령은 平凡社의 『哲學事典』에 의거하여 골계와 해학의 관계를 다음과 같이 체계화하고 있다.

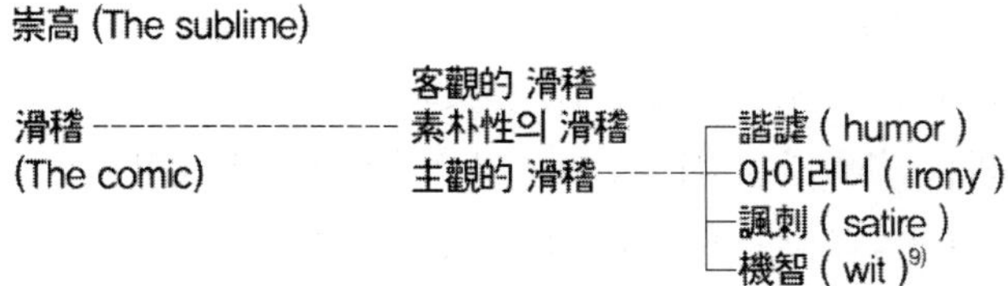

앞의 도표에서 보는 바와 같이, 골계와 대칭적인 것으로 숭고를 언급하고, 골계는 '객관적 골계'와 '소박성의 골계' 그리고 '주관적 골계'로 나누고, 주관적 골계는 해학, 아이러니, 풍자, 기지 등으로 나누고 있다. 이러한 분류의 골격은 오늘날까지 대부분의 논문에서 지켜지고 있다. 그러나 필자는 아이러니와 기지는 해학과 풍자와 같은 유의 개념이 아니고 해학과 풍자를 표현하는 기법의 하나라고 생각한다. 자세한 내용은 후술한다.

그리고 해학과 풍자의 한계를 명확히 단정하기는 쉽지 않다. 그러나 본 논문은 해학과 풍자의 개념을 자기 나름대로의 논리를 바탕으로 공감을 불러일으킬 수 있게 설명하고 있다.

---

8) 같은 논문, 284쪽.
9) 같은 논문, 287쪽.

그러므로 諷刺와 諧謔은 그렇게 부정되어진 대상(現實) 속에 자기가 있느냐 없느냐 하는 것으로 類別된다. 諧謔은 데오도르·횟샤가 示唆하듯이 자기 자신의 약점을 발견하여 자기를 웃는 것이므로 언제나 현실속에는 자기가 있는 것이다. 또 하나의 자기(先驗的 自我)가 자기를 향해서 웃는 웃음, 이것은 곧 自己否定인 동시에 그것을 통하여 새로운 높은 次元에 있어서의 肯定을 초래한다. 이 生矛盾된 웃음 – 자기부정을 통해서만 자기를 긍정하고 有限한 것을 통해서만 無限을 얻는 이 웃음 그것이 諧謔이다. 그런데 諷刺에서는 부정된 대상 속에 자기는 존재하지 않는다. 諧謔이 곧잘 「눈물 없이는 웃을 수 없는 웃음」이라는 말은 부정된 대상이 바로 자기요 자기의 생활이요 자기와 관계 지워진 것들이기 때문이었다. 그러나 諷刺는 눈물 없이 웃을 수 있는 웃음이다. 즉 부정된 대상과 자기와는 어디까지나 相反되는 것이며 어디까지나 그러한 대상은 자기와 無關한 것을 있는 것이다. 결국 自己否定을 포함하지 않는 주관적 「滑稽」, 그것이 諷刺이며 자기부정을 포함한 주관적 「滑稽」그것이 諧謔이다. 부정을 통해서 높은 긍정을 발견하는 것이 諧謔이며 부정을 부정 그대로로서만 바라보려는 태도가 諷刺다.[10)

이어령은 계속해서 풍자는 자기 부정 없이 그리고 긍정의 세계를 창조함이 없이 국부적인 세계의 일부를 부정하는 웃음이지만, 해학은 자기부정으로써 타애의 긍정을 얻고 세계의총체성을 부정하는 웃음임을 알 수 있다면서, 그런 의미에서 "金聲翰氏의 小說이 諧謔的인 것이 아니라 「諷刺的」인 근거가, 金裕貞의 소설이 풍자적인 것이 아니라 諧謔的인 것이라는 근거가 여기에 있다[11)고 말하고 있다.

유준기는 諧謔의 유형을 對象, 作家, 讀者의 相應關係에 基準을 두어 ①

---

10) 같은 논문, 287쪽.
11) 같은 논문, 293쪽.

우스운 對象을 作家도 웃으며 讀者에게 전달하여 웃게 하는 경우 ② 對象은 우스운 것이 아닌데 作家가 해학성을 賦與하여 讀者가 웃는 경우 ③ 우스운 對象을 作家가 심각하게 전달하나 讀者가 웃는 경우 ④ 對象은 심각하거나 不安한데 作家가 해학적으로 표현함으로서 그 作家의 자세에서 讀者가 웃는 경우[12] 등으로 분류하고 있다. 이러한 분류는 이어령이 滑稽를 세가지로 분류한 것보다 한걸음 더 나아간 것으로 볼 수 있으나, 滑稽라는 용어를 사용하지 않고 諧謔이라는 용어를 사용한 점은 견해의 차이가 아닌가 생각한다.

이은상은 東西諧謔의 차이를 그 根本 性格面에서 考察하여 東洋의 諧謔은 自然과 知慧에서 西洋의 諧謔은 自由와 知識에서 각각 出發點을 달리 했다고 보고, 東洋의 諧謔이 寬容과 忍耐에 터를 둔 肯定的이며 여유 있고 부드러우며 達觀的인 것이라면 西洋의 諧謔은 否定的이며 날카롭고 露骨的이며 통쾌한 批判精神에서 오는 것이라고 말한다. 그리고 그러한 것을 바탕으로 東洋諧謔의 분류 관점으로 ① 柔能制剛 ② 側面諷刺 ③ 餘裕 ④ 超脫 ⑤ 諷諫및 譎諫 등을 제시하고 있다.[13]

1971년에 있었던 제13회 전국 국어국문학 연구 발표 대회에서 조동일은 滑稽를 觀念的 次元에서의 硬化를 파괴하는 부드러운 滑稽와 生活上의 硬化된 생각을 파괴하는 사나운 滑稽로 나누고 그 특징을 다음과 같이 기술하고 있다.

부드러운 滑稽의 특징

(ㄱ) (成立의 根據) 生活 감정에서 온 것이지만, 특히 老莊思想및 禪佛敎가
　　　성립을 촉진하는 구실을 했다.
(ㄴ) (破壞의 對象) 觀念的 硬化는 무엇이든지 對象이 될 수 있되, 특히 名

---

12) 유준기, 「蔡萬植 小說에 나타난 諷刺및 諧謔性 硏究」, 석사학위논문, 고려대학교 교육대학원, 1971, 24 – 25쪽.

13) 이은상, 「諧謔의 東洋的 特性」, 『第37次 世界作家大會會議錄』, 174 – 180쪽.

利에의 執着을 合理化하는 헛된 名分이 좋은 對象이었다.

(ㄷ) (破壞의 效果) 스스로의 깨달음에 이르는 滑稽이다. 스스로 만든 觀念을 스스로 부시기에 삶의 肯定이 쉽사리 부드럽게 이루어진다. 好爺의 웃음이라고 한 것은 이 점을 말하고, 諷刺가 아닌 諧謔이다.

(ㄹ) (美的 範疇로서의 作用) 다른 美的 範疇에 대해 排他的이지 않다. 단독으로 작용하기보다 崇高美나 優雅美를 形象化하는 데 가담하는 경우가 더 흔하다.

(ㅁ) (文學史的 구실) 李朝中期까지의 貴族文學에서 잘 나타난다. 그 후에는 儒敎的 觀念이 더욱 硬化되고 貴族文學에서 滑稽가 힘을 입었다.

사나운 滑稽의 특징

(ㄱ) (成立의 根據) 支配層으로부터 주어진 생각이 平民의 자유로운 삶과 부딪칠 때 필연적으로 생긴다.

(ㄴ) (破壞의 對象) 支配層으로부터 주어진, 平民을 억압하고 구속하는 생각이다.

(ㄷ) (破壞의 效果) 平民 스스로의 깨달음이기도 하지만, 支配層에 대한 抗拒이다. 스스로의 깨달음은 역시 諧謔이되, 抗拒는 諷刺이다. 말뚝이의 웃음은 이러한 兩面性 (말뚝이가 우스운 건 諧謔이고, 말뚝이로 인해 兩班이 우스꽝스럽게 되는 건 諷刺 다) 을 다 지니었다. 이 경우에 삶의 肯定이 거칠게 이루어질 수밖에 없기에 사나운 웃음이다.

(ㄹ) (美的 範疇로서의 作用) 다른 美的 範疇에 대해 排他的이다. 특히 滑稽的인 장르나 作品을 이루는 게 보통이고, 崇高나 悲哀와 한 作品에서 共存해도 따로 作用해 主題를 바꾼다.

(ㅁ) (文學史的 구실) 李朝後期 平民文學의 핵심적인 美意識으로 성장했으며, 貴族文學을 否定的으로 繼承해 平民文學으로의 확대에 이르렀다.14)

---

14) 조동일, 「韓國文學에 있어서의 滑稽」, 『國語國文學』51호, 國語國文學會, 1971, 118 - 120쪽.

그리고 조동일은 1983년에 낸 「興夫傳의 兩面性」에서 滑稽를 諧謔과 諷刺의 두 가지 관점에서 언급하고 있다.

골계의 관점은 다시 두 가지로 나눌 수 있다. 대상을 긍정적으로 다루어, 이에 대해 지지나 동정을 하게 하는 골계를 해학이라고 한다면, 대상을 부정적으로 다루어, 이에 대해 비판하거나 반감을 품게 하는 골계는 풍자라고 할 수 있다.[15]

변재열은 「판소리 <春香歌>의 諧謔性 硏究」에서 諧謔의 類型을 內容的 側面(해학을 나타내는 對象 自體가 갖고 있는 諧謔的 意味와 內容 等)과 表現的 側面(웃음의 對象이 諧謔을 띄게 되는 修辭的 表現 등) 그리고 思想的 側面(해학의 내용 속에 直接 間接으로 介入되거나 背景을 이루는 宗敎思想) 등으로 나누고 다음과 같이 下位 分類하고 있다.

◉ 內容的 側面에서
1. 餘裕의 諧謔
2. 側面諷刺的 諧謔
3. 樂天的 諧謔
4. 柔能制剛的 諧謔
5. 人物描寫의 諧謔
6. 背理化의 諧謔
7. 性的遊戲의 諧謔
8. 語戲的 諧謔
9. 其他

---

15) 조동일, 「興夫傳의 兩面性」, 『韓國古典小說硏究』(이상택 · 성현경 편), 새문사, 1983, 524쪽.

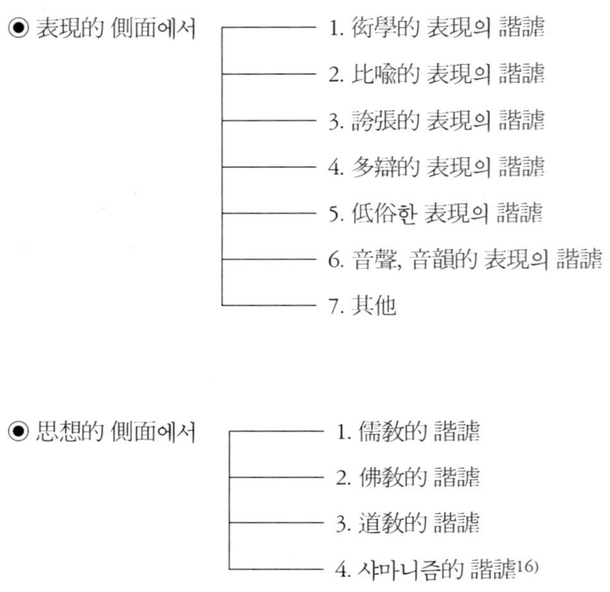

◉ 表現的 側面에서 ┬── 1. 衒學的 表現의 諧謔
      ├── 2. 比喩的 表現의 諧謔
      ├── 3. 誇張的 表現의 諧謔
      ├── 4. 多辯的 表現의 諧謔
      ├── 5. 低俗한 表現의 諧謔
      ├── 6. 音聲, 音韻的 表現의 諧謔
      └── 7. 其他

◉ 思想的 側面에서 ┬── 1. 儒敎的 諧謔
      ├── 2. 佛敎的 諧謔
      ├── 3. 道敎的 諧謔
      └── 4. 샤마니즘的 諧謔[16]

  1983년에 최정락은 「<烈女春香守節歌>에 나타난 滑稽의 양상과 구조적 기능」에서 滑稽를 表現上 滑稽, 性格上 滑稽, 構成上 滑稽 등으로 나누고, 세 가지를 더욱 세분화시켜 논하고 있다. 表現上 滑稽는 ① 言語的 技巧 ② 놀람의 技巧 ③ 不合理의 技巧 ④ 優越의 技巧 ⑤ 假裝의 技巧 등으로 나누고, 性格上 滑稽는 등장인물들을 열거 했고, 構成上 滑稽는 ① 構成과 表現上 滑稽의 相關性 ② 滑稽的 構成[17] 등으로 나누어 설명하고 있다.

  그리고 특이한 논문은 1988년에 윤경희가 李古本<春香傳>에 대해 쓴 「춘향전에 나타난 민중 해학적 세계관」이다. 윤경희는 M.Bakhtin이 언급한

---

16) 변재열, 「판소리 <春香歌>의 諧謔性 硏究」, 숭전대학교 대학원, 석사학위논문, 1982, 16 – 17쪽.

17) 최정락, 「<烈女春香守節歌>에 나타난 滑稽의 양상과 구조적 기능」, 경북대학교 교육대학원 석사학위논문, 1983, 1쪽.

민중 해학적 세계관[18]을 방법으로 하여<春香傳>을 분석하고 있다.

4-3. 滑稽의 槪念과 體系

4-2에서 언급한 논문들의 내용을 정리한 결과로 本攷는 몇 가지의 공통성과 滑稽의 특성을 알 수 있었다. 공통성은 대부분의 논문들이 희극성을 가진 용어들의 최고의 類槪念을 滑稽라고 한다는 것과 滑稽의 種槪念으로 諧謔과 諷刺로 보고 있다는 것이다. 그리고 諧謔은 자기 자신에 대한 비판에서 그리고 諷刺는 타자에 대한 비판에서 출발하고 있는 것으로 보고 있다는 것이다. 또 하나의 재미있는 특징은 諧謔을 동양철학적 배경을 바탕으로 초월내지는 초탈의 경지에서 나오는 웃음으로, 諷刺는 서구적인 비판정신에서 나오는 웃음으로 언급하고 있다는 점이다.

本攷는 기존에 존재했던 골계에 대한 견해들과 필자의 희극관을 결합하여 滑稽에 대한 개념과 체계를 다음과 같이 기술하고자 한다.

필자는 '禪學的 희극성'에서 언급하겠지만 근본적으로 모든 문학작품을 희극으로 보는 문학관을 가지고 있다. 세상에 있는 모든 문학작품이 희극이라는 것이다. 세상 사람들이 비극이라고 부르는 것 혹은 슬픈 내용을 담았다고 하는 모든 문학작품이 깨친 자의 입장에서 보면, 대부분의 문학작품이 희극이라는 것이다. 문학작품뿐만이 아니라 세상에서 일어나는 모든 일들을 코메디라고 보는 사람이다. 왜냐하면 깨친 자 혹은 동양철학의 본질을 깨친 자의 입장에서 보면, 세상 사람들이 살아가는 모든 모습은 희극이라는 것이다. 이 세상에 우리를 웃기지 않는 일이 어디 있는가! 두 사람이 만났다고 좋아하는 것도, 두 사람이

---

18) 윤경희, 「춘향전에 나타난 민중 해학적 세계관」, 서강대학교 대학원 국어국문학과, 1988,
    12쪽.

결혼한다고 기뻐하는 것도, 둘 중에 한 사람이 병에 걸렸다고 슬퍼하는 것도, 어떤 사람이 교통사고를 당했다고 괴로워하는 것도, 어떤 사람이 속거나 당했다고 분해하는 것도, 어떤 사람이 높은 권좌에 올랐다고 좋아하는 것도, 어떤 사람이 죽었다고 눈물을 흘리는 것도 - 깨친 자의 입장에서 보면 모두 웃기는 것이라는 것이다. 깨친 자의 입장에서 보면 우주의 원리대로 진행되는 인간의 喜怒哀樂을 모르고 눈에 보이는 현상만을 가지고 기뻐하고 노하고 슬퍼하고 즐거워하는 것은 웃기는 광경에 불과하다는 것이다.

옛날에 한 결혼 한 여자가 효봉 큰스님을 찾아온 적이 있었다고 한다. 그 여자는 효봉 큰스님에게 시아버지, 시어머니, 남편 등을 흉보며 살기 힘들다고 말하면서 나는 어떻게 살아야겠느냐고 물었다고 한다. 그 때 효봉 큰스님은 "네 꼬라지나 잘 해라"라고 말씀하셨다고 한다. 필자는 그 여자에게 해 줄 수 있는 정답이라고 생각한다. 깨친 자의 입장에서 보면 시아버지, 시어머니, 남편 등을 흉보는 여인의 모습이 우스웠으리라 생각한다. 자기가 뿌린 대로 거둔다는 세상의 원리를 모르고 투덜대는 여인의 모습이 어찌 우습지 않았겠는가?

절대자가 보시기에도 권력이 있다고 큰 소리 치는 모습이나, 돈이 있다고 자랑하는 인간의 모습이나, 지식이나 명예가 있다고 교만을 떠는 인간의 모습들이 모두 우스워 보이리라 생각한다. 절대자가 보기에는 한 치의 앞날도 모르면서 교만하고 고통스러워하고 괴로워하고 즐거워하는 인간의 모습들이 우습게 보일 것이다. 왜냐하면 모든 일들이 우주의 원리에 따라 일어나고 있는데, 그 원리를 모르거나 잊고 엉뚱한 사람을 원망하거나 슬퍼하거나 좋아하거나 잘난 체 하는 인간들이 얼마나 우스워 보이겠는가? 생각하면 생각할수록 인간세계에 일어나는 모든 일들은 코메디뿐이라고 생각한다.

그런 의미에서 本攷는 기존의 견해와 필자의 견해를 통합하고 정리하여, 먼저 滑稽를 기교상의 滑稽와 세계관에 따른 골계로 나누고자 한다.

기교상의 滑稽는 순수한 웃음만을 위한 본원적 滑稽와 상대편을 비판함으로서 웃음이 생기는 비판적 滑稽로 나누고 싶다. 그리고 본원적 滑稽에는 諧謔을 포함시키고, 비판적 滑稽에는 諷刺를 포함시키고자 한다. 그리고 위트, 아이로니, 패러디, 과장, 육담, 비유 등은 諧謔과 諷刺를 나타내기 위한 기법내지는 기교로 규정하고자 한다. 그러나 해학과 풍자는 양면성을 가지고 있어 장르와 기교라는 두 가지 관점에서 볼 수 있다고 생각한다.

기교상의 滑稽와 대칭되는 세계관에 따른 滑稽에는 깨친 자의 희극적 세계관, 민중의 해학적 세계관 등을 포함시키고자 한다. 앞에서 언급한 내용을 도표화하면 다음과 같다.

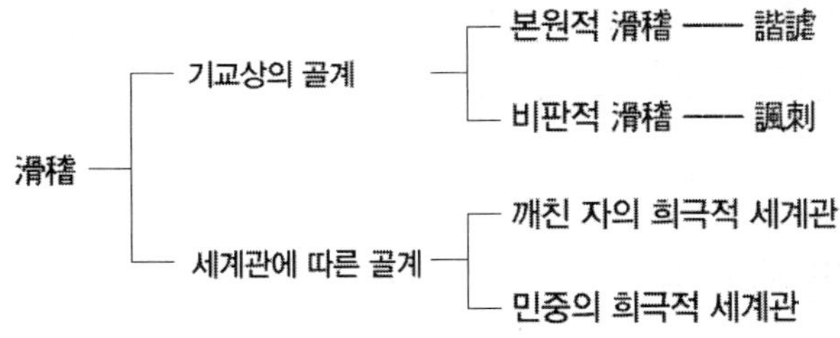

도표에 있는 "깨친 자의 희극적 세계관"은 '禪學的 희극성' 에서 언급할 세상의 모든 문학작품을 희극으로 보는 필자의 문학관을 의미하는 용어다. 그리고 "깨친 자의 희극적 세계관"은 4-2에서 말한 자기부정인 동시에 그것을 통하여 새로운 높은 차원에 있어서의 긍정을 초래하는 웃음이라고 말한 諧謔과는 다른 것이다. 諧謔은 자기 자신에 대한 초월에서 오는 웃음이라면, "깨친 자의 희극적 세계관"은 깨친 자의 입장에서 세상의 모든 현상을 희극으로 보는 것이다.

여기서 문제가 되는 것 중에 하나는 "깨친 자의 희극적 세계관"에서 깨친자가 누구이며, 무엇을 깨쳤다는 것인가 하는 문제 등이다. 깨친 자는 작가, 작중 화자, 작중 인물, 독자 등이 될 수 있는데, 그 중에서 가장 중요한 자는 독자라고 생각한다. 그리고 깨친 자가 깨친 것은 무엇인가 에 대해서는 *禪學的* 희극성에서 언급하겠다.

이러한 문제는 민중의 해학적 세계관의 경우도 마찬가지다. 민중 해학적 세계관에서 누가 민중이냐 하는 것이다. 작가인가, 작중 화자인가 아니면 독자인가 하는 문제이다. 이 경우에도 모두가 민중이 될 수 있다고 생각한다. 윤경희는 「춘향전에 나타난 민중 해학적 세계관」에서 춘향전의 작가는 광대이고, <춘향전>은 적층문학이므로 여러 명의 광대에 의해 이루어진 작품으로 보고, 작가인 광대들이 민중이라고 보고 있다. 다시 말해서 작가인 민중이 <춘향전>이라는 작품을 그로테스크 리얼리즘[19]을 이용하여 양반들을 격하시켜 조롱하고 업신여기는 방법으로 쓴 작품으로 본 것이다.

4-4. 희곡의 희극성

4-1에서 4-3까지 언급한 내용은 관념적인 이론이다. 이 이론이 예술 장르의 희극성에 어떻게 적용되고 이용될 수 있는가 하는 것은 중요한 문제다. 그런 의미에서 4-4에서는 4-3까지 언급한 이론을 일차적으로 희곡에 적응시켜 희곡의 희극적 성격의 양상을 고찰하고자 한다.

어느 예술 장르의 희극성에 대해 고찰하기 위해서는 앞에서 언급한 이론과 예술 장르의 구성요소와 결합시켜야 한다고 생각한다. 그런 이론을 바탕으로, *本攷*는 희곡의 희극성을 규명하기 위하여, 구조의 희극성·성격의 희극성·수사적 기교의 희극성 등의 관점에서 기술하고자 한다.

---

19) 윤경희, 앞의 논문, 23쪽.

1) 구조의 희극성

구조의 희극성에 대한 고찰은 결국 희극적 구조가 어떤 것이냐 하는 것이다. 구조는 내부 구조와 외부 구조로 나누어 고찰할 수 있다. 다시 말해서 구조의 희극성은 내부 구조의 희극성과 외부 구조의 희극성으로 나누어 볼 수 있는데, 내부 구조의 희극성은 다른 말로 상황의 희극성이라고 부를 수도 있다고 생각한다.

희극의 내부 구조는 특이한 갈등 구조를 가지고 있다. 정상적인 갈등 구조가 아니다. 같은 젊은이들 사이의 갈등이거나 노인끼리의 갈등이거나, 같은 정치가나 사업가 사이의 갈등이 아니다. 사랑과 결혼의 문제를 다룬다고 해도, 한 젊은 여인을 놓고 "젊은이들과 노인들의 갈등 구조"[20]를 이루고 있다. 이러한 구조는 몰리에르의 희극이나 셰익스피어의 희극의 경우에도 해당될 것이다. 춘향전의 경우도 마찬가지다. 기생과 양반 도령은 도저히 결혼이 성립될 수 없는 상대다. 흔히 국문학계에서 말하는 것처럼 혼사 장애의 상황이며, 결핍의 상황이다.

희극의 내부 구조 중에서 둘째 번으로 생각할 수 있는 것은 반복 구조다. 우리에게 웃음을 주는 중요한 요소 가운데 하나는 반복이다. 대수롭지 않은 말도 계속 반복하면 우리에게 웃음을 주는 말이 된다. "잘났어 정말" 혹은 "오늘은 웬지"라는 말 그 자체는 결코 우스운 말이 아니다. 그러나 코메디안이나 일반인들이 그 말을 계속 반복해 쓸 때, 우리에게 웃음을 주는 말이 된다. 반복은 말에만 해당되는 것이 아니다. 반복적인 행위도 우리에게 웃음을 준다. 소위 "무의식적인 기계화"[21]가 그것이다. 엘리베이터걸이나 운전수가 하는 행위의 반복화 뿐만이 아니고 하잘 것없는 행위도 계속 반복될 때, 그러한 행위들이 우리에게 웃

---

20) 이경의, 「<세빌리아의 이발사>의 바르톨로 연구」, 『佛語佛文學硏究』第34輯, 1997년 봄호, 342쪽.

21) 이근삼, 『演劇槪論』, 범서출판사, 1986, 111쪽.

음을 준다. T.V.의 코메디 프로에서 어떤 작중 인물이 어떤 기구를 이용하여 상대편의 머리를 때릴 때, 한번 때리는 모습은 우스운 것이 아니나 그것이 반복될 때, 사람들은 웃는다. 상대편의 사람이 계속 맞아서 아프겠구나 하는 측은함보다 먼저 웃음이 나오고 만다. 이러한 것들도 반복 구조가 주는 웃음이다.

셋째로 생각할 수 있는 내부 구조는 반전의 구조다. 작품 전체가 하나의 반전 구조로 되어 있으면 반전의 구조를 외부 구조로 볼 수도 있겠으나, 여기서는 하나의 작품이 몇 개의 반전 구조로 되어 있는 것으로 보고, 반전 구조를 내부 구조로 보려는 것이다. 우리는 <춘향전>의 경우만 해도 몇 개의 반전 구조로 되어 있음을 쉽게 알 수 있다. 춘향이가 이몽룡을 거절했다가 승낙하고, 또 춘향이가 행복했다가 불행해지고 다시 행복해지고, 이러한 행복해졌다가 불행해지는 반전은 이몽룡, 방자, 월매, 변사또의 경우에도 생긴다. 다시 말해서 <춘향전>은 어떤 의미에서는 수없이 많은 반전의 구조들이 모여서 이루어진 작품이라고 볼 수도 있을 것이다. 작품 전체가 가지고 있는 하나의 반전 구조는 후술하겠지만, 그것은 반전 구조라 부르지 않고 외부 구조의 하나라 보고 U型 구조라 일컫고자 한다.

중요한 점은 이러한 반전 구조는 작품을 이끌어 가는 힘이 될뿐만 아니라 우리에게 웃음을 주는 희극적 구조가 된다는 것이다.

넷째로 희극의 내부 구조로서 생각할 수 있는 것은 反語(Irony)的

구조다. 反語法은 글에 나타난 뜻과 그 뒤에 숨어 있는 뜻이 같지 않게 표현하는 기교다. 그런 의미에서 이러한 기교는 내부 구조 혹은 작품이 갖고 있는 상황으로 볼 수 있다고 생각한다.

이러한 수법은 "어떤 것을 말하면서 다른 것을 뜻하는 것", "비난하기 위해 칭찬하고 , 칭찬하기 위해 비난하는 것", "비웃고 조롱하는 것" 등으로 정의되곤 한다. 가령 "밀수 사건으로 벼락부자가 된 위대한 교육자에게 아들을 맡기면 훌륭한 인물이 될 것이다"와 같은 말이 그것이다. 이것은 그 뒤에 위대한 교육자가 아니라는 뜻과 사이비 교육자에게 아들을 맡기면 휼륭한 인물이 못 된다는 뜻이 숨어 있는 것이다. 이러한 기교는 웃음보다 웃음의 일종인 조롱이나 비웃음을 일으켜주는 기교다.

그리고 反語法은 언어상의 反語法와 극적 反語法으로 나누는 것이 일반적이나, 더 자세히 나누는 경우도 있다.

희극의 외부 구조로서 첫 번 째로 생각할 수 있는 것은 행복 결말로 끝나는 U型의 구조다. 비극적 갈등을 지닌 인물이 파멸 직전까지 이르지만, 구원자가 나타남으로써 장애는 극복되고 행복한 결말을 이루는 "U型의 구성은 희극적 구성의 전형"[22]이다.

둘째로 생각할 수 있는 외부 구조는 패로디이다. 패로디는 고대 수사학에서부터 그 연원을 찾아볼 수 있는 것으로, 오늘날에는 미술 · 문학 · 연극 등에서 포스트모던한 예술 현상의 하나로 논해지기도 한다. 벤 · 존슨은 "패로디, 원래의 작품보다 더 부조리하게 만드는 기계적 힘을 가진 패로디[23]"라고 정의하고 있는데, 이근삼은 『演劇槪論』에서 패로디를 희극의 한 분야라고 설명하고 있다.

> 희극에서 흔히 말하는 패로디(parody)란 특정한 個人이나 특수한어떤 藝術作品을 素材로 택하여 그 모순을 폭로하는 경우를 말한다.그러나 패로디에서 취급하는 특정한 個人이나 어떤 특수한 作品 또는 事件은 觀客이 당장 알아차릴 수 있도록 명확히 나타나 있어야그 재미가 더해진다. 패로디는 誇張 · 顚倒를 그 특색으로 한다.[24]

이근삼은 패로디 구조를 가진 대표적인 작품으로 가아슨의, <맥버드>를 들고 있다. 셰익스피어의 <맥베드>를 패로디화한 작품이다. 맥버드는 존슨 대

---

22) 최정락, 앞의 논문, 39쪽.

23) 린다허천 著, 김상구 · 윤예복 譯, 패로디 이론, 문예출판사, 51쪽.

24) 이근삼, 『演劇槪論』, 범서출판사, 1984, 106쪽.

통령으로 그리고 단칸 왕은 케네디 대통령으로 그리고 그의 아들, 충신은 케네디의 형제로 등장시킨다.

희극의 외부 구조로서 셋째로 언급하고자 하는 것은 축제 구조다. 연극은 축제에서 시작된 것이다. 특별히 신을 즐겁게 하기 위한 축제에 기원을 두고 있다. 그런 의미에서 연극은 초기부터 희극적 요소를 가지고 있었으며, 희극이 될 수밖에 없는 숙명을 가지고 있었다.

축제 구조는 축제의 공간을 바탕으로 한다. 그리고 축제의 공간은 자유와 평등과 해방의 공간이다. 그러한 공간에서는 상하의 위계질서가 무너질 수 있고, 나이나 성별 등의 모든 구속에서 해방되어 기괴한 현상과 웃음이 생성되기도 하고 돌출될 수도 있다. 이러한 삶의 모습은 낙천적이고 낙관적인 삶을 사는 사람들에게 풍성하게 나타난다. 이러한 삶의 모습을 표현하는 기괴적 사실주의의 원리로 세 가지를 들 수 있을 것이다.

기괴적 사실주의의 중핵을 이루는 원리는 '물질 내지 육체의 원리', '격하의 원리', '유쾌한 상대성의 원리', 이 세 원리이다.[25]

상기한 원리에 따라 현자가 바보가 되고, 바보가 현자가 되고, 왕이 거지가 되고, 거지가 왕이 되고, 이몽룡과 방자가 술과 성 곧 물질과 육체를 매개로 하여 상층은 하층을 비하하고, 하층은 상층을 기롱하는 것이 기괴적 사실주의의 모습이며 우리에게 웃음을 주는 축제 구조다.

2) 인물의 희극성

인물의 희극성은 성격의 결함에서 온다. 인물의 성격적 결함이 여러 가지 어

---

25) 성현경, 『韓國옛小說論』, 새문사, 1995, 423쪽.

처구니없는 상황과 기대나 예상 밖의 일을 벌어지게 할 때, 관객들은 웃는다. 이러한 성격적 결함으로는 허영, 과욕, 착각, 과대망상, 성급함, 교만, 질투, 이기심 등을 예로 들 수 있다.

성격의 결함을 분석하는 것은 그 작품의 주인공을 결정하는 데도 중요한 역할을 한다. 예를 들면 신재효의 <박타령>에서 홍보가 주인공이냐? 놀보가 주인공이냐? 혹은 홍보와 놀보를 동시에 주인공으로 봐야 할 것이냐 하는 문제에 있어서도, 만일 <박타령>을 희극으로 본다면, 성격적 결함이 많은 놀보를 주인공으로 봐야 한다는 것이 필자의 생각이다.

<춘향가>에서도 마찬가지다. 간혹 <춘향가>나 <춘향전>을 연구하는 학자들이 춘향이가 주인공이냐 혹은 이몽룡이 주인공이냐 하고 문제를 제기하는 데, <춘향가>나 <춘향전>을 희극으로 본다면, 신분사회에서 계급을 초월해서 양반과 결혼하려 했던 허영에 찬 춘향을 주인공으로 보고자 한다. '허영'은 <춘향가>나 <춘향전>을 희극되게 하는 춘향의 중요한 성격적 결함이기 때문이다.

희곡에서 가장 중요한 요소 가운데 하나가 인물이다. 희곡의 대사들의 상당량은 인물의 성격을 구축하는 데 사용된다. 그리고 주인공의 성격은 작품의 주제를 보여 주고, 희극적 성격을 구축하는 데, 결정적인 역할을 한다.

3) 수사적 기교의 희극성

희곡은 대사로 이루어진 문학이다. 희곡의 대사는 어떤 사실을 알려주는데 그치지 않고, 등장인물의 성격을 구축하고 사건을 진행시키는 계기적 요소를 내포하고 있는 것이다. 뿐만 아니라 희곡은 시간적 제한·장소적 제한·행위적 제한이 있는 문학이고, 알맞은 시간에 대사가 다 이루어지고 말하기에 좋고 듣기에 쉽고 흥미로워야 하기 때문에, 특별히 수사적 기교가 중요하다.

그리고 희곡의 대사는 일반적 대사, 웅변적 대사, 기구적 대사(奇句的 臺詞)

등으로 나눌 수 있는데, 그러한 대사들을 희극적으로 구사하기 위한 수사적 기교로는 과장·위트·희언(말장난)·속담·욕설(악담)·비유·육담·의성어·의태어·생략법·나열법·방언 등을 들 수 있다.

4-5. 결론과 남은 문제

앞에서 本攷는 희극성을 표현하는 여러 가지 용어에 대한 기존 연구를 검토하고, 그러한 과정을 거쳐 다음과 같은 사실들을 알 수 있었다.

첫째로 本攷는 기존 연구에 대한 검토를 통해, 골계·해학·유모어·풍자·희극성·위트·아이러니 등과 같은 다른 차원의 용어들이 같은 차원에서 혼란되게 혼용되고 있음을 알 수 있었다.

둘째로 本攷는 골계를 기교상의 골계와 세계관에 따른 골계로 나누고, 기교상의 골계는 해학과 풍자로 그리고 세계관에 따른 골계는 깨친 자의 희극적 세계관과 민중의 희극적 세계관 등이 존재한다고 결론지었다.

셋째로 위트·아이로니·패로디 등은 해학이나 풍자와 같은 차원의 개념이 아니고 희극적 상황을 표현하기 위한 기법의 하나임을 알았다.

넷째로 깨친 자의 희극적 세계관에서는 작가·작중 인물·작중 화자·독자 중에 누가 깨친 자인가와 무엇을 깨친 것인가가 문제로 대두됨을 알 수 있었다.

다섯째로 민중 희극적 세계관에서도 작가·작중 화자·작중 인물·독자 가운데 누구를 민중으로 보느냐에 따라 작품에 대한 해석이 달라질 수 있음을 알 수 있었다.

여섯째로 희곡의 희극성에 대한 연구는 구조의 희극성·성격의 희극성·수사적 기교의 희극성 등 세 가지 관점에서 이루어졌는데, 주제의 희극성에 대한 연구가 첨가되어야 한다고 생각했다.

일곱째로 구조의 희극성은 내부 구조의 희극성과 외부 구조의 희극성으로 나누어 고찰했는데, '내부 구조의 희극성'은 '상황의 희극성'과 유사함을 알 수 있었다.

여덟째로 희곡은 일반적으로 갈등 구조를 가지고 있는데, 희극의 갈등 구조는 비정상적인 인간관계에 의한 특이한 구조임을 알 수 있었다.

아홉째로 아이로니는 장르·외부 구조 등으로 취급할 수 있는데, 본질적인 특성을 고려하여 내부 구조로 다루었다.

열째로 반복 구조와 패로디는 유사성이 있으나 반복 구조는 내부 구조로, 패로디는 외부 구조로 처리했다.

열한번째로 성격의 희극성에 대한 분석이 작품의 주인공이 누구인지를 규명하는 데 도움이 됨을 알 수 있었다.

열둘째로 어떤 작품이 희극이 되는 것은 제재보다는 수사적 기교에 의해 정해짐을 알 수 있었다.

열셋째로 앞의 연구를 통해서 '골계'라는 용어로는 '깨친 자의 희극적 세계관'과 '민중의 희극적 세계관'이라는 용어를 함유하기 힘들어, '골계'라는 용어 대신에 다음 장부터는 '희극성'이라는 용어를 쓰고자 한다.

열넷째로 '깨친 자의 희극적 세계관'이라는 용어는 결국 '禪學的 문학연구 방법'과 열견시켜 '禪學的 희극성'이라는 용어를 쓰기로 한다. 다시 말해서 5장부터는 '골계'라는 용어 대신에 '희극성'이란 용어를 그리고 '깨친 자의 희극적 세계관'이란 용어 대신에 '禪學的 희극성'이라는 용어를 사용하겠다.

5장 희극성의 서양적 개념

　희극처럼 다양하고 복잡한 모습을 띤 예술양식도 드물다. 왜냐하면 우리에게 웃음을 주는 것이 희극이라면, 웃음을 주는 양상은 시대와 장소 그리고 사람들의 계층에 따라 다르기 때문이다. 우리가 어렸을 때 웃으며 재미있게 보았던 영화들도 오늘날 보면 웃음이 나지 않는 것들이 있다. 또는 외국인들은 재미있다고 웃으며 보는 T.V.극도 우리에게는 재미가 없을 수 있다. 그래서 이근삼은 희극의 다양한 모습을 다음과 같이 말하고 있다.

　희극처럼 다양하고 복잡한 형태는 없을 것이다. 희극은 웃음을 자아낸다. 그러나 우리의 웃음을 자아내게 하는 요인은 개인에 따라 달라진다. 뿐만 아니라 비극이 시간과 공간을 초월해 모든 사람에게 그 내용과 의미를 전달 할 수 있는데 반해 희극은 개인의 생활환경, 교육 정도는 물론 한 시대와 사회에 따라 전혀 상반되는 의미를 전달한다. 한 개인이 처해 있는 시대, 사회, 관습, 전통, 문화적 배경 그리고 성격에 따라 그 표현이며 수용이 다양하게 변할 수 있다는 말이다.[1]

---

1) 이근삼, 『연극개론』, 문학사상사, 2004, 98쪽.

이러한 상황에서도 희극에 대한 정의와 형태는 여러 가지가 있다. 골드니 (Goldoni)는 희극의 목적은 "실수와 약점을 시정하는 데 있다"고도 하고, 해즐릿 (Hazlitt)은 "무식과 허위를 벗는 것"이라 했고, 쇼(Shaw)는 "가짜와 인플레이션 그리고 권태를 교정하는 것"이 희극의 목적이라고 말하기도 한다. 공통점은 희극은 웃음을 통해 세상을 비판하고 교정하는 것이라고 생각한다.

희극의 형태도 여러 가지가 있다. 대상을 풍자하는 풍자극으로부터 특정한 개인이나 특수한 예술작품을 변형시켜 과장하거나 전도하는 패러디, 음담패설의 요소가 짙은 음담희극, 특이한 사랑을 제재로 한 낭만희극, 성격의 결함을 제재로 하는 성격희극, 사상적 문제를 다루는 사상희극, 극한 상황 속에 있는 인간이나 사회의 모습을 다루는 블랙코메디 등이 있다.

그럼 희극의 본질이라고 볼 수 있는 '희극성'이란 무엇인가? '희극성'이란 모든 희극적 성격을 말하는 것으로, 우리에게 웃음을 주는 희극적인 특성을 모두 가리키는 말이다. 그리고 동시에 문제가 되는 것은 '웃음'은 어디로부터 오는가 하는 문제다.

서양 학자들은 '웃음'에 대해 이론적으로 연구한 것을 많이 남겼다. 월·포울(H.Welpole)은 "이 세상은 생각하는 자에게는 희극이요, 느끼는 자에게는 비극이다"[2]라고 말하고 있으며, 베르그송은 "웃음에 있어서 감정보다 더 큰 적은 없다 − <중략> − '희극성'은 순수한 지성에 호소하는 것이다"[3]라고 말하고 있다. 다시 말해서 대상을 감성적으로 보는 것이 아니라 이성적으로 이해하고 볼 때 웃음을 웃게 된다는 것이다. 그것은 세상의 원리를 제대로 알고 보면 우습지 않은 일이 없다는 말이 될 것이다. 대상을 이성적으로 본다는 것과 본고의 '禪學的 희극성'의 개념에서 말하는 깨침의 경지에서 대상을 본다는 것은 일맥상통하는 것이라고 생각한다.

---

2) M.Merchant 著, 석중경 譯, 『희극』, 서울대학교 출판부, 1981, 2쪽.

3) 베르그송 著, 정연복 譯, 『웃음』, 세계사, 1992, 14쪽.

그리고 코리칸은 다음과 같이 희극과 비극은 구별하기 어렵다고 말한다.

> 두 형식 '비극과 희극'은 같은 것이다. 희극적인 것과 비극적인 것의 차이는 다만 꼭같은 상황을 두 가지 양상으로 다르게 다룬 것 뿐이고, 나는 이제 이 두 가지 형식의 차이를 구별하기 어렵다는 사실을 발견했다.[4]

사실상 현대연극에서는 희극과 비극을 구별하기 어렵다. 다시 말해서 어떤 현상의 존재 이유를 이성적으로 깨친 자의 입장에서 제대로 알고 보면 우습지 않은 것이 없다. 비극과 희극을 구별하기가 어렵다. 이성적·논리적으로 보면 세상의 모든 현상이 희극일는지 모른다.

그럼 실제로 우리가 웃게 되는 원인은 무엇인가? 서양의 전통 이론을 소개하면 우월이론과 불일치이론 혹은 대치이론이 있다. 우월이론과 불일치이론에 대한 내용을 소개하면 다음과 같다.

> 優越理論의 창시자인 홉즈는 본질적으로 심리적 효과를 근거로 논술하고, 희극적인 것을 받아들이고, 관찰할 때 나타나는 개인적인 우월감에서 희극적인 것을 즐거워하는 현상을 해명하고 있다. 對置理論은 무엇보다도 18세기 독일 理論家들에 의해 완성되었다. 레씽(Lessing)이 「함부르크 演劇評」 제 28장에서 내린 정의는 이 문제를 암시하고 있다. 「불합리한 것」, 「결함과 현실의 대립」은 어느 것이나 우스꽝스럽다.[5]

우월이론과 대치이론은 오늘날에도 희극성과 희극을 논하는 데 자주 논란되

---

4) 로버트 W. 코리간, 송옥 譯, 「희비극」, 『비극과 희극, 그 의미와 형식』, 고려대학교 출판부, 1995, 207쪽.
5) W.힝크 著, 송동준 譯, 「코믹과 코메디 理論入門」, 『해외문예』(1980년, 겨울호), 203 - 204쪽.

고 있다. 그러나 웃음은 우월감이나 기대했던 것과의 불일치에서만 오는 것이 아니라 이 두 가지 요소가 결합된 것에서도 온다고 생각한다. 그런 의미에서 어떤 이론은 옳고 어떤 이론은 틀린 것이 아니라, 웃음은 우월감이나 불일치 중에서 하나가 원인이 되거나 두 가지가 합쳐진 것이 원인이 되어 발생한다고 생각한다.

이런 주장은 다른 자료에서도 볼 수 있다. 류종영은 2005년에 발간한『웃음의 미학』이란 책에서 '웃음'과 '희극성'의 역사를 고대 그리스의 플라톤과 아리스토텔레스, 로마의 키케로에서부터 홉스 · 스피노자 · 데칼트 · 칸트 · 헤겔 · 쇼펜하우어 · 보들레르 · 니체 · 립스 · 마르크스와 베르그송에 이르기까지의 이론을 소개하고 다음과 같이 결론을 내리고 있다.

지금까지 요약하여 정리해 본 것과 같이, 시간과 공간을 초월하여 통용될 수 있는 원칙들이 내재한 웃음 이론들은 '웃음의 우월이론'과 '웃음의 대비 혹은 불일치이론'이다. 이미 언급한 것처럼 이 이론들 역시 모든 희극적인 현상들과 웃음의 원인들을 규명할 수 있는 결정적인 이론들이라고 할 수 없고, 다만 웃음의 미학적인 관점에서만 적용될 수 있다. 여기서 웃음의 미학적 관점이란 희극적인 것이나 코믹을 의미한다.[6]

필자도 서양의 웃음의 이론은 결국 우월이론과 불일치이론으로 정리될 수 있다고 생각한다. 우월이론과 불일치이론 중에 하나를 주장하는 것은 희극의 일부분을 보고 내린 주장이라고 생각한다. 그런 의미에서 우월이론과 불일치이론에 대한 내 자신의 결론은 우월이론은 희극의 인물(또는 제재) 즉 등장인물의 성격을 중심으로 본 이론이고, 불일치이론 혹은 대치이론은 희극의 구조나 대사를 중심으로 본 이론이라고 생각한다.

---

6) 류종영,『웃음의 미학』, 유로, 2005, 458쪽.

그리고 '웃음'에 대해 논하면서 빼놓을 수 없는 것이 앙리 · 베르그송의 理論이다. 베르그송은 20세기 코믹이론의 고전이라고 일컬어지는 『웃음』에서 '희극성'을 상황의 '희극성', 말의 '희극성', 성격의 '희극성' 등으로 나누어 논하고 있다. 이러한 理論은 '하회별신굿 탈놀이'의 '희극성'을 논하는 데도 도움이 되었다.

베르그송은 상황의 '희극성'에서 "생명력이 있는 것처럼 보이면서도 동시에 기계적인 배열이 분명하게 느껴지는 행동과 사건의 배치는 모두 다 희극적이다"[7]라고 전제하고, ① 반복 ② 역전 ③ 중복이라는 관점에서 설명하고 있다. 결론적으로 말하고 있는 것은 언어나 상황의 반복이 웃음을 자아내어, 문학작품으로 하여금 희극성을 갖게 한다는 것이다.

말의 희극성에 있어서는 언어를 매개로 표현되는 희극성과 언어가 창조하는 희극성은 분명히 구별되어야 한다면서 두 가지의 차이점을 다음과 같이 말하고 있다.

전자는 경우에 따라서는 다른 나라 말로 번역할 수도 있다. 물론 이 때 풍속과 문학, 특히 관념의 연합에 있어서 이질적인 새로운 사회로 이전됨으로써 그것이 내포하는 의미의 대부분을 잃게 될 위험을 감수해야겠지만, 그러나 후자는 번역하는 것이 통상 불가능하다. 그것은 이 희극성이 문장의 구조나 말의 선택에서 나오는 것이기 때문이다. 즉 사람이나 사건에서 보여지는 특이한 형태의 어떤 방심상태를 강조하는 것이다. 언어 자체가 바로 희극적이 되는 것이다.[8]

라고 말하면서 결론적으로 말의 희극성에서도 반복과 역전과 중복의 중요성을 강조하면서, 은유, 동음이의어, 패러디, 과장, 아이러니 등의 기법이 웃음을 자아낼 수 있다고 말한다.

---

7) 베르그송 著, 정영복 譯, 앞의 책, 64쪽.
8) 같은 책, 89쪽.

성격의 희극성에서는 "성격이 좋으냐 나쁘냐 하는 것은 그다지 중요하지 않다"[9]고 말하면서, 다만 그것이 비사회적이라면 희극적일 수 있다고 말한다. 그리고 희극적인 성격의 정수로서는 '허영'[10]을 들고 있다. 베르그송은 "허영 자체가 악이라고 할 수는 없지만 모든 종류의 악이 그 주위를 맴돌면서 점점 세련되어짐으로써 이 허영을 만족시키려는 수단에 불과한 것이 된다"[11]면서 허영이란 사회생활에서 생긴 것임에도 불구하고 이기주의보다도 더 본성적인 것이며 그보다 더 많은 사람에게 보편적으로 타고나는 성품이며, 허영에 대한 특이법은 웃음이며, 허영은 무엇보다도 우수꽝스러운 결점이라고 말하고 있다.

N · 프라이는 기존에 희극이라고 불리워지는 작품들을 분석하여, 희극에 대한 이론들을 이끌어내고 있다. 희극이라고 불리워지는 작품 중에서도 그리스와 로마의 고전작품들과 셰익스피어와 몰리에르의 작품들을 분석한 후에 몇 가지 주장을 말하고 있다.

N : 프라이는 『비평의 해부』에서 봄의 미토스(Mytos)를 희극이라 말하고, 버나드 · 쇼의 말을 인용하여 "희극은 지금까지 그 구조원리와 인물 유형이 극히 견고한 것이었다. 희극작가는 몰리에르로부터 수법을, 디킨즈로부터 등장인물을 각각 도용함으로써 대담한 독창성의 소유자라는 명성을 얻을 수 있었다"[12]라고 언급하고 있다. 그리고 그는 주인공의 욕망의 장애물이 희극의 줄거리를 만들고, 이 장애물의 극복이 희극의 해결을 만들어낸다고 말한다. 그리고 희극은 보통 해피 엔드로 향해 움직이는데, 방해꾼들을 단순히 추방하기보다는 화해하기도 하고, 개심하기도 하는 경우가 더 많다고 말한다.

N · 프라이는 희극의 형식에 대해서는 다음과 같이 말하고 있다.

---

9) 같은 책, 120쪽.

10) 같은 책, 138쪽.

11) 같은 책, 139쪽.

12) N · 프라이 지음, 임철규 역, 『비평의 해부』, 한길사, 228쪽.

희극의 형식을 전개하는 데는 두 가지 방법이 있다. 하나는 주로 방해꾼들 (blocking characters)에게 역점을 두는 방법이고, 또 하나는 발견과 화해의 장면을 가져오는 데 역점을 두는 방법이다. 전자는 희극의 아이러니, 풍자, 리얼리즘과 풍습희극에서 볼 수 있는 일반적인 경향이고, 후자는 셰익스피어와 기타의 다른 유형의 로만스 희극에서 볼 수 있다.[13]

N·프라이는 희극의 성격묘사에 대해 언급하면서, 희극적인 인물의 세 가지 유형으로 알라존(Alazon) 즉 기만적인 인간, 에이론(Eiron) 즉 자기를 비하하는 자 셋째로 보몰로코스(Bomolochos) 즉 어릿광대를 들고 있다. 구태어 하나를 더 첨가한다면, 네 번째로 성격유형으로 촌뜨기 같은 인물을 들고 있다.

결론적으로 N·프라이는 희극의 여섯 가지 양상을 들고 있는데, 첫 번째 양상은 가장 아이러니적 양상으로 자연적으로 편집증상에 빠져 있는 사회가 승리를 얻는다든가, 그렇지 않으면 그 사회가 패배당하지 않고 남아있는 상태다. 이러한 작품에서는 직언인사가 조롱의 대상이 된다.

희극의 두 번째 양상은 가장 간결한 형식으로는 주인공이 편집증에 빠져 있는 사회를 변형시키지 않고 기존의 사회구조를 있는 그대로 두고, 거기에서부터 도피하기도 하고 탈출하기도 하는 희극인 것이다. 이 양상에 있어서 보다 더 복잡한 아이러니는 한 사회가 주인공에 의해서 구성되거나 또는 주인공의 주위에서 구성되기도 하지만, 그 사회가 자립할 수 있을 만큼 충분히 강력하지도 않고, 현실적인 것도 아닐 때 생긴다.

희극의 세 번째 양상은 우리가 이미 논의해왔던 통상적인 양상으로서, 이 양상에서는 성난 노인이나 기타 편집광이 젊은 사람의 요구에 굴복하고 있다.

희극의 네 번째 양상은 우리가 경험의 세계에서 순진무구와 그리고 로만스의 이상적인 세계로 옮겨가기 시작하는 것이다. 희극의 결말에 확립된 보다 행복한 사회는 보통, 편집증적인 열병의 의식적인 속박과는 대조적인 것으로, 정

---

13) 같은 책, 233쪽.

의되지 않은 채로 그대로 남게 된다는 점은 이미 알고 있는 것이다. 그러나 희극이 그 극적인 전개를 두 개의 서로 다른 측면에서 제시해 줄 수는 있다.

희극의 다섯 번째 양상(이 가운데 몇 가지 주제에 대해서는 이미 우리가 예상해 왔다)에서는, 우리는 더욱 로만스적인 세계로 옮겨간다. 이 세계는 유토피아적이라기보다는 아카디아(Acadia)적인, 축제적인 것보다는 명상적인 분위기가 더 짙으며, 그리하여 여기에 있어서 희극적인 해결은 플롯의 결과로서 나타나는 것보다는 관객의 시야의 변화에 더 의존하고 있다.

희극의 여섯 번째 양상은 희극적인 사회의 붕괴와 해체로 돌입하게 된다. 이 양상에서는 희극의 사회적 단위는 작아지고, 비교적(秘敎的)이 되며, 심지어 단 한 사람의 개인에게만 국한되어지는 일조차 있다. 아무도 모르는 호젓하고 쓸쓸한 곳, 달빛이 비치는 숲, 깊숙한 계곡, 행복에 찬 섬등이, 로만스의 깊은 사색에 잠겨 있는 (penseroso) 분위기, 마법과 불가사의한 것에 대한 사랑, 일상생활에서부터 혼자 떨어져 사는 은둔적인 생활에 대한 감각 등이 그러한 것처럼, 점점 뚜렷하게 부각되어진다. 이런 종류의 희극에서 우리는 최종적으로 기지(機智)의 세계와 각성된 비평적인 지성의 세계에서 떠나 그 반대의 극인 신화적인 엄숙한 세계에로 향하게 된다.[14]

---

14) 같은 책, 249 − 260쪽.

6장 禪學的 희극성의 개념

　한국인은 왜 웃는가? 한국인의 웃음은 어디로부터 오는 것인가? 동양인이 웃는 이유는 서양인이 웃는 이유와는 다를 수 있다. 이은상은 제 37차 펜대회에서 한국문학의 해학성에 대해 "한국의 해학은 깨달음"에서 오는 것이라고 말하고 있다. 본분사의 경지에 있는 깨친 자의 웃음이 동양인과 한국인의 웃음이라고 말하는 것이다. 이러한 말은 월 · 포울(H · Welpole)이 말한 "이 세상은 생각하는 자에게는 희극이요, 느끼는 자에게는 비극이다"라는 말과 일맥상통하는 것이라고 생각한다.

　李白(701 － 762)은 "왜 산에 사느냐 묻길래 / 웃기만 하고 아무 대답 아니했지"라고 말하고 있다.

山中問答

李白(701 － 762)
問余何事棲碧山(문여하사서벽산)

笑而不答心自閑 (소이부답심자한)

桃花流水杳然去 (도화유수묘연거)
別有天地非人間 (별유천지비인간)

왜 산에 사느냐 묻길래
웃기만 하고 아무 대답 아니했지.

복사꽃잎 아득히 물에 떠가는 곳
여기는 별천지라 인간 세상 아니라네.

김상용(金尙鎔)은 <남으로 창을 내겠소>라는 시에서 "왜 사냐건 / 웃지요"
라고 말하고 있다.

<南으로 窓을 내겠소>

남으로 창을 내겠소
밭이 한참갈이

괭이로 파고
호미론 풀을 매지요.
구름이 꼬인다 갈 리 있소.
새 노래는 공우로 들으랴오.
강냉이가 익걸랑
함께 와 자서도 좋소.

왜 사냐건

웃지요.

金尚鎔은 다른 시 <웃은 죄>에서 "난 몰라요 / 웃은 죄밖에"라고 말하고 있다.

<웃은 죄>

지름길 묻길래
웃고 대답하고,
물 한 모금 달라기 웃고 떠 주었지요.

평양성에 해 안 뜬대도
난 몰라요.
웃은 죄밖에

정지용의 시집 『백록담』의 「長壽山1」에 나오는 "웃절 중이 여섯 판에 여섯 번 지고 웃고 올라 간뒤 조찰히 늙은 사나히의 남긴 내음새를 줏는다" 등의 구절에서 보듯이 한국인의 웃음은 이백과 김상용 그리고 정지용의 시에서 보는 것과 같이 어떤 경지에 들어간 웃음이다. "여섯 번 지고, 웃고 가는 스님" 의 모습에서 보듯, 한국의 해학내지는 희극성은 '깨침'에서 오는 것이라고 생각한다. 그런 의미에서 '깨침'에 대해 깊은 세계를 갖고 있는 선불교의 관점에서 본 희극성에 대해 생각하는 것은 가치 있는 일이라고 생각한다.

물론 한국인들도 앞에서 언급한 것들 즉 서양 사람들이 말하는 것을 원인으로 해서 발생하는 웃음을 웃는다. 그러나 한국의 고전문학 작품에 나타나는 우리 조상님들의 웃음은 어떤 경지에 들어간 깨친 자의 웃음이다. 우리 조상님들의 웃음을 월포울(H.Welpole)이나 베르그송의 이론과 연결시키자면, 한국인의 웃음은 우주의 원리를 이성적으로 논리적 그리고 합리적으로 깨닫고 연기론적으로 존재하는 현실은 모든 것이 진리라는 사실을 깨친 자의 웃음이라고 생각한다. 여섯 판에 여섯 번 지고 웃는 스님의 웃음 그리고 왜 사느냐고 묻자 그 대답으로 웃는 웃음 모두가 인생의 깊은 경지에 들어간 웃음이다. 바둑을 두면서 이기고 지는 것이 무슨 대단한 일이며, 운동경기를 하면서 지고이기는 것이 무슨 대단한 일인가? 한국인의 웃음은 현실이 진리임을 깨친 자의 웃음이며 그리고 조그마한 일에 대한 집착에서 벗어나지 못하는 속인에 대해 연민을 갖는 그릇이 크고 마음의 폭이 넓은 깨친 자의 웃음이며, 이것이 한국인의 웃음의 본질이라고 생각한다. 필자는 한국의 선불교를 이용하여 문학연구방법과 한국희곡의 희극성에 대한 연구를 위한 방법론을 고안하려고 한다.

오늘날까지 한국의 문학비평가들과 문학연구가들의 대부분은 문학작품을 서양의 방법론을 이용하여 연구했다. 학자들이나 문학비평가들이 서구의 연구방법론을 수입하여 연구한 것이다. 아직도 대부분의 학자들은 서양의 방법론을 이용하여 문학작품을 연구하고 있다. 이제는 우리도 우리의 연구방법론을 개발하여 문학작품을 연구할 때가 되었다고 생각한다.

요사이 선불교와 다른 학문과의 결합이 여러 분야에서 이루어지고 있다. 서양에서는 이미 에릭 프롬을 위시한 여러 학자들에 의해 불교와 정신분석학을 연결하여 연구되어 왔고, 한국에서도 정신병 치료와 선불교와의 결합 즉 선불교를 이용하여 정신병을 치료하는 방법에 대한 학술회의가 열렸고, 선불교를 이용한 상담의 방법들이 개발되고 있으며, 선시와 초현실주의시와의 비교문학적 연구들은 이미 오래 전부터 있어 왔다. 그리고 선불교와 심리학 그리고 정신분석학을 연결하여 계속 새로운 연구들이 이어지고 있다. 필자가 시도하는 것은 선불교의 깨침의 세계와 문학연구방법을 결합하여 새로운 방법을 개발하고, 그 방법으로 작품을 읽고, 분석하고, 평가하려는 것이다.

오늘날까지 우리는 문학작품에 대해 연구하기 위해 역사주의적 비평방법 · 형식주의적 비평방법 · 사회학적 비평방법 · 심리주의적 비평방법 · 정신분석학적 비평방법 · 마르크시즘적 비평방법 · 원형비평방법 · 기호론적 비평방법 · 수용미학적 비평방법 등을 사용했다. 각 방법론은 사상적 배경을 갖고 있다. 어떤 학문이나 예술적 현상도 정치적 배경이나 사상적 배경 없이 독자적으로 생겨나지 않는다. 연구방법론도 각자의 사상적 배경을 가지고 있다고 생각한다.

역사주의적 비평방법은 실증주의 철학이 배경이 되었고, 형식주의 비평방법은 분석철학이 배경이 되었고, 사회학적 비평방법은 사회학이, 심리주의적 비평방법은 심리학이, 정신분석학적 비평방법은 정신분석학이, 마르크시즘적 비평방법은 마르크시즘이, 원형비평방법은 신화학이, 기호론적 비평방법은 상징학이, 수용미학적 비평방법은 포스트모더니즘 철학이 배경이 되고 있다. 모든 방법들이 서양사상을 배경으로 갖고 있다.

그렇다면 한국적 문학연구방법은 한국사상이 배경이 되어서 만들어져야 되는 것이 아닌가? 기나긴 역사를 가진 한국에는 여러 가지 사상이 있다. 무속사상 · 불교사상 · 유교사상 · 노장사상 · 천도교 사상 · 원불교 사상 · 기독교 사상 등이 있다. 필자는 여러 가지 사상 중에서 1600여년의 역사를 가진 한국불교사상, 그 중에서도 특별히 선불교 사상을 바탕으로 해서 문학연구방법론을 만들고, 그 방법론으로 문학작품을 비평하고 연구하고자 한다.

佛敎의 모습은 나라와 시대에 따라 다르다. 심하게 말하면 사람에 따라서도 다르다. 위빠사나 등을 중요시하는 남방불교가 있는가 하면, 티베트와 몽고에는 라마교가 있고, 동아시아(중국 · 한국 · 일본)에는 禪佛敎가 있다. 선불교에는 간화선과 묵조선이 있는데, 한국의 선불교는 看話禪佛敎를 주종으로 하고 있다. 물론 한국에도 여러 종류의 불교가 있는데, 세계무대에 내놓을 수 있는 한국불교의 핵심을 이루고 있는 것은 간화선불교라고 생각한다.

그럼 禪學的 문학연구방법이란 무엇인가? 여기서 문제가 되는 것은 '禪學的'이라는 말이라고 생각한다. 禪學은 禪佛敎에 대해 연구하는 학문이다. 그리고 禪佛敎는 달마선사에서 시작된 중국과 한국 그리고 일본 즉 동아시아의 불교로서 염불이나 진언 그리고 간경보다는 참선을 중요시하는 불교다. 선불교는 간화선불교와 묵조선불교로 나눌 수 있는데, '깨침'을 중요시하는 불교다. 특히 한국불교는 간화선불교를 정통으로 삼고 있는데, 선불교는 話頭(혹은 公案이라고도 일컬음)를 참구하여 깨침의 경지에 들어가려는 불교다. 결론적으로 禪學的 문학연구방법은 선불교를 사상적 배경으로 하여, 선불교의 궁극적 목적인 "깨침의 경지"에서 문학작품을 읽고, 분석하고, 평가하려는 방법이다.

어떤 의미에서 문학연구방법이란 어떤 사상의 논리로 작품을 보고 분석하고 평가하는 것이라고 생각한다. 그런 뜻에서 필자는 한국의 看話禪佛敎와 禪學이 이루어놓은 학문적 · 종교적 성과와 사고의 논리를 바탕으로 문학작품을 비평하고 연구하는 방법을 구상하고, 그 것을 禪學的 문학연구방법이라고 일컫고자 한다.

필자는 禪學的 문학연구방법을 장르론과 연결시켜 喜劇論에 대해 언급하고자 한다. 깨침의 경지에서 본 문학작품의 희극성이 무엇인가를 규명하려는 것이다. 이러한 과정을 통해 서양의 희극에 대한 이론에 익숙해진 우리 자신을 점검하고, 문학작품의 희극성을 새로운 관점에서 보려는 것이다.

이러한 작업을 위하여 本攷는 우선 앞 장에서 언급한 기존의 즉 서양의 희극론과 희극성에 대해 고찰했다. 그리고 다음으로 禪佛敎에서의 '깨침의 세계'에 대한 견해들을 소개하고, 그것을 바탕으로 禪學的 문학연구방법을 제안하고자 한다. 그리고 禪學的 문학연구방법으로 禪學的 喜劇論을 구축하고, 서양의 희극론과 禪學的 喜劇論의 입장에서 연극대본의 희극성을 규명하고자 한다.

6-1. 불교문학 연구방법과 禪學的 문학연구방법

필자가 언급하고 있는 "禪學的 문학연구방법"과 기존의 '불교문학'이나

"불교문학에 대한 연구"와는 전혀 입장이 다르다. 기존의 '불교문학'에 대한 개념은 다양하나 일반적으로 불교문학이란 불교사상을 담은 문학작품이나 경전을 의미한다. 그리고 불교문학에 대한 연구라는 것은 문학작품이나 경전에 나타난 불교사상을 연구하는 것을 의미한다. 좀더 구체적으로 다른 연구가들의 견해를 들어 보자.

김운학은 불교문학의 의미를 다음과 같이 말하고 있다.

> 佛敎文學은 여러 가지 의미로 생각해 볼 수 있다. <佛敎의 文學> <佛敎와 文學> <佛敎를 위한 文學> <佛敎的 文學> <佛敎에 의한 文學> 등 무언가 비슷한 것 같으면서 조금씩은 다른 이미지를 주고 있다. 지금까지는 이런 구체적인 이미지에 관계없이 다만 <佛敎文學>이라는 이름으로 다루어져 온 것은 틀림없다. 때문에 佛敎文學은 廣義로도 俠義로도 또한 불교의 어느 부분적으로도 經·律·論 三藏의 전부로도 混用되어 온 것이다.[1]

김운학은 넓은 의미의 불교문학에 대해 설명하고, <佛敎文學의 槪念>이라는 章의 결론 부분에서 좁은 의미의 불교문학에 대한 의미를 다음과 같이 기술하고 있다.

> 불교문학은 일반 俗文學과 구별지우는 요건으로 悟道文學이라고도 할 수 있는데 불교문학은 이 悟道의 내용을 그 작품의 어느 부분엔가에 살릴 수 있는 의식을 가져야 할 것이다. 모든 작품의 전부가 반드시 다 그래야 된다는 것은 피하더라도 적어도 불교문학을 목적하는 이는 이 차원 있는 목표를 언제나 상정하면서 작품을 끌어가야 할 것 같다. 설사 聖者的인 깊은 悟道의 境을 묘사하지 않는다 할지라도 인간의 보다 높은 차원을 찾는 본질적인 방법과 추구 이것만은 절대로 필요하지 않을까 생각된다.[2]

---

1) 金雲學 著, 『佛敎文學의 理論』, 일지사, 1981, 6쪽.

홍기삼은 그의 저서『불교문학연구』에서 지금까지 논의 된 불교문학에 관한 개념 규정은 대략 세 가지로 나누어 생각해 볼 수 있다고 전제하고, 다음과 같이 정리하고 있다.

> (1) 불교의 경전 및 부처의 가르침에 관계되는 저작물 일체
> (2) 불교경전 및 불교적인 것을 표현한 문학 일체
> (3) 불교적인 관심을 문학 형식으로 창작한 것[3]

그리고 <불교문학이란 무엇인가>라는 章의 결론에서 다음과 같이 불교문학의 개념과 범주를 정리하고 있다.

> 불교문학의 개념과 그 범주는 위에서 보아온 바와 같이 크게 두 가지로 요약할 수 있다. 그 하나는 경전을 불교문학으로 규정하는 것이고 다른 하나는 불타의 가르침을 세계관적 토대로 수용한 창작문학이다. 또한 이것을 모두 합쳐서 불교문학이라고 보는 견해도 있다. 그러나 여기서 몇 가지 유의할 것은 첫째, 불교를 소재로 한 문학이라고 해서 불교문학이 되는 것은 아니라는 점이다. 마찬가지로 불교를 소재로 하지 않았을 경우 비불교문학이 되는 것도 아니다. 등장인물이나 사건, 배경 등 표면적 조건보다 내면적 조건에 따라 그 성격이 규정될 수 있다는 사실에 깊이 유의하지 않으면 안된다. 둘째, 불교경전 속에 포함되어 있는 각종 설화(민간전설, 신화, 민담 등) 중에는 상당수가 경전성립 이전, 즉『자타카』와 같이 민간에 유포되어 있던 것을 기록했다는 점도 주목할 필요가 있다. 셋째, 불타의 생애를 기술한 다종다양의 저작물들, 선시, 지역과 시대에 따라 발생한 불교설화, 승전류, 영험록 등 창작과 경전의 중간지대에 광범위하게 걸쳐 있는 불교문학의 풍부한 자원에 대해서도 충분한 검토가 있어야 한다.[4]

---

2) 같은 책, 15쪽.

3) 홍기삼 著,『불교문학연구』, 집문당, 1997, 16 - 17쪽.

4) 같은 책, 21 - 22쪽.

홍기삼의 불교문학에 대한 설명은 기존의 연구와 별 차이가 없으며, 단지 좀
더 구체적으로 언급한 것으로 생각된다.

인권환은 불교문학의 개념 규정에 대해 다음과 같이 말하고 있다.

> 그 동안 불교문학의 개념이 확립되지 않음으로 해서 많은 혼란이 있었고, 이것
> 은 불교문학을 曖昧模糊한 것이되게 함으로써, 그 존재 의의가 흐려져 왔다. 즉
> 승려나 불교인의 작품이면 무조건 불교문학이라 한다거나, 불교의 교리를 선전하
> 고 전파시키기 위한 포교적 문학만을 불교문학이라 한다거나, 어느 누구의 작품
> 이건 불교적 소재나 배경, 불교적 인물이나 사건이 등장하면 무조건 불교문학이
> 라는 식으로 막연히 논의되어 왔던 것이다. 그러나 '佛敎文學'은 어디까지나 '佛
> 敎文學'이지 '佛敎의 文學'이거나 '佛敎를 위한 文學', 또는 , 佛敎的 文學'은
> 아니다.5)

인권환은 불교문학의 정의와 영역에 대한 문제점들을 지적하고, 다음과 같
이 진정한 불교문학에 대해 언급하고 있다.

> 진정한 불교문학이란 결국 불교의 진리와 문학의 진리가 특정한 집단이나 개
> 인의 창작 과정을 거쳐 고차원적으로 合一되는 경우의 문학이라 할 수 있다. 문학
> 은 그 자체에 철학과 사상을 포용하기는 하지만, 철학과 사상 그 자체의 도구는 아
> 니다. 문학은 그 근본 요소로서 사상적인 것 외에도 정서적, 상상적, 형식적 요소
> 를 지니고 있는 별개의 유기체다. 문학에는 인간과 신, 죄와 구원 또는 깨달음의
> 문제인 종교적 측면, 인간의 본질이나 죽 음 · 사랑 · 미움의 문제인 인간적 측면,
> 그리고 가정 · 집단 · 국가의 문제인 사회적 측면을 함께 다루고 있는 바, 여기에서
> 추구하는 바가 불교에서 추구하는 바와 고차원적으로 一致되고 상호 상승작용을
> 통하여 統一的指向을 성취할 수 있을 때, 불교문학은 가장 참다운 진면목을 보여

---

5) 인권환 지음,『韓國佛敎文學硏究』, 고려대학교 출판부, 1999, 25쪽.

줄 것이다.[6]

　앞의 세 사람의 의견을 종합하면, 오늘날까지의 불교문학에 대한 연구는 불교의 三藏이나 불교의 설화 그리고 불교사상이 담긴 문학작품을 대상으로 어떠한 불교사상이 담겨져 있는가를 탐구하였다. 그러나 필자가 말하고 있는 "禪學的 문학연구방법"은 禪佛敎와 禪學의 성과를 바탕으로 모든 문학작품을 분석하고 비평하고 평가하자는 것이다. 그러니까 기존의 불교문학에 대한 개념과는 전혀 다른 것이다.

　禪學的 문학연구방법에서 작품을 분석하고 비평하는 잣대는 禪佛敎의 핵심 사상이다.

　다시 말해서 선불교의 핵심이라고 볼 수 있는 '깨침'의 의미와 경지를 禪佛敎와 선학의 입장에서 탐구하여 기술하고, 그와 관련된 몇 가지 개념어를 중심으로 "禪學的 문학연구방법"의 이론을 만들고 작품을 분석하고자 한다.

6-2. 禪學에서의 깨침의 세계

　유학과 불교 그리고 노장사상이 국가의 핵심 이데올로기였던 시대의 한국 · 중국 · 일본을 비롯한 동북아 국가들의 학자들이 학문하는 중요한 목표 중에 하나는 깨침을 얻는 것이었다고 말할 수 있다. 그래서 孔子도 "朝聞道夕死可矣"라고 말하지 않았던가. 깨침을 얻는 것은 오늘날 우리들에게도 매우 중요한 일이다. 그러기 때문인지 丹學의 이승훈은 『힐링 소사이티』라는 책에 "깨달음만이 희망이다"라는 부제를 단 것이라고 생각한다. 깨침의 경지를 선불교에서는 不立文字 敎外別傳이라고 하여 언어로 표시할 수 없는 세계라고 하지만,

─────────────

6) 같은 책, 25 - 26쪽.

그대로 침묵하면 아무도 알 수 없으니 언어로 표시해 보자는 것이다.

그럼 '깨침'이란 무엇인가? 여기서 동시에 떠오르는 단어는 '깨달음'이란 단어다. 앞에서 이승훈도 『힐링 서사이티』에서 '깨달음'이란 단어를 쓰고 있다. 많은 스님들과 불교학자들도 '깨달음'이란 말을 사용하고 있다. '깨침'과 '깨달음'에는 차이가 있는 것인가? '깨침'은 '깨치다'의 명사형이고, '깨달음'은 명사다. 국어사전에서 '깨치다'와 '깨달음'의 뜻을 찾아보면 다음과 같다.

> 깨치다 : 1) 깨달아 알게 되다. 깨달아 지식을 얻다.
>
>   2) 깨뜨리다.
>
> 깨달음 : 1) 앎. 생각이 남. 짐작이 감.
>
>   2) 정각(正覺)[7]

『새 우리말 큰 사전』에 의하면, '깨치다'는 "깨달아 알게 되거나 지식을 얻게 되는 것"이고, '깨달음'은 '正覺'이다.

그런데 박성배 교수는 성철 스님의 말씀을 인용하면서 "깨침의 경지"와 "깨달음의 경지"를 다음과 같이 구별하여 말하고 있다.

> 그럼에도 불구하고 나는 "모르기 때문에 쓴다"는 항변으로 여러 해를 버텼다. 그러다가 성철 스님을 만났다. 1966년의 일이었다. "깨달음은 깨침이 아니다. 깨침과 깨달음을 혼동하지 말라"는 성철 스님의 일갈에 나의 버팀은 무너졌다. 그 길로 나는 동국대학교에 사표를 내고 선승이 되었다. '깨달음의 길'을 버리고 '깨침의 길'을 가기 위해서였다.
>
> 참선하는 선승의 언어는 일반 사람들의 언어와 달랐다. 그들은 '깨쳤다'는 말과 '깨달았다'는 말을 구별해서 썼다. '깨달음'이란 말은 지적 세계에서 종래에 몰랐던 것을 이제는 좀 알았다는 정도의 말인데 비하여, '깨침'이란 말은 지적 세계

---

7) 신기철, 신용철 편, 『새 우리말 큰 사전』, 삼성출판사, 571 – 572쪽.

자체가 난파하는 대목을 두고 하는 말이다. 전자가 일종의 보태는 행위에 불과하다면, 후자는 보탤 자리 자체가 없어졌다는 말이다. 이러한 차이는 『육조단경』에서 신수의 시와 혜능의 시가 판연히 구별되는 것과 비슷하다. 신수는 거울에 먼지가 앉지 않도록 부지런히 닦자는 말하는데 반하여, 혜능은 거울 자체가 없는데 어디에 먼지가 앉겠느냐고 말하는 것과 같다. 흔히 사람들은 자기 잘못을 뉘우칠 때 '나는 내 잘못을 깨달았다'고 말하지만, 그 사람은 똑같은 잘못을 또 저지른다. 여기서 우리는 깨달았다는 말의 무게를 알 수 있다. 그러나 깨쳤다는 말은 잘못을 저지르는 주체가 죽었기 때문에 똑같은 잘못을 되풀이할 수 없다. '깨달음'은 퇴전退轉의 언어인 반면, '깨침'은 다시는 물러서지 않는 불퇴전不退轉의 언어다. 깨달았다고 큰소리쳤다가 다시 어두워지는 경우는 얼마든지 있지만, 깨쳤는데 다시 어두워졌다는 말은 선방의 어법에서는 있을 수 없는 말이다. 그러므로 깨달음이 業의 연장에 불과하다면 깨침은 업이 깨지고 부서지는 일을 말한다. 깨져야 깨친다. 깨짐이 없는 깨침은 없다.[8]

필자의 부족한 소견으로는 성철 스님이 말씀하시는 '깨달음'과 '깨침'의 차이를 다음과 같이 설명할 수 있을 것 같다. 看經을 통해서 얻어지는 경지는 깨달음이고, 화두참선을 통해 얻어지는 경지는 깨침이다. 소승불교가 도달하는 경지가 깨달음이라면, 대승불교가 도달하는 경지가 깨침이다. 또한 '깨달음'과 '깨침'의 차이는 박성배 교수의 말과 같이 『육조단경』에 나오는 신수의 게송이 보여주는 경지와 혜능의 게송이 보여주는 경지의 차이라고 생각한다. 신수의 시 (身是菩提樹, 心如明鏡臺, 時時勤拂拭, 莫使有塵埃)와 혜능의 시 (菩提本無樹, 明鏡亦無臺, 本來無一物, 何處有塵埃)는 경지가 다르다.

그러나 필자는 간화선불교에서 말하는 경지를 "깨달음의 경지", "깨짐의 경지", "깨침의 경지", "깨어남의 경지" 등 네 단계로 나누고 싶다. "깨달음의 경지"는 지적 세계에서 종래 몰랐던 것을 이제는 좀 더 알았다는 경지이고, 둘째

로 "깨짐의 경지"는 지적 세계 자체가 난파하는 경지이고, 셋째로 "깨침의 경지"는 아집과 법집을 가지고 살다가 지적 세계와 자신이 깨어져 자신이 無我임을 깨닫게 되는 경지이고, 넷째로 "깨어남의 경지"는 자신을 중생이라고 생각하면서 살다가 망상에서 깨어나 눈을 뜨게 되어, 자기 자신을 포함한 모든 사람이 부처이고 우주의 森羅萬象이 모두 한 몸인 존재임을 깨치게 되는 경지라고 말하고 싶다. 필자는 "깨어남의 경지'라는 용어를 사용하고 싶으나, 성철 스님과 선승들의 의견을 존중하고"깨침의 경지"와"깨어남의 경지"를 합해서"깨침의 경지"로일컬을 수도 있다고 생각되어 "깨침의 경지"라는 용어를 사용하고자 한다.

그럼 깨침이란 무엇인가? 혹자는 道를 깨닫는 것이라고 말하기도 하고, 혹자는 우주의 원리를 깨닫는 것이라고 말하기도 한다. 그럼 禪佛敎에서 말하는 깨침이란 무엇인가? 禪佛敎에서 말하는 깨침은 여러 가지 측면에서 말할 수 있겠지만, '直指人心 見性成佛'이라는 말에서 알 수 있듯이 자신의 眞我 즉 眞如自性을 보는 것이라고 생각한다. 한국에 선불교를 전해준 慧能도 다음과 같이 말하고 있다.

故知一切萬法이 盡在自身心中하나니 何不從於自心하야 頓現眞如本性(姓)고 菩薩戒經에 云我本源(願)自性(姓)이 淸靜이라하니 識心見性하면 自成佛敎니라. 卽時豁然하야 還得本心이로다. (그러므로 알라, 모든 만법이 다 자기의 몸과 마음 가운데 있느니라. 그럼에도 어찌 자기의 마음을 좇아서 진여의 본성을 단박에 나타내지 못 하는가? 『보살계경』에 말씀하기를 "나의 본래 근원인 자성이 청청하다"하였다. 마음을 알아 자성을 보면 스스로 부처 의 도를 성취하나니, 당장 활연히 깨쳐서 본래의 마음을 도로 찾느니라.)[9]

---

9) 慧能 지음, 성철 역주, 돈황본『六祖檀經』, 장경각, 173 - 175쪽.

정휴 스님은 혜능의 말씀을 다음과 같이 말하고 있다.

> 견성을 성불로 파악한 대표적 인물이 혜능이다. 그는 인간의 본성을 떠나서는
> 부처가 존재치 않는다고 누누이 강조했다. 그래서 그는 우리의 본성이 바로 부처
> 이며 이 본성을 떠나 부처가 따로 있는 것이 아니라고 강조했다.[10]

결론적으로 말해서 깨침이란 '性'을 '見'하는 것이다. 그럼 '見性'이란 무엇
인가? 見性은 自性을 본다는 것인데, 自性을 본다는 것을 佛敎哲學적으로 복
잡하게 설명할 사람이 있겠지만 쉽게 간단히 말하면, 내가 누구인지를 깨치는
것이다. 인류의 역사가 시작된 이래, "인간이란 어떤 존재인가?" 그리고 "내가
누구인가?"하는 물음은 오늘날까지 계속되어온 물음이다. 소크라테스가 유명
한 것도 그가 처음으로 한 말은 아니지만, "네 자신을 알라"라는 말을 했기 때
문이라고 생각한다. "네 자신을 알라"라는 명제는 인문학의 출발점이며 종착점
이라고 생각한다. 그리고 모든 학문과 예술과 종교를 포함한 우리의 삶 즉 인생
자체도 내가 누구인지 알기 위해 존재하는 것이라고 생각한다. 그래서 우주의
삼라만상이 내가 누구인지 아는 데 도움이 되는 것임으로 모든 장소가 도량이
며, 우주의 삼라만상이 화두이며, 우리 삶 자체를 참선이라고 말하는 것이 아니
겠는가?

그럼 "나는 누구인가?"라는 질문에 대한 禪佛敎의 답은 무엇인가? 화두를
들고 참선을 함으로서 알 수 있게 된다는 것이다. 모두가 알다시피 선불교는 일
반적으로 간화선과 묵조선으로 나누는 데, 한국불교의 중심 종파인 曹溪宗은
看話禪을 正道로 택하고 있다. 간화선은 문자 그대로 話頭를 생각하고 혹은
들고 하는 참선이다. 그럼 話頭란 무엇인가? 鄭性本은 公案에 대해 다음과 같
이 말하고 있다.

---

10) 정휴 지음, 『깨친 사람을 찾아서 – 전강평전』, 우리출판사, 2000, 203쪽.

대혜의 간화선은 일체의 분별심과 차별심을 억누르고 그 곳에서 조주의 '무(無)'자 화두(話頭)를 참구하도록 가르치고 있다. 따라서 공안은 일체의 분별심을 버리도록 하는 절대적인 참선의 방편이며, 이러한 공안 참구로 써 무분별하고 근원적인 자기의 본래심을 깨닫도록 하고 있다. 말하자면 간화선에서의 공안(公案)은 자기의 근원적인 마음을 조고(照顧)해 보는 도구(道具)인 것이다.[11]

화두는 1700여 종류가 있다고 하는 데, 대표적인 화두로는, '無', '이 뭣고', '마삼근', '平常心', '喫茶去', '뜰 앞의 잣나무', '板齒生毛', '똥막대기' 등이 있다. 어떤 스님은 1700여 公案은 중국의 것이니 우리에게 맞는 한국의 화두를 만들어 사용해야 한다고 주장하거나, 話頭禪에 대해 회의감을 나타내는 분도 있으나, 그런 문제는 스님들이나 불교학자들에게 숙제로 돌리고 여기서는 기존의 주장을 바탕으로 계속 이론을 전개하고자 한다.

그럼 한국의 看話禪佛敎가 화두를 들고 참선하여 "나는 누구인가?"라는 물음에 대해 얻은 답은 무엇인가? 사람마다 조금씩 다른 표현 방법으로 답을 말할 수 있겠지만, '無字 話頭'를 비롯한 여러 화두를 통해 공통적이며 보편적인 것으로 얻을 수 있는 결론은 '無我'다. '나'라는 실체가 없다는 것이다. 나의 실체는 空性이라는 것이다. 육체의 형태는 있으나, 실체는 연기론적으로 空이라는 것이다. 그러나 연기론에 얽매이지 않고, 연기론의 공성도 깨쳐서 초월할 때, 진정한 깨침인 열반에 이를 수 있을 것이라고 말하기도 한다.

그럼 '無我'의 뜻은 무엇인가? '無我'의 의미는 여러 가지로 해석될 수 있다고 생각한다. 많은 불교학자들이 말하는 것처럼 '無我'는 인간의 주체가 없는 것으로 해석하여, 불교사상이 설 자리에 대해 회의감을 나타내는 경우도 있다. 한국과 일본에 있는 많은 불교학자들이 여래장설과 비교하여 무아설이 갖는 문제점을 지적하고 있다. 다음의 예를 인용해 보자.

---

11) 정성본 지음, 『선의 역사와 사상』, 불교시대사, 1999, 467쪽.

어떤 형이상학적 주체 개념도 들어설 수 없는 이른바 주체 개념의 불가역성, 그
것이 바로 무아설의 특징이다. 그러나 어떤 형태나 어떤 이름으로 부를 수 있는 그
런 주체가 존재하지 않는다면 도대체 내가 없다고 생각하고 있는 나는 도대체 누
구이며, 그런 연기적 인과관계 속에서 구원과 깨달음과 열반으로 인도되는 주체
는 도대체 누구인가? 무아설이 절대적으로 해석되는 곳에서는 연기적 주체, 윤회
적 주체, 현상적 주체, 형이상학적 주체, 이 모든 것들이 의미 없게 될 것이다. 그렇
다면 이 세상에 태어나서 고통 속에 머물러 있다가 열반적정의 세계를 찾아 들어
가는 나의 존재는 도대체 무엇인가?[12]

그러나 필자는 無我의 의미를 불교학자들과 달리 해석한다. '無我' 즉 내가
없다는 것은 연기론적으로 없다는 것임으로 역설적으로 진짜 내가 있다는 뜻이
라고 생각한다. 無我의 자리는 우주운행의 원리인 역설의 원리로 보면 眞我의
자리인 것이다. 無我의 자리는 '眞空妙有'의 자리이며, 자기 부정의 자리이며
동시에 역설적으로 자기 긍정의 자리인 것을 알 수 있다. 無我의 자리는 我執
을 버리고 모든 것을 放下着하여 도달하게 되는 下心의 자리이고, 겸손의 자
리이며, 순수의 자리이며, 자기를 비운 자리이며 "나 없음"의 자리이며 眞如自
性의 자리이며 연기론적으로 '空'의 자리라고 생각한다. 그 자리는 깨침의 자
리이며 여래장의 자리이며 부처의 자리다. 無我의 자리는 "나 없음"의 자리이
며 동시에 "나 있음"의 자리인 것이다. 無我의 자리는 천한 자리 같으나 가장
고귀한 자리다. 無我의 자리는 가장 낮은 자리로 보이나 실은 가장 높은 자리인
것이다. 예수님도 "너희 중에 누구든지 으뜸이 되고자 하는 자는 너희 종이 되
어야 하리라"(마태복음 20장 27절)라고 말씀 하셨다. 결국 쉽게 말하면, 無我의
경지란 我相이 없는 '空'의 경지를 말하는 것이다. 我相이 있을 때 번뇌망상이
생기고 我相이 없을 때 번뇌망상이 사라지는 것이니, 無我의 자리는 무분별심
의 자리이며 眞我의 자리며 般若의 자리고 부처의 자리다.

---

12) 김진 지음, 『칸트와 불교』, 철학과 현실사, 2004, 143 - 144쪽.

어거스틴은 신앙생활의 핵심은 첫째도 겸손이고 둘째도 겸손이며 셋째도 겸손이라고 말했다. 이 때 겸손은 불교의 下心과 통하는 말이며, 我相이 없는 자리를 말하는 것이라고 생각한다. 그리고 종교학자 차옥숭은 모든 종교가 갖는 최고 경지의 공통점은 "나 없음"이라고 볼 수 있다고 다음과 같이 말하고 있다.

그러나 많은 종교 전통에서 지향하는 궁극적인 종교 경험은 "나 없음"에서 일치하는 것 같다. 불교의 경우 불교인들은 해탈을 이루기 위해서 끊임없이 정진한다. 그러나 결국 해탈을 이루겠다는 생각마저도 완전히 놓아버릴 때 비로소 해탈에 이룰 수 있다. 도가에서도 마찬가지다. 나를 완전히 비웠을 때 우주의 신비인 '도'가 내 안에 깃들 수 있다.

그리스도 전통 또한 예외가 아니다. 13세기 독일에서 활동했던 신비주의자인 마이스터 에크하르트는 다음과 같이 이야기 한다. "나를 하나하나 벗어버리고 '나 없음' 속에서 나는 가장 겸허해지고 영혼이 맑아져서 그 맑은영혼을 통해 하느님을 제대로 볼 수 있다. 그리고 내가 하느님 안에 거할 수 있다." 이슬람 종교 전통에서도 마찬가지다. "당신 앞에서 마지막까지 내 의식의 찌꺼기가 남아 있는 것이 나를 괴롭힙니다"라고 이슬람 전통의 신비주의자인 수피들이 알라에게 고백하는 글들을 통해서 알 수 있다. 이와 같이 여러 종교 전통의 신비주의가들은 '나 없음' 속에서 여러 가지 신비 경험을 하고, 그 경험을 증언한다.[13]

無我의 경지는 "나 없음"의 경지이며, 자기 부정의 경지이고, 자기 깨짐의 자리이며, 大死의 자리이고, 기독교적으로는 십자가에서 죽고 부활하는 경지이며, 인간이 도달할 수 있는 가장 낮은 곳에 임하는 최고의 경지라면, 동시에 看話禪佛敎가 도달하게 되는 최고의 경지라고 생각한다. 無我의 경지는 우리가 가지고 있는 모든 것에 대해 집착을 버리고 얻은 순수한 경지이기도 하다. 우리에게는 많은 탐욕, 편견, 선입감, 오해, 교만, 습관, 풍습, 무식, 쓸데없는 지

---

13) 차옥숭, 『증산교 원불교』, 서광사, 2003, 7쪽.

식 등이 있다. 無我의 경지는 이러한 것들을 모두 放下着한 다음에 도달하는 空性의 경지다.

결국 無我의 경지는 無心과 無念과 我空과 法空의 경지이며, 無自性의 경지이며 無涯의 경지다. 간화선불교의 입장에서 보면, 이 경지는 我와 心과 自性이 空임을 깨쳐서 번뇌망상이 없어진 경지다. 그런 즉 無我의 경지는 깨침의 경지이며, 不二의 경지며, 不異의 경지이고, 不二一元論의 경지이고, 三昧의 경지인 것이다. 다시 말해서 확고한 不二의 지혜가 보는 것은 모든 것의 空性, 나도 너도 나아가 모든 것이 연기론적으로 空하다는 사상이다. 그리고 그것은 또한 절에 가면, 일주문과 불이문 그리고 해탈문이 한 줄로 있는 이유이다.

우리가 無我의 경지에 들어간 다음에 알게 되는 것은 나의 眞我는 無我의 상태이므로 역설적으로 무소부재하고, 나와 森羅萬象은 같은 차원의 존재라는 것이다. 나와 森羅萬象은 다를 것이 없다. 無我의 경지에 들어가게 되면, 나와 森羅萬象은 하나라는 사실을 깨치게 된다. 왜냐하면 나만이 無我가 아니라면, 우주의 삼라만상 각자가 모두 無我이기 이기 때문이다. 이러한 사실을 예를 들어 설명하면, 나는 죽은 후에 식물의 비료가 될 수 있고, 그 식물은 소나 염소의 먹거리가 될 수 있고, 소나 염소는 다른 사람이나 짐승의 밥이 될 수 있다. 아니면 내가 죽은 후의 시체가루는 흙에 묻어 흙이 되거나 바위에 붙어 무생물인 돌이 될 수도 있고, 진덕여왕의 눈물이 오늘날 우리의 음료수가 될 수도 있는 것이다. 그럼으로 緣起論적으로 우리는 우주의 삼라만상과 같은 차원의 존재다. 그리고 연기론적으로 너도 나도 空이다. 그럼으로 우리 모두는 동일한 차원의 존재인 것이다. 모든 존재는 분리되어 있지 않고, 상호관계성에 있다. 그러므로 내가 無我임을 깨닫게 되면, 우리는 우리 자신이 森羅萬象의 구성요소 중에 하나이며, 다른 구성요소와 같은 차원의 평등한 존재임을 알게 되어, 내가 우주이고 우주가 나와 하나임을 깨치게 된다. 우주의 森羅萬象이 모두 하나임을 알게 되어 사랑을 하게 되니, 이것을 불교에서 凡我一如의 사상이라고 하며 여기서 한 몸 임을 알아서로 사랑하게 되는 同體大悲의 사상이 나오는 것이다. 우주의 삼라만상이 하나인 것은 환경론자들이 현대에 일어나는 자연재해는 인간들이 자기 자신과 자연이 하나임을 모르고 자연을 파괴함으로서 일어나는 것이라고 말하는 것을 보아도 알 수 있다. 중국으로부터 오는 황사가 심해지는 이유 중에 하나도 우리가 고기를 많이 먹기 때문이라고 한다. 우리가 소고기와 양고기를 계속 먹기 위해서는 목축업자가 소와 양을 많이 키워야 한다. 그 소와 양들이 풀뿌리까지 먹기 때문에 황사가 더 심해지는 것이라고 한다. 사회적 물의를 일으키는 범죄도 우리가 사회적 물의를 일으키는 사람과 하나임을 깨닫지 못하고 사랑을 베풀지 않았기 때문에 일어나는 것이다. 우리는 사람이 많이 죽은 대구의 지하철 화재와 같은 큰 사건도 세상 사람들에 의해 버림받은 한 사람에 의해 일어났던 사실을 잘 알고 있다. 그런 의미에서 자연재해도 사회적 물의를 일으키는 범죄도 우리 모두가 하나라는 사실을 깨치고 同體大悲의 "사랑의 실천"을 실행에 옮기지 못한 우리 모두의 책임인 것이다. 우리 각자 각자가 "내 탓이오"라고 말해야 하는 것이다.

그리고 無我의 경지는 不二의 경지이기 때문에 無我의 경지에 들어가게 되면, 나와 남이 다르지 않고, 나와 우주의 森羅萬象이 하나이고, 내가 우주이고 우주가 나임을 알게 된다. 不異의 경지는 中道의 경지이기 때문에 좋은 것이 있거나 나쁜 것이 있는 것이 아니고, 아름다운 것과 미운 것이 있는 것이 아니다. 큰 키와 작은 키가 있는 것이 아니라, 오직 알맞은 키가 있을 뿐이고, 머리가 좋은 사람과 나쁜 사람이 있는 것이 아니고 우리 모두는 우리에게 알맞은 머리를 가지고 있는 것이다. 성철 스님은 해인사에 방장으로 취임하여 '百日法門'을 하시면서 결론으로 석가모니 부처님의 핵심 사상은 '中道'라고 말씀하신 적이 있다. 中道思想의 입장에서 보면 모두가 언제나 알맞고 훌륭한 존재이기 때문에, 中道의 경지인 無我의 경지에 들어가면 우주의 모두가 부처인 것이다. 圓佛敎에서 말하는 것처럼 處處佛像이며 事事佛供인 것이다. 그리고 간화선불교에서 말하는 것을 『涅槃經』의 "一切衆生이 悉有佛性"이라는 입장에서 보아도, 우주의 삼라만상은 모두 부처이며 훌륭한 존재이며 우리의 스승인 것이다.

處處佛像임으로 세상 사람과 森羅萬象은 모두가 부처며 우리의 스승이고 귀중하고 훌륭한 존재다. 또한 한 사람 한사람 그리고 森羅萬象 모두가 하나하나로서 가치 있는 존재이기 때문에 깨침의 경지에 있는 사람은 우주의 삼라만상을 대할 때 분별심과 차별심을 갖지 않는 것이다. 깨친 사람에게는 더 중요한 사람도 덜 중요한 사람도 없으며, 더 귀중한 물건도 덜 귀중한 물건도 없고, 모두가 훌륭하고 가치 있는 것이다. 그래서 無我의 경지에 있는 깨침의 경지에 있는 사람은 분별심과 차별심을 갖지 않는 것이다. 나와 남을 나와 우주의 森羅萬象을 분별하여 보는 것이 아니다. 깨친 자는 어떤 대상을 대할 때도 우주의 역사라는 드라마 속에서 모두가 존귀하고 가치 있는 역할을 하며 살아가는 존재임을 깨쳐 분별심과 차별심 없이 대하는 것이다. 동시에 모든 존재는 연기론적으로 완전자이기 때문이다. 無我와 眞如自性 즉 眞我의 외형적 모습은 분별심과 차별심을 갖지 않는 것이다.

성철 스님도 깨침의 경지인 無我의 상태에 있는 사람에 대해 이와 유사한 말은 한 적이 있다.

불교의 근본사상은 중생이 본래 부처라는 데에 있습니다. 현실 이대로가 극락세계이고 현실 이대로가 해탈입니 다. 중생을 부처로 만든다고 하는 것은 방편설입니다. 부처 아닌 것을 갖다가 부처로 만든다는 것이 아니고 중생 이 본래 부처고 현실 이대로가 절대요, 극락세계라고 하는 것입니다. <중략> − 마음의 눈을 분명히 뜨면 광명을 따로 찾을 것 없고 부처를 따로 구할 것 없지요. 그러므로 모든 존재를 부처님으로 섬기자 이것입니다. 서로가 부처님이니까 부처님으로 섬기자는 것입니다.

구원이란 자기보다 못한 사람을 구한다는 말인데, 우리 불교에는 그런 말이 없

어요. 부처가 다른 부처를 어떻게 구원한단 말입니까? 그러니 모든 존재를 부처님
으로 모시고, 부모로 섬기고, 스승으로 받들자는 말이지요.[14)]

6-3. 禪學的 문학연구방법

　문학연구방법이란 앞에서 언급한 바와 같이, 일반적으로 어떤 사상을 바탕
으로 문학의 구성요소에 대한 연구방법을 말하는 것이다. 문학작품은 형식과
주제로 구성되며, 형식은 언어의 예술적 구성 방법으로 문체나 구조 그리고 인
물, 시점, 거리 등을 들 수 있을 것이다. 禪學的 문학연구방법은 형식보다는 주
제와 제재에 대한 분석에 주안점을 두고 있다. 그렇다고 형식에 대한 연구를 무
시하는 것은 아니다. 주제가 형식에 통일성을 부여하는 것이고, 형식을 떠난 주
제의 부각은 있을 수 없기 때문이다.

　그럼 禪學的 문학연구방법은 어떤 사상을 이용하여 문학작품을 분석하고
이해하고 평가하려는 방법인가? 간단히 말해서 그것들은 선불교와 선학의 안
에 담겨져 있는 사상들이다. 선불교 안에는 많은 사상들이 담겨 있는데, 그 중
에서 몇 가지를 선택하여 이용하여야 되리라 생각한다. 최우선으로 생각할 수
있는 것은 '깨침'이라고 말하고 싶다. 좀 더 구체적으로 말하면, 禪學的 문학연
구방법은 깨침의 경지에서 문학작품의 내용을 분석하고 이해하고 문학작품의
가치를 평가하는 문학연구의 방법이라는 것이다. 선불교와 선학이 말하는 깨침
의 입장에서 시인이나 작가들이 쓴 문학작품을 분석하자는 것이다. 깨친 자의
입장에서 속세에 사는 인간들이 쓴 글을 읽고 비판하자는 것이다.

　그럼 깨침의 경지란 어떤 것인가? 일반적으로 불교에서 깨침의 경지는 염불
이나 진언 외우기 그리고 간경이나 참선(특히 간화선)으로 이루어질 수 있다고

---

14) 도서 출판 밀알 엮음, 『산은 산, 물은 물의 이성철 스님』, 밀알출판사, 17쪽.

말한다. 간화선불교에서는 화두를 갖고 참선하는 것이 깨침의 경지에 들어가는 첩경이라고 말한다.

그럼 도대체 무엇을 깨치는 것인가? 앞에서도 언급한 바와 같이 내가 어떤 존재인가를 깨치는 것이다. 간화선의 입장에서 보면, 깨침의 경지를 간단히 말하면, '無心'이며 '無我'다. 간화선불교가 말하는 無我의 경지는 나 없음의 자리이며, 끊임없는 자기 부정의 자리이며, 가장 낮은 곳에 처해 있는 순수한 모습이다. 또한 無我의 경지는 나와 우주의 삼라만상이 동등한 가치를 갖는 자리이며, 나와 모든 타자가 하나가 되는 자리다. 그리고 나에게 모든 삼라만상이 부처가 되고 스승이 되는 眞我의 경지다.

그럼 이런 깨침의 경지를 내외면적으로 보여줄 수 있고 설명할 수 있는 것들은 어떤 것이 있는가? 禪學的 문학연구방법은 이러한 것들을 이용하여 문학작품을 분석하고 이해하고 평가하려는 것이다. 우리는 깨침의 경지를 보여주는 것으로 다음과 같은 것들을 생각할 수 있을 것이다.

첫째로 깨침의 경지는 분별심과 차별심을 갖지 않는 경지다. 앞에서 언급한 바와 같이 깨침의 경지는 不二의 경지이며, 不異의 경지이며, 不二一元論의 경지다. 그리고 이것은 불교의 기본 원리이며 대전제인 것이다. 깨침의 경지에서 본다면, 모든 인간은 모두 귀중하고 가치 있는 존재이면 완전자다. 모든 인간은 인류의 역사라는 드라마 속에서 자기만의 고유한 역할을 가지고 세상에 태어난 것이다. 어떤 사람은 주연을 맡고, 어떤 사람은 조연을 맡고, 어떤 사람은 동네사람이라는 혹은 전쟁터에서 일찍 죽는 엑스트라를 맡고 있다. 그러나 깨침의 경지에서 보면 누가 더 훌륭하거나 덜 훌륭한 것이 아니다. 모두가 제 나름대로의 중요성과 가치를 가지고 살다가 역사의 뒤안길로 사라지는 것이다.

분별심과 차별심을 갖지 않는 것은 인간세계에만 해당되는 현상이 아니다. 우리는 우주에 존재하는 모든 것을 대할 때도 분별심과 차별심을 가져서는 안 되는 것이다. 나와 곤충이나 벌레 혹은 짐승이나 식물들을 대할 때도 분별심과 차별심을 가져서는 안 된다. 생물뿐이 아니다. 산과 바위와 강과 바다도 나와 한 몸인 것이다. 무생물에 대해서도 분별심과 차별심을 가져서는 안 된다. 나와 벌레와 식물과 짐승들은 모두 운명공동체며 한 가족인 것이다. 아니 한 몸이다. 요사이 환경파괴가 우리에게 미치는 영향을 보면서 사람들은 지구를 구성하는 생물이나 무생물 등이 모두 한 가족이며 한 몸임을 알게 될 것이다.

그리고 분별심과 차별심을 갖지 말아야 하는 또 다른 경지는 고뇌의 자리와 보리의 자리에 대해 분별심과 차별심을 갖지 않는 것이다. 밝음과 어둠이 둘이 아니고, 좋아함과 싫어함이 둘이 아니며, 고뇌의 자리와 보리의 자리가 둘이 아니라는 것이다. 세상 사람들이 흔히 말하는 고통의 자리가 기쁨과 환희의 자리라는 것이다. 문제가 답이라는 말이다. 고뇌를 보리로 보는 것은 불교의 일파인 밀교의 핵심 사상 중에 하나이기도 하다. 세상의 모습을 一切皆苦라고 하지만 동시에 涅槃寂靜이라는 것이다. 예를 들어 부모님이 치매에 걸리셨다면, 오늘날 자식들과 가족들 그리고 주위 사람들이 모두 고통을 받는다고 말하는데, 오히려 자식들이 부모님이 치매에 걸려 부모님이 돌아가시기 전에 부모님의 은혜를 갚을 수 있는 기회를 주신 부모님께 감사할 수 있어야 한다는 것이다. 이렇게 될 때 고통의 자리는 환희의 자리며 고마움의 자리라는 사실을 알게 될 것이다. 물론 부부간에 이러한 일이 생겼을 때도 같은 마음으로 부부간에 서로 감사하며 상대방을 기쁜 마음으로 간호하고 치료하고 돌봐야 한다는 것이다. 깨침의 경지에 있는 사람은 항상 고뇌의 자리를 보리의 자리로 볼 수 있어, 운문 선사가 말한 것처럼 日日是好日가 될 수 있고, 기독교의 성경이 말하듯이 항상 기뻐하고 감사할 수 있어야 한다. 깨침의 경지에 있는 사람은 현세와 내세, 극락과 지옥, 고뇌와 보리에 대해서도 분별심과 차별심을 갖지 않아 언제 어디서나 환희와 고마움에 차 있는 것이다.

성철 스님이 "산은 산이요, 물은 물이다"라고 말씀하셨을 때, 여러 사람들이 자기나름대로 무수히 많은 해석들이 있었다. 그리고 "산은 산이요, 물은 물이다"라는 말은 성철 스님이 처음 사용한 말도 아니고, 선불교의 역사 속에는 이 구절에 대해 "산은 산이 아니요, 물은 물이 아니다"라는 구절과 비교하여 많은 이야기들이 있지만, 필자는 "산은 산이요, 물은 물이다"라는 말씀도 분별심과 차별심을 갖지 말라는 말씀이라고 생각한다. '산'이나 '물'같은 상징적인 단어를 사용해서 여러 가지 해석이 나왔지, 좀 더 구체적으로 표현해서 "정치가는 정치가요, 학자는 학자다"라고 말씀하셨다면, 정치가에게는 정치가의 길이 있고, 학자에게는 학자의 길이 있으며, 동시에 존재하는 것은 모두 연기론적으로 진리이니 정치가와 학자에 대해 차별심과 분별심을 갖지 말라는 말씀이라는 것을 쉽게 알 수 있다고 생각한다.

그리고 임제 선사께서 "부처를 만나면 부처를 죽이고, 조사를 만나면 조사를 죽이라"고 말씀하신 것도 부처와 조사와 중생은 어리석은 자의 눈으로 보면 다르지만 깨침의 경지에 있는 사람이 보면 모두 같은 존재이니 차별심과 분별심을 갖지 말라는 뜻이라고 생각한다. 부처와 조사를 죽이라는 것은 부처와 조사로 인해 생기는 중생에 대한 차별심과 분별심을 죽이라는 뜻이라고 생각한다.

둘째로 생각할 수 있는 사상은 中道思想이다. 中道란 무엇인가? 中道란 中庸과는 다른 것이다. 중도란 중간이 아니다. 中道란 모든 대립되는 것들을 초월하여 모순과 대립을 융합하고 자기만의 세계와 위치를 갖는 것이다. 예를 들어 설명하면, 우리는 아름답거나 추하게 생긴 존재로 살다가 죽는 것이 아니다. 우리 모두는 자기에게 알맞은 아름다움을 갖고 살다가 죽는 것이다. 키가 크거나 작은 사람이 있는 것이 아니다. 우리 모두는 우리에게 알맞은 키를 갖고 살다가 인류의 드라마 속에서 우리에게 알맞은 자기 역할을 연기하다가 사라지는 것이다. 성철 스님이 中道에 대해 말씀하신 것을 인용한다.

부처님이 처음 성불(成佛)하신 후 녹야원으로 다섯 비구(五比丘)를 찾아가서 제일 첫 말씀으로 「중도(中道)를 정등각(正等覺)했다」 즉 중도를 바로 깨쳤다고 했습니다. 그러므로 중도라는 것이 우리 불교의 근본입니다. 중도란 무엇이냐. 양변(兩邊)을 여읜 것, 즉 상대를 떠난 것입니다. 흔히 「중도는 중간(中間)이다」라고 이해하고 있는데 중도는 중간이 아닙니다. 중도법문(中道法問)에 의하면 대립되어 있는 선악(善惡)을 떠나서 선악이 융통되는 것입니다. 선악을 떠나면 무엇인가? 선도 아니고 악도 아닌 그 중간이란 말인가? 그것이 아닙니다. 선과 악이 서로 통해버리는 것입니다. 이 통한다는 것은 유형(有形)이 곧 무형(無形)이고, 무형(無形)이 곧 유형이라는 식으로 통한다는 뜻입니다. - <중략> - 그래서 이 중도법문이란 것은 일체만법이, 일체만물이 서로 융합하는 것을 말하고 있습니다. 그러니 중도란 모든 모순과 대립을 완전히 초월하여 그 모든 모순과 대립을 융합해버리는 세계를 가리키고 있는 것입니다.[15]

셋째로 생각할 수 있는 것은 平常心을 유지하는 것이라고 생각한다. 평상심을 유지하라는 말의 뜻을 여러 가지로 해석하지만, 필자는 쉽게 "어떠한 상황에서도 마음이 흔들리지 말라"는 뜻으로 해석하고 싶다. 소위 불교에서 말하는 8風이 불어와도 마음이 흔들리지 않는 것이 평상심이라고 생각한다. 8風은 이(利), 쇠(衰), 훼(毁), 예(譽), 칭(稱), 기(譏), 고(苦), 락(樂)을 말한다. 平常心을 유지한다는 말은 어떤 자극이 와도 화를 내거나 격한 감정을 표현하지 않는 것이다. 다시 말해서 좋은 일이 생겼을 때도, 흥분하여 너무 기뻐하지 않는 것이다. 왜냐하면 모든 현상은 연기론적으로 존재해야 할 것이 존재하는 것이며, 『法華經』에서 말하는 것처럼 妙法實相이기 때문이다.

나 없음의 경지이며 자기 부정의 경지인 無我의 경지에 있는 사람은 자기에게 일어나는 모든 번뇌망상들과 문제들이 남의 탓이 아니고 내 탓임을 깨달아 남을 탓하지 않고 "내 탓이오"라고 말하는 사람이다. '내 탓이오'운동은 가톨릭교가 주체가 되어 벌린 일도 있다. 내 주위에 일어나는 일이 남의 탓이 아니고 내 탓이라는 사실을 깨친 사람은 평상심을 유지할 수 있을 것이다. 그리고 내게

---

15) 앞의 책, 51 - 52쪽.

유익한 일이 생겨도 지나치게 기뻐하지 않는 것이다. 조주 스님도 平常心이 道라고 말한 것처럼 깨친 경지에 있는 사람은 모든 불행의 탓이 내 탓인 줄 알아 남을 원망하거나 화를 내지 않는 것이다. 그리고 모든 일은 연기론적으로 존재에 할 것아 존재하는 것이므로, 깨친 사람의 입장에서 보면 세상에는 화를 낼 일도 없고, 화내는 사람도 없고, 화라는 것도 없는 것이다. 단지 소리의 톤이 조금 다른 소리가 존재할 뿐이다. 왜냐하면 모든 소리가 음악이며, 法音이며, 진리의 소리이기 때문이다. 그리고 물론 미워할 원수도 없으며, 내게 잘못 한 사람이 없으니 용서할 대상도 없는 것이다.

넷째로 생각할 수 있는 것은 깨침의 경지를 보여주는 다른 상황을 생각할 수 있다. 깨침의 경지를 표현하는 다른 말로는 가) 욕심을 완전히 버린 경지(시비분별은 나를 내세우려는 욕심에서 생기는 것이다), 나) 임제록에 나오는 無位眞人의 경지, 다) 제일 낮은 곳에 겸손하게 처하는 下心의 경지, 라) 放下着의 경지, 마) 방하착하여 이르게 되는 무소유의 경지 등을 말할 수 있을 것이다. 깨침의 경지를 표현하는 다른 말인 이러한 말의 경지는 결국 도달하기 힘든 경지들이며, 이런 경지들은 서로 모두 상통하는 것이다. 서로 별개의 경지가 아니다. 방하착하여 내가 갖고 있는 모든 것들과 욕심들에 대한 집착을 버리면 下心의 경지도, 무소유의 경지도, 無位眞人의 경지에도 이를 수 있는 것이라고 생각한다.

다섯째로 보살이 수행하는 10가지 행법인 10바라밀 중에서 깨침의 경지를 나타내는 것으로 두 가지만 고른다면, 보시(布施)와 지계(持戒)를 들 수 있을 것이다. 보시는 자비와 사랑의 실천이다. 자비와 사랑의 극치는 깨친 자의 경지다. 선불교의 사랑은 나와 우주의 森羅萬象이 하나임을 깨친 사람이 저절로 실천하게 되는 同體大悲의 사랑인 것이다. 우주의 森羅萬象을 위해 행하는 것이 바로 내 몸을 위해 행하는 것이라는 사실을 깨친 사람이 스스로 행하게 되는 것이다. 불교의 燒身供養이나 기독교에서 예수님이 십자가에서 인류의 죄를 위해 죽는 것은 자비와 사랑의 최고의 경지다. 보시는 나와 네가 하나이며, 나

와 타인이 그리고 우주의 삼라만상이 하나임을 깨친 사람들이 남을 위해 자연
스럽게 하는 행위다. 보시는 남을 돕는 것이 바로 나를 위한 것임을 알고 남에
게 재물과 법을 주는 행위를 말한다. 보시를 행하는 사람은 세상의 만물 중에는
네 것과 내 것이 따로 없고, 우리 모두의 것이며, 우리 인생은 빈손으로 왔다가
빈손으로 가는 존재라는 사실을 깨친 사람들이다. 이것은 기독교의 청지기 사
상과도 통하는 것이다.

그리고 선지식 중에는 지계가 바로 깨침의 경지에 들어가는 길이라고 말하
는 분도 많이 있다. 계율도 空임으로 없는 것으로 생각하여, 지키지 않아도 되
는 대상으로 생각하는 것보다는 계율을 지키는 것이 깨침의 경지에 들어가는
데 도움을 주는 것으로 생각하는 것이 더 타당할 것이다. 계율은 정말로 지키기
어렵다. 그러나 꼭 지켜야 하는 것이다. 우리가 불교에 존재하는 수백 가지 계
율을 지킬 수만 있다면 아니 五戒만이라도 분명히 지키면 깨침의 경지에 들어
가는 것은 쉬운 일이 될 것이다.

보시와 지계도 도달하기 어려운 경지다. 보시와 지계를 완전히 이룬 사람도
깨침의 경지에 들어간 사람으로 볼 수 있을 것이다. 자기 자신을 완전히 보시하
고, 완전히 계율을 지키는 것은 거의 불가능에 가까운 일이다. 그 외에 깨친 자
가 되기 위해서는 탐진치 삼독을 제거하거나, 6바라밀(보시, 지계, 인욕, 정진,
선정, 지혜)을 행하거나, 8정도(정견, 정어, 정업, 정명, 정념, 정정, 정사유, 정정
진)를 행하는 방법도 있을 것이다. 그러한 것들을 모두 행하는 사람들 역시 "깨
침의 경지"에 있는 사람이라고 볼 수 있을 것이다.

여섯째로 연기론에 대해 언급하고자 한다. 깨침의 경지란 바로 연기론을 깨
치는 경지다. 분별심과 차별심을 갖지 않는 것도 연기론적으로 상황이나 사람
을 보기 때문이다. 『금강경』에서 "상 없음을 보는 것이 여래를 보는 것(若見諸
相非相, 卽見如來)"이라는 말도 연기론의 입장에서 볼 때 그런 것이고, 無我
와 眞我의 경지도 연기론의 입장에서 볼 때 설명이 가능한 것이다. 色卽是空

空卽是色도 不生不滅도 사성제(고, 집, 멸, 도)도 사법인(일체개고, 제행무상, 제법무아, 열반적정)도 연기론의 입장에서 볼 때 설명이 가능한 것이다. 앞에서 본 바와 같이, 성철 스님은 석가모니 부처님이 깨친 내용은 中道思想이라고 말씀하고 있지만, 中道思想도 연기론적으로 설명할 때 설득력을 갖는다. 그런 의미에서 석가모니 부처님이 35세 때 보리수 나무 밑에서 깨친 것을 여러 가지 말로 설명이 가능하겠지만, 많은 스님들이나 불교학자들이 석가모니 부처님이 깨친 것은 우주의 생성과 소멸의 원리인 연기론을 깨친 것이라고 말하는 것은 옳다고 생각한다. 그리고 외형적으로 나타난 것이 中道요, 내면적인 원리가 연기론이라고 본다면, 석가모니 부처님이 깨친 것이 中道니 연기론이니 하는 것은 동전의 안과 밖을 보면서 석가모니 부처님이 깨친 내용을 설명하는 것과 같은 것이라고 생각한다.

다시 말하지만 문학적 연구 방법이 어떤 사상을 배경으로 문학작품을 이해하고 분석하고 평가하는 것이라면, 禪學的 문학연구방법은 앞에서 언급한 것들의 관점에서 작품을 분석하는 것이다. 그런 의미에서 禪學的 문학연구방법은 선불교와 禪學이 깨침의 경지로 우리에게 말하고 있는 것들 예를 들면 분별심과 차별심이 없는 경지, 中道의 경지, 평상심을 유지하는 경지, 완전히 욕심을 버린 경지, 無位眞人의 경지, 下心의 경지, 방하착의 경지, 무소유의 경지, 보시하는 경지, 지계하는 경지, 연기론 등의 관점에서 작품을 이해하고 분석하고 평가하려는 것이다.

6-4. 禪學的 문학연구방법과 수용미학적 비평 · 다원론적 미학 · 포스트모더니즘

禪學的 문학연구방법은 깨친 자의 입장에서 문학작품을 보자는 것이다. 깨

친 자의 입장에서 보면, 작가나 작중인물이 분별심을 갖거나 작중인물이 감정을 표현하여 너무 좋아하거나 슬퍼하거나 화를 내는 것은 타당하지 않다고 보는 것이다. 이렇게 작품을 보는 태도는 일반인들에게 상당히 낯설게 보일 수 있다. 그러나 이렇게 작품을 보는 태도는 새로운 것이 아니라고 생각한다. 전문가들은 이미 여러 면에서 이와 유사한 생각을 하고, 연구방법론을 개발했던 것이다.

禪學的 문학연구방법은 낯선 것이 아니다. 이와 같은 방법으로 문학작품이나 예술작품을 보려는 사고방식은 이미 수용미학적 비평·다원론적 미학·포스트모더니즘 철학에 이미 존재하고 있는 것이다. 이러한 현상은 불교가 현대서양철학에 직접적으로 혹은 간접적으로 영향을 미치고 있기 때문이라고 생각한다.

첫째로 禪學的 문학연구방법을 수용미학적 입장에서 보자

문학작품의 의미를 일반적으로 세 가지로 나눈다. 첫째는 작가가 작품에 담으려고 의도한 의미이고, 둘째는 실제로 작품에 담겨진 의미가 있고, 셋째로는 독자가 해석한 의미가 있다. 수용미학적 비평의 입장은 독자의 해석을 작가가 작품에 담으려고 의도했던 의미나 작품에 실제로 담겨진 의미보다 중요시하는 입장이다.

그리고 관객을 중요시하는 것은 연극에 있어서도 마찬가지다. 그리스나 로마 같은 고대연극에서는 극작가나 배우가 중요시 되었다. 연극의 중심이 배우였고, 연극은 배우의 예술이었다. 그러나 19세기 후반에 들어서면서 연극은 연출가의 예술이 되었다. 극작가가 대본을 어떻게 쓰느냐가 중요한 것이 아니라 연출가가 작품을 어떻게 해석하여 무대에 올리느냐가 중요한 것이 되었다. 그러다가 20세기 후반에 들어서면서 연극은 배우와 연출가보다 관객을 더 중요시하는 예술이 되었다. 관객이 연극의 일부분이 되게 되었고, 관객이 작품을 어떻게 해석하느냐가 중요한 것이 되었다. 그리고 한국연극의 전통을 이은 마당극은 배우가 관객과 함께 만드는 연극이 되었다. 그 외에도 <카덴자>, <야누스>, <토끼전> 등 많은 연극이 배우와 관객이 함께 만드는 연극이 되었다.

수용미학적 비평은 문학작품이란 하나의 고정된 의미를 전달하는 '진리의 현현 양식'이 아니라, 수용자인 독자나 관객의 작품 경험에서 그 내용의 의미가 비로소 활성화되고 구체화된다고 말한다. 독자나 관객을 가장 중요시하는 입장이다. 禪學的 문학연구방법도 작가·작품·독자 중에서 독자의 이해를 가장 중요시 하는 입장이다. 禪學的 문학연구방법과 수용미학적 비평의 방법은 독자를 가장 중요시한다는 면에서 일맥상통한다고 생각한다.

수용미학적 비평 방법에서는 희곡의 독자나 연극의 관객이 중요하기 때문에 수용자를 분류하는 방법 역시 중요하다. 독자나 관객을 분류하는 방법은 여러 가지가 있다. 독자나 관객이 어떤 사상이나 예술관을 갖고 있느냐에 따라 수용미학적 비평의 내용과 질은 달라질 것이다. 독자와 관객을 나누는 방법에는 전문가와 비전문가로 혹은 남녀로 나눌 수도 있을 것이다. 직업 별로 나눌 수도 있고, 젊은 세대과 기성세대로 나눌 수도 있을 것이다.

그러나 본고는 禪學的 문학연구방법에 대해 논하고 있음으로, 선불교에서 사람을 분류하는 것을 예로 보자. 선불교에서는 자기에게 주어진 根機에 따라, 上根機, 中根機, 下根機 등으로 나누고, 上根機를 다시 상, 중, 하로 나누고, 中根機를 다시 상, 중, 하로 나누고, 下根機를 다시 상, 중, 하로 나누기도 한다. 이것은 사람을 우열로 나누는 것이 아니라 사람의 특성을 따라 나누는 것이다. 禪學적 문학연구방법에서 말하는 깨친 자는 上根機 중에서도 上에 속하는 사람이 될 것이다. 그런 의미에서 禪學적 문학연구방법으로 작품을 분석하는 것은 수용미학적 비평의 입장에서 볼 때, 최고의 根機를 가진 독자의 입장에서 작품을 분석하는 것임으로, 禪學的 문학연구방법은 가장 깊이 있게 작품을 분석하는 방법이 될 것이다.

둘째로 禪學的 문학연구방법을 多元論的 美學의 입장에서 보자

현대는 다원주의의 시대다. 어떤 한 사상이나 주장만 옳다고 말하는 시대는 지나갔다. 자기만 옳다고 하는 일원주의는 어디에서도 대접받지 못한다. 일원주의는 자기들끼리 모여 있는 한 집단 안에서는 통하지만, 그 집단을 벗어나면 통하지 않는 이야기다.

또한 현대는 여러 가지 예술이 존재하는 시대다. 존 · 케이지의 '우연음악', 뒤쌍의 <샘>, 앤디 · 워홀의 <브릴로 상자> 이후, 예술과 비예술의 한계는 무너졌다. 추상표현주의와 팝 아트 이후에 예술은 다양화되고 예술의 세계는 무한히 확대되었다. 더욱이 오늘날은 대중문화의 시대라고 할 때, 예술의 세계는 무한히 넓어졌다. 예술과 비예술의 경계가 없어졌다. 이런 의미에서 '예술의 종말'이라는 말이 나왔고, '다원론적 미학'이 대두되었다고 생각한다.

음악 연주자 중에는 고전음악을 주로 연주하는 사람이 있는가 하면, 대중음악을 주로 연주하는 사람도 있다. 화가 중에는 추상화를 그리는 사람이 있는가 하면, 사실화를 그리는 사람도 있다. 연극을 하는 사람 중에는 예술적인 전통연극을 하는 사람이 있는가 하면, 뮤지컬을 하는 사람도 있다. 사진예술을 주업으로 하는 사람이 있는가 하면, 영화예술을 하는 사람도 있다. 영화인 중에서도 다큐멘타리 영화를 주로 하는 사람이 있는가 하면, 만화영화를 하는 사람도 있다. 세상에는 여러 종류의 예술가가 존재하며, 그들이 하는 모든 작업을 예술이라고 일컬을 수 있는 것이다.

예술작품은 경험에서 오는 것이라고 말하는 사람이 있는가 하면, 상상에서 오는 것이라고 말하는 사람도 있다. 예술작품의 창작을 모방적 행위라고 말하는 사람이 있는가 하면, 예술작품의 창작은 감성의 표현이라고 말하는 사람도 있다. 문학작품은 인간학적 사실에 대한 표현이라고 말하는 사람이 있는가 하면 문학작품은 사회문제를 다루는 것이라고 말하는 사람도 있다. 이렇게 예술

과 문학을 보는 관점은 여러 가지가 있다.

문학작품은 역사주의적 비평의 방법으로 이해해야 한다고 주장하는 사람이 있는가 하면, 아직도 인상주의 비평을 문학비평의 주된 작업으로 하는 사람도 있다. 문학작품을 형식주의 비평의 방법으로 이해해야 한다고 주장하는 사람도 있고, 문학작품은 사회학적 비평의 방법으로 이해해야 한다고 주장하는 사람이 있는가 하면, 문학작품을 심리학적 방법으로 이해해야 한다고 주장하는 사람도 있다. 문학작품을 연구하는 방법도 절대적인 것이 없다. 단지 필자는 문학작품에 대한 연구방법으로 禪學的 문학연구방법도 여러 가지 연구방법 중에 하나가 될 수 있다고 생각한다.

현대는 예술의 다원주의 시대다. 단토가 『예술의 종말 이후』에서 재차 말한 것처럼 다원론적 미학의 시대다. 다원론적 미학의 시대에 문학작품을 보는 방법이 어느 하나여야만 한다고 주장할 수는 없다. 어떤 사람이 자기 주장 만이 옳고, 다른 사람의 주장이 틀리다고 말한다면 그는 나무는 보나 산을 보지 못하는 사람이다. 다원주의 시대에 옳은 주장과 그른 주장 사이의 기준도 모호하다. 그런 의미에서도 분별심을 갖지 말 것을 주장하는 禪學的 문학연구방법은 다원론적 미학의 시대에 자신의 위치를 확보할 수 있다고 생각한다.

셋째로 禪學的 문학연구방법을 포스트모더니즘의 입장에서 보자.

현대는 포스트모더니즘의 시대라고 한다. 아직도 포스트모던의 시대냐고 물을는지 모른다. 그러나 포스트모더니즘의 철학을 대치할 만한 뚜렷한 사상이 없는 한, 아직도 현대는 포스트모던 시대라고 말할 수밖에 없다고 생각한다. 그럼 포스트모더니즘 철학의 특징은 무엇인가? 몇 가지 특징을 말할 수 있다고 생각한다.

기존의 포스트모더니즘에 대한 논의는 두 가지로 나눌 수 있다고 생각한다.

하나는 포스트모더니즘은 모더니즘을 이어 더욱 발전시킨 것이라고 보는 관점과 또 하나는 포스트모더니즘은 모더니즘에 반발하여 새로운 주장을 내세운 것이라는 견해다. 필자는 후자의 주장을 옹호하는 입장에 서고자 한다.

포스트모더니즘은 모더니즘의 말기 현상은 아니고 모더니즘에 반발해서 새롭게 일어난 사조다. 문학의 경우에는 모더니즘과 리얼리즘에 반발해 1960년대에 시작됐는데, 1970년대에 그렇게 명명되었다고 한다.

포스트모더니즘은 모더니즘에 비해 이성보다는 감성을 더 중요시하며, 언어와 문학의 현실 재현 능력에 대해 회의를 갖는다. 사회의 비죤을 제시할 수 있다는 사실에 대해 회의적이다. 포스트모더니즘은 구심축도 없으며, 절대적인 확실성도 없다. 그러한 것들이 없음을 오히려 찬양한다.

포스트모더니즘의 핵심 사상은 다원성이며, 상대성이며, 파편화와 편린화이고 불확정성이며 비결정성이다. 이 중에서 모든 것을 포괄 할 수 있는 사상은 다원주의적 사상이라고 생각한다. 禪學的 문학연구방법의 핵심은 분별심을 갖지 않는 것인데, 이것은 다원주의적 사상과 유사한 입장이라고 생각한다. 禪學的 문학연구방법의 우주의 삼라만상을 진리로 보고, 모든 사람을 완전자로 보는 관점은 다원주의적 관점이며, 대상을 파편화시켜 모든 존재를 평등한 존재로 보는 관점이다. 그런 의미에서 포스트모더니즘은 禪學的 문학연구방법과 상통하는 사상이라고 생각한다.

6-5. 작품 분석의 예 - 詩의 경우
- 이해인의 '용서'를 제재로 한 시작품을 중심으로 -

禪學的 문학연구방법을 이용하여 시작품을 분석해보자. 禪學的 문학연구방법의 범위는 무한히 넓힐 수 있으나, 本攷는 처음으로 시도하는 연구임으로

범위를 좁혀, 앞에서 언급한 깨침의 경지에서 작품을 보고 분석하고자 한다. 먼저 작품의 제재를 깨침의 경지에서 詩가 말하고자 하는 주제를 분석하고 이해하고 평가하고자 한다.

필자가 분석하고자 하는 시작품은 이해인의 '용서'를 제재로 한 작품들이다. 이해인은 '용서'를 제재로 하여 「용서를 위한 기도」, 「용서의 꽃」, 「용서하기」, 「용서의 기쁨」, 「용서의 계절」 등을 썼다. 이해인은 우리 인생에서 '용서'라는 행위가 차지하는 위치가 대단히 중요한 것으로 생각하는 듯 하다. 이해인의 시에 나타난 '용서'는 첫째로 내가 남을 용서하는 것, 둘째로 남이 나를 용서하는 것을 제재로 하고 있다. 그러나 대부분의 시작품은 내가 남을 용서하는 것을 제재로 하고 있다.

첫째로 내가 남을 용서하는 것을 제재로 한 시로 「용서의 계절」을 들 수 있다. 시적 화자는 일년을 마무리하는 계절에 한 해를 뒤돌아보며 여러 종류의 사람들을 용서한다고 말한다. 왜냐하면 시적 화자도 그렇게 했기 때문이라고 말한다.

새롭게 주어지는 시간 시간을 알뜰하고
성실하게 사용하지 못하고
우왕좌왕하며 쓸데없이 허비한
당신을 용서해 드립니다.

나도 그렇게 했으니까요
함께 사는 이들에게 바쁜 것을 핑계 삼아
따뜻한 눈길 한번 주지 못하고
듣는 일에 소홀하며 건성으로 지나친
당신을 용서해 드립니다.

나도 그렇게 했으니까요

　- <중 략> -

감사보다는 불평을 더 많이 하고
나의 탓을 남의 탓으로 돌리는 말을
교묘하게 되풀이한 당신을 용서해 드립니다.

나도 그렇게 했으니까요
사소한 일로 한 숨쉬며 실망하며
밝은 웃음보다는 우울을 전염시킨
당신을 용서해 드립니다.

나도 그렇게 했으니까요.

(이해인의 「용서의 계절」 중에서)

　이해인은 「용서의 계절」에서 다른 사람들이 자신에게 잘못한 것들을 나열하고 자기 자신도 남들에게 그렇게 했으니까 용서한다고 말한다. 우리 모두는 부족한 인간이라 누구든지 그런 잘못을 할 수 있는 것이니까 서로 용서하자는 것이다.

　둘째로 남이 나를 용서하는 것을 제재로 한 작품의 예로 「용서를 위한 기도」를 들 수 있을 것이다. 이해인은 「용서를 위한 기도」의 마지막 부분에서 "먼저 용서를 청할 수 있는 믿음과 용기를 주십시오"라고 말한다.

서로 용서가 안되고 화해를 안되면
혈관이 막힌 것 같은 답답함을 느끼면서도
늘 망설이고 미루는 저의 어리석음을 오늘도 꾸짖어주십시오

언제나 용서에 더디어 살아서도 죽음을 체험하는 어리석음을
온유하고 겸손하신 주님 제가 다른 이를 용서할 때
온유한 마음을 다른 이들로부터 용서를 받을 땐
겸손한 마음을 지니게 해주십시오

아무리 작은 잘못이라도
하루 해 지기 전에 진심으로 뉘우치고

먼저 용서를 청할 수 있는
겸손한 믿음과 용기를 주십시오

(이해인의 「용서를 위한 기도」 중에서)

이해인은 「용서를 위한 기도」에서 타인이 자기를 용서해 줄 것을 바라고, 「용서의 기쁨」에서 용서하는 기쁨과 용서받는 기쁨을 말한다. 세상에서 가장 큰 기쁨은 용서하는 기쁨과 용서받는 기쁨이라는 것이다.

누가 나를 무시하고 오해해도
용서할 수 있기를
누가 나를 속이고 모욕해도
용서할 수 있기를
간절히 청하며 무릎을 꿇습니다
세상에서 가장 큰 기쁨은
용서하는 기쁨
용서받는 기쁨입니다

(이해인의 「용서의 기쁨」 중에서)

앞에서 언급한 이해인의 시들을 禪學的 문학연구방법으로 분석한다면 여러

가지 문제점이 있다. 깨침의 경지에서 보면, 이해인의 시들은 "제재'라는 면에서 문제점이 있다는 것이다.

첫째로 선불교의 입장에서 보면, '용서'라는 제재가 성립되지 않는다. '용서'라는 단어는 잘한 사람과 잘못한 사람을 전제하는 데, 이것은 中道思想에 어긋나는 것이다. 간화선 불교의 입장에서 본다면, 세상에 존재하는 森羅萬象은 모두가 부처며 완전자다. 앞의 "깨침의 세계"에서 언급한 것과 같이 우리 모두가 위대하고 훌륭한 존재라, 우리가 하는 말과 행동에 잘못이 없다면 용서할 사람도 용서받을 사람도 없는 것이다.

깨침의 경지에서 내가 누구인지 알면, 우리에게 잘못한 사람이 없는 데, 누구를 용서한단 말인가? 우리가 세속적으로 즉 자기 중심적으로 생각하면 잘한 사람과 잘못한 사람이 있다고 생각하게 된다. 그렇게 되면 우리는 죽는 순간까지 남을 용서하고 용서받아야 한다. 얼마나 힘들고 어려운 일인가? 누구에게도 불가능한 일이라고 생각한다. 그러나 우리가 자신에 대하여 無我라는 깨침을 얻어 나와 남이 하는 모든 말과 행동이 연기론적으로 완전한 것이라는 사실을 깨쳐 우리에게 잘못한 사람이 한 사람도 없다는 사실을 깨치면, 평생 동안 용서하고 용서받는 수고를 하지 않아도 되리라 생각한다. 누구도 내게 잘못한 사람이 없고, 가톨릭에서 말했던 것처럼 모든 일이 내 탓임을 깨치게 될 때, 용서의 문제는 순식간에 해결되기 때문이다. 결론적으로 '용서'라는 제재는 선불교와 선학의 입장에서 볼 때, 시의 제재로 적합하지 않다는 것이다.

둘째로 분별심과 차별심이라는 관점에서 볼 때, '용서'라는 제재는 적합하지 않다는 것이다. '용서'라는 단어는 두 종류의 인간의 존재를 전재한다. 용서한다는 것은 잘한 인간과 잘못한 인간의 존재 또는 용서하는 인간과 용서 받는 인간을 전재하는 것인데, 이것은 인간에 대해 분별심과 차별심을 갖는 것이다. 禪學的 입장에서 본다면, 두 종류의 인간에 대한 분별심과 차별심은 타당치 못한 것이다. '용서'라는 제재는 분별심과 차별심을 갖지 말라는 선불교의 대명제에 어긋나는 것이다.

셋째로 '용서'라는 제재는 평상심을 유지하라는 말에도 어긋나는 것이다. '용서한다'는 말에는 나에게 잘못을 해서 화가 나지만 참고 용서하겠다는 의미를 내포하고 있는 것이다. 그리고 앞에서 언급한 "내 탓이오"의 경지에서 보아도 세상에 우리에게 잘못한 사람이 없어 용서할 사람도 화 낼 일도 없는 것이다. '용서한다'는 말은 내게 잘못을 해서 평상심이 파괴된 상태이지만, 용서를 하여 평상심을 다시 찾겠다는 의미를 내포하고 있는 것이다. 내가 누구인지 깨치게 되면, 우리에게 잘못한 사람이 없다는 것을 알게 되어, 화를 낼 일도 없고, 내게 잘못한 사람이 없어 용서할 사람도 없는 것이다. 결론적으로 말해서 '용서'라는 제재에는 선불교에서 말하는 평상심이 도라는 전제에도 어긋나는 제재다.

성철 스님도 '용서'에 대해 언급한 것이 있어 인용한다.

> 그런데 사실 보면 불교에서는 용서(容恕)라는 말 자체가 없습니다. 용서라는 말이 없다면 잘못하는 사람과 같이 싸우라는 말인가? 그것이 아닙니다.
> 상대를 용서한다는 것은 나는 잘했고 너는 잘못했다. 잘한 내가 잘못한 너를 용서한다는 이야기인데, 이것은 상대를 근본적으로 무시하고 하는 말입니다. 상대의 인격에 대한 큰 모욕입니다.[16]

앞에서 우리는 禪學的 문학연구방법 중에서 세 가지 관점에서 '용서'를 제재로 한 시를 간단하게 검토했다. 구체적인 분석이 필요하지 않았던 것은 '용서'라는 제재가 앞에서 언급한 것과 같이 선학적으로 문제가 있는 것이기 때문이다.

결론적으로 이해인이 '용서'를 제재로 해서 쓴 시들은 禪學的 문학연구방법으로 분석해 볼 때, 잘못 쓰여진 시들이며, 독자들을 오도할 수 있는 작품들이

---

16) 같은 책, 115쪽.

라는 것이다.

6-6. 작품 분석의 예 - 희곡의 경우
- 이근삼의 「원고지」를 중심으로 -

禪學的 문학연구방법의 핵심은 分別心과 차별심을 갖지 않는 것과 어떤 상황에서도 平常心을 유지하는가 못하는가를 점검하는 것이다. 물론 그 외의 "깨침의 경지"라는 관점에서도 알아 볼 수 있다. 그러나 연극대본 즉 희곡작품을 '분별심'과 '차별심'을 갖지 말라는 관점에서 분석하는 데는 어려움이 있다. 왜냐하면 연극을 이끌어가는 것이 두 대립되는 존재 사이의 갈등이기 때문이다. 희곡작품을 분석하는 경우에는 어떤 존재와 어떤 존재 사이의 갈등인지를 정확히 이해하여야 한다. 中道적으로 자기 나름대로의 존엄성과 가치를 가진 인간이나 집단 혹은 사상이나 이념 사이의 갈등인지 아니면 좋은 자와 나쁜 자 혹은 옳은 자와 잘못한 자 등 사이의 갈등인지를 분명히 알아야 한다. 분별심과 차별심을 가진 좋은 자와 나쁜 자의 갈등은 T.V.드라마와 같은 멜로드라마에 존재하는 갈등이기 때문이다.

禪佛敎와 禪學의 입장에서 볼 때, 희곡작품의 바람직한 갈등은 분별심과 차별심 없이 존귀한 가치를 지닌 개인이나 집단 사이에 존재하는 갈등이어야 한다고 생각한다. 예를 들어, 브레히트의 『코카시아의 백묵원』에서 보면 두 가지 갈등이 존재한다. 코카시아 지방에서 태어난 사람이 "코카시아를 고향이라고 말할 자격이 있는가 아니면 코카시아 지방을 발전시킨 사람이 코카시아를 고향이라고 말할 자격이 있는 것인가" 하는 것이고, 또 하나의 갈등은 '어머니'라는 단어의 의미에 대한 것이다. 생모가 어머니라고 말할 자격이 있는 것인가 아니면 어린아이를 키운 사람이 어머니라고 말할 자격이 있는 것인가 하는 것이다.

여기서 어떤 사람도 나쁜 사람이거나 좋은 사람이 아니다. 모두가 자기 나름대로의 존귀함과 가치를 지닌 사람이다. 두 종류의 인간들 사이의 갈등은 좋은 사람들과 나쁜 사람들 사이의 갈등이 아니라 자기 나름대로의 존귀함과 가치를 가진 사람들 사이의 갈등이다. 누구의 주장에 동의할 것인가 하는 것은 관객의 몫이다.

이근삼은 「원고지」에서는 은근히 좋은 사람과 나쁜 사람으로 구별하려고 노력하고 있다. 가족을 위해서 자신을 희생하여 여러 곳에 강사로 나가기도 하고, 돈을 더 벌기 위해 하기 싫은 번역을 하는 아버지를 좋은 사람으로 설정하고, 나머지 사람들을 상대적으로 나쁜 사람으로 분류하고 있다.

"분별심과 차별심을 갖지 말라"라는 관점에서 볼 때, 작가가 작중 인물들을 나쁜 사람과 좋은 사람으로 구분하는 것은 바람직한 일이 아니다. 왜냐하면 선불교와 선학의 입장에서 볼 때, 모든 사람들은 제 나름대로의 가치를 가진 귀중한 존재이기 때문이다. 작가는 아버지는 가족을 위해 희생하는 착하고 좋은 사람으로, 어머니와 아들과 딸은 아버지에게 힘든 일을 시켜 평안히 지내는 나쁜 사람으로 설정하고 있다. 다시 말하지만 '분별심'이라는 관점에서 볼 때, 등장인물을 좋은 사람과 나쁜 사람이라는 두 종류의 인간으로 나누어 인물을 설정하는 것은 좋지 않다. 혹자는 연극의 핵심이 갈등이기 때문에 어쩔 수 없는 것이라고 말할는지 모른다. 그러나 선불교와 선학의 입장에서 본 바람직한 갈등은 좋은 인간과 나쁜 인간 사이에 존재하는 것이 아니라 자기 나름대로의 귀중함과 가치를 갖는 인간이나 상황 사이의 갈등이다. 외형적인 모습을 중심으로 분별하여 좋은 인물과 나쁜 인물을 설정하는 것은 바람직한 일이 아니라고 생각한다. 왜냐하면 선한 자와 악한자의 갈등은 독자나 시청자가 선한 자의 승리라는 답을 미리 만들어 갖게 되고, 작가에게 그런 결론을 강요하게 되어 작품이 결국 멜로물로 될 수밖에 없기 때문이다.

막이 오르면 장녀는 무대에 올라 아버지에 대해 소개한다. 아버지를 타 대학

출강과 번역으로 돈을 잘 버는 감정도 생각도 없는 돈 만드는 기계로 소개한다.
그리고 어머니는 퇴근한 아버지의 주머니와 가방을 뒤져 돈을 찾아내는 돈밖에
모르는 여인으로 소개한다.

> 長女 : 저의 아버지는 참 훌륭한 분이예요. 아버지는 학교에서 가르치는 교
> 수인데 안나가는 학교가 없어요. 이름이 나면 저절로 여기저기서 찾
> 는 법이나부죠? 그 동안 책을 열두권이나 냈으니 말은 다 했지요. 물
> 론 그 열두권이 전부 번역 작품입니다만, 열두권에는 틀림없지요. 아
> 버지의 명성과 돈벌이가 이런데다 저는 또 이렇게 현 대적인 신여성
> 이니 걱정 할게 뭐 있겠어요. 저의 남동생도 매 마찬가지입니다. 건강
> 하기가 이루 말할 수 없습니다.

――――――중략――――――――

> 長女 : 저의 아버지랍니다. 밖에서 돌아 오시면 늘 이렇게 달콤한 하품을 하
> 신답니다.
> (교수는 머리를 기대고 잠을 자고 있다. 코를 고는데 흡사 고양이 우
> 는 소리다.)
> 인제 어머님이 들어오셔요. 어머님은 늘 아버지의 건강을 염려하세요.
> (적당한 곳에서 妻가 나타난다. 과거에는 살도 쪘겠지만 현재는 몸이
> 거의 홍크러져 있다. 퇴색한 옷을 입고 있다. 소리를 안내고 들어와
> 잠자는 교수의 주머니를 샅샅이 턴다. 돈을 한주먹 쥐고 이어 교수의
> 가방을 턴다. 돈 부스러기를 몇 장 찾아내고 그 액수가 적음에 失望
> 을 한다. 잠시 후 교수를 흔들어 깨운다)
> 長女 : 제 말이 맞았지요?[17]

―――――――――

17) 이근삼, 「원고지」, 사상계 1960년 1월 호, 367 – 368쪽.

　　장녀는 자기와 남동생은 책임감 있는 그런 아버지를 두어 물질적으로 부족하지 않게 행복하게 잘 살아가고 있다고 말한다. 장남은 아버지가 피곤을 풀기 위해 축음기를 틀라고 하니 시끄러운 음악을 틀어 아버지를 피곤하게 만든다. 또한 장남은 늦게 일어나는 게으른 사람으로, 어머니에게 명령조로 쟘바, 마후라! 등을 외치면서 갖다 달라고 요구하는 버릇없는 존재다. 아들뿐이 아니다. 딸도 부모에게 요구만하는 장녀다.

長女 : (처에게 命令調로) 양말, 하이힐!
長男 : (처에게 命令調로) 쟘바, 마후라!
　　　(妻는 말이 떨어질 때 마다 알았다는 듯이 머리를 끄덕이며 순응한다)
長女 : 용돈, 교과서, 과자!
長男 : 떡국, 만둣국, 설농탕!
長女 : 영화값, 연극값, 다방값!
長男 : 교제비, 차비, 동창회비!
　　　(長男, 長女, 같이 손을 내밀면서)
長女 : 돈!
長男 : 돈!
長女 : 자식에 대한 책임!
長男 : 자식에 대한 책임!18)

　　교수는 철쇄를 차고 사는 존재다. 늘 책임 속에서 산다. 감독관에게 그리고 아내에게 늘 번역에 대해 독촉을 받고 산다. 철쇄를 풀고 편안한 마음으로 있으면, 아내는 교수에게 다시 철쇄를 감아준다. 그리고는 "빨리! 빨리!"라고 독촉한다.

　　교수와 함께 선한 존재로 등장하는 인물은 천사다. 천사는 교수가 옛날에 가

─────────────

18) 같은 작품, 371쪽.

졌던 이상적인 인간형이다. 천사는 교수의 소망이며 꿈이었다. 교수가 천사에게 당신은 왜 나를 버렸느냐고 묻자, 천사는 당신이 나를 버렸다고 말하면서, 교수를 돕고 싶다고 말한다. 그러나 교수는 천사의 도움을 받아들이지 못하고 현실적으로 어려워 허우적거리기만 한다. 또 다시 감독관이 원고는 언제 쓰느냐고 외쳐댄다.

마지막 장면은 교수가 밤을 새워 번역을 하다가 책상에 쓰러져 잠든 후에 아침을 맞이하는 장면이다. 아버지는 딸이 갖다 준 영자신문을 번역해야 되는 것인 줄 알고, 번역을 하려다 오늘 신문임을 알고 그만둔다. 아버지는 아침 여덟 시에 출근을 하고, 장남과 장녀는 돈 보따리를 가지고 들어오는 어머니를 기다린다. 집에 들어 온 어머니는 두 자식에게 돈을 나누어 주고, 감독관에게 "연탄 준비! 김장거리! 빨래감!"하는 독촉을 받으면서 작품은 끝난다.

禪學的 문학연구방법의 입장에서 보면, 다음과 같은 문제점을 지적할 수 있을 것이다.

첫째로 분별심과 차별심을 갖지 말라는 입장에서 보면, 좋은 사람과 나쁜 사람으로 나누는 것은 바람직하지 않다. 선불교적으로 볼 때, 모든 사람은 연기론적으로 존재할 수밖에 없는 인물로 존재하기 때문에 나쁜 사람도 좋은 사람도 없다. 모두가 귀중하고 가치 있는 적합하고 알맞은 시간과 공간에 존재하는 사람이다. 「원고지」라는 작품은 좋은 사람과 나쁜 사람 사이의 갈등이 아니라 귀중하고 가치 있는 사람들 사이의 갈등을 다루어야 했다고 생각한다.

둘째로 평상심의 유지라는 관점에서 보면, 작중 인물들이 평상심을 유지하지 못하고, 화를 내거나 불만을 토로하기도 한다. 장남은 밥 세끼도 못 먹이고, 학비도 제대로 못 주는 부모들이 아들 딸이 결혼 할 때가 되면 아주 귀찮게 간섭을 한다고 불만을 토로한다. 불만을 토로할 일이 아니다. 자식을 사랑하는 부모의 마음에서 나온 말이니 불만스럽게 들을 말이 아니다.

교수도 화를 낸다. 아내가 출판사 사람을 만났느냐고 추궁하기 때문이다.

妻 : 김씨 만나봤어요?

敎授 : 아니, 원채 바빠서.

妻 : 그렇지만 김씨 만나는 일이 제일 바쁘지 않아요. 내일까지 내야 하는데
　　전 어떻게요?

敎授 : 내일 만나, 내일 만나.

妻 : 내일 누구가 누구를 만난단 말이예요?

敎授 : 내가 그 이씨를 만난다니까.

妻 : 이씨는 또 누구요?

敎授 : 당신이 만나라는 출판사 주인 말이야.

妻 : 그 주인이 왜 이씨예요. 김씨지.

敎授 : 그래, 김씨랬어.

妻 : 이름도 못외고 어떻게 해요.

敎授 : (화를 내서) 김씨면 이씨면 어때? 박씨면 또 어때. 아닌게 아니라 누가
　　누군지 분간을 못 하겠어.19)

　앞의 대화에서 교수가 화를 내는 장면이 나온다. 禪學的으로 볼 때, 교수가 뿌린 씨를 교수가 거두는 것인데, 화를 낼 이유가 없는 것이 아닌가?

　또는 아들이 틀어주는 음악소리를 시끄럽다고 손으로 귀를 막기도 하고, 그만 틀으라고 손을 흔들기도 한다. 불만스러워 할 일이 아니다. 자신이 직접 축음기에 가서 자기가 고른 판을 올려 놓은 것이 아니고 아들을 시켰기 때문에 온 결과인데 불만스러워 할 이유가 없다고 생각한다. 기성세대와 젊은세대 사이에 좋아하는 음악의 차이가 있는 것은 당연한 것이다. 물론 이러한 장면은 현실적으로 존재하는 상황이며, 작가가 자기 나름대로의 의미를 가지고 쓴 것이다. 그런 의미에서 작품 속에 부모와 자식 간의 그리고 부부간의 의견 대립이 나왔다고 잘못 기술했다고 볼 수는 없는 것이다. 단지 화내는 장면이 선불교의 입장에

---

19) 같은 작품, 369쪽.

서 문제가 있음을 지적할 수 있을 것이다.

결론적으로 말해서 禪學的 문학연구방법의 핵심인 분별심과 평상심의 관점에서 볼 때, 사람을 좋은 사람과 나쁜 사람으로 분별하는 것이나, 작중인물들이 평상심을 유지하지 못 하는 장면들은 현실적으로 존재하는 일인 것은 사실이나 바람직한 모습은 아니라고 생각한다. 다시 말하지만, 희곡작품의 갈등은 좋은 사람이나 집단과 나쁜 사람이나 집단 사이의 갈등이 아니라 존귀하고 가치 있는 인간이나 집단 사이의 갈등이어야 한다는 것이다. 서연호는 그의 『한국현대희곡사』에서 이근삼의 「원고지」를 한국 최초의 서사극이라고 말하고 있지만, 禪佛敎와 禪學의 입장에서 볼 때, 이근삼의 「원고지」는 좋은 작품이라고 생각지 않는다.

6-7. 작품 분석의 예 - 小說의 경우
- 이광수의 「無明」을 중심으로 -

이광수의 「無明」은 일인칭 소설로 죄수들이 감옥에서 살아가는 모습을 제재로 한 소설이다. 등장인물은 주인공이며 서술자인 나와 윤 그리고 민, 강, 간병부, 장질부사 환자 등이 등장한다. 등장인물들은 방화범이 많고, 사기범 등이 있는데, 민 그리고 윤 등은 작품의 끝부분에서 죽게 된다.

禪學的 문학연구라는 관점에서 제일 먼저 문제로 제시될 수 있는 것은 제목이다. '無明'이란 단어의 뜻은 무엇인가? 이 작품의 배경이 되는 감옥과 같이 밝지 않은 세상이라는 뜻인가 아니면 12연기론의 첫 단계에 나오는 어리석음을 나타내는 말인가? '無明'이라는 말의 뜻은 불교적으로 해석해야 된다고 생각한다. '無明'이란 단어를 불교적인 입장에서 해석하려는 이유는 작품의 중간에 불교에 대한 이야기가 나오기 때문이다.

새벽 목탁소리가 나면 아침 세시 반이다. 딱딱딱 하는 새벽 목탁소리는 퍽으나 사람의 맘을 맑게 하는 힘이있다.

『원컨대는 이 종소리 법계에 고루 퍼져지이다.』한다든지.

『일체 중생이 바로 깨달음을 얻어지이다.』하는 새벽 종소리 귀절이 언제나 생각키었다. 인생이 괴로움의 바다요, 불붙는 집이라면, 감옥은 그 중에도 가장 괴로운 데다. 게다가 옥중에서 병까지 들어서 병감에 한정없이 뒹구는 것은 괴로움의 세 겹 괴로움이다. 이 괴로운 중생들이 서로서로 괴로워함을 볼 때에 중생의 업보는「헤여 알기 어려워라」한 말씀을 다시금 생각하지 아니할 수 없었다.[20]

작품 전체를 보면, '無明'은 감옥과 같이 밝지 못한 곳을 의미하는 듯이 생각도 된다. 그러나 필자가 생각하기에는 감옥 속에 살아가는 사람들의 어리석음을 의미하는 '無明'이라고 생각한다. 다시 말해서 필자는 '無明'의 뜻을 12연기론에 나오는 '無明'으로 보고, 어리석음을 뜻하는 말로 해석하고 싶다. 이광수가 불경의 여러 곳에서 나오는 연기론을 몰랐을 리가 없기 때문이다.

禪學的 문학연구방법은 분별심과 평상심뿐만이 아니라 연기론도 중요시 한다. 앞에서도 말한 것처럼 연기론은 불교의 이론들을 지탱해 주는 논리체계이기 때문이다. 12연기론의 첫 단계는 無明인데, 無明 즉 어리석음에 의해 다음의 단계들이 형성되며 결과적으로 열두 번 째 단계에 苦라는 것이 생성된다. 그러나 깨친 자는 '無明'의 空性을 깨치고 초월하여 無明을 空으로 만들어 지혜로운 존재가 되어 나머지 11단계를 무너뜨리고 깨친 자 즉 완전한 자유인이 되는 것이다. 그러나 어리석은 자는 無明의 空性을 깨치지 못해 세상이나 감옥에서 고뇌하고 고통스러워하는 것이다.

『동키호테』를 쓴 세르반테스는 감옥에 들어가게 되자, 감옥을 고통스러운 곳으로 생각지 않고 먹을 것과 입을 것을 공짜로 주는 좋은 곳에 들어왔다고 책을 빌려보고 글을 쓰다가 『동키호테』라는 세계적인 명작을 썼다고 한다. 그리

---

20) 이광수, 「無明」, 이광수전집 8권, 우신사, 28쪽.

고 기독교의 이론적 바탕을 마련한 바울은 감옥에 갇혔을 때, 서글퍼하거나 좌절하지 않고 기뻐하며 옥중서산을 로마를 위시한 여러 곳에 있는 성도들에게 썼는데, 그 편지들이 기독교의 경전이 되었다. 선불교와 선학의 입장에서 보면, 우리 인간에게는 가장 고통스러운 자리를 가장 행복한 자리로 만들어 받아들일 수 있는 無明이 아닌 지혜가 필요한 것이다.

그러나 이광수의 「無明」에 등장하는 인물들은 '無明'이 의미하는 어리석은 인간들이다. 등장인물들이 매일 하는 일은 병감 안에서 서로 싸우는 것이다. 이광수는 자신이 교도소에 있는 동안 함께 있었던 사람들과의 경험을 허구화시켜 「無明」을 썼다고 생각한다. 작품 속에서 '나'와 함께 있던 사람들은 모두가 어리석은 사람들이다. 그들이 지혜로운 사람이라면, 감옥생활을 의미 있게 보냈을 것이다. 깨친 자에게는 세상이나 교도소나 모두 즐거운 곳이며 천국이며 극락이기 때문이다. 어리석은 자에게는 천국도 고통스러운 곳이며 지옥인 것이다. 그래서 간화선불교와 밀교에서 고뇌의 자리가 보리의 자리라고 말하는 것이 아니겠는가? 이광수는 교도소 생활을 마친 후에 그 경험을 바탕으로 「無明」이라는 소설을 썼다. 이광수는 교도소 생활이라는 경험을 무의미한 것으로 만들지 않았다.

앞에서 필자는 '無明'이라는 제목에 대해 분석했다. '無明'은 어리석음을 의미하는 말로, 작품에 등장하는 인물들이 '나'를 제외하고는 모두가 어리석다는 뜻이다. 해석하기에 따라서는 나도 어리석은 인간으로 보고 있다고 말할 수 있을 것이다. 왜냐하면 화자인 나와 다른 사람들을 분별하여 말하고 있기 때문이다.

등장인물들의 어리석은 모습은 분별심과 차별심 그리고 평상심이라는 측면에서 볼 수 있다. 먼저 분별심과 차별심이라는 관점에서 보면, 등장인물들은 서로 상대방은 나쁜 놈이고, 자기가 감옥에 온 것은 억울한 일이라고 말한다. 자기는 죄가 없고 타인은 죄인이라고 차별하고 있다. 윤씨는 자기는 죄가 없다고 다음과 같이 주장한다.

『현가놈은 내가 모르고, 임가놈으로 말하면 나와 절친한 친고닝게, 우리는 친고 위해서는 사생을 가리지 않는 성품이닝게, 정말 우리는 친고 위해서는 목숨을 아니 애끼는 사람이닝께, 도장을 파 주었지라오. 그래서 진상도 아시다시피 내가 돈을 한 푼이나 먹었능기오? 현가놈, 임가놈 저희들끼리 수만원 돈을 다 처먹고, 윤ㅇㅇ이 무슨 죄란 말이야?』[21]

때때로 민과 윤은 서로 악담을 하며 싸우기도 한다. 윤은 사기범인 자기보다 방화범인 민이 더 나쁜 놈이라고 차별해서 말한다.

그러나 내가 사식을 중지하는 것으로 두 사람의 감정을 완화할 수는 없었다. 별로 말이 없던 민도 내가 사식을 중지한 뒤로부터는 윤에게 지지 않게 악담을 하였다.
『요놈, 요좀도적놈. 그래, 백주에 남의 땅을 빼앗아 먹겠다고 재판소 도장을 위조를 해? 고 도장 파던 손목쟁이가 썩어 문드러지지 않을 줄 알구.』
이렇게 민이 윤을 공격하면 윤은,
『남의 집에 불 논 놈은 어떻고? 그 사람이 밉거든 차라리 칼을 가지고 가서 그 사람만 찔러 죽일 게지, 그래, 그 집 식구는 다 태워 죽이고 저는 죄를 면하잔 말이지? 너 같은 놈은 자식새끼까지 다 잡아먹어야해! 네 자식 녀석들이 살아남으면 또 남의 집에 불을 놓겠거든.』[22]

간병부끼리 서로 싸우기도 한다. 한 간병부가 명령을 하자 나이도 적고 사회적 지위가 자기만 못했던 간병부가 자기에게 명령을 할 수는 없다는 것이다. 간병부끼리도 과거의 자기의 지위가 더 높았다고 자기를 타인과 차별하여 말하며 분해하기도 한다.

---

21) 같은 작품, 15쪽.
22) 같은 작품, 20 – 21쪽.

간병부는 감빛 기결수 옷을 입고 제자리에 앉으면서,

『고놈의 자식을 찢어 죽이려다가 참았지요. 아니꼬운 자식같으니. 제가 무어길래? 제나 내나 다 마찬가지 전중이고 다 마찬가지 간병부지. 흥, 제 놈이 나보다 며칠이나 먼저 왔다고 나를 명령을 하려 들어 쥐새끼 같은 놈같으니. 나이로 말해도 내가 제 형뻘은 되고, 세상에 있을 때에 사회적 지위로 보더래도 나는 면서기까지 지낸 사람인데. 제 따위, 한 자요두 자요하던 놈과 같은 줄 알고? 요놈의 자식, 내가 오늘은 참았지마는 다시 한 번만 고따위로 주둥아리를 놀려봐? 고놈의 아가리를 찢어 놓고 다릿마댕이를 분질러 놀 걸. 우리는 목에 칼이 들어오더라도 할 말은 하고, 할 일은 하고야 마는 사람이든?』[23]

작중인물들은 평상심을 유지하지 못하고 화를 내기도 한다. 간수에게 욕을 하기도 하고, 서로 싸우다가 화를 내기도 한다. 윤씨가 간수에게 욕하는 장면이다.

어찌 했으나 윤의 입은 잠시도 다물고 있을 새는 없었고, 쨍쨍하는 그 목소리는 가끔 간수의 꾸지람을 받으면서도 간수가 돌아선 뒤에는 곧 그 쨍쨍거리는 목소리로 간수에게 또 욕을 퍼부었다.[24]

윤과 민 사이의 욕설과 싸움은 평상심을 잃은 대표적인 예이다. 두 사람이 모두 자기가 한 일에 대한 정당한 대가를 받는 것이라고 생각했다면, 그렇게 욕하거나 싸우지는 않았을 것이다.

내가 민에게 밥 한 숟가락을 준 것이 빌미가 됨인지, 민은 끼니때마다 밥 한 숟가락을 내게 청하였고, 그럴 때마다 윤은 민에게 욕설을 퍼붓고 심하면 밥그릇을 둘러엎었다. 한번은 윤과 민과 사이에 큰 싸움이 일어나서 차마 입에 담지 못할 욕설을 서로 주고받고 하였다. 그 때에 마침 간수가 지나가다가 두 사람이 싸우는 소리를 듣고 윤을 나무랐다. 간수가 간 뒤에 윤은 자기가 간수에게 꾸지람 들은 것이

---

23) 같은 작품, 25쪽.
24) 같은 작품, 17쪽.

민 때문이라고 하여 더욱 민을못 견디게 굴었다. 그 방법은 여전히 며칠 안 있으면 죽으리라는 둥, 열아홉살 된 민의 아내가 벌써 어떤 젊은 놈하고 붙었으리라는 둥, 민의 아들들은 개 돼지만도 못한 놈들이라는 둥, 악담이었다.[25)]

필자는 앞에서 선불교와 선학의 입장에서 「無明」의 내용을 분별심과 차별심을 갖지 말라는 입장과 平常心을 유지해야 한다는 관점에서 분석했다. 두 가지 관점에서 볼 때, 「無明」에 등장하는 인물들은 모두 어리석은 인물임을 알 수 있었다.

'無明'이라는 제목의 뜻이 어리석은 인간이라면, 등장인물들을 모두 어리석은 인간으로 묘사했다는 것은 작품을 성공적으로 만든 것이라고 생각한다. 화자는 어리석은 인간이 아니라고 볼 수도 있겠으나, 다른 사람과 자신을 차별하여 보고 있다는 면에서 보면, 모두가 어리석은 사람일 것이다. 그런 면에서 작품의 내용과 제목은 어울린다고 볼 수 있다. 그리고 극한 상황 속에서 모두가 어리석은 인간이 될 수밖에 없는 인간의 실존상황을 그렸다는 면에서 성공적인 작품이라고 생각한다.

6-8. 禪學的 희극성

앞에서 언급한 것과 같이 우리에게 웃음을 주는 것에 대한 서양의 이론으로는 크게 나누어 우월이론과 불일치이론이 있다. 한 인물이 상대방에게 우월감을 갖거나, 우리가 예상했던 말이나 행동과 불일치하는 말이나 행동이 나왔을 때 웃게 된다는 이론이다. 그리고 연극학자인 알라다이스니콜(AllardyceNicoll)은 그의 연극론(The theory of Drama)에서 1) 조소의 대상이 되는 것 2) 불균형

---

25) 같은 작품, 20쪽.

3) 무의식적인 기계화와 같은 세 가지 요소가 사람을 웃긴다고 말하고 있다. 그 외에도 성적인 말이나 특색 있는 지방어와 비속어 등이 우리를 웃긴다.

그러나 禪學的 희극성의 입장은 '理性的'이라는 면에서 공통성도 있지만, '깨침'이라는 면에서 보면 근본적으로 다르다. 禪學的 희극성은 깨침의 경지에서 작품의 인물과 내용을 보려는 것이다. 작품에 등장하는 인물들은 대부분 無明 속에서 헤메며 살고 있다. 등장인물들은 無明 속에 있어 세상일에 대해 분별심을 갖고 상대방을 선하다고 말하기도 하고 악하다고 말하기도 하고, 상대방의 키가 크다고 말하기도 하고 작다고 말하기도 하고, 상대방이 아름답다고 말하기도 하고 흉하다고 말하기도 한다, 상대방을 뚱뚱하다고 말하기도 하고 날씬하다고 말하기도 하고, 상대방을 부자라고 말하기도 하고 가난한 사람이라고 말하기도 한다. 문학작품에 등장하는 인물은 타인이 자기에게 잘못 했다고 화를 내기도 하고, 깨친 자의 입장에서 보면 자기에게 잘못 한 사람도 없는데 다른 사람을 용서한다고 소란을 피우기도 하고, 있지도 않은 원수를 사랑한다고 말하기도 한다.

깨친 자가 中道의 입장에서 보면 키가 큰 사람과 작은 사람이 있는 것이 아니고, 모두 각자에게 알맞은 키를 갖고 있는 것이며, 아름답고 미운 사람이 있는 것이 아니며 모두가 자기에게 알맞은 아름다움을 갖고 있는 것이며, 뚱뚱한 사람과 날씬한 사람이 따로 있는 것이 아니라 모두가 자기에게 알맞은 몸매를 갖고 있는 것이다.

禪學的으로 보면 어떤 인물에게 일어나는 모든 일은 연기론적으로 일어나는 것이어서 모든 일이 내 탓이기 때문에 화를 낼 일도 없고, 용서할 일도 없고, 미워할 사람도 없고 사랑할 원수도 없다는 것이다. 연기론적으로 우주의 삼라만상은 진리이고, 우주의 모든 소리는 法音이기 때문에 모두가 정의이고 모두가 우리의 스승이며 모두가 옳은 존재인 것이다.

이러한 깨침의 입장에서 보면 작품 속에 존재하는 인물들이 분별심을 갖고 세상을 보거나 평상심을 잃고 마음이 흔들려 대상을 좋아하거나 싫어하는 모습은 모두 독자를 웃기는 내용이라는 것이 禪學的 희극성의 본질이다. 어떤 의미에서 禪學的 희극성의 입장에서 보면 중생들이 생존경쟁하고 싸우고 언성을 높이면서 사는 모습은 모두가 웃기는 모습이다.

좀더 구체적으로 설명하면, 작중 인물이 1) 대상에 대해 분별심을 갖거나 2) 平常心을 유지하지 못하고 화를 내거나 3) 자기 탓인지 모르고 상대방을 미워하거나 4) 모든 인간이 인류의 역사라는 드라마 속에서 모두가 동등하게 귀중한 역할을 하는 존재인지 모르고 상대방에 대해 우월감을 갖거나 상대방을 무시하는 행위를 하는 것이나 5) 我執이나 法執을 버리지 못하고, 어떤 한 가지만 진리라고 주장하는 것 등이 웃음을 자아내는 요소가 될 수 있는 것이다.

이러한 웃음은 넓게 보면 일종의 비웃음으로 여겨 우월이론으로 설명될 수도 있을 것이다. 그러나 본고는 그러한 속세의 관점보다는 깨친 자의 입장에서 자비의 눈으로 無明 속에서 헤매는 중생의 모습으로 보고 웃는 웃음이라고 말하고 싶다. 분별심을 갖고 사는 중생의 모습에 대한 깨친 자의 웃음은 중생에 대한 사랑과 연민의 정에서 나오는 것이라고 생각한다. 상대방을 무시하는 비웃음 속에서 나오는 웃음과는 다른 것이다. 그런 의미에서 깨친 자의 중생에 대한 웃음은 '연민의 웃음'이라 말하고, 이러한 웃음에 대한 이론은 "웃음의 연민이론"이라고 말하고 싶다. 깨친 자가 중생에 대해 사랑과 연민의 정을 갖는 과정을 통해서 생기는 웃음이라고 생각하기 때문이다.

7장 〈하회별신굿 탈놀이〉의 희극성

7-1. 문제의 제기

　〈하회별신굿 탈놀이〉에 대한 조사와 연구는 오래전부터 있어 왔다. 崔常
壽는 1936년에 河回 마을에서 別神굿을 하는데, 그 기간에 假面劇을 한다는
이야기를 듣고 그 곳에 가서 대강 조사를 하고, 1942년에 第2차로 1957년 8월
에 第3차로 조사를 하고, 1957년 9월 22일 서울의 德成女子大學 강당에서
「河回假面劇의 硏究」라는 제목으로 논문을 발표했고, 1958년 3월에 刊行된
『遞信文化』(第42號)誌에 硏究 論文으로 발표했다.[1] 그리고 柳漢尙은 『국
어국문학』 제20호(1959)에 「河回別神假面舞劇臺詞」를 실었고, 李杜鉉은
1969년에 文化財管理局에서 출간한 『韓國假面劇』의 '河回別神굿놀이'라
는 항목에서 하회별신굿 탈놀이에 대해 언급하고 있으며, 1978년 成炳禧 · 金
宅圭 조사단이 李昌熙씨를 발견하면서 중요한 전환점을 맞이했다.[2]

---

1) 崔常壽, 『山臺 · 城隍神祭假面劇의 연구』, 成文閣, 1985, 148쪽.
2) 成炳禧 · 金宅圭, 「河回別神굿놀이 調査報告」, 『우리 고장의 민속』, 慶尙北道 大邱,
　1979.

그 외에 趙東一, 徐蓮昊, 李美媛, 趙龍基 등이 논문을 발표했는데, 1990년에는 박진태가 새문사에서 『탈놀이의 起源과 構造』를 통해 하회별신굿 탈놀이에 대해 기존의 연구를 정리하고, 새로운 연구를 통해 자신의 견해들을 정리하고 있다.

그렇다고 하회별신굿 탈놀이에 대한 문제들이 모두 해결된 것은 아니다. ① 하회별신굿의 기원 문제, ② <하회별신굿 탈놀이>의 용어 문제, ③ <하회별신굿 탈놀이>의 장르 문제, ④ 탈의 미학적 연구 문제, ⑤ <하회별신굿 탈놀이>의 춤사위 문제, ⑥ <하회별신굿 탈놀이>의 제의성과 오락성의 한계 문제, ⑦ <하회별신굿과 탈놀이>의 관계와 올바른 관계의 설정 문제 등 무수한 문제가 더 깊은 연구를 요하고 있다.

<하회별신굿 탈놀이>의 기원 문제는 현재에 남아있는 자료를 바탕으로 해서, 허도령이 살았다는 시기 즉 지금으로부터 700년전인 고려 시대로 잡고 있으나, 새로운 자료가 발견된다면 변할 수도 있을 것이다.

그리고 용어에도 많은 문제점이 있다. <하회별신굿 탈놀이>를 崔常壽는 '假面劇'이라는 용어를 사용했고, 柳漢尙은 '舞劇'이라는 용어를 사용했고, 成炳禧는 '河回別神탈놀이'라는 용어를 사용했고, 李杜鉉은 '河回別神굿놀이'[3]라는 용어를 사용했고, 趙東一은 '탈춤'이라는 용어를 사용하고 있다. 그리고 박진태는 '河回別神굿탈놀이'라는 용어를 사용하면서 "河回別神굿탈놀이는 현지 주민은 「別神」이라 하고, 李昌熙翁은 「別神놀이」라 하는데, 河回 인근 지역인 예천에서도 '別神을 논다'는 말을 사용했고, 壽(水)洞에도 陳法 別神놀이가 있다. 그러나 별신굿과 탈놀이의 관계를 부각시키기 위해 河回別神굿탈놀이라 부르기로 한다[4]"라고 주석을 달고 있다.

그러나 초기에는 河回마을에 '別神굿'만 존재했지 '탈놀이'라는 것이 따로

---

3) 李杜鉉, 『韓國의 假面劇』, 一志社, 1979, 99쪽.
4) 박진태, 『탈놀이의 起源과 構造』, 새문사, 1990, 349쪽.

존재하지 않았다는데 문제가 있다. '탈놀이'가 오늘날과 같이 '別神굿'과 구별해서 오락성내지는 상업성을 가진 놀이나 극으로 존재했던 것이 아니라, '탈놀이'는 '別神굿' 안에 포함되어 '別神굿'의 일부로 제의성을 나타내는 것이었지, '別神굿'과 분리되어 있는 것이 아니었다는 것이다. 그러니까 '탈놀이'라는 말은 애초에 없었던 말이다. 그러한 사실은 필자가 현지를 답사하여 동네 사람들과 나눈 대화에서도 알 수 있었다. 어떤 사람은 '탈놀이'라는 용어가 하회별신굿 탈놀이 보존회에서 처음으로 사용한 것으로 알고 있기도 했다.

그럼 이러한 용어의 혼란은 어디서 오는 것이며, 해결책은 무엇일까에 대해 생각하지 않을 수 없다. 이러한 용어의 혼란이 오는 것은 '탈놀이'를 '別神굿'의 일부로 보는 견해 즉 '탈놀이'의 제의성을 중요시하느냐 아니면 '탈놀이'의 제의성보다는 오락성을 중요한 것으로 보느냐에 의해 좌우된다고 생각한다.

이것은 동시에 장르 문제와 관련하여 논란을 일으킬 수 있다. '탈놀이'는 '연극'인가 '춤' 인가 아니면 그냥 '놀이'인가? '놀이'는 '연극'이라는 것과 같은 것인가 다른 것인가? '놀이'나 '연극' 중에 어느 것이 상위 개념이거나 하위 개념인가? '탈놀이'에서 춤사위를 논하는 것은 타당한 것인가 잘못된 것인가?[5] 등의 문제가 제기될 수 있다.

탈에 대한 미학적[6]내지는 관상학적 연구[7]도 있었다. 이러한 연구들은 '탈놀이'의 제의성과 오락성을 이해하는데 필요한 것이라고 생각한다. 왜냐하면 탈은 상징성을 가지며, 동시에 그 상징성은 '別神굿'이나 '탈놀이' 공연에서 제의

---

5) 하회 마을에 사는 유모씨는 '탈놀이'는 흥에 겨워 추는 춤이므로 서양의 발레와 같이 규정된 춤사위로 '탈놀이'를 분석하려는 것은 잘못된 연구 태도라고 말하기도 한다. 필자는 무용을 전공하는 사람들과 '탈놀이'나 '山臺놀이', '野遊' 등을 보고 대화를 나누기도 했는데, '탈놀이'를 넓은 의미의 춤으로 볼 수는 있으나 전통적 의미의 춤으로 보기는 어렵다는 것이 필자가 내린 결론이다.

6) 임재해, 「탈과 조각품으로 본 하회탈의 예술성과 사회성」, 『안동 문화의 재인식』, 안동문화연구회, 1986.

7) 김동표, 「관상학적 측면에서 본 하회탈」, 『진주탈춤한마당』, 삼광문화연구재단, 1996, 142 - 148쪽.

성과 오락성을 갖기 때문이다.

앞에서 언급한 여러 가지 문제를 해결하기 위해서는 '탈놀이'의 어떤 양상까지를 제의성으로 보고, 어디부터를 오락성으로 보느냐에 따라 앞의 여러 가지 문제에 대해 대답이 결정될 수 있다고 생각한다. 이런 문제들은 통시적으로 연구하여 해결될 수 있는 것이나 현실적으로 '탈놀이'는 이미 '別神굿'에서 독립하여 별개의 놀이 혹은 연극으로 존재하기 때문에 오락적 놀이로서의 '탈놀이'를 무시할 수 없다고 생각한다.

그리고 '탈놀이'가 오락적인 것으로 존재할 때, 간과할 수 없는 것은 '탈놀이'의 희극성이라고 생각한다. '탈놀이'를 구경하는 사람들은 '탈놀이'를 구경함으로써 즐기고 웃으면서 현실에 지친 심신을 정화시키기를 원하기 때문이다.

그런 뜻에서 本玫는 <하회별신굿 탈놀이>의 희극성에대해 연구하여 <하회별신굿 탈놀이>의 정체성을 규명하는데 도움이 되고자 한다.

7 - 2. 상황의 희극성

우리나라의 部落祭 중에 하나인 河回別神굿은 경상북도 안동시 풍천면 하회동에서 마을의 안녕과 풍농을 기원하던 굿이다. 이 중에서 '탈놀이'는 서낭님을 즐겁게 하기 위한 娛神의 행위였다. 그런 의미에서 '하회별신굿 탈놀이'는 '탈놀이'가 시작되는 상황부터가 신을 즐겁게 하기 위한 희극적 상황에서 시작된다고 볼 수 있다.

정월 초하루부터 대보름까지 거행되었던 河回別神굿은 산주가 不淨이 없는 木手를 골라 서낭대와 내림대를 마련하는 것으로부터 시작된다. 산주와 무녀, 광대들은 서낭당에 모여 제물을 차려놓고 약 4 ~ 5m 길이의 서낭대와 약 1m 길이의 내림대를 세우고 신내림을 받는다. 서낭대에 5색포(홍, 백, 황, 청,

녹색)를 달고 꼭대기에는 당방울을 단다. 신이 내려 당방울이 울리면 강신한 서낭대와 내림대를 받들고 서낭당에서 국시당과 삼신당을 거쳐 옛 동사 앞마당에 이르러 서낭대를 받쳐 놓고 '탈놀이'를 시작하였다.

여기서 우리가 알 수 있는 것은 '하회별신굿 탈놀이'는 시작하기 전에 娛神의 상황을 설정하고 시작한다는 점이다. 마을의 안녕과 풍농을 신에게 기원하기 위해서는 굿을 하는 사람들이 神을 즐겁게 해주어야 한다. 신을 모시고 하는 <하회별신굿 탈놀이>는 앞에서 언급한 바와 같이 출발부터 神을 즐겁게 하기 위한 희극적 배경이 깔려 있다고 볼 수도 있으며, 희극적 상황이 강요당하고 있다고 말할 수도 있으리라 생각한다. 神을 즐겁게 하기 위한 상황과 내용은 '탈놀이'의 내용에서도 알 수 있다.

첫째 마당인 무동마당에서는 각시가 무동을 타고 등장하는데, 각시는 서낭신의 대역으로 神은 땅을 밟아서는 안되고 항상 사람 위에 있어야 함으로 무동을 탄다. 여성인 각시를 서낭신을 상징하는 존재로 모신 것이나 神이라고 무동을 태워 땅을 밟지 않게 설정한 것이 모두 희극적 상황 설정이라고 생각한다.

둘째 마당은 주지 마당이다. 주지마당은 꿩 싸움이라고도 하고, 몸은 龍, 머리는 호랑이 모양을 한 귀신의 춤이라고도 하고, 암주지 숫주지의 춤이라고도 한다. 또는 주지는 호랑이도 잡아먹는 무서운 귀신이라고도 한다. 그러나 주지는 사자로 보는 것이 일반적인 견해다.[8]

둘째 마당은 주지 한 쌍이 춤을 추기도하고 싸우기도 하면서, 잡귀와 사악한 것들을 잡아내어 놀이판을 깨끗이 정화하는 마당이다. 주지 한 쌍이 춤을 추기도 하고 싸우기도 하면서 놀이마당을 깨끗이 한다는 생각도 우리를 웃기는 것이며, 꿩털로 주지의 모습을 만든 것도 웃긴다. 꿩털을 꽂은 주지의 모습에서 귀신을 잡는 무서운 사자의 모습을 찾기는 어렵기 때문이다. 또한 그러한 소박한 상징이 우리를 웃기기도 한다.

---

8) 박진태, 앞의 책, 84쪽.

셋째 마당은 백정 마당이다. 白丁 마당은 다음과 같이 연희된다.

1. 백정이 걸어 들어와서 도끼를 휘드르며 한바탕 춤 춘다.

2. 한 사람이 두루마기를 뒤집어쓰고 들어와 무릎을 꿇고 엎드려 소 시늉
   을 한다.

3. 백정이 소를 보고 "여기 웬 소 한 마리가 왔구나" 한다.

4. 도끼머리로 소의 머리 쪽 땅을 좌우와 중간을 세 번 친다.

5. 오른 손으로 칼 손잡이를 잡고 왼손의 칼집에서 칼을 빼는데, "주울 주
   울 주울"하면서 힘주는 흉내를 하고 "뻥"하면서 쑥 잡아 뺀다.

6. 칼춤을 한바탕 춘다.

7. 오재기에서 우랑을 꺼내 남자 구경꾼 앞에 가서 "샌님 우랑 사이소"를
   몇 번 한다.

8. 반응이 없으면 "헤이 참 이놈의 장사 망했네"하고 그만 둔다.[9]

여기서 우리가 알 수 있는 것은 첫째 마당, 둘째 마당, 셋째 마당에 모두 性的
인 것이 바탕에 깔려 있다는 것이다. 무동 마당에 각시가 무동을 타고 등장하는
모습이나 둘째 마당인 주지 마당에서 암주지와 숫주지가 싸울 때 암주지가 숫
주지 위에 올라타서 암주지가 이기는 모습이나, 셋째 마당에서 白丁이 정력제
인 우랑을 꺼내 여러 사람에게 우랑을 사라는 모습 등으로 볼 때 性的인 상황이
깔려 있다고 생각한다. 이러한 모습은 넷째 할미 마당, 다섯째 파계승 마당, 여
섯째 양반·선비 마당, 일곱째 혼례 마당까지 이어진다. 이것은 性的 모의 행위
를 통해 풍농을 빌며 동시에 신을 즐겁게 하기 위한 것이다. 동시에 관중을 향
해 해학적인 말로 희롱하며 性에 대해 겉으로 내색하지 않는 지배층의 권위의
식을 풍자하고, 性에 대한 일상의 금기로부터 벗어나 관중의 웃음을 유도하는

---

9) 같은 책, 91쪽.

것이다.

넷째 마당인 할미 마당부터 희극적 상황에 대해 좀 더 자세히 살펴보기로 하자. 할미 마당은 다음과 같이 연희된다.

1. 쪽박을 허리에 찬 할미가 들어와 앉아서 베틀 없이 북을 손에 쥐고 신나무에 맨 신끈을 발로 당겼다 늦추었다 하며 베 짜는 시늉을 한다.
2. "베틀다리 양네다리 / 앞다리는 돋아놓고 / 뒷다리는 낮촤놓고 / 눈썹대는 형제요 /잉앳대는 삼형제요 / ……"하며 베틀가를 부른다.
3. 놀이판 밖의 광대가 영감의 역할을 하여, 할미와 才談을 주고 받는다.
   "할마니 베는 다 짰는가?"
   "베는 다 짰다마는 ……"
   "어제 장에 가서 내 청어 한 두름 사준 거 다 먹었나?"
   "엊저녁에 영감 한 마리 꾸어(구어)주고, 내 아홉 마리 먹고, 또 오늘 아침 영감 한 마리 주고 내 아홉 마리 먹고 한 두름 다 먹었지 않나?"
4. 할미는 일어나 쪽박을 들고 걸립을 한다. 그러나 구경꾼이 돈을 주지는 않는다.[10]

여기서 할미가 베를 짜는 것은 할미의 생산 능력을 상징적으로 보여 주는 것이다. 베짜기를 마친 할미는 영감과 청어 다툼을 벌이는데, 청어내지 물고기는 형태적 측면에선 남근 상징이고, 알을 무수히 낳는 점에서는 다산과 생식력의 상징이다. 앞에서 언급한 바와 같이 여기서도 풍농과 성적인 말을 사용하여 희극적 상황을 연출하고 있음을 알 수 있다.

다섯째 파계승 마당은 부네가 오줌을 눌 자리를 찾아 소변을 보는 것을 길 가던 중이 보고 욕정을 참지 못해 부네와 어울려 춤을 추며 놀다가 초랭이한테 들

______
10) 같은 책, 92쪽.

키자 도망가고 마는 내용을 담고 있다.

여섯째 마당인 양반·선비 마당에서는 양반과 선비가 부네를 사이에 두고 싸우는 장면과 소불알을 사이에 두고 싸우는 장면 그리고 양반과 선비가 서로 자기의 신분이 높다는 것을 주장하며 싸우는 세 가지 장면으로 이루어져 있다.

양반과 선비가 부네와 소불알을 사이에 두고 싸우는 장면은 앞의 장면들과 상징적 의미가 유사하다. 그러나 양반과 선비가 서로 자기의 신분이 높다고 싸우는 장면은 양반과 선비의 신분을 한꺼번에 부정하고, 양반·선비·초랭이의 평등의식을 드러내며, 양반과 선비를 비판하는 풍자적 상황을 설정하고 있다는 데 의미가 있다.

마지막 마당인 혼례 마당과 신방 마당은 날이 어두워진 뒤 마을 입구 밭에서 자리와 멍석을 깔고 간단하게 혼례식을 올린 다음 신방의 초야 과정을 보여 준다. 이 때 사용한 자리를 깔고 자면 자식을 얻는다는 신앙이 있다. 신방마당은 몰래 이루어지는 행사이기 때문에 삼경이 되어서 이루어졌다. 총각이 각시의 저고리 고름을 풀면서 각시에게 접근하여 각시를 끌어안고 자리에 눕히는 것이다.

혼례 마당과 신방 마당은 앞에서 계속적으로 이어온 풍농과 性的인 상황 설정을 통해 신을 즐겁게 해 주기 위한 희극적 상황의 연속으로 볼 수 있다. 그리고 첫마당에서 마지막 마당까지 계속 반복하여 나타나는 풍농의 상징적 기원과 性的인 상황의 설정은 희극적 구조의 대표적인 구조인 반복의 구조로 된 상황이어서 우리를 더욱 웃기는 것이라고 생각한다.

7-3. 대사의 희극성

말의 희극성에 있어서는 앞에서 언급한 바와 같이 언어를 매개로 표현되는 희극성과 언어가 창조하는 희극성이 있는데, 언어가 창조하는 희극성은 연회에

서 이루어질 수 있는 것이므로, 대사의 희극성에서는 언어를 매개로 표현되는
희극성에 대해서 만 언급하고자 한다.

<하회별신굿 탈놀이>에는 대사가 많지 않다. 그러나 인물들이 말하는 대사
는 대부분 관객들을 웃기는 것이다. 희극적 대사들을 분류하면, 첫째 성적인 대
사, 둘째 패로디를 이용한 대사 등으로 나눌 수 있다.

1) 性的인 臺詞

性的인 대사를 희극적인 대사로 보아야 할 것이냐 아니면 단순한 저속한 대
사로 보아야 할 것이냐 하는 것은 의견이 달라질 수 있다. 장덕순은 그의 『한국
설화문학연구』에서 笑話를 소화, 지략담, 음담 등으로 나누고 , 음담을 笑話의
한 항으로 설정하고 있다. 그리고 김영진은 성적인 대사인 육담의 특징을 다음
과 같이 설명하고 있다.

육담의 기능은 웃음이다. 그런데 정신분석학자 프로이드 (S. Freud)는 웃음을
의도적 웃음인 "풍자(satire)"와 순수한 웃음인 "유머(humour)"로 나누었고 김열규
는 유머를 다시 "흰 웃음"과 "검은 웃음"으로 나누고 육담을 검은 웃음이라고 하
였다. 육담이 비록 검은 웃음이라고 해도 "자신의 육정을 표현하거나 남의 육정을
자극하거나 도발하는" 외설이 아니라 남을 웃기는 순수한 소화이다.
따라서 말하는 사람은 저의나 악의가 없이 우스개로 하기 때문에 그 자신 무해
하고 듣는 사람도 피해가 없기 때문에 부담없이 웃는다. 그래서 육담의 현장에서
주위의 눈치를 보면서 살성밀어로 육담을 하는 경우는 있어도 화자와 청자의 사
이에는 긴장이 없다. 특히 금기시하였던 성을 노골적으로 이야기함으로써 듣는
사람은 억압되었던 성으로부터 해방감을 맛보는 쾌감이 있다.[11]

그런 의미에서 <하회별신굿 탈놀이>에 나타난 성적인 대사들을 희극적인

---

11) 김영진, 「한국육담개론」, 『한국육담의 세계관』, 국학자료원, 1997, 15 – 16쪽.

대사로 다루고자 한다. <하회별신굿 탈놀이>도 다른 탈놀이와 마찬가지로 성적인 대사들이 많다. 그러나 무동 마당과 주지 마당에는 대사가 거의 없다. 성적인 대사가 처음으로 나오는 곳은 백정 마당이다. 백정이 소불알을 들고 하는 말이다.

"이 불알과 × ×는 누구 兩班宅에 갖다 바칠까? 陽氣에는 참 좋은데……"
 ― 이 때 觀衆은 웃기 시작한다. ―(退場)12)

청어를 남자의 성기로 본다면 할미 마당에 나오는 다음 구절도 웃기는 대사가 될 수 있다고 생각한다.

영감(할미를 향하여)
"할멈, 내 장(市場)에 가서 반찬거리를 사가지고 올 테니 집안이나 잘 치워 놓게."
(하고는 망태를 들고 나갔다가 잠시 뒤에 들어온다.)
 ― 시장에 갔다 왔음을 나타냄 ―
"할멈, 청어 두 두름을 사가지고 왔다."
할미(망태를 받으며)
"영감이 한 두름 묵(먹)고, 내가 아홉 마리 묵(먹)으면 안 되겠나."
영감"할멈, 내가 어제 장에 가서 사가지고 온 청어는 다 어쨌노?"
할미"어제 저녁에 영감이 한 마리, 내가 아홉 마리, 오늘 아침에 영감이 한 마리, 내가 아홉 마리 다 안 묵(먹)었나?"
영감"에이 망할 년, 영감 한 마리씩만 주고 저는 아홉 마리씩이나 처묵(먹)는 년이 어데 있나? 이런 년하고 오래 살다가는 살림 망하겠다.
(하고는 살림 도구를 발길로 차버리고 나간다. 退場)
할미(따라 나가며)

<hr>

12) 최상수, 앞의 책, 173쪽.

"영감아, 꽃(곳)감아, 참말로 나가나" (退場)13)

그 외에 양반·선비 마당에서 초랭이가 하는 말 가운데 "처녀의 月經" 등이 있다.

2) 패로디를 이용한 臺詞

패로디는 고대 수사학에서부터 그 연원을 찾을 수 있는 것으로, 오늘날에는 미술, 문학, 연극 등에서 포스트모던한 예술 현상의 하나로 논해지기도 한다. 벤존슨은 "패로디, 원래의 작품보다 더 부조리하게 만드는 기적적인 힘을 가진 패로디"14)라고 정의하고 있는데, 린다허천은 "패로디는 하나의 문학적 텍스트나 다른 예술적 대상을 가정적으로 재현하는 것으로 보통 코믹하다"15)고 말하고 있다. 그리고 이근삼은 『演劇槪論』에서 패로디를 희극의 한 분야로 설명하고 있다.

> 희극에서 흔히 말하는 패로디(Parody)란 특정한 個人이나 특수한 어떤 藝術作品을 素材로 택하여 그 모순을 폭로하는 경우를 말한다. 그러나 패로디에서 취급하는 특정한 개인이나 어떤 특수한 作品 또는 事件은 觀客이 당장 알아차릴 수 있도록 명확히 나타나 있어야 그 재미가 더해진다. 패로디는 誇張, 顚倒를 그 특색으로 한다.16)

이러한 패로디적 성격을 가진 臺詞는 양반·선비 마당에서 양반·선비·초랭이가 벌이는 臺詞를 들 수 있을 것이다.

---

13) 같은 책, 174쪽.

14) 린다허천 著, 김상구·윤예복 譯, 『패로디 이론』, 문예출판사, 51쪽.

15) 같은 책, 82쪽.

16) 이근삼, 『演劇槪論』, 범서출판사. 106쪽.

양반 : 아니 그렇다면 자네가 지체가 나만하단 말인가?

선비 : 그러면 자네 지체가 나보다 낫단 말인가?

양반 : 암 낫고 말고.

선비 : 뭣이 나아? 말해 봐.

양반 : 나는 士大夫의 자손인데 ……

선비 : 뭣이 士大夫? 나는 八大夫의 자손일세.

양반 : 八大夫는 또 뭐야?

선비 : 八大夫는 士大夫의 갑절이지.

양반 : 우리 할아버지는 門下侍中이거던.

선비 : 아 門下侍中, 그까짓것. 우리 아버지는 바로 門上侍大인데.

양반 : 門上侍大? 그것은 또 뭔가?

선비 : 門下보다 門上이 높고, 侍中보다 侍大가 더 크다.

양반 : 그것 참 별꼴 다 보겠네.

선비 : 지체만 높으면 제일인가?

양반 : 그러면 또 뭣이 있단 말인가?

선비 : 첫째 學識이 있어야지. 나는 四書三經을 다 읽었네.

양반 : 도대체 四書三經? 나는 八書六經을 다 읽었네.

초랭이 : 나도 아는 六經, 그것도 몰라요? 팔만대장경, 중의 바래經, 봉사 안경, 약
　　　　국의 길경, 처녀의 月經, 머슴 쇄경.

양반 : 이것도 아는 六經을 소위 선비라는 자가 몰라?

선비 : (혀를 차면서) 우리 피장파장이니, 그러지 말고 부네나 불러 봅시다.[17]

7-4. 인물의 희극성

인물의 희극성은 성격의 결함에서 온다. 인물의 성격적 결함이 여러 가지 어

---

17) 박진태, 앞의 책, 98 – 99쪽.

처구니 없는 상황과 기대나 예상 밖의 일을 벌어지게 할 때, 관객들은 웃는다. 그러한 성격적 결함으로는 허영, 과욕, 착각, 과대망상, 성급함, 교만, 질투, 이기심 등을 예로 들 수 있다.

<하회별신굿 탈놀이>에 등장하는 인물은 무동 마당에 등장하는 각시, 주지 마당에 등장하는 암주지, 숫주지, 초랭이, 백정 마당에 등장하는 백정과 할미 마당에 등장하는 할미와 영감, 파계승 마당에 등장하는 중과 부네와 초랭이, 양반·선비 마당에 등장하는 양반, 선비, 초랭이, 이매 등이다. 그 외에 또 다른 등장인물을 든다면 관객을 들 수 있을 것이다.

<하회별신굿 탈놀이>에 등장하는 인물들을 우리는 '조롱당하는 인물들'과 '조롱하는 인물들'로 나눌 수 있다고 생각한다. 이 작품에서 '조롱당하는 인물들'은 양반, 선비, 파계승, 영감, 부네 등이고, '조롱하는 인물들'은 초랭이, 이매, 백정, 할미, 관객 등이다.

성격의 결함이라는 면에서 문제 삼을 수 있는 인물을 정하기 위해서는 먼저 <하회별신굿 탈놀이>에 대한 구조 분석이 이루어져야 한다. 그러나 <하회별신굿 탈놀이>의 전체 구조를 분석하는 것은 本攷의 목적이 아니므로 구조상의 특징 가운데 하나만 언급한다면, 양반·선비 마당이 가장 중요시되고 있다는 것이다.그것은 이 작품이 양반과 선비를 가장 중요시하던 조선조에 이루어졌기 때문이라고 생각한다.이 작품에서 구조상 가장 중요하고 절정을 이루는 마당은 양반·선비 마당이며 동시에 가장 심하게 풍자되고 비판하려는 대상도 양반과 선비라고 생각한다. 그런 의미에서 성격의 결함이라는 측면에서의 연구는 양반과 선비를 중심으로 이루어져야 한다.

먼저 양반·선비 마당의 연희 장면을 보면 다음과 같다.

1. 양반·초랭이·부네의 순서로 들어 온다.
2. 양반과 선비가 初人事를 하는데, 초랭이가 방정을 떨어 싸움의 도화선

이 된다.

3. 선비와 같이 춤추던 부네가 양반한테도 가서 춤추고, 이런 식으로 부네가 선비와 양반 사이를 오가며 알랑거리므로, 선비와 양반이 서로 부네를 차지하려고 다투게 된다.

4. 양반이 지체를 자랑하나 선비가 인정하지 않고, 선비가 학식을 자랑하나 양반이 인정하지 않아 피장파장이 된다.

5. 선비와 양반이 화해하고 초랭이와 부네도 한데 어울려 춤춘다.

6. 이매가 등장하여 "환재 바치시오"하고 세 번 외치면, 뿔뿔이 흩어져 사방으로 도망친다.[18]

양반 · 선비 마당에서 보면 양반이 먼저 등장하고, 선비가 뒤따라 등장한다. 여기서 우리가 알 수 있는 것은 양반 · 선비 마당에서 비판하려는 대상은 양반과 선비 모두이지만, 양반이 먼저 등장하는 것으로 미루어 그 중에서도 양반이 더 핵심적인 비판의 대상이라고 생각한다.

양반은 초랭이를 거느리고, 선비는 부네를 데리고 등장한다. 둘은 어깨에 힘을 주고 멀찌감치 떨어져 선다. 그러면 초랭이가 두 사람을 연결시켜 주어, 양반과 선비는 여러 가지 제스츄어를 쓰면서 대화를 나눈다. 양반과 선비의 성격은 대화와 연희 양상에 나타난다. 양반과 선비는 서로 통성명을 하는 데도 서로 자기가 진짜 양반이라며 어깨에 힘을 줄 정도로 교만하다. 그리고 자기 중심적이고 권위주의적이다. 두 사람은 서로 지체 자랑, 조상의 벼슬 자랑, 학식 자랑을 한다.

그러나 초랭이에 의해 조상의 벼슬과 학식도 무가치한 것으로 조롱의 대상이 될 뿐이다. 양반과 선비의 지체와 조상의 벼슬, 학식의 자랑은 모두 그 두 사람의 허영에 찬 성격을 보여 줄 뿐이다. 그들은 앞에서 언급한 바와 같이 과욕,

---

18) 같은 책, 97쪽.

착각, 과대망상, 질투, 이기심 등을 나타내기도 한다. 문자 그대로 양반과 선비
는 인간의 성격 중에서 나쁘다고 하는 것은 모두 모아 놓은 집결체라고 할 수
있다. 그런 의미에서 양반과 선비는 인간이 비판하고 공격해야 할 총체적인 상
징적 존재라고 말할 수 있다고 생각한다.

다음으로 비판의 대상이 되는 존재는 파계승이다. 파계승 마당은 다음과 같
이 연희된다.

1. 부네가 먼저 등장하여 오금을 비비며 마당을 돌면 중이 그 뒤를 따른다.
2. 부네가 오줌을 누고서 계속 길을 간다.
3. 중이 부네가 오줌 눈 자리에 가서 두 손바닥으로 흙을 쓸어 담아 냄새를
   맡고 하늘을 쳐다보며 “허허허……” 웃는다.
4. 부네가 중의 웃음소리에 움칠 놀라나 뒤돌아보지 않고 계속 걷는다.
5. 중이 부네 뒤에 바짝 다가가 양손을 내밀었다 오무렸다 하면서 안을까
   말까 하는 동작을 반복한다.
6. 초랭이가 나타나 그같은 광경을 보고 “헤헤헤……” 웃는다.
7. 중이 부네를 옆구리에 차고 도망친다.[19]

앞에서 기술하고 있는 것과 같이 부네가 먼저 등장하여 오금을 비비며 섹시
하게 걸으면, 중이 그 뒤를 따른다. 부네가 오줌을 누고 계속 걸으면, 중은 손으
로 흙을 쓸어 담아 냄새를 맡고 하늘을 쳐다보며 “허허허……” 하고 웃는다. 부
네가 중의 웃음소리에 놀래 뒤돌아보지도 않고 계속 걷는데, 그 때 초랭이가 나
타나 “헤헤헤……” 하고 웃자, 중은 부네를 옆구리에 차고 도망친다.

이러한 광경에서 우리는 중이 道理에 어긋나는 행위를 하고 있음을 알 수 있
다. 모든 사람이 다 자기가 가야 할 길이 있듯이, 중에게는 중의 길이 있다. 중이

---

19) 같은 책, 94쪽.

과한 욕심을 내서 여자를 탐낸다면, 자신은 패가망신하게 되고 세인의 웃음거리가 될 것이다.

다음으로 이야기 할 수 있는 인물은 영감이다. 영감은 오랜 만에 만난 할미와 살다가 전날 시장에서 사온 청어 때문에 할미와 싸우다가 헤어진다.[20] 영감은 할미가 "어제 저녁에 영감이 한마리, 내가 아홉마리, 오늘 아침에 영감이 한마리, 내 아홉마리 다 안 묵(먹)었나?"라고 말하자, 영감은 "에이 망할 년, 영감 한마리씩만 주고 저는 아홉마리씩이나 처 묵(먹)는 년이 어데 있나? 이런 년하고 오래 살다가는 살림 망하겠다"라고 말하고는 살림 도구를 발길로 차버리고 나간다.

이러한 영감의 모습에서 우리는 그의 성격적 결함을 볼 수 있다.우리는 영감이 얼마나 속이 좁고 , 이기적인가를 알 수 있다. 그리고 만일 청어를 성적 상징으로 해석한다면, 성적 컴플렉스까지 가진 사람이며 질투심이 많고, 자기중심적이며 권위주의적 성격의 소유자라고 말할 수 있을 것이다. 그리고 그러한 성격이 관객을 웃게 하는 원인이 된다고 생각한다.

그 외에 양반과 선비, 파계승을 비판하고 풍자하는 초랭이, 이매, 백정, 관객 등은 성격의 결함으로 웃기는 것이 아니라 기지에 찬 대사나 연기의 희극성으로 관객을 웃기는 것이어서 여기에서는 언급하지 않는다.

---

20) 앞에서 本攷는 할미 마당에 대해서는 박진태의 채록본과 최상수의 채록본을 모두 실었다. 최상수의 채록본은 제목도 박진태가 '할미 마당'이라고 한 것과는 달리 '할미 · 영감 科場'이라고 일컫고 있고, 최상수의 채록본에는 할미와 영감이 오랫 만에 만나는 장면과 함께 살기 시작한다는 지문이 나온다.

7-5. 탈의 희극성

한국에는 전국에 여러 종류의 탈이 있다. 그 중에서도 하회탈은 우리나라의 많은 탈 가운데 유일하게 국보(제 121호, 병산탈 2개 포함)로 지정된 우리의 귀중한 문화유산이며 탈 미술 분야에서는 세계적인 걸작품으로 평가받고 있다. 하회탈은 원래 12개였으나 전해져 오던 중에 3개는 분실되었으며, 현재는 나머지 9개와 동물 형상의 주지탈 2점을 포함하여 11개가 탈놀이에 사용되고 있다.

그럼 탈의 모습을 어떤 관점에서 보아야 할까? 탈의 모습을 기존의 논문에서는 다음과 같이 설명하고 있다.

① 선비 : 木製. 갸름한 面에 朱紅色을 칠하였다. 눈썹은 움푹 들어갔으며 검다. 양 뺨은 도두룩한데 가느다란 주름살이 있다. 이마 위 머리 부분은 검은색을 칠하였다. 양 눈과 콧구멍, 입은 뚫렸으며, 턱은 따로 만들었는데, 노끈으로 연결시켰다. 코밑과 턱에는 긴 수염이 붙어 있었다), 표정은 활짝 웃고 있다. 가면의 높이 23㎝, 너비 17㎝.

② 兩班 : 木製. 갸름한 面에 朱紅色을 칠하였다. 눈썹은 움푹 들어갔으며 검다. 양 눈은 눈알만 뚫렸으며, 콧구멍도 뚫렸다. 이마 위 머리 부분은 검은색을 칠하였으며, 양 뺨은 도두룩한데, 가느다란 주름살이 있고, 코는 우뚝하다. 턱은 따로 만들었는데, 노끈으로 연결시켰다. 코끝과 턱에는 수염을 붙이는 구멍이 여러 군데 뚫어져 있다(원래는 코밑 양쪽과 턱에 긴 수염이 붙어 있었다). 가면의 높이 19㎝, 너비 16㎝.

③ 중 : 木製. 朱紅色을 칠한 面에 눈썹은 움푹 들어갔는데, 검은 색을 칠하였다. 양 뺨은 도두룩한데, 주름살이 여러 가닥 나 있다. 兩眉間에는 작으마한 둥근 혹이 있고, 양 눈과 콧구멍은 뚫렸으며, 코는 우뚝하다. 턱은 따로 만들었는데, 노끈으로 연결시켰고, 웃는 표정이다. 가면의 높이 20㎝, 너비 16㎝.

④ 각시 : 木製. 흰색을 칠한 面에 머리는 검은색을 칠하였는데, 머리를 땋아 틀어 올려 내린 것같이 큰 머리로 조각하였다. 눈썹은 가느다랗게 검은색으로 그렸

으며, 코는 아랫부분이 평평한데, 양 눈과 콧구멍은 뚫리었다. 입은 형태만 彫刻하였고, 입술은 붉은색을 칠하였다. 그리고 양쪽 뺨에는 둥글게 붉은색 연지가 찍혔다. 가면의 높이 26㎝, 너비 20

⑤ 부네 : 木製. 갸름한 面에 흰색을 칠하였는데, 머리는 검은색을 칠하였다. 눈썹은 실같이 가늘게 검은색으로 그렸으며, 가느다란 양 눈과 콧구멍과 입은 뚫리었다. 양 뺨과 兩眉間에는 동그랗게 붉은색으로 연지와 곤지를 찍었다. 입술은 붉은색을 칠하였고, 웃는 표정이다. 가면의 높이 높이 24㎝, 너비 14㎝.

⑥ 초라니 : 木製. 朱紅色 면에 눈썹은 움푹 들어갔고, 동그란 눈은 뚫리었으며, 눈자위는 도두룩한데, 콧등 끝이 평평하다. 입은 뚫렸고, 입 위쪽에는 이빨 네 개가붙어 있다. 가면의 높이 20㎝, 너비 14㎝.

⑦ 이매 : 木材. 朱紅色 面에 눈썹은 움푹 들어갔는데, 검은색을 칠하였다. 눈과 콧구멍은 뚫렸으며, 코는 평평하고, 아랫턱은 없다. 가면의 높이 15㎝, 너비 16.5㎝.

⑧ 할미 : 木材. 朱紅色 面에 눈썹은 움푹 들어갔는데, 검은색을 칠하였으며, 동그란 눈알은 뚫리었고, 눈자위는 도두룩하다. 양뺨은 도두룩하고, 콧구멍과 입은 뚫리었다. 아래 턱은 뾰죽하다. 이(齒) 없는 입을 벙긋이 벌리고 있는 형상이다. 가면의 높이 20㎝, 너비 14㎝.

⑨ 白丁 : 木材. 朱紅色 面에 이마에는 주름이 몇 가닥 있고, 兩眉間에는 동그란 혹이 있다. 눈썹은 움푹 들어갔는데, 검은색을 칠하였으며, 양 눈과 콧구멍은 뚫리었다. 양 뺨은 도두룩한데, 주름이 여러 가닥 나 있다. 턱은 따로 만들었는데, 노끈으로 연결시켰다. 표정은 험상궂은 편이다. 가면의 높이 24㎝, 너비 16㎝.

⑩ 주지 〔獅子〕(1) : 木材. 나비 같은 모양으로 된 엷은 木板 아래는 따로 짐승의 주둥아리 같이 만든 나무를 붙이고, 나무로 고리를 하여 위아래의 입이 열리고 닫히게 되어 있다. 눈·눈썹·코·입은 青·白·綠色을 칠하였고, 양 뺨에는 많은 점이 있다. 가면의 木板 높이 10㎝, 너비 9.5㎝.

⑪ 주지 〔獅子〕(2) : 木材. 주지(1)과 거의 같다. 木板의 높이 11㎝, 너비 35㎝, 아가리 길이 14.5㎝, 너비 9.5㎝.[21]

앞에서 우리가 볼 수 있는 탈들의 공통점은 웃는 얼굴이라는 것이다. 그리고 "민중사의 거짓 없는 거울"[22]로 볼 수 있다면, 탈의 웃는 모습은 우리 조상들의 얼굴이기도 하다. 김동표는 「관상학적 측면에서 본 하회탈」에서 탈의 모습이 사회적 지위나 부유의 정도에 따라 그렇게 될 수밖에 없는 타당성에 대해 설명하고, 이매탈의 경우를 말하면서 웃는 얼굴의 모습이 "바보스럽기도 한 반면 순진해 보이기도 한다"[23]고 설명하고 있다. 그리고 심우성은 한국인의 웃음의 정체성에 대해 어려움을 이겨내는 슬기로서의 웃음이라는 내용의 말을 하면서, 웃음의 실체를 파악하기란 간단한 문제가 아니라고 다음과 같이 기술하고 있다.

그렇다면 우리의 탈들은 왜 이처럼 끝내는 웃고만 있는 것일까? 웃음이란 속이 편한 때에 나오는 것인데 그렇다면 우리 조상들은 모두가 그렇게 속이 편했단 말인가. 그렇지 않다. 지지리도 못 사는 가운데도 그 못 사는 어려움을 이겨내는 슬기로서 웃음을 택한 것이 아닐까. 지혜로운 깨친 자의 입장에서 보면, 세상 사람들이 탐욕과 我執에 잡혀 하는 행동들이 모두 우수운 것이 아니겠는가?

소문만복래(笑門萬福來)라 했으니 일단 웃고 보자는 속셈이었을까. 그러나 웃음이 다 웃음이 아님을 알아야 한다. 우리 탈의 그 웃음 속에는 활짝 웃는 웃음, 씁쓸한 웃음, 찝찝한 웃음, 게슴츠레한 웃음, 톡 쏘는 웃음까지 있는 것이니 그 웃음의 정체를 파악하기란 간단한 문제가 아니다. 탈놀이의 탈들을 보아도 비단 인간 만사의 사연에 그치는 것이 아니라 삼라만상 신의 영역에까지 그 표현의 세계를 확대하고 있다.[24]

그럼 하회탈을 비롯한 한국탈의 웃음 즉 희극성의 정체는 무엇일까? 왜 한국

---

21) 최상수, 같은 책, 157 - 158쪽.

22) 심우성, 「겨레의 얼굴 - 탈」, 『진주탈춤한마당』 제1호, 삼광문화재단, 1996, 139쪽.

23) 김동표, 「관상학적 측면에서 본 하회탈」, 『진주탈춤한마당』 제1호, 삼광문화재단, 1996, 146쪽.

24) 심우성, 앞의 책, 139쪽.

의 탈들은 웃고 있는 것일까? 本攷는 앞의 "禪學的 희극성의 개념"에서 언급한 바와 같이 한국인과 한국탈의 웃음은 깨친 자의 웃음이라고 생각한다. 세상을 살아 가면서 현실에 필연성 속에서 존재하는 실존의 상태가 바로 진리이며 道라는 사실을 생활 속에서 깨달은 소박한 사람들의 웃음이며, 그 결과에서 웃는 낙천적 웃음이며 너털 웃음이다.

소박한 생활 속에서 格物致知하여 우주와 인생의 진리를 깨달은 우리 조상들은 낙천적 성격으로 인생을 살았으며, "산 입에 거미줄 치랴" 혹은 "제 먹을 것은 다 타고 난다"고 말하면서 긍정적인 자세로 살았다. 그런 의미에서 탈에 나타난 희극적인 모습은 天, 地, 人의 道 즉 우주의 원리를 깨친 우리 조상들의 낙천적이고 여유 있는 깨친 자의 웃음이라고 생각한다.

7-6. 연희의 희극성

연극은 희곡으로 존재하는 때보다도 무대나 마당에서 공연될 때 생동감을 가지고 의미 전달이 분명해진다. <하회별신굿 탈놀이>도 공연될 때, 희극으로서의 진면목을 나타내게 된다. 그러나 '연희의 희극성'에 대한 연구가 학문적 가치가 얼마나 있는가에 대해서는 회의적이다. 왜냐하면 '연희의 희극성'은 언제, 누가 어디서, 누구의 앞에서 공연하느냐에 따라 달라지기 때문이다. 허지만 이러한 연구가 <하회별신굿 탈놀이>에 대한 본질적인 연구가 되지는 못하겠지만, <하회별신굿 탈놀이>의 일면을 이해하는 데 도움이 되리라 생각하여 연구한 것을 기술한다.

<하회별신굿 탈놀이>는 본질적으로 娛神을 위한 것에서 출발했기 때문에 희극이라 볼 수 있는데, 더욱이 오늘날에는 오락성에 상업성까지 가미되어 마당극 형식의 희극으로 봄이 타당하다고 생각한다. 특히 희극으로서의 면목을

보여주는 마당은 백정 마당, 할미 마당, 파계승 마당, 양반·선비 마당 등이다. 작품의 전체적 분위기는 신에게 제사지내는 분위기 속에서 부분적으로 재미있는 요소들이 가미되고, 관객들이 참여함으로써 웃음을 웃으며 구경하는 탈놀이가 되고 있다.

다음의 내용은 필자가 1997년 8월 24일 오후 4시에 안동 하회 마을의 무대에서 공연된 것을 바탕으로 기술한 것이다.

먼저 백정 마당을 보면, 공연에 사용되는 소를 비롯한 소품들도 우습게 만들어졌다. 우선 소를 보면, 사람 두명이 소의 형태 속에 들어가서 소의 흉내를 내는데, 연기자가 코믹하게 연기하면 소의 움직이는 모습이 우수워 관객들이 웃는다. 소의 우랑도 그렇다. 백정이 소에서 짤라낸 우랑은 어찌보면 진짜 같아 웃음을 자아내기도 한다.

백정 마당에서 사람들을 웃기는 다른 장면은 백정이 소를 죽이거나 배를 째는 모습과 관객들과 입담을 하는 모습이다. 특히 우랑을 가지고 백정이 관객들과 나누는 대화가 우습다. 백정이 우랑이 뜨끈뜨끈 하다면서 사라고 말한다. 성에 대한 이야기를 하면서 양기에 좋은 것이니, 내숭 떨지 말고 사라고 한다.

할미 마당에서는 배꼽이 나오는 옷을 입은 할미의 모습이 웃긴다. 그리고 영감과 할미가 다투는 과정에서 할미가 자기는 청어 아홉 마리를 먹고, 영감은 청어 한마리를 먹었다고 하니까, 영감이 할미에게 그렇게 먹어대니까 이빨이 다 빠진다는 대사가 웃긴다. "이빨이 다 빠진다"는 구절은 최상수나 박진태가 채록한 대사에는 나오지 않는데, 이러한 과장된 표현은 어드리브로 현장에서 순간적으로 하는 것으로 생각된다.

셋째로 희극적인 마당은 파계승 마당이다. 파계승 마당이 시작되면, 중이 춤을 추면서 등장하는데 코믹하게 춤을 춘다. 중의 역할을 맡는 사람의 능력에 따라 관객을 웃기면서 재미있게 춤을 출 수 있을 것이다. 그리고 중이 코를 땅에 대고 부네의 오줌 냄새를 맡는 장면도 웃긴다. 중이 개의 경우에나 있을 일을 하기 때문에, 관객들이 쉽게 웃는다.

중이 부네를 유혹하다가 껴안으려 하자, 부네가 몸을 피한다. 그런 바람에 중은 관객 중에 한사람을 껴안는다. 그러자 관객들은 웃는다. 그리고나서 중이 부네를 업고 도망가다가 초랭이와 부딪치게 되자 관객들이 또 웃는다. 중의 실수가 관객을 웃게 하는 것이다. 웃음의 우월이론으로 설명될 수 있는 장면이다.

이 때 이매가 등장하는데, 최상수나 박진태가 채록한 내용과는 다르다. 최상수나 박진태가 잘못 채록한 것이 아니라 '하회별신굿탈놀이보존회'에서 재미있게 만들기 위해서 이 때에 이매를 등장하도록 한 것 같다.

바보의 표정을 짓고 쩔뚝거리며 등장하는 이매의 모습을 보고 관객들은 무조건 웃는다. 걷다가 넘어지자 관객들이 웃는다. 이러한 광경은 '희극성의 서양적 개념'에서 언급한 우월이론에 의하면 관객들이 왜 웃는지 설명이 된다.

초랭이가 이매에게 함께 춤을 추자고 하니까, 이매가 초랭이에게 혼자 춤추라고 말한다. 그러자 관객들은 하든 지랄도 멍석을 깔아 놓고 함께 하자니까 안하는 이매의 모습을 보고 웃는다. 이매가 다른 사람들을 바보라고 말하니까 웃는다. 이매라는 바보의 바보스러운 행위로 웃는 것이니, 이러한 광경도 우월이론으로 설명될 수 있을 것이다. 이매가 서양 사람을 보고 이상하게 생겼다고 말하고, 함께 사진을 박자고 하니 관객들은 웃는다. 관객들은 이매가 서양 사람들과 함께 춤을 추는 모습을 보면서 웃는다. 이러한 우수운 장면들은 대본에 없는 것이고 연기자가 현장에서 즉흥적으로 꾸며 낸 것이라고 생각한다. 마당극은 관객이 참여하는 연극이기 때문에, 앞에서 언급한 장면은 상황에 따라 바뀔 수 있고, 연기자의 능력에 따라 관객을 끌어 들여 얼마든지 새롭게 창조될 수 있다고 생각한다.

다음으로 양반 · 선비 마당에서 관객들이 많이 웃는다. 선비가 양반의 흉내를 내느냐고, 선비가초랭이의 머리를 때리니까 관객들이 웃는다. 이러한 모습도 맞는 자의 바보스러운 행위 때문에 관객의 우월감이 스스로에게 웃음을 자아내게 하는 것으로 생각된다.

부네가 선비의 머리에서 이를 잡는 모습을 보고 관객이 웃는다. 양반이 부네를 보호하기 위해 왔다고 말하자 관객들이 웃는다. 그리고 양반과 선비가 서로 자신의 지체와 학식이 높다면서 말을 주고 받는다. 관객들이 패로디적인 대화 내용을 듣고 웃는다.

양반과 선비가 싸우고 나서, 양반, 선비, 부네, 초랭이가 함께 춤추는 장면을 보고 관객들이 웃는다. 춤을 추고나서는 할미와 백정이 등장한다. 백정이 양반에게 소부랄을 내놓으니 안산다고 말한다. 그러자 선비가 사겠다고 하니, 양반이 내부랄이라면서 산다고 말한다. 그러자 관객들이 웃는다. 할미가 양반의 말을 듣고, 양반도 내부랄 선비도 지부랄, 백정도 내부랄이라 하니 누구 부랄인지 모르겠다고 말하자, 관객들이 웃는다. 이것은 언어의 유희에 의해 웃음을 자아내는 것이다.

공연이 끝날 즈음에 등장인물 모두가 등장해서, 탈을 벗고 관객에게 인사한다. 서양연극의 커튼콜과 비슷하다. <하회별신굿 탈놀이>가 현대연극처럼 변한 모습을 볼 수 있었다.

앞에서 언급한 내용을 검토하면서 本攷는 '연희의 희극성'은 다른 말로 표현하면 '행위의 희극성'으로 볼 수 있는데, 이러한 희극성은 여러 가지 형태의 희극적 행위를 통해 나타남을 알 수 있었다.

<하회별신굿 탈놀이>에서 웃음을 주는 행위로 제일 먼저 생각할 수 있는 것은 흉내 내기 즉 행위의 패로디다. 백정 마당에서 소나 우랑의 모습이나 백정이 소를 죽이는 행위, 파계승 마당에서 중이 개를 흉내 내어 흙냄새를 맡는 장면들이 사람을 웃긴다.

둘째로 생각할 수 있는 것은 중이나 이매가 실수를 하는 장면이다. 중이 부네를 잡으려다가 잡지 못하고 관객을 껴안는 장면이나 이매가 바보 같은 행위나 말을 하는 것은 관객에게 우월감을 자아내게 하여 관객으로 하여금 웃게 만든다.

셋째로 생각할 수 있는 것은 성적인 언어의 사용이다. 이매가 사진을 박자고 하는 것이나 백정이 우랑을 팔면서 하는 말은 사람들을 웃게 하는 말이다.

넷째로 생각할 수 있는 것은 위트 있는 언어의 사용이다. 예를 들면, 이매가 서양 사람들과 나누는 대화나 행위 그리고 할미가 양반의 말을 듣고, 양반도 내 부랄, 선비도 내 부랄, 백정도 내 부랄이라 하니 누구의 부랄인지 모르겠다.

그 외에 과장법이나 반복법의 사용 등을 들 수 있을 것이나 행위나 말의 과장 그리고 어리석은 행위의 반복은 점층적으로 우리를 웃음 속으로 빠져들게 하는 것이라 생각한다. 그리고 무엇보다도 웃음을 자아내게 하는 것으로 뺄 수 없는 것은 관객의 참여와 호응이라고 생각한다.

7-7. 禪學的 희극성

禪學的 희극성은 깨친 자의 입장에서 본 희극성이다. 어떤 의미에서 깨친 자의 입장에서 보면, 세상 사람들이 사는 모습은 모두 웃기는 모습이다. 色卽是空이고 空卽是色이며, 諸行無常이며, 諸法無我인데도 불구하고, 서로 아웅다웅 거리며 싸우는 모습이며, 서로가 자기가 잘났다고 떠드는 모습은 모두가 웃기는 것이다.

이러한 세상 사람들의 모습을 간단히 요약하여 말하면, 분별심과 차별심을 갖는 모습과 자기 앞에 일어나는 상황에 대해 平常心을 유지하지 못하고 쓸데없이 화를 내거나 필요없이 기뻐하는 모습들을 들 수 있다. 이러한 것들은 간단한 예에 불과한 것이고, 깨친 자의 입장에서 보면, 인간들의 모습은 모두 분별심의 표현이기 때문에 어리석은 모습이다. 웃음의 우월이론에 의하면, 상대편에 대한 우월감은 우리를 웃게 하는 것이다. 분별심이 없는 깨친 자는 분별심으로 세상을 보는 중생의 어리석은 모습을 보면 웃지 않을 수 없는 것이다.

우월이론의 입장에서 보면, <하회별신굿 탈놀이>는 풍자적인 작품이기 때문에 웃기는 대사가 많다. 풍자적 기법이라는 것은 상대방을 비판하고 비하하는 기법이기 때문에 독자나 관객은 웃지 않을 수 없다. 그리고 <하회별신굿 탈놀이>의 대사 중에 많은 부분이 성적인 대사다. 우리가 성적인 대사를 들으며 웃는 것은 관람자는 성적으로 깨끗하여 윤리적이며, 연희자는 성적인 언어를 사용하여 반윤리적인 사람임으로, 관람자의 입장에서 자신들이 연희자보다 우월하다고 생각하여 웃는 것이다.

둘째로 불일치이론의 입장에서 보아도 웃을 일이다. 성적인 대사가 우리를 웃기는 것은 우리의 치부를 드러내어 솔직하게 말하기 때문이기도 하지만, 우리가 예측할 수 없는 말을 하기 때문이다. 불일치이론의 입장에서 볼 때, 성적인 대사가 우리를 웃기는 것은 성적인 대사들이 우리들이 예측하지 못한 것들이 많기 때문이다. 그러나 禪學的 희극성의 입장에서 보면, 예측하지 못한 대사도 우리의 平常心을 흔들 정도의 것은 아니다. 왜냐하면 성적인 대사들이 연기론적으로 볼 때, 모두 맞는 말이기 때문이다. 단지 우리가 치부로 생각하고 숨겨 놓고 있었던 것뿐이지 사실상 그 말들은 모두 맞는 말이다. 깨친 자의 입장에서 보면, 우주의 삼라만상이 진리로 보이는 것인데, 성적인 대사라고 진리로 보이지 않겠는가? 禪學的 희극성의 입장에서 보면, 오히려 성적인 것과 비성적인 것으로 분별하여 보는 것이 웃긴다고 말할 수 있을 것이다.

셋째로 상황의 희극성에서 볼 수 있었던 성적인 상황도 웃기는 것이다. 물론 여기서는 풍작을 비는 의미에서 성적인 상황을 설정하고, 신을 즐겁게 하기 위하여 설정된 것이라 볼 수 있겠다. 그러나 깨친 자의 입장에서 보면, 性도 空이고, 諸行無常이라는 면에서 보면 언제라도 변할 수 있는 것이며, 諸法無我라는 면에서 보면 性도 실체가 없는 것이니, 性을 좋아할 것도 싫어할 것도 아니며 즐거워 할 것도 아니다. 인간들이 性的인 것을 즐거워하며 웃기도 하며, 안타까워하는 모든 모습들이 웃기는 것이라고 생각한다.

넷째로 대사의 희극성이라는 관점에서 보면, 두 가지가 관객을 웃긴다. 두 가지는 性的인 대사와 패로디를 이용한 대사다. 성적인 대사는 우월이론과 불일치이론의 입장에서 본 희극성에서 언급한 것과 같이 禪學的 희극성의 입장에서 보아도 웃기는 것이다. 그리고 패로디를 이용한 대사도 관객을 웃긴다. 연희자들이 진지한 대사와 패로디화한 대사를 분별하여 보여주는 것이 깨친 자를 웃기는 것이다. 禪學的 희극성의 입장은 관객을 깨친 자로 보는 것이니 동시에 관객을 웃기는 것이다.

패로디를 이용해 六經을 "팔만대장경, 중의 바래經, 봉사 안경, 약국의 길경, 처녀의 月經, 머슴 쇄경"이라고 말해도, 실제로 존재하는 六經과 다를 바가 없는 것이다. 깨친 자의 입장에서 보면, 우주의 삼라만상이 진리이고 스승이니 진짜 六經도 패로디화한 六經도 모두가 진리이고 스승이니 둘을 분별하여 웃을 일도 없고, 틀렸다고 비난할 일도 없고, 이상한 말을 했다고 화를 낼 일도 없는 것이다. 平常心을 유지하지 못하고 웃거나 화를 내는 것들이 모두 禪學的 희극성의 입장에서 보면 웃기는 것이다.

마지막으로 인물 즉 성격의 희극성이라는 관점에서 보면, 등장인물인 양반이나 선비나 파계승이나 초랭이나 영감에 대해 분별심이나 차별심을 가져서는 안 되는 것이다. 本攷는 조롱하는 인물과 조롱당하는 인물로 나누었으나, 깨친 자의 입장에서 보면 차별심을 가질 필요가 없는 것이다. 석가모니 부처님이 天上天下 唯我獨尊이라고 말씀하신 것과 같이 모든 존재는 자기 나름대로의 가치와 존귀함을 가진 존재이며, 모든 사람이 존재 자체로서 완전한 존재이고 깨친 자이기 때문에 차별심을 갖지 말아야 한다. 깨친 자의 입장에서 보면, 어떤 인물이나 성격에 대해서도 분별심이나 차별심을 갖지 말아야 한다.

혹자는 인물이나 성격의 희극성은 성격의 결함에서 오는 것이라고 말할는지 모르지만, 고뇌의 자리가 보리의 자리라는 말과 같이 성격적 결함이 또한 완전 자임을 깨닫게 하는 통로임을 깨달으면, 교만한 양반이나 선비도, 고상한 척 하는 파계승도, 성품이 가벼워 보이는 초랭이도 그 모습 그대로 완전자이며 훌륭한 존재인 것이다. 그런 의미에서 禪學的 희극성의 입장에서 보면, 분별심을 갖는 모습은 모두 우리를 웃게 하는 것이다.

7-8. 결론

필자는 <하회별신굿 탈놀이>를 '상황의 희극성', '대사의 희극성', '인물의 희극성', '탈의 희극성', '연희의 희극성'과 '禪學的 희극성'이라는 관점에서 고찰하고 다음과 같은 결론을 얻을 수 있었다.

첫째로 본고는 <하회별신굿 탈놀이>에 대한 기존 연구의 검토를 통해서, 용어의 문제를 비롯하여 <하회별신굿 탈놀이>의 기원 문제, 장르 문제, 탈에 대한 미학적 연구 등 <하회별신굿 탈놀이>에 대한 여러 가지 문제들이 해결되지 않은 상태라는 것을 알 수 있었다.

둘째로 <하회별신굿 탈놀이>는 娛神의 성격을 가지고 있는 것이므로, <하회별신굿 탈놀이>는 출발부터 희극적 상황을 바탕에 깔고 있는 것이라는 사실을 알 수 있었다.

셋째로 <하회별신굿 탈놀이>에 대한 여러 가지 문제들이 아직까지 해결되지는 않았지만, <하회별신굿 탈놀이>가 오락화내지는 상업화돼가고 있는 것은 분명하며, 그런 의미에서 오늘날의 <하회별신굿 탈놀이>는 마당극 형태의 희극이라고 정의할 수 있다고 생각한다.

넷째로 <하회별신굿 탈놀이>가 가지고 있는 '상황의 희극성'이라는 면에서는 性的인 상황이 기본을 이루고 있으며, 더욱이 그런 상황들이 반복구조와 맞물려 있어 더욱 희극적인 상황을 고조시키고 있다.

다섯째로 희극적인 대사들은 대부분 性的인 대사와 패로디를 이용한 대사들이 주류를 이루고 있었다.

여섯째로 <하회별신굿 탈놀이>에 등장하는 인물들은 '조롱하는 인물들'과 '조롱당하는 인물들'로 나눌 수 있는데, 조롱당하는 인물로 가장 부각되는 인물 즉 핵심적인 비판의 대상은 양반과 선비라는 점이다.

일곱째로 '인물의 희극성'은 인물의 성격적 결함에서 오는데, <하회별신굿 탈놀이>에 등장하는 인물들의 성격적 결함은 교만, 권위주의, 위선, 질투, 이기심 등이었다. 특별히 양반과 선비는 허영심, 이기심, 과욕, 질투 등 성격상의 결함을 모두 가지고 있는 존재임을 알 수 있었다.

여덟째로 '탈의 희극성'은 우리 조상들의 일면을 보여주는 것인데, 탈의 웃는 모습은 삶의 진리를 깨친 자의 웃음임을 알 수 있었다.

아홉째로 <하회별신굿 탈놀이>에서의 '연희의 희극성'은 행위나 모습의 흉내 내기, 등장인물들의 실수, 性的인 대사, 위트 있는 언어의 유희, 과장법, 반복법 등에 의해 이루어지고 있었다.

열 번째로 '禪學的 희극성'이라는 관점에서 볼 때, 분별심을 갖거나 화를 내는 장면 등이 모두 우리를 웃기는 것이라는 것을 알 수 있었다.

끝으로 <하회별신굿 탈놀이>가 희극적인 마당극으로 이루어지는 데, 가장 중요한 역할을 하는 것은 관객임을 알 수 있었다.

8장 〈꼭두각시놀음〉의 이본 연구

8-1. 문제의 제기

<꼭두각시놀음> 혹은 <박첨지놀이>에 대한 연구는 여러 가지 방향에서 이루어지고 있다. <꼭두각시놀음>의 기원, 등장인물의 의미, 이본들에 대한 비교 연구, 연행에 대한 연극학적 연구, 전승집단에 대한 연구 등이 있어 왔다. 그러나 <꼭두각시놀음>에 대한 연구가 제대로 이루어졌다고는 생각지 않는다. 우선 놀이의 명칭에 대한 연구도 끝나지 않았다고 생각한다.

金在喆은 『朝鮮演劇史』에서 옛날부터 전해오는 인형극을 '꼭두각시劇'[1] 이라 했고, 崔常壽는 『韓國人形劇研究』에서 그가 人形劇에 대해 채록한 것을 '꼭두각시놀음 脚本'[2]이라 일컫고 있다. 徐淵昊는 그의 저서 『꼭두각시놀이』에서 '꼭두각시놀이'[3]라는 용어를 사용하고 있고, 徐淵昊의 『꼭두각시놀이』에 실린 자료 중에 하나인 金東益씨가 채록한 演戲本의 명칭은 '朴僉知놀이'[4]

---

1) 金在喆, 『朝鮮演劇史』, 寶庫社, 83쪽.
2) 崔常壽, 『韓國 人形劇의 研究』, 成文閣, 1988, 59쪽.
3) 徐淵昊, 『꼭두각시놀이』, 1990, 열화당, 87쪽.

이다. 그리고 沈雨晟은『남사당패연구』에서 '덜미(꼭두각시놀음)'[5]란 용어를 사용하고 있고, 임재해는 그의 저서『꼭두각시놀음의 이해』에서 <꼭두각시놀음>[6]이라 칭했고, 뚜렷한 자료가 보이지는 않지만 '홍동지놀이'[7]라는 용어를 사용하기도 하는 것으로 알려져 있다.

일반적으로 한국에서 옛날부터 전해오는 인형극을 <꼭두각시놀음>이나 '꼭두각시놀이'라는 명칭으로 사용하고 있으나, 本攷는 그러한 용어보다 '박첨지 놀이'나 '홍동지 놀이'라는 용어가 더 낫다고 생각한다. 비록 '꼭두'라는 용어에 '인형'이라는 의미가 있다고 해도, 인형극에서 박첨지나 홍동지가 차지하는 위치가 꼭두각시보다 중요하다고 생각하기 때문이다. '인형'이라는 의미가 담긴 말을 첨가하려면 '꼭두박첨지 놀이'나 '꼭두홍동지 놀이'라는 용어도 가능할 것이다.

本攷는 전통적인 인형극에서 가장 중요한 인물은 보는 관점에 따라 달라지겠지만 '박첨지'라고 생각한다. 왜냐하면 이 작품은 인형극을 주도해 가는 박첨지가 본 세상의 모습을 보여 주고 있는 것이며, 이 작품을 이끌어 가는 또 하나의 주체자인 산받이와 대화를 나누면서 작품을 창조해 가고 있는 자가 박첨지이기 때문이다. 그리고 '놀음'이라는 용어와 '놀이'라는 용어 중에서는 '놀이'라는 단어가 더 좋다고 생각한다. '놀음'은 '놀다'라는 동사에서 명사형으로 되면서 생긴 말이라면, '놀이'는 원래부터 명사로 존재한 단어라고 생각하기 때문이다. 그러나 꼭두각시가 한국적 부인과 어머니이기도 하고 우리 자신의 모습이기도 하고, <꼭두각시놀음>이라는 용어를 가장 많이 사용함으로, 본고는 <꼭두각시놀음>이라는 용어를 사용하기로 한다.

---

4) 같은 책, 111쪽.

5) 沈雨晟,『남사당패연구』, 도서출판 東文選, 23쪽.

6) 임재해,『꼭두각시놀음의 이해』, 弘盛社, 9쪽.

7) 徐淵昊, 앞의 책, 6쪽.

오늘날까지 <꼭두각시놀음>에 대한 연구는 <꼭두각시놀음>이나 <꼭두각시놀이>라는 제목으로 여러 가지 방향에서 이루어져 왔다. 임재해는 <남북한 꼭두각시놀음의 전승양상과 해석의 비교연구>[8]에서 한국인형극에 대한 연구사를 정리하고 있다. 임재해는 <꼭두각시놀음>에 대한 연구사를 세 단계로 나누어 기술하고, 오늘날의 연구 상황을 점검하고 있다. 본 연구자는 임재해가 정리한 연구사를 일별하면서, 문제점으로 생각한 것 중에 하나는 오늘날까지의 연구에서 異本들에 대한 연구가 부족하여 인형극이 존재하게 된 근본 원인과 의미가 제대로 규명되지 못했다고 생각했다. 異本들에 대한 연구는 康龍權에 의해「韓國人形劇本의 考察」[9]이라는 제목으로 연구된 바 있으나, 인형극에 대한 자료도 부족한 1970년도에 이루어진 것이라 오늘날 우리가 인형극에 대해 연구하는 데에는 큰 도움이 되지 않는다고 생각한다.

오늘날까지 조사되고 수집된 <꼭두각시놀음>의 異本으로는 ① 金在喆이 채록한 <꼭두각시劇脚本>, ② 崔常壽가 채록한 <꼭두각시 놀음 脚本 (1)>, ③ 李杜鉉이 채록한 <꼭두각시놀음 臺詞>, ④ 沈雨晟이 채록한 <꼭두각시놀음 演戲本>, ⑤ 徐淵昊가 채록한 <男寺黨 꼭두각시놀이 演戲本>, ⑥ 金東益이 채록한 <瑞山 朴僉知놀이 演戲本>, ⑦ 朴憲鳳이 채록한 <꼭두각시놀이 劇本>, ⑧ 황해도 장연 지방의 <꼭두각시劇 (일명 박첨지 딸)>[10] 등이 있다.

연구방법으로는 먼저 작품들의 구성을 비교하여 작품들의 기본 짜임새를 규명하고, 그 것을 바탕으로 작품의 내용과 인물들을 분석하고 비교하여, 異本 간의 차이점을 규명하고자 한다.

---

8) 임재해, 「남북한 꼭두각시놀음의 전승양상과 해석의 비교연구」, 『口碑文學硏究』제 3집, 한국구비문학회, 1996.6, 475 - 557쪽.

9) 康龍權, 「韓國人形劇本의 考察」, 『東亞論叢』7, 東亞大學校, 1970.

10) 沈雨晟, 앞의 책, 282 - 299쪽.

8-2. 구성의 비교

<꼭두각시놀음>이 고전적 의미의 구조를 가지고 있는 작품이냐 아니냐에 대한 기존 연구자들의 의견은 회의적이다. 다시 말해서 우리가 알고 있는 3부 구조나 5부 구조 혹은 4부구조로 분석하기는 힘들다는 것이다. 심지어 김열규는 민속극의 구조에 대해 "형식적인 논리의 자로 측정하거나 플롯 이론으로 가늠하는 것은 의미가 없다"[11]라고 말하고 있다.

사실상 <꼭두각시놀음>의 구조를 3부 구조나 5부 구조 혹은 4부구조일 것이라는 전제 하에서 분석하는 것은 의미 없는 작업이라고 생각한다. 왜냐하면 <꼭두각시놀음>은 일관된 이야기로 된 서사구조의 작품이 아니라 몇 가지 에피소드를 엮어놓은 식으로 된 작품이기 때문이다. 그러나 작품들을 분석하면, 작품들의 바탕에 흐르는 일관된 요소들이 존재하리라 생각한다.

그런 의미에서 작품의 구조분석은 생략하고, 여덟 가지 대본들의 구조를 비교하여 기본구조를 추출해 내고, 내용들을 비교한 후 분석하려고 한다.

먼저 처음으로 채록된 것으로 생각되는 金在喆의 <꼭두각시劇> 脚本의 목차들을 적으면 다음과 같다.

第一幕 曲藝場	第二幕 뒷 절	第三幕 崔永老의 집	第四幕 東方老人
第五幕 表生員	第六幕 매사냥	第七幕 平壤監司 재상	第八幕 建寺

둘째로 崔常壽가 채록한 <꼭두각시놀음 脚本(1)>의 목차를 보면 다음과 같다.

---

11) 金烈圭,『韓國神話와 巫俗硏究』, 一潮閣, 1977, 148쪽.

序幕   第1. 八道江山 遊覽 幕   第2. 小巫堂·上佐 幕

第3. 꼭두각시 幕   第4. 이시미 幕   第5. 영노 幕

第6. 매사냥 幕   第7. 平安 監司 大夫人 行喪 幕   第8. 佛寺 建立 幕

셋째로 李杜鉉이 1964년 4월에 南雲龍·宋福山에 의해 채록한 <꼭두각시놀음> 臺詞의 목차를 보면 다음과 같다.

서막(序幕)   제1막 박첨지   제2막 상좌중   제3막 꼭두각시

제4막 이시미   제5막 작은 박첨지   제6막 동방삭   제7막 표생원

제8막 깜벡이   제9막 평양감사 매사냥   제11막 평양감사 상여   종막(終幕)

넷째로 沈雨晟의 『남사당패연구』에 실린 것으로, 대잡이 南亨祐·산받이 梁道一·잽이 崔聖九가 구술하고 沈雨晟이 채록한 <덜미>의 목차를 보면 다음과 같다.

1. 박첨지 마당

첫째, 박첨지 유람 거리   둘째, 피조리 거리   셋째, 꼭두각시 거리   넷째, 이시미 거리

2. 평안감사 마당

첫째, 매사냥 거리   둘째, 상여거리   셋째, 절 짓고 허는 거리

다섯째로 徐淵昊가 朴龍泰의 구술로 채록한 男寺黨 <꼭두각시놀이> 演戲本의 목차를 보면 다음과 같다.

제1거리 박첨지 유람 막　　　제2거리 상좌춤 막　　　제3거리 꼭두각시 막
제4거리 이시미 막　　　제5거리 평안감사 매사냥 막　　　제6거리 상여 막
제7거리 절 짓고 허는 막

　여섯째로 金東益이 朱連山의 구술로 채록한 <瑞山 朴僉知놀이> 演戲本
의 목차를 보면 다음과 같다.

제1막　　　제2막　　　제3막

　일곱째로 朴憲鳳이 南雲龍의 구술로 채록한 <꼭두각시놀이> 극본의 목
차를 보면 다음과 같다.

序曲 音樂　　　第一幕　　　第二幕　　　第三幕　　　第四幕　　　第五幕
第六幕　　　第七幕　　　第八幕　　　第九幕　　　第十幕

　여덟째로 황해도 장연지방 대본인 <꼭두각시극>(일명 <박첨지 딸>)의 목
차를 보면 다음과 같다.

제1과장　　　제2과장　　　제3과장　　　제4과장　　　제5과장
제6과장　　　제7과장　　　제8과장　　　제9과장　　　제10과장

　앞에 열거한 여덟 가지 異本들은 대체로 세 가지 종류의 구조를 가지고 있다
고 생각한다. 첫째는 序幕이나 序曲이라는 용어를 사용하면서, 제목에 대한 구
체적인 설명 없이 第一幕 혹은 과장이라는 용어를 계속 사용하는 것이다. 둘째

는 '幕'이나 거리 혹은 마당이라는 용어를 사용하면서, 구체적인 내용을 제목의 수식언으로 사용하면서 작품의 구조를 표시하는 경우이고, 셋째로 <꼭두각시놀음>의 내용을 크게 나누어 '마당'이라하고, 각 마당의 내용을 세분해서 몇 개의 '거리'로 나누어 구조를 설명하고 있는 경우다.

本攷는 沈雨晟이 『남사당패연구』에서 덜미의 내용을 설명하면서 사용한 '마당'과 '거리'라는 용어가 고전적인 의미와 현대적인 의미를 동시에 가지고 있으면서, <박첨지 놀이>의 구조를 잘 분석하여 보여주고 있다고 생각되어, 넷째로 소개했던 沈雨晟의 <덜미>의 구조와 제목을 <꼭두각시놀음>의 기본 유형으로 설정하고자 한다. 그리고 沈雨晟의 기본 유형에 '序幕'을 첨가하여 本攷의 기본 유형으로 삼고, 각 異本의 내용을 비교하고자 한다.

8-3. 내용의 비교와 분석

1) 序幕

序幕이라는 제목이 있는 작품은 崔常壽의 <꼭두각시놀음 脚本(1)>과 李杜鉉의 <꼭두각시놀음> 臺詞이고, 일곱째 작품인 <꼭두각시놀이> 劇本에는 '序曲 音樂'이라고 일컫고 있다. 그러나 金在喆의 <꼭두각시劇> 脚本에는 '第一幕 曲藝場' 의 앞에 序幕에 해당하는 "새면소리 요란한데 잡탈이 와서 춤을 추고, 다음에 관 쓴 광대가 나와서 「世事는 琴三尺이요, 生涯는 酒一杯」등의 노래를 한참 동안 부른다"라는 내용의 글이 있다. 다른 작품들은 第一幕 혹은 제1과장이나 제1거리 안에 序幕에 해당하는 내용을 담고 있다.

이러한 양상은 序幕을 얼마나 중요시 여기는가나 아니면 序曲이란 용어를 사용하여 음악적인 면을 더 강조하는가에 따라 다른 양상을 보이고 있는 것이라고 생각한다. 그리고 '序幕'이라는 용어와 '序曲'이라는 용어 중에서는 '序

幕'이라는 용어가 더 좋다고 생각한다. 왜냐하면 첫째로 <朴僉知놀이>는 음악이라기보다는 연극으로 보는 것이 타당하기 때문이며, 둘째로 실제로 '序幕'의 내용 중에는 음악적인 것만이 있는 것이 아니고 "새면소리 요란한데 잡탈이 나와서 춤을 추고"와 같이 가면극적인 요소나 판소리의 '아니리'같이 상황을 설명하는 대사들도 보이기 때문이다. 그러나 '序幕'의 중심은 음악이다.

그럼 序幕의 모습은 어떻게 되어 있는가? 앞에서 언급한 바와 같이 용어의 차이와 序幕이나 序曲이라는 용어를 사용하지 않고 '제1막인 박첨지' 나 '박첨지 유람거리'에 첨가하고 있다. 가장 먼저 채록된 것으로 생각되는 金在喆의 <꼭두각시劇> 각본을 보면 앞에서 인용한 것과 같이 새면소리가 요란한데, 잡탈이 춤을 추고, 광대가 나와서 "世事는 琴三尺이요, 生涯는 酒一杯" 와 같다. 다른 작품들도 비슷하다. 가장 자세하게 기록된 것은 李杜鉉이 채록한 것이 아닌가 생각한다. 李杜鉉이 채록한 <꼭두각시놀음> 臺詞의 序幕에서는 "「떼루 떼루 떼떼루… 떼루…」(장고 · 북 · 꽹과리 · 호적으로 굿거리 · 타령 등 반주음악이 계속된다.) (메기는 소리)「에헤 헤헤 아—헤헤…」 (받는 소리)「에헤 에 헤헤 아—헤헤…」 − <중략> −「나 너너 너야 에야 띄어라 어띄여라 에헤 난실난실 좋다. 좋지 엘쑤 좋다. 에헤 좋다. 엘쑤 좋지 좋아 좋지 좋아 엘쑤 좋다 좋지 좋아 엘쑤 좋아 좋다 에헤 좋다.」(이 소리에 맞춰 朴僉知를 위시하여 全幕의 各人形들 차례로 帳幕 위로 나와 소개된다.) 에헤헤헤 아헤헤아ㅎㅎㅎㅎ (朴僉知 登場)"[12]과 같은 노래가 나오면서 朴僉知를 위시한 등장인물들이 소개된다. 그럼 이와같은 모습은 무엇을 의미하는 것인가?

여러 가지로 해석할 수 있겠지만, 金淸子가 「韓國傳統劇」에서 언급한 바와 같이 신을 부르는 소리며, 신을 즐겁게 해드리는 소리라고 생각한다. 박첨지가 신은 아니지만 신을 상징하는 것이라고 생각한다. 徐淵昊는 朴僉知를 가리켜서 "놀이에서 중심적 역할을 하는 박첨지는 172세나 된 허름한 노인이다"[13]

---

12) 이두현, 『한국가면극』, 한국가면극연구회, 1969, 407쪽.

라고 말하고 있는데, 분명히 朴僉知는 인생의 경험이 많고 수염이 하얀 노인이
며 이 작품을 이끌어 가는 해설자다.그런 의미에서 朴僉知는 이 작품에서 신과
같은 존재다.

2) 박첨지 마당

첫째, 박첨지 유람 거리

열열한 환영의 음악 속에서 등장한 朴僉知는 자기가 사는 곳을 소개하고, 팔
도강산을 유람하고 무대에 등장하고 있다고 말한다. 이러한 간단한 내용을 몇
부분으로 나누어 보면 다음과 같다.
첫째로 朴僉知가 등장하는 시간과 장소인데, 등장하는 시간은 밤이며 장소
는 노름하는 곳이다.
둘째로 朴僉知가 말하는 내용은 집의 주소와 유람한 장소 그리고 놀음을 해
서 돈을 딴 것을 이야기하고 있다.

둘째 피조리 거리

피조리는 무당이나 어린아이를 일컫는 말인데, 이본에 따라 사용되는 의미
가 조금 다르다.
'피조리 거리'는 沈雨晟본에 의하면 뒷 산의 두 명의 상좌중과 朴僉知의 딸
과 생질조카가 놀아나는 데, 홍동지가 나타나 이들을 좇아내고 퇴장하는 내용
을 다루고 있다.
'피조리 거리'의 내용은 간단하나 채록본에 따라 내용이 조금씩 다르다. 金

---

13) 서연호, 『꼭두각시놀이』, 悅話堂, 40쪽.

在喆의 <꼭두각시劇脚本>에는 제목이 "제2막 뒷 절"이라 되어있고, 등장인물에 대한 내용이 조금 다르다. 앞 부분에서는 소무당녀들이 "박첨지의 질녀"14)라 하고, 뒷 부분에서는 "딸"15)이라 말하고 있다, 소무당 둘이 모두 질녀라는 것인지 또는 모두 딸이라는 것인지 한 명은 질녀고 또 다른 한 명은 딸이라는 것인지 분명하지가 않다.

崔常壽의 <꼭두각시놀음> 脚本에는 상좌중하고 춤추는 두 여자가 "조카딸, 조카메느리(며느리)"16)라고 기록되어 있다. 그리고 李杜鉉의 <꼭두각시놀음>臺詞에는 상좌중하고 춤추는 두 여자가 "딸, 며느리"17)라고 언급하고 있다. 徐淵昊의 男寺黨 <꼭두각시놀이> 演戲本에는 "딸애기와 며늘애기"18)라고 말하고 있다. 그리고 朴憲鳳이 채록한 <꼭두각시놀이> 劇本에는 "딸애기와 며늘애기"19)라고 쓰여져 있다. 마지막으로 황해도 장연 지방 대본인 <꼭두각시극>에는 "딸 둘"20)이라고 적혀 있다.

셋째 꼭두각시 거리

여기서 꼭두각시는 일반적으로 박첨지의 부인을 말하는 데, 박첨지의 딸을 일컫는 경우도 있다. 本攷가 기본으로 삼고 있는 대본은 沈雨晟의 <꼭두각시놀음> 演戲本이기 때문에, 그 대본의 '꼭두각시거리'를 요약하면 다음과 같다.

박첨지가 산받이에게 자기 마누라를 못 봤느냐고 묻고 노래를 부르자, 큰마

---

14) 金在喆, 앞의 책 159쪽.

15) 같은 책, 160쪽.

16) 崔常壽, 앞의 책, 64쪽.

17) 李杜鉉, 앞의 책, 409쪽.

18) 徐淵昊, 앞의 책, 92쪽.

19) 沈雨晟, 앞의 책, 234쪽.

20) 같은 책, 287쪽.

누라인 꼭두각시가 나타나 영감타령을 주고받으며 즐기다가, 박첨지가 자네가 나간지 수십년이 되어서 혼자 살기가 어려워 작은마누라를 얻었다고 말한다. 그러나 큰마누라는 잘못 알아듣고 작은 집을 한칸 샀느냐고 묻는다. 그런게 아니라 작은마누라를 얻었다고 하자, 큰마누라는 김장을 하려고 마늘을 몇 접 샀다는 말이냐고 묻는다. 그러자 박첨지는 작은 여편네를 얻은 것이라고 말한다. 꼭두각시가 그제야 무슨 말인지 알아 듣자, 박첨지는 큰마누라에게 작은마누라의 벼락인사를 받으라고 한다. 두 여자가 상면하자 싸움이 벌어진다. 박첨지는 하는 수 없이 재산을 나눠주는데 작은마누라에게 후하게 주자, 꼭두각시가 금강산으로 들어가 중이 되겠다며 노자돈 1000량을 달라고 말한다. 그러자 박첨지는 자기에게 3000량을 주면, 2000량을 쓰고 1000량을 주겠다고 말한다. 그런 말을 들은 꼭두각시는 퇴장한다. 박첨지는 잘됐다며 작은마누라를 얼싸안고 퇴장했다가, 다시 나와 이번에는 꼭두각시를 찾으며 울자 산받이가 왜 우느냐고 묻는다. 박첨지는 너무 시원해서 운다며 다시 들어갔다 나오마고 말하고 퇴장한다.

'꼭두각시 거리'의 내용도 '피조리 거리'와 같이 채록본에 따라 조금씩 다르다. 먼저 金在喆의 <꼭두각시劇脚本>을 보면, '꼭두각시 거리' 대신에 '제5막 표생원'에 "꼭두각시 거리'에 있는 내용이 있다. 그러나 '제5막 표생원'에는 꼭두각시의 남편 역할을 하는 인물로 표생원이 나오고, 작은마누라 역할을 하는 인물로는 돌모리집이 나온다. 박첨지는 一洞區長으로 나와 표생원과 꼭두각시의 일을 판결하는 역할을 한다. '꼭두각시 거리'에서는 꼭두각시가 금강산으로 들어가는 것으로 끝나나, 여기서는" 허허 나는 가네, 나 도라가네, 덜덜거리고 그도라아 가네(춤추며 나간다)"21)로 끝난다

崔常壽의 <꼭두각시놀음> 脚本에는 '꼭두각시 거리'에 해당하는 것으로 '第3. 꼭두각시 幕'이 있다. 이 채록 본에서는 박첨지가 죄 없이 逐出한 아내에

---

21) 金在喆, 앞의 책, 174쪽.

대해 미안한 마음을 가지고 아내인 꼭두각시를 찾는다는 말을 하는 것으로 시작된다. 앞의 대본에서는 박첨지나 표생원이 작은마누라인 돌머리집을 본마누라에 소개하여 알게 되는 데 여기서는 본마누라가 "서울 와서 슈監이 작은집을 얻어 가지고 호강을 잘 한다는 말을 듣고 찾아 온 길이오"[22]라고 말하고 있다. 그리고 여기서도 박첨지가 재산 중에서 못 쓸 것을 꼭두각시에게 주겠다고 하니까, "잘 되구 잘 되었네. 나는 간다. 나는 간다. 떨떨거리고 내가 돌아간다"[23]며 춤을 추고 나간다.

李杜鉉의 <꼭두각시놀음>臺詞는 박첨지가 본마누라인 꼭두각시를 마을 사람들에게 소개하겠다고 말하는 것으로 시작된다. 꼭두각시는 박첨지를 찾아 전국을 돌아다녔다는 데, 여기서 쉽게 만나게 된다. 어색하게 느껴지기도 하지만, 사람의 만남이란 엉뚱한 곳을 찾아 헤매다가 가까운 곳에서 만나는 것이 아닌가! 그리고 이 대본에서도 꼭두각시는 박첨지가 작은마누라를 얻었다는 말을 못 알아듣고, "작은 집을 샀다는 것이냐, 마늘을 샀다는 말인가"[24]하고 오해를 하다가, 작은마누라를 얻었다는 말인지 알아듣는다. 이것은 작은마누라를 얻었다는 사실을 인정하지 않으려는 본마누라의 마음을 말하는 것이라고 생각한다.

이 대본에서도 돌머리집이 꼭두각시에게 머리를 받으며 인사하는 데, 여기서는 이런 인사를 "기차(벼락)인사"[25]라고 말하고 있다. 그리고 꼭두각시가 박첨지에게 헤어져도 좋으니 세간을 나눠달라고 한다. 그러자 박첨지가 나쁜 것만 주겠다고 말한다. 그러자 금강산으로 승려가 되기 위해 갈터이니 노자돈을 달라고 한다. 여기서도 2000양을 가지고 오면 1000얀을 주겠다고 말한다. 다른 대본과 다른 것은 꼭두각시가 떠난 후에 작은마누라에게 정신이 팔려 큰마누라

---

22) 崔常壽, 앞의 책, 67쪽.

23) 같은 책, 69쪽.

24) 李杜鉉, 앞의 책, 410쪽.

25) 같은 책, 411쪽.

를 배반했다고 자기를 비난하며, 큰마누라를 찾아봐야겠다며 퇴장하는 것이다.

徐淵昊의 男寺黨 <꼭두각시놀이> 演戱本에서는 '막' 대신 '거리'라는 용어를 사용하고 있는데, 여기서 기본 대본으로 삼고 있는 沈雨晟의 <꼭두각시놀음> 演戱本과 비슷하다. 단지 꼭두각시가 박첨지에게 노자돈을 달라고 했을 때, 沈雨晟의 <꼭두각시놀음> 演戱本에서는 3000양을 갖다 주면 1000양을 주겠다고 말하고 있는데, 여기서는 2000양을 갖다 주면 1000양을 주겠다고 말하고 있다.

金東益이 채록한 瑞山 朴僉知놀이 演戱本은 제1막과 제2막으로 되어있다. 여기에는 '꼭두각시'라는 이름이 붙은 막은 없고 제1막의 후반부에서 큰마누라와 박첨지의 처남인 명노가 박첨지를 찾아다니다가 만나게 되는 장면이 나오는 데, 박첨지가 큰마누라와 작은마누라에게 살림을 노나주고 혼자 다녀야겠다면서, "큰마누라 헌티는 다 썩은 새끼 한 사리와 후면에 있는 다 깨진 매운 재바탱이 주고, 작은마누라는 영당풍당 여다지 자개 함농에 반다지는 너 가져라"[26] 라고 말하는 것으로 끝나고 있다.

朴憲鳳이 채록한 <꼭두각시놀이> 劇本에는 '셋째 꼭두각시 거리'라는 제목 대신에 '第3幕'으로 되어있다. 내용은 '벼락 인사'라는 말 대신에 '봉천서 나온 기차 인사'라는 말을 쓰고 한다. 그리고 큰마누라와 작은마누라에게 세간을 나누어주는데, 내용은 좀 다르지만 작은마누라에게는 많이 주고 큰마누라에게는 적게 준다는 면에서는 마찬가지라고 생각한다. 그리고 마지막 부분은 이 대본에서도 박첨지가 작은마누라에 팔려 큰마누라를 배반했다면서 찾아나서는 것으로 끝나고 있다.

황해도 장연 지방 대본인 <꼭두각시극>에는 '꼭두각시 거리'라는 제목은 없고 '제3과장'으로 되어 있는데, 내용은 전혀 다르다. 이 대본은 일명 <박첨지딸>이라고 하는 데, 沈雨晟의 <꼭두각시놀음> 演戱本의 내용과는 많이 다

---

26) 徐淵昊, 앞의 책, 113쪽.

르다.

넷째 이시미 거리

沈雨晟의 <꼭두각시놀음> 演戱本의 이시미 거리의 내용은 용강 이시미
가 여러 가지를 잡아먹은 후에, 박첨지까지도 문다. 그 때 홍동지가 나타나서
박첨지를 구해준다. 홍동지는 저 놈 벗겨서 야광주 빼 가지고 인천 제물에 가
팔아가지고 옷 좀 해 입고 부자 좀 돼야겠다며 퇴장한다. 박첨지는 자기가 살아
난 것은 홍동지의 덕이 아니고 자기 명에 의한 것이라며, 이시미를 팔아 부자가
됐을 홍동지를 찾아가서 가지고 있는 것을 죄다 빼앗아야겠다고 말한다. 그러
자 산받이가 "그러면 되나, 어서 들어가서 따뜻이 막걸리나 한사발 받어 주게"
라고 말하자 그렇게 하겠다며 퇴장한다.

이시미 거리에서 문제가 되는 것은 이시미가 무엇인가 그리고 이시미는 청
노새 · 박첨지 · 손자·피조리 · 작은박첨지 · 꼭두각시 · 홍백가 · 영노 · 표생원
· 동방석이 · 묵대사 등을 왜 잡아먹는가와 이시미를 죽이는 홍동지는 도대체
어떤 존재인가 등이다. 먼저 각 대본들에서 이시미가 잡아먹는 것을 대상으로
차이점을 찾아보자.

金在喆의 <꼭두각시劇脚本>에는 '이시미 거리'라는 제목의 막은 없고, 3
막에 '최영노의 집'이 있다. 그러나 '최영노의 집'과 '이시미 거리'의 내용은 비
슷하다. 沈雨晟의 <꼭두각시놀음> 演戱本의 '이시미 거리'에는 이시미가 잡
아먹는 것들에 대해 자세히 언급되어있으나, '최영노의 집'에는 단지 잡탈중이
"용강 이심이한테 다 잡혀먹고 나만 겨우 도망하니 박노인도 갈테면은 마음을
단단히 먹고 아랫도리를 벗고 건너 가시우"[27]라고 말할 정도로 자세히 기록되
어 있지 않다. 그리고 '최영노의 집'에서는 박첨지를 무는 것이 이심이가 아니
라 이무기인데, 홍동지가 이무기를 죽이고 그 껍질을 몸에 감고 나와 장으로 팔

---

27) 金在喆, 앞의 책, 162쪽.

러가는 것으로 끝나고 있다.

崔常壽의 <꼭두각시놀음> 脚本에는 '이시미 幕'과 '영노 幕'이 있다. 第4 이시미 幕에서는 이시미가 메누리애기·조카딸애기·조카며느리·작은 朴僉知 등을 잡아먹고, 朴僉知가 이시미에게 다 죽게 되었을 때 홍동지가 나타나서 구해준다. 第5 영노 幕에서는 朴僉知와 작은 朴僉知가 영노에게 다 죽게 되었을 때 홍동지가 나타나서 구해준다. 第4 이시미 거리에서는 박첨지가 이시미는 큰 미꾸라지만하다고 말하며, 작은박첨지는 용이 못 되고 이시미가 된 놈이라고 말한다. 그리고 第5 영노 幕에서는 영노를 아무 것이나 다 먹는 존재로 이야기 하고 있다.

李杜鉉의 <꼭두각시놀음>臺詞에는 제4막의 제목이 '이시미'이다. 이시미가 잡아먹는 대상은 박첨자손자·박첨지딸·박첨지며느리·꼭두각시 등이다. 그리고 박첨지는 이시미에게 물린 후에 진둥이(홍동지)를 부른다. 진둥이는 이시미를 팔아 옷도 해 입고 장사도 해야겠다며 퇴장한다. 박첨지는 홍동지가 이시미를 얻은 것을 뺏겠다고 말했다가 마을사람들이 그렇게 하는 것이 아니라고 하자, 술 한 잔 떳떳이 받아주어야겠다며 퇴장한다.

일반적으로 이시미 거리 다음에는 평안감사 마당으로 넘어가는 데, 李杜鉉의 <꼭두각시놀음>臺詞에는 第5막 작은 박첨지, 제6막 동방삭, 제7막 표생원, 제8막 깜벡이, 제9막 치도, 제10막 평안감사 등으로 연결된다.

제5막 '작은 박첨지'에서는 형인 박첨지에게 동생이라고 하는 버르장머리 없는 작은박첨지에 대해 이야기하며, 제6막 '동방삭'에서는 자기가 삼천년을 산 동방삭이라 삼척동자 동방삭이라는 내가 되고 말았다고 말하고 있으며, 제7막 '표생원'에서는 멋도 있고 화청하고 춤 잘 추고 노래 잘 부르는 표생원이 나와서 춤을 추고 퇴장하며, 제8막 '깜벡이'에서는 눈을 뜨고 보면 세상놈들이 다 도둑놈들이라 눈을 감고 다닌다는 깜벡이가 눈을 뜨려다가 다시 감고 들어가고 있다. 제9막 '치도'는 평안감사가 오는 길을 닦는 이야기니 평안감사 거리에 해당되는 것이라 생각한다.

徐淵昊의 男寺黨 <꼭두각시놀이> 演戲本의 제4거리 이시미막은 沈雨晟의 <꼭두각시놀음> 演戲本의 이시미 거리와 비슷하다. 여기서 이시미는 청조새·박첨지 손자·박첨지 조카·피조리Ⅰ·피조리Ⅱ·홍백가·귀팔이·작은 박첨지·표생원·동방삭 등이 물려죽는다. 그러나 이시미는 일반인과 다르기 때문인지 영노와 묵대사는 잡아먹지 않는다. 그리고 박첨지가 이시미에게 물렸을 때, 홍동지가 나타나 이시미를 죽이고 박첨지를 구원한다. 여기서도 박첨지는 이시미를 팔아 부자가 된 홍동지의 재산을 빼앗겠다고 하자, 산받이가 그러지 말고 약주나 한 잔 따듯이 받아주라고 하자 알겠다고 말하고 퇴장한다.

金東旭이 채록한 瑞山 朴僉知놀이 演戲本에는 '이시미 거리'에 해당하는 것이 없다.

朴憲鳳이 채록한 <꼭두각시놀이> 劇本에는 第4幕, 第5幕, 第6幕, 第7幕, 第8幕이 '이시미 거리'에 해당된다. 그리고 내용은 李杜鉉의 <꼭두각시놀음>臺詞의 내용과 비슷하다. 第4幕에서는 村사람이 朴僉知에게 이시미가 朴僉知의 마누라·딸·손자·며느리·동생·조카 등을 다 잡아먹고, 朴僉知가 나오면 마저 잡아먹을랴고 뚝에 엎드려있다고 말한다. 朴僉知가 이시미를 죽이려다가 얼굴이 물리자, 홍동지에게 도움을 청해 구출된다. 朴僉知가 홍동지가 이시미를 팔아 부자가 되었다는 말을 듣고 처음에는 재산을 빼앗겠다고 하다가, 村사람이 그러지 말고 술 한잔 받아주라고 하니 그러겠다며 퇴장한다.

第五幕에서는 영노가 등장하여 아버지는 삼강오륜이 끼어서 못 먹지만 무엇이든지 먹을 수 있다면서 춤을 추고는 들어간다. 第六幕에서는 삼천년을 살았다는 동방삭이 나와서 풍류소리 들리기에 이 곳에 들렸다고 말한다. 第七幕에서는 표생원이 나와서 춤을 추고 들어간다. 第八幕에는 깜벡이가 나온다. 村사람이 세상도 좋고 경치도 좋고 인간도 좋고 물도 좋으니 눈을 한 번 떠보라고 한다. 그러자 깜벡이가 장단에 맞춰 한 번 뜨겠다고 대답해 놓고 떴다 감았다

하다가 세상 것을 보면 죄다 죄가 되니 그냥 들어가겠다고 말하고 들어간다.

황해도 장연 지방 대본인 <꼭두각시극>에는 '이시미 거리'가 없다. 그리고 일명 <박첨지 딸>이라고 되어 있어 이 대본에서는 '꼭두각시'를 '박첨지의 딸'로 보고 있는 듯 하다. 그러나 대본에는 '박첨지의 딸'이라는 말은 나와도 '꼭두각시'라는 단어는 나오지 않는다.

3) 평안감사 마당

평안감사 마당은 '매사냥 거리', '상여 거리' 그리고 '절 짓고 허는 거리'로 되어 있다. 전체의 내용은 지배층인 평안감사를 비판함으로 민중들의 스트레스를 풀어주는 내용으로 되어 있다.

첫째, 매사냥 거리

매사냥 거리는 평안감사가 등장하여 박첨지에게 치도를 한 놈을 잡아들이라고 호령을 하는 장면으로부터 시작된다. 박첨지가 곤란해 하자, 산받이가 걱정하지 말라면서 홍동지에게 너 길 치도 잘했다고 평안감사가 상금을 준다고 하니 가보라고 한다. 홍동지가 평안감사에게 가니 평안감사가 사령에게 볼기를 때리라고 말한다. 홍동지가 놀라 잘못했다고 말하고 다음부터는 하라는 데로 하겠다고 말하여 용서를 받는다.

다음으로 평안감사가 박첨지에게 꿩사냥을 하겠으니 몰이꾼을 사들이라고 말한다. 산받이가 홍동지에게 만 냥을 줄 것이니 몰이꾼을 하라고 하자, 똥을 눈다면서 빨가벗고 나온다. 홍동지가 박첨지의 이마를 들이받으며 꿩 튕기는 시늉을 하고, 포수가 꿩사냥을 한다. 사냥 후에 평안감사가 내려갈 노비가 없으니 꿩 한 마리를 팔아 들이라고 하자, 박첨지가 백쉰 냥을 부쳤다고 하니 퇴장한다. 평안감사가 퇴장하자 박첨지는 사냥하기는 더럽게 한다고 말하면서 퇴장한다.

다음으로 金在喆의 <꼭두각시劇脚本>을 보면, 제6막이 '매사냥'으로 되어 있다. 이 대본에는 관속과 포수가 등장한다. 평안감사가 관속에게 강계포수가 일등이라니 불일내에 대령시키라고 한다. 관속은 팔자타령을 하면서 포수를 부른 후에 "감사께서 도임 후에 이 고을백성을 잘 다스릴 생각은 꿈에도 않고 대번에 꿩사냥이다"[28]라고 불평을 한다. 그리고 포수도 "평안감사인지 모기 잡는 망사인지 그래 도임하면서 꿩사냥 먼저 한다니 오는 놈 쪽쪽 그 모양이로구나"[29]라고 평안감사를 비난한다.

관속이 매를 비롯하여 사냥 준비를 끝내자, 평안감사는 다음날 아침에 사냥을 떠날 것이니 차착없이 다 준비하라고 말한다. 평안감사는 다음날 꿩을 잡고 난 후에 처화상을 불고, 대취타를 청령하며 집으로 돌아간다.

崔常壽의 <꼭두각시놀음> 脚本에는 '第6. 매사냥 幕'이 있다. 이 대본에는 평안감사도 홍동지도 화자로 등장하지 않는다. 박첨지가 화자로서 평안감사가 만첩산중에 들어가서 매 사냥하는 것을 매우 좋아한다는 말을 한다. 그리고 마을사람들이 평안감사와 포수가 꿩을 사냥하는 모습을 노래한다. 사냥이 끝난 후에 포수는 퇴장하고, 동네사람들이 박첨지에게 평안감사가 사냥을 잘 하더라고 말한다. 그러자 박첨지는 사냥을 한 곳에서 이시미가 많은 사람을 잡아먹었다는 이야기를 듣고 평안감사의 大夫人께서 돌아가셔서 곧 평안감사 大夫人 行喪이 나올 것이라고 말한 후에 퇴장한다.

李杜鉉의 <꼭두각시놀음>臺詞에서는 평안감사 마당의 첫 거리에 해당하는 것은 "제9막 치도와 제10막 평안감사 매사냥"이다. 제9막 치도에서는 마을사람들이 박첨지에게 평안감사가 출역을 나오니 길을 닦으라고 하니 홍동지를 시켜 길을 닦는다. 평안감사가 박첨지에게 길을 잘못 닦았다고 야단을 치자, 다

---

28) 金在喆, 앞의 책, 175쪽.
29) 같은 쪽.

음에는 잘 닦겠다고 말한다. 평안감사가 박첨지에게 다음에 사냥을 오겠다고 말하자, 박첨지도 실렁실렁 떠난다.

"제10막 평안감사 매사냥"에서는 평안감사가 박첨지에게 모리꾼 하나 사달라고 한다. 박첨지가 홍동지에게 몰이꾼을 하라고 말하자, 똥눈다 혹은 밥먹는다 그리고 망건 쓴다 혹은 당줄이 끊어졌다고 하면서 느리데다가 나와서 품값은 얼마나 주겠느냐고 말한다. 마을사람들이 홍동지에게 두둑히 줄거라고 말하여 발가벗고 평안감사를 도와 꿩을 잡는다. 그러자 평안감사는 노비가 없으니 홍동지에게 꿩을 팔아오라고 한다. 홍동지가 꿩을 팔아 엽전 닷냥을 받아오자 술잔이나 받아먹으라고 준다.

徐淵昊의 男寺黨 <꼭두각시놀이> 演戱本에는 "제5거리 평안감사 매사냥막"이 있다. 여기에는 치도에 관한 내용은 없다. 평안감사가 박첨지에게 몰이꾼을 사들이라고 하자, 박첨지는 홍동지에게 몰이꾼을 하라고 한다. 홍동지는 뒷걸음으로 등장한다. 홍동지가 평안감사에게 반감을 표시하는 방법이 조금 다르다. 이 대본에는 박첨지를 비판하는 장면도 보이는 데, 그것은 홍동지가 꿩몰이를 하기 위해 구멍을 쑤시는 데, 수염이 수북한 박첨지의 입을 솔밭인 줄 알고 쑤셨다는 구절이 나온다. 그리고 평안감사가 박첨지에게 꿩을 팔아오라고 하니, 꿩을 팔아 칠백일혼쉰 냥을 부쳤다고 한다.

金東益이 채록한 瑞山 朴僉知놀이 演戱本에는 '꿩사냥 거리'에 해당하는 이야기가 제2막의 전반부에 있다. 후반부는 '상여 거리'에 해당되는 이야기다. 제2막의 전반부에서 평안감사가 꿩사냥을 다닌다고 농민들에게 길을 닦으라고 하여, 홍동지가 자신의 성기로 길을 닦는다. 평안감사에 대한 저항의 표시이며 비판이다, 그리고 평안감사가 잡은 꿩고기를 먹다가 체한다. 박첨지는 꿩고기를 먹다가 체한 데는 홍새를 먹으면 낫는다고 말하면서, 그것을 팔아 부자가 되려고 한다. 구렁이가 홍새를 잡아먹어 박첨지는 돈을 벌 기회를 잃게 되는 데, 이는 또한 박첨지에 대한 비판이라고 생각한다. 평안감사는 홍새를 먹지 못하여 죽게 되어 상여거리로 넘어가게 되는 데, 이 대본에서는 평안감사가 죽게 되는 것이 특이하다.

朴憲鳳이 채록한 <꼭두각시놀이> 劇本에서는 第9幕에 治道에 대한 이야기가 나오고, 나머지 이야기 즉 꿩사냥 거리와 상여거리 그리고 절 짓고 허는 거리에 해당하는 이야기는 第10幕에 있다. 먼저 治道에 대한 이야기를 보면, 원숭이가 등장하여 길을 닦는다. 이것도 평안감사를 조롱하는 일이다. 사람이 닦아야 할 길을 원숭이가 닦는다는 것은 백성들이 평안감사의 명령을 우습게 보고 있다는 것을 의미한다고 생각한다. 그리고 이 대본에서는 평안감사를 평양감사라고 기록하고 있다.

第10幕 앞 부분에 꿩사냥에 대한 이야기가 있다. 평안감사가 산채가 좋다고 사냥하러 와서 평안감사가 박첨지에게 모리꾼 한 명을 사달라고 한다. 박첨지가 홍동지에게 모리꾼을 하라고 한다. 그러자 홍동지는 “똥 누어”, “밥 좀 먹고”, “망건 좀 쓰고”, “망건 씨다가 장덕이 부러졌어요”, “빨가벗고도 괜찮소?” 등의 말을 하면서 평안감사에 대한 반감을 표현하고 있다. 그리고 이 대본에서도 홍동지가 박첨지의 입을 솔밭인 줄 알고 쑤시는 이야기가 나오는데, 그것은 박첨지에 대한 비판이기도 하다. 그리고 평안감사가 내려갈 노자가 없으니, 꿩 한 마리를 팔아오라고 한다. 홍동지가 평안감사에게 엽전 닷 냥을 받았다고 하자, 평안감사가 홍동지에게 술잔이나 받아먹으라고 한다. 이 또한 평안감사에 대한 비판이다.

황해도 장연 지방 대본인 <꼭두각시극>에는 제5과장에 평안감사가 꿩사냥을 나와 몰이꾼을 구하는 장면이 나온다. 그런데 다른 대본과 다른 것은 홍동지가 몰이꾼이 되는 것이 아니라 농사철이라 사람을 구할 수 없어 박첨지가 몰이꾼이 되는 것이다. 그리고 다른 대본에는 홍동지가 “똥 누어”, “밥 좀 먹고” 등의 말을 하고 있는데, 이 대본에서는 평안감사가 박첨지에게 나오라고 하니까 박첨지가 “나 오줌 좀 누고”, “똥 좀 싸고”, “밥 좀 먹고” 등이라고 말하면서 평안감사가 자기를 찾는 것을 귀찮아 한다.

박첨지가 평안감사의 부름을 귀찮아하는 것은 박첨지의 지배계층에 대한 반감을 나타내는 것이며, 일반인들이 하지 않으려고 하여 박첨지가 모리꾼이 되는 것은 일반인들의 박첨지에 대한 반감을 나타내는 것이라고 생각한다.

둘째, 상여거리

沈雨晟本의 내용을 요약하면 다음과 같다. 박첨지가 평안감사가 꿩을 잡는 중, 황주 동설령 고개에서 낮잠을 자다가 개미란 놈에게 불알 땡금줄을 물려 직사하였다고 말한다. 그러자 상여가 나오고 박첨지는 상여를 향해 운다. 산받이가 누구 상연데 그렇게 우느냐고 묻자, "박첨지는 암만 울어도 눈물도 안나오고 싱겁더라" 라고 말한다. 박첨지는 상여는 잘 꾸몄는 데, 방귀를 안 뀌고 죽었는지 냄새가 더럽다고 말한다. 그리고 박첨지는 만사를 보니 무명학생부군지구라고 했다면서 임자 없는 상여란 말인가라고 말한다. 상주가 장타령을 부르는 모습을 보여주는데, 이때 박첨지는 별놈의 상주를 다 봤다면서 나간다.

상주는 박첨지에게 길이 나빠 상도군이 다리를 죄 삐었으니 상도꾼을 사들이라고 말한다. 박첨지가 홍동지를 소개하니 "똥 눈다", "밥 좀 먹고"라고 말하면서 옆으로 나온다. 홍동지가 상주에게 인사하자, 빨가벗은 놈은 상여에 얼씬도 말라고 말한다. 홍동지가 그건 떼어 아랫목에 묻고 왔다고 하자 상주가 상여를 모시라고 말한다. 홍동지는 상여를 모시면서 똥도 안싸고 뒈졌나 우라지게 냄새가 난다고 말한다.

평안감사가 죽는 것이나 박첨지가 누구의 상여인지도 모르면서 우는 것 그리고 홍동지가 늦게 옆으로 나오고 시체에서 똥냄새가 난다고 하는 것 등은 모두 평안감사 즉 지배세력에 대한 민중의 저항의식과 비판의식을 나타낸 것이라고 생각한다.

金在喆의 <꼭두각시劇脚本>에는 "제7막 平壤監司재상"이 있다. 제7막 平壤監司의 첫 부분은 "平壤監司의 母親喪輿가 나온다"[30]이다. 다시 말해서 이 대본에서 죽은 사람은 平壤監司가 아니라 平壤監司의 母親이다. 그리고 平壤監司와 대화를 나누는 사람은 박첨지가 아니라 소박첨지이다. 沈雨晟本과 다른 내용은 홍동지가 상여 냄새를 맡더니 강생이(강아지) 냄새가 난다고 말하는 것과 "방귀에 혹 달린 놈은 보았어도 강생이로 분상제 지낸다는 놈은 처음일쎄"라는 말로 平壤監司 즉 지배세력을 비판하는 점이 沈雨晟本과 다르다.

崔常壽의 <꼭두각시놀음> 脚本에는 "第7 平安 監司 大夫人 行喪 幕"이 "상여거리"에 해당한다. 죽은 사람은 大夫人이다. 그리고 상여소리가 길게 나오는 데, 불교의 색채가 짙다. 그러나 뒤에 나오는 마을사람과 박첨지의 대화에서 "喪主는 뒤에 당채 비치지도 않네"[31] 혹은 상주가 "해콩 해콩 해콩"하면서 곡소리를 낸다고 말하면서 비웃고 있다.

그리고 홍동지가 喪徒軍으로 불려가면서 "똥 좀 누고" 혹은 "망건 좀 쓰고"라는 말을 하는가 하면, 이 喪輿가 암 喪輿인가 숫 喪輿인가를 묻기도 하고 어깨로 모실까 엉덩이로 모실까 하고 묻기도 한다. 모든 말이 平安 監司와 지배층을 조롱하는 말이다. 박첨지의 말에는 상주에게 "兩班의 種子라 늙은 사람도 몰라보고"라고 하는 말이 있고, 홍동지의 말에는 "온 요런 놈, 이 山神祭에 강아지 잡아 지내는 놈이 어딨어"라고 하는 말이 있다.

李杜鉉의 <꼭두각시놀음>臺詞에는 "제11막 평양감사 상여"가 '상여 거리'에 해당한다. 여기서는 죽은 사람이 평양감사다. 평양감사께서 황주 동설영 고개에서 낮잠을 자다가 개미란 놈한테 불알 땡금줄을 물려 죽었다. 그리고 여기에도 "누구의 상여인지도 모르면서 우느냐" 하는 말이나 "방귀를 안뀌고 죽은 시체라 냄새가 지독하다"는 말이 있다. 輓詞에 무명학생지구(無名學生之

---

30) 같은 책, 177쪽.
31) 崔常壽, 앞의 책, 83쪽.

柩)라고 쓰여 있다면서 "임자 없는 송장이라구"[32]라고 비꼬아 해석하고 있다. 여기서도 상두꾼으로 홍동지를 부르자, 똥 눈다면서 딴청을 부리고, 먹을 것을 투정부리기도 하고, 방귀도 안뀌고 죽었는지 냄새가 지독하다고 말한다.

徐淵昊의 男寺黨 <꼭두각시놀이> 演戲本에서는 "제6거리 상여막"이 '상여거리'에 해당한다. 그리고 여기서도 죽은 사람은 평안감사다. 평안감사가 개미에게 불알 땡금줄을 물려 죽은 것이다. 그리고 누구 상여인지 모르고 박첨지가 우는 모습과 무명학생부군이라는 만사로 임자 없는 상여라고 비웃는 장면은 마찬가지다. 여기서는 상제가 아이고 아이고를 하지 않고 장타령을 하고 있다. 다른 작품에서 안보이는 것은 산받이가 "아 그 상제님이나 상두꾼이나 그것 떼어서 어랫목에 묻어 놓고 왔나 물어 보아라"라고 말하자 홍동지가 "저자식이 날 똥구멍에 늘다리 놓으려고(볼기 치려고), 그 따위 말이 어디 있어"[33]라고 말한다. 그리고 이 대본에서는 상제가 아내가 집에서 기르던 바둑강아지를 평토제를 지내는 데 쓰려고 한다고 비웃는다.

金東益이 채록한 瑞山 朴僉知놀이 演戲本에서는 '상여 거리'가 제2막 마지막 부분에 해당한다. 여기서는 평양감사가 홍새를 못 먹어서 죽었다. 상재인 지배계층을 비난하는 내용으로는 상제가 귀한 친구를 만나서 술을 먹다가 상여를 놓쳤다는 내용과 산신제를 지내기 위해 바둑강아지를 짊어지고 간다는 내용이 나온다.

朴憲鳳이 채록한 <꼭두각시놀이> 劇本에서는 '상여 거리'가 第十幕의 중간 부분에 해당한다. 여기서는 평양감사가 황주동 설영고개에서 낮잠을 자다가 개미한테 불알 땡금줄을 물려 죽었다. 박첨지가 누구 상여인지 모르고 우는 장면과 방구를 안 뀌고 죽어서 송장 냄새가 많이 난다거나, 만사의 '무명학생지구'를 임자 없는 송장이라고 해석한 것은 다른 대본과 마찬가지다. 그리고 상두

꾼의 다리가 부러져 村사람이 상두꾼으로 홍동지를 부르는데 홍동지가 나가기
싫어 똥 누고 있다고 말하는 것이나 상여품팔이가 너무 싸다고 하는 것 등은 다
른 대본과 유사하다.

황해도 장연 지방 대본인 <꼭두각시극>에서는 '상여 거리'가 제8과장에 해
당한다. 여기서는 평안감사가 꿩의 목지를 먹다가 목에 걸려 죽었다. 그리고 상
제가 개장 추렴하고 오느라고 상여를 잃게 된다. 여기서는 분묘 평로제에 쓰려
고 상주가 개가죽을 가지고 온다. 그리고 이 작품에서는 상여꾼을 포도청에 메
여 상여를 메는 유대군이라 부르고 있다. 그리고 조상하면서 박첨지는 '어이어
이'하는 데, 상제는 아버지가 꿩을 먹다가 죽었기 때문에 '꼴깍꼴깍'하면서 조
상한다고 말한다. 지배층을 비웃는 말이다. 박첨지가 상제에게 애도의 뜻을 표
하자 상제가 "에미 잡아먹고 간질간질하고 아바이 잡아먹고 장글장글하고 깨
보시기 열맷 단지 털어먹은 듯하고 참기름 단지 싹싹 핥아먹은 듯하네" 라고 대
답하는 말도 상제가 상식이하의 인간임을 보여주고 있다.

셋째, 절 짓고 허는 거리

박첨지가 절을 짓겠다고 말한다. 상좌승 둘이 나와서 조립식으로 절을 짓는
다. 산잡이와 대잡이가 이 절에 시주하면 아들을 낳고 자손 만대에 부귀공명을
누린다고 말한다. 다음으로 상좌들이 지은 순서를 거꾸로 헐기 시작한다. 법당
을 완전히 헐고 상좌들이 퇴장하면 박첨지가 나와 공연은 이 것으로 끝났으니
편안히 돌아가라고 말한다.

金在喆의 <꼭두각시劇脚本>에는 '제8막 건사'로 되어있다. 이 대본에서
는 스님 둘이 평안감사의 대부인 장사 백일불공을 드리기 위해서 절을 짓는다.
和尙 둘이 합장배례하여 염불하고, 이 절에 시주하면 소원 성취한다고 말한다.
그리고나서 절을 헌다.

崔常壽의 <꼭두각시놀음> 脚本에는 '절 짓고 허는 거리'가 '第8. 佛寺 建立 幕'에 해당한다. 이 대본에서는 大夫人의 49일제를 올리기 위해서 절을 짓는다. 그리고 唱으로 이 절에 시주하면 자손이 수명 장수한다고 말한다. 여기서는 절을 짓고 허는 것을 唱을 하면서 진행한다. 그리고 마을사람과 박첨지 모두가 大夫人이 極樂世界에 가기를 기원한다.

李杜鉉의 <꼭두각시놀음>臺詞에는 '절 짓고 허는 거리'가 '終幕'에 해당한다. 終幕에는 이 절에 시주하면 아들 없는 사람은 아들 낳고, 딸 없는 사람은 딸을 낳고, 팔도어사도 할 수 있다고 말한다. 그리고는 중 둘이 나와서 다시 헌다.

徐淵昊의 男寺黨 <꼭두각시놀이> 演戲本에서는 '절 짓고 허는 거리'가 '제7거리 절짓고 허는 막'에 해당한다. 평안감사가 돌아가신 후에 사십구제를 지내기 위하여 명당에다 법당을 짓는다. 그리고 절에 시주하면 아들 낳고 딸 낳고 평안감사나 전라감사도 할 수 있다고 말한다. 그런 후에 절을 다 헐고 인형극을 끝낸다.

金東益이 채록한 瑞山 朴僉知놀이 演戲本에서는 '절 짓고 허는 거리'가 제3막에 해당한다. 여기서는 평안감사가 죽어서 극락세계로 들어가라고 저승길을 닦는 의미에서 절을 짓는다고 말한다. 이 대본에서의 특징은 사람들이 시주를 많이 해서 꿩사냥 따라다니다가 눈이 먼 소경을 눈뜨게 한다는 것이다. 그리고 이 대본에는 절을 허는 내용은 없다. 이러한 내용은 절이 서민을 위한 존재가 되었을 때는 허는 장면이 나오지 않는다는 것을 보여준다.

朴憲鳳이 채록한 <꼭두각시놀이> 劇本에서는 '절 짓고 허는 거리'가 第十幕의 끝부분에 해당한다. 이 대본에서도 아들 딸 낳고 부귀영화를 누리기 위하여 절을 짓는 것은 마찬가지다. 이 대본에 특이한 내용은 "강원도 금강산 유점사라 지어라"라는 장면이 나온다. 유점사는 전국적으로 유명한 절이지만 지역적 특성도 보인다고 생각한다.

황해도 장연 지방 대본인 <꼭두각시극>에서는 '절 짓고 허는 거리'가 제10

과장에 해당한다. 여기에는 평안감사를 위한다는 말은 한마디도 없고, 이 절에 시주하면 자손이 탄생하고, 자손부귀공명하고, 백자천손한다는 내용만이 나온다. 그리고 절은 금강산 꼭대기에 팔만구암자를 지으라고 되어있다. 이 대본에도 금강산에 대한 이야기가 나오는 데, 금강산이 신성하고 유명한 절이기 때문이 아닌가 생각한다.

8-4. 변형된 내용의 문학적 의의

변형된 내용을 서막에서부터 살펴보고 그 문학적 의의를 논하면 다음과 같다.

첫째로 '서막'의 내용은 박첨지 마당을 시작하기 전의 분위기를 조성하는 것이다. 神을 즐겁게 하기 위한 음악이며, <박첨지 놀이>를 구경하러 온 사람들에게 정서적 기초를 마련해 주기 위한 마당이다.

異本에 따라 내용이 조금씩 다르기는 하나, 근본적으로 다른 것은 없고, 음악을 연주하는 시간의 차이가 있을 뿐이라고 생각한다. 그러나 연출자의 의도에 따라 더 많은 악기가 동원되고 대사가 길어질 수 있다고 생각한다. 특색있는 서막으로는 李杜鉉의 <꼭두각시놀음>臺詞를 들 수 있는데, 서막에서 등장 인물들이 모두 소개되고 있다. 그리고 '서막'이나 '서곡'이라는 용어를 사용한 대본은 연출자가 서사구조의 첫 부분으로 보았는가 아니면 처음에 분위기 조성을 위한 음악으로 보았느냐에 따라 다른 용어를 사용했다고 생각한다.

둘째로 '박첨지 유람거리'를 보면, <박첨지 놀이>가 공연되는 장소와 배경은 모두 같다. 어둔 밤이며 놀음판이다. 어떤 의미에서 우리 인생의 배경은 어두운 밤이며 놀음판이라고 볼 수 있다. 실제로 <박첨지 놀이>의 공동제작자들이라고 볼 수 있는 민중들의 입장에서 보면, 인생은 어두운 길이며 놀음판과 같은 것이라고 생각한다.

박첨지가 사는 집의 주소는 서울의 벽동이다. 그러나 金東旭이 채록한 瑞山 朴僉知놀이 演戲本에는 주소가 삼천동이다. 삼천동이 서울에 있는 삼청동인지 다른 곳에 있는 삼천동인지는 알 수 없으나, 벽동에 대해 설명하는 과정에 三淸洞이 있음으로 주소는 모두가 대동소이하다고 생각한다. 주소를 말하는 대사의 분위기는 민중을 상징하는 산받이나 대잡이가 박첨지를 비판하는 조로 보아, 서울에 산다고 하는 것도 지배층에 대한 또는 가진자에 대한 비판의식이 담겨있는 것이라고 생각한다.

유람한 장소도 비슷하다. 단지 어디서 채록한 것이냐에 따라 지명이 한 두 가지가 더 들어갈 뿐이다. 박첨지를 전국을 유람한 존재로 설정한 것은 박첨지에게 화자로서의 神性을 부여하고, 동시에 전국을 유람하는 팔자 좋은 계층의 사람이라는 의미도 담겨있는 것이라고 생각한다.

박첨지를 부르는 별칭으로는 朴司果, 박활양(閑良), 박주사 등이다. 대본에 따라 하나나 두 가지 혹은 세가지 이름을 붙여서 부르기도 한다. 황해도 장연 지방 대본인 <꼭두각시극>에서는 박첨지, 박활량, 박주사라고 부르고 있다. 司果는 조선조 때 五衛에 두었던 정육품의 군직이었다고 한다. 활량은 무위도 식하는 사람을 가리키는 말이다.

노름판에서 돈을 따는 장면은 대부분의 대본에 있으나, 崔常壽의 <꼭두각 시놀음> 脚本과 金東旭이 채록한 瑞山 朴僉知놀이 演戲本에는 없다. 金在 喆의 <꼭두각시劇脚本>에는 칠푼이 두냥 한 돈이 되고, 徐淵昊의 男寺黨 <꼭두각시놀이> 演戲本에서는 칠푼이 이십일만냥으로 늘어난다. 나머지 대 본은 칠푼이 이만천냥으로 늘어난다.

박첨지를 노름으로 큰 돈을 버는 존재로 설정하고 있다. 민중의 돈을 뺏아 큰 돈을 버는 박첨지는 민중의 비난을 받아야 할 존재다. 대본에 따라 큰 돈을 번 사람으로 말하고 있는 것은 그만큼 강하게 비판하는 것이라고 생각한다.

셋째로 '피조리 거리'의 내용을 요약하면 다음과 같다. 두 명의 상좌중이 딸과 생질조카 또는 조카딸과 조카며느리 또는 딸과 며느리 또는 두 딸과 놀아나는 장면이 나오고, 홍동지가 나타나서 그들을 혼내는 것으로 되어 있다. 두 명의 상좌중과 상대하는 여자가 달라지는 것뿐인데, '피조리 거리'는 부패한 불교를 비판하는 내용이기 때문에 상좌중이 누구와 놀아나는 것이 부패한 것으로 부각될 수 있느냐에 따라 상좌중을 상대하는 인물을 바꾼 것이라고 생각한다. 崔常壽의 <꼭두각시놀음> 脚本에는 홍동지가 나타나 쫓아내는 장면이 나오지 않는 데, 이러한 상황 설정도 타락한 모습을 극대화시켜 나타낸 것이라고 생각한다.

넷째로 '꼭두각시 거리'는 박첨지가 본부인인 꼭두각시를 무시하고 작은마누라를 얻어 바람을 피우는 것과 金在喆의 <꼭두각시劇脚本>과 같이 표생원이라는 인물을 설정하여 표생원이 바람을 피우고 박첨지는 판결을 하는 역할을 맡는 대본으로 대별할 수 있다. 그리고 대부분의 대본은 박첨지나 표생원이 작은 마누라를 얻은 사실에 대해 조금도 후회하지 않고 있으나, 李杜鉉의 <꼭두각시놀음>臺詞와 같이 바람을 피운 것에 대해 후회하고 큰마누라를 찾아나서는 것으로 끝나는 작품도 있다.

대부분의 작품에서 꼭두각시는 3000냥을 주면 2000냥을 쓰고 1000냥을 노자돈으로 주겠다거나 2000냥을 주면 1000냥을 쓰고 1000냥을 노자돈으로 주겠다는 남편에게 미련을 가졌던 것을 단념하고 금강산으로 승려가 되기 위해 들어간다. 꼭두각시의 모습이 한국여성이 남성에 대해 취해야 할 모습이기 때문에 사람들이 인형극을 <꼭두각시놀음>이라고 한 것이 아닌가 하는 생각을 갖게 한다.

다섯째로 '이시미 거리'의 내용을 요약하면 다음과 같다. 용강이시미가 여러 가지를 잡아먹은 후에 박첨지까지도 문다. 그리고는 홍동지가 나타나서 이시미를 죽인다. 홍동지가 죽은 이시미를 팔아 돈을 벌자, 박첨지는 내가 산 것은 홍동지 덕택이 아니고 자기 명에 의한 것이라며, 그 돈을 빼앗아야겠다며 홍동지를 찾아가려하자, 산받이가 "그러지 말고 수고했다고 막걸리나 한사발 받아주게"라고 말한다.

그리고 金在喆의 <꼭두각시劇脚本>에는 '이시미 거리' 대신에 '최영노의 집'이 있는데, 내용은 비슷하다. 단지 사람을 잡아먹는 것이 이무기라는 것과 홍동지가 이무기를 팔러가는 것으로 끝나고 있다는 것이 다르다.

여기서 이시미가 잡아먹는 것은 모두 도덕적으로 나쁜 존재들이다. 이시미는 나쁜 사람을 처벌하는 존재다. 그런 의미에서 박첨지는 여기서도 비판의 대상이 되고 있다. 박첨지가 홍동지의 것을 뺏으려는 모습을 통해 <박첨지놀이>의 작가는 박첨지를 다시 한번 비판하고 있다. 특히 홍동지가 자기의 목숨을 살려 준 것을 고마워하지 않고, 자기 命에 의한 것이라고 말하는 장면은 박첨지가 다른 사람의 은혜도 모르는 존재임을 비판하고 있는 것이다. 이런 장면을 설명하는 방법에 따라 각 대본은 박첨지에 대한 비판의 강도를 표현하고 있다.

여섯째 '매사냥 거리'는 ① 치도, ② 평안감사의 매사냥, ③ 몰이꾼의 모집 장면, ④ 노비(路費)를 위해 꿩을 판 이야기로 꾸며져 있다. 네 가지 이야기가 모두 평안감사를 비판하는 이야기다. '매사냥 거리'는 홍동지의 성기로 길을 닦는 이야기와 고을 백성을 잘 다스릴 생각은 하지 않고 꿩 사냥부터 하고, 농사 일로 바쁜 사람들을 몰이꾼으로 동원하며, 그 것도 모자라 노비돈을 마련하겠다고 잡은 꿩을 팔아오라는 평안감사에 대한 비판 등으로 이루어져 있다. 대본마다 각기 어느 것을 더 강조하고 뺏느냐에 따라 대본이 강조하고 비판하는 내용이 조금씩 다를 뿐이다.

일곱째로 '상여 거리'에서는 먼저 누가 죽은 것인가가 문제가 된다. 다음으로는 사람이 죽게 된 원인과 상여가 나가는 모습들이 지배층을 비판하는 모습으로 전개된다.

'상여 거리'에서 먼저 문제가 되는 것은 이본들간에 죽는 사람이 다르다는 것이다. 이러한 관점에서 대본들을 두 가지로 나누면, 평안감사가 죽는 대본과 평안감사의 어머니가 죽는 대본으로 나눌 수 있다. 평안감사가 죽는 대본으로는 沈雨晟本, 徐淵昊本, 金東益本, 朴憲鳳本, 황해도 장연 지방 대본 등이고, 평안감사의 어머니가 죽는 대본으로는 金在喆本, 崔常壽本 등이 있다.

이러한 양상은 두 가지 측면에서 해석할 수 있다고 생각한다. 지배계층인 평안감사에 대한 증오로 평안감사를 죽게 하는 것과 평안감사의 어머니가 죽었을 때 지배계층의 집안에서 일어나는 일을 통해 지배계층을 비판하는 것이다. 대부분의 대본이 평안감사를 죽게 하는 것으로 되어있다는 것은 지배계층에 대한 증오감이 어떤 것인가를 말해주는 것이라고 생각한다.

그 외에도 지배계층을 조롱하기 위한 재미있는 구절이 많이 있다. 이상하게 상여소리를 내는가 하면 만장에 대한 해석과 산신제를 지내는 것 등을 통해 지배계층을 조롱하고 있다. 각 대본은 지배층을 조롱하기 위하여 원색적인 말을 사용하고, 평안감사나 평안감사의 어머니가 죽게 되는 원인을 불알 땡금줄이 물려 죽었다거나 꿩의 목지를 먹다가 목에 걸려 죽었다는 식으로 인간을 비하시켜 말하고 있다. 상주가 곡소리를 내는 것도 해콩해콩 하면서 곡소리를 낸다고 비웃기도 하고, 꿩을 먹다가 죽었기 때문에 꼴각꼴각 하면서 조상한다고 말한다. 모든 말이 지배층을 조롱하는 것이다. 모든 대본에 공통으로 나타나는 것은 홍동지가 발가벗고 상여를 메는 것인데, 이것도 지배층을 무시하며 비웃는 것이다.

여덟째로 '절 짓고 허는 거리'에서는 49일제를 올리기 위하여 절을 짓고 허는 것이 줄거리의 골자로 되어있다. 절을 지으면서 아들 딸을 낳게 해 달라는 것이다. 공연되는 지역에 따라 시주하면 평안감사나 전라감사가 될 수 있다는 구절이 보인다. 특이한 것은 金東益이 채록한 瑞山 <朴僉知놀이> 演戱本에서는 시주를 많이 해서 꿩사냥을 따라다니다가 눈이 먼 소경이 눈을 뜨는 데, 이 대본에는 절을 허는 장면이 보이지 않는다. 지배계층을 위한 절은 헐지만 서민을 위한 절은 헐지않는다는 것은 <박첨지놀이>가 누구를 위한 놀이인지를 잘 말해주는 것이라고 생각한다.

8-5. 결 론

앞에서 언급한 대본의 내용에 대한 문학적 의의를 고찰하는 과정을 통해서 본고는 대본의 내용이 연출자의 의도나 관객의 양상 또는 공연되는 지역이나 시간에 따라 내용이 조금씩 달라진 것을 알 수 있었다.

연출자가 박첨지를 더 비판할 것인지 지배층에 속하는 사람을 더 비판할 지에 따라 표생원이라는 인물이 설정되기도 하고 안 되기도 했다. 관객이 많은 경우와 적은 경우 혹은 관객들의 나이나 계층에 따라서도 내용을 달리 해서 공연했으리라 추측된다. 그리고 공연하는 지역에 따라 유람하는 거리나 박첨지가 사는 동네를 말하기 전에 읊어지는 지명이 달랐으리라 생각한다.

그리고 박첨지와 꼭두각시의 성격이나 행위를 이해하는 것이 이 작품을 해석하는 데, 중요한 관건이 된다고 생각한다. 박첨지는 이 작품을 이끌어 가는 전지적 화자며 핵심적 인물이면서도 시종일관 비판의 대상이 된다. 앞에서 분석한 것과 같이 대본에 따라서는 박첨지의 행위를 첨가하거나 삭제하면서 그를 비판하고 있다. 그는 신적인 존재이면서 비판의 대상이다. 이것은 한민족이 하늘에 제사를 지내면서도 인본주의적 사고방식이 핵심을 이루었던 우리 민중의 일면을 보이는 것이라고 생각한다.

그러나 꼭두각시는 생에 대한 허무감과 세상만사가 空하다는 것을 깨닫고 중이 되기 위해 금강산으로 들어간다. 이 작품에서 우리 인생의 본질적인 면을 보인 존재는 꼭두각시라고 볼 수 있다. 諸行無常이라는 것을 생각할 때, 우리가 집착하고 기댈 것은 없다. 더욱이 민중이 택하고 의지할 수 있는 길은 꼭두각시가 걸었던 것과 같은 종교적인 길이었다고 생각한다. 꼭두각시는 선한 자며 여러 가지 면에서 손해 보고 당한다는 면에서 우리 민중의 모습이기도 하다.

여기서 우리가 생각하게 되는 한 가지 문제는 이 작품의 제목이 박첨지와 꼭두각시 중에 누구를 중심으로 이름이 지어져야 할 것인가 하는 문제다. 좋은 인물을 중요시하여 제목을 지을 수도 있고, 나쁜 인물을 중심으로 제목을 정할 수도 있다. 필자는 11장에서 기술 할「동리의 <박타령> 사설에 나타난 희극성 연구」에서와 같이 고전적인 작품들이 계몽적이며 권선징악적인 것이라면 선한 인물보다는 악한 인물의 이름이 작품의 제목이 되어야 한다고 생각한다. 그러나 이 작품에서는 선한 사람이며 민중을 상징하는 꼭두각시의 이름을 따서 <꼭두각시의 놀음>이라고 일컫는 것이 좋다고 생각한다.

그리고 홍동지 혹은 진동이는 대본에 따라 역할이 조금씩 차이는 있으나 모든 문제의 해결사라는 면에서는 유사하다. 홍동지는 일반인의 문제만을 해결하는 자가 아니고 나쁜 인물의 문제도 해결해 준다. 홍동지는 강한 자이며, 정의의 사나이며 마음이 너그러운 자다. 지배층이나 나쁜 자들을 죽이거나 혼내준다. 홍동지는 민중의 희망이며 구원자다. 대본에 따라 홍동지의 역할이 커지고 작아지는 것은 민중의 염원이 반영된 것이라고 생각한다.

지배층에 대한 조롱과 비판이 가장 잘 나타나 있는 것은 '평안감사 마당'이다. 7장에서도 가면극이 비판하는 내용은 스님들에 대한 것보다 양반계층에 대한 것이 길고 많다고 말한 것과 같이 <박첨지놀이>에서도 양반계층에 대한 비판이 길고 많으며, 사용하는 언어도 비하되어 있다. 각 대본이 지배층을 조롱하고 비판하기 위해 평안감사나 평안감사의 어머니가 죽는 원인이나 장례를 치루면서 일어나는 일들을 통해 조롱하고 있다. 특별히 홍동지가 사용하는 언어나 행위는 더욱 지배계층을 조롱하고 있다.

결론적으로 각 대본의 장점을 취하여 새로운 <꼭두각시놀음>를 만든다면 다음과 같이 만들고 싶다.

전체적 구성은 沈雨晟本이 좋으므로 沈雨晟의 꼭두각시놀음 演戱本을 기본으로 하고 , 序幕은 자세히 기록된 李杜鉉本을 따르고, 박첨지 유람거리는 대부분이 비슷하나 박첨지가 노름판에서 돈을 늘리는 양이 다르다. 돈을 제일 많이 늘리는 것이 실린 대본은 徐淵昊의 男寺黨 <꼭두각시놀이> 演戲本인데, 그 대본에 있는대로 칠푼에서 이십일만냥으로 늘리는 것으로 하면 된다고 생각한다.

'피조리 거리'는 상좌중을 비난하는 거리이나 다분히 박첨지의 집안을 비판하는 분위기가 있는 것이므로, 상좌중이 어울리는 대상으로는 박첨지의 두 딸이 좋을 듯 하다.

'꼭두각시 거리'는 박첨지가 바람을 피우는 대본과 金在喆의 <꼭두각시劇脚本>과 같이 표생원이 바람을 피우는 대본이 있는데, 구성상으로는 새로 설정된 표생원이 바람을 피우는 것이 좋을 듯하나, 전체적 내용 속에는 박첨지를 조롱하고 비판하는 내용이 있음으로 박첨지가 바람을 피우는 것으로 하는 것이 좋을듯 하다. 노자돈의 금액은 박첨지를 비난하기 위하여 3000냥을 갖다 주면 2000냥을 쓰고 1000냥을 주겠다는 대본을 택하고 싶다.

'이시미 거리'에서는 이시미가 잡아먹는 대상을 가급적 늘리는 것이 좋을 듯 하다. 박첨지도 이시미에 의해 죽고, 홍동지가 박첨지를 살리는 것으로 하여, 박첨지를 나쁜 사람으로 만들고 동시에 홍동지를 더욱 강한 능력을 가진 존재로 부각시키는 것이 좋다고 생각한다. 그리고 李杜鉉의 <꼭두각시놀음>臺詞에 있는 '제5막 작은 박첨지', '제6막 동방삭', '제7막 표생원', '제8막 깜백이' 등의 내용 중에서 취사선택하여 '이시미 거리'에 넣으면 좋을 듯 하다.

'매사냥 거리'는 내용이 비슷하여 沈雨晟本을 선택해도 별 무리가 없다고 생각한다. 단지 마지막 부분에 꿩을 팔아 올 때의 돈은 가급적 큰 금액이 좋은데, 徐淵昊의 男寺黨 <꼭두각시놀이> 演戲本에는 "꿩을 팔아 칠백일흔쉰냥을 부쳤다"고 했으니 마지막 부분은 이 내용으로 선택하는 것이 좋겠다.

'상여 거리'는 대본에 따라 차이가 있으나, "변형된 내용의 문학적 의미"에

서 설명한 것과 같이 평안감사가 죽는 것으로 하는 것이 좋을 듯 하고, 개미는
어떤 의미에서는 민중을 의미한다고 볼 수 있으니, 평안감사가 죽은 원인은 "개
미란 놈에게 불알 땡금줄을 물려 직사하였다"고 하는 것이 좋을 듯 하다.

'절 짓고 허는 거리'는 金東益이 채록한 瑞山 朴僉知놀이 演戲本과 같이
민중을 위한 절은 헐지 않는 경우도 있으나, 대부분의 대본이 절을 짓고나서 헐
고 있으니 沈雨晟本을 택해 지배계층을 비판하는 식으로 이끌어 가는 것이 좋
다고 생각한다.

9장 〈꼭두각시놀음〉의 희극성

9-1. 문제의 제기

<꼭두각시놀음> 혹은 <박첨지놀이>에 대한 연구는 여러 가지 측면에서
이루어져 왔다. 크게 나누어 연극의 입장에서 연구한 것과 희곡의 입장에서 연
구한 것으로 나눌 수도 있을 것이다. 좀 더 세분화 시켜 말한다면, <꼭두각시놀
음>에 대한 연구는 기원에 관한 문제, 전승과정, 연행에 대한 연구, 등장인물에
대한 연구, 이본들에 대한 비교 연구, 연행집단들에 대한 연구 등이 있어 왔다.
그러나 <꼭두각시놀음>에 대한 연구가 제대로 이루어졌다고 생각지 않는다.
전체적인 내용뿐만이 아니라 놀이의 명칭에 대한 연구도 제대로 이루어지지 못
한 상황이다.

金在喆은 『朝鮮演劇史』에서 옛날부터 전해오는 인형극을 '꼭두각시劇'[1]
이라 했고, 崔常壽는 『韓國人形劇研究』에서 그가 人形劇에 대해 채록한 것
을 '꼭두각시 놀음 脚本'[2]이라 일컫고 있다. 徐淵昊는 그의 저서 『꼭두각시놀

---

1) 金在喆, 『朝鮮演劇史』, 寶庫社, 83쪽.

이』에서 '꼭두각시놀이'[3]라는 용어를 사용하고 있고, 徐淵昊의『꼭두각시놀이』에 실린 자료 중에 하나인 金東益씨가 채록한 演戲本의 명칭은 '朴僉知놀이'[4]이다. 그리고 沈雨晟은『남사당패연구』에서 '덜미(꼭두각시놀음)'[5]란 용어를 사용하고 있고, 임재해는 그의 저서『꼭두각시놀음의 이해』에서 <꼭두각시놀음>[6]이라 칭했고, 뚜렷한 자료가 보이지는 않지만 '홍동지놀이'[7]라는 용어를 사용하기도 하는 것으로 알려져 있다.

오늘날까지 조사되고 수집된 <꼭두각시놀음>의 異本으로는 ① 金在喆이 채록한 <꼭두각시劇脚本>, ②崔常壽가 채록한 <꼭두각시 놀음 脚本 (1)>, ③ 李杜鉉이 채록한 <꼭두각시놀음 臺詞>, ④ 沈雨晟이 채록한 <꼭두각시놀음 演戲本>, ⑤ 徐淵昊가 채록한 <男寺黨 꼭두각시놀이 演戲本>, ⑥ 金東益이 채록한 <瑞山 朴僉知놀이 演戲本>, ⑦ 朴憲鳳이 채록한 <꼭두각시놀이 劇本>, ⑧ 황해도 장연 지방의 <꼭두각시劇 (일명 박첨지 딸)>[8] 등이 있다.

그러나 本攷가 연구 대상으로 삼은 작품은 沈雨晟의『韓國의 民俗劇』에 실린 것으로, 대잡이 南亨祐, 산받이 梁道一, 잽이 崔聖九가 구술하고 沈雨晟이 채록한 <꼭두각시놀음 演戲本>이다. 沈雨晟이 채록한 <꼭두각시놀음 演戲本>을 연구 대상으로 삼은 이유는 8장에서 언급한 바와 같이<꼭두각시놀음 演戲本>이 '마당'·'거리' 등의 용어를 사용하여, 구성상 가장 짜임새 있게 되었다고 생각하기 때문이다.

---

2) 崔常壽,『韓國 人形劇의 硏究』, 成文閣, 1988, 59쪽.

3) 徐淵昊,『꼭두각시놀이』, 1990, 열화당, 87쪽.

4) 같은 책, 111쪽.

5) 沈雨晟,『남사당패연구』, 도서출판 東文選 文藝新書 5, 159쪽.

6) 임재해,『꼭두각시놀음의 이해』, 弘盛社, 9쪽.

7) 徐淵昊, 앞의 책, 6쪽.

8) 沈雨晟, 앞의 책, 282 – 299쪽.

9-2. 상황의 희극성

<꼭두각시놀음 演戲本>은 앞에서 언급한 異本들과 구조가 다르다. 그러나 전체적인 내용에 있어서는 큰 차이가 없다. 연출자가 지역이나 시대 혹은 관객에 따라 조금씩 다르게 공연했으리라 생각한다. 沈雨晟이 채록한 <꼭두각시놀음 演戲本>은 두 마당으로 되어 있다. 첫째 마당은 '박첨지 마당'이고, 둘째 마당은 '평안감사 마당'이다. '박첨지 마당'은 첫째 거리 '박첨지 유람거리' 둘째 거리 '피조리 거리' 셋째 거리 '꼭두각시 거리'로 구성되어 있다. 그리고 '평안감사 마당'은 첫째 '매사냥거리' 둘째 '상여 거리' 셋째 '절 짓고 허는 거리'로 되어 있다.

1) 박첨지 마당

'박첨지 마당'은 네 거리로 되어 있는데, 중심 인물은 박첨지다. 박첨지가 다른 인물들과 갈등을 일으키면서, 작품의 상황과 분위기를 만들고 있다. 자존심 강한 허풍쟁이인 박첨지는 다른 인물들과 말로 다투고 상대편을 무시하고 조롱함으로써 작품을 이끌어가고 있다.

첫째 거리인 '박첨지 유람거리'에서는 박첨지와 산받이의 대화와 갈등이 중심을 이루고 있다. 처음에는 대잡이도 끼어들어 세 사람이 대화를 시작하지만, 곧 박첨지와 산받이의 대화로 바뀌면서 첫째 거리가 끝날 때까지 두 사람의 대화로 이어진다.

박첨지와 산받이의 대화는 책임 없이 상대방에게 말을 던지고 받으며, 서로 자신이 이겼다고 착각하면서 대화를 나누는 것이다. 서로 자신이 지식이나 사회적 지위 면에서 상대방보다 더 나은 위치에 있다고 말하면서 농담을 주고받는 것이다. 서로 말꼬리를 물면서 관객들을 웃기기도 한다.

산받이 : 저 웃녁 산다는 걸 보니 한양 근처에 사는가 보네.

박첨지 : 아따 그 사람 알기는 오뉴월 똥파리처럼 무던히 아는 척하는구려.

산받이 : 알 만하지. 한양으로 일러도 八門 안에 억만 家口가 다 영감네 집이란 말
　　　　이여.

박첨지 : 아하 여보게 한양으로 일러도 八門 안에 억만 家口가 다 내 집일리 있겠
　　　　는가, 내 사는곳을 저저히 일러줄 터이니 들어 보게, 저 南大門 안을 썩
　　　　들어갔겄다. 一관헌 二목골 三 淸洞 社稷골 五관헌 六曹앞 七관헌 八
　　　　角재 구리개 十字街 갱병들이 萬里재 낙양자터 이화장터 호리대 골목
　　　　을 다 제쳐놓고 아랫 벽동 웃 벽동 다 제쳐놓고 가운데 벽동 사는 朴閑
　　　　良 朴主事라면 세상에 모르는 사람 빼놓고는 다 안다.

산받이 : 여보 영감 아랫 벽동 웃 벽동 다 제쳐놓고 가운데 벽동 사는 박 한량 박주
　　　　사라면 세상에 모르는 사람 빼놓고는 다 안단 말이요, 여보 영감 그게 다
　　　　입으로 일르는 말이요.

박첨지 : 그럼 너는 똥구멍으로 말했나.[9]

　위와 같이 농담을 주고받는 상황은 분명히 희극적인 상황이다. 그리고 한국
인의 보수적 심성에서 나온 것이라 볼 수 있다. 나이나 상황이 비슷한 사람들이
서로 자기가 형이라고 주장하고, 자기가 훨씬 더 유식한 사람이라고 농담하는
한국사람들의 모습과 박첨지와 산받이가 대화하는 모습이 비슷하다. 이런 상황
은 우월이론으로 설명될 수 있다. 한 쪽이 우월하고 상대편은 그만큼 되지 못한
다고 생각하거나 주장함으로써 형성되는 희극적 상황이다.

　둘째 거리인 '피조리 거리'에서는 박첨지의 며누리가 상좌중과 연애를 하는
상황이 벌어진다. 불교에 대한 비판이다. 그리고 발가벗은 홍동지가 나와서 상좌
중과 박첨지의 며누리를 모두 내쫓는 에로틱한 분위기가 밑바닥에 깔려있다. 이
러한 에로틱한 분위가 또한 희극적인 상황을 조성하는 데 도움을 주기도 한다.

---

9) 沈雨晟 채록, 꼭두각시놀음의 演戲本, 『韓國의 民俗劇』, 創批新書 9, 292쪽.

동시에 상좌중이 결혼한 아낙네와 바람난 것을 보여 줌으로서, 스님과 불교를 비판하고 웃음거리로 만듦으로 희극적 상황을 조성하고 있다. 상좌중이 바람난 것을 통해 인간이란 아무리 도를 닦고 고상하게 사는 척해도 남녀간의 사랑과 섹스 앞에서는 자신을 지키지 못하고 웃음거리가 됨을 말하고 있다. 그리고 '피조리 거리'에서 홍동지를 등장시킴으로서 작품의 후반부에서 어떤 희극적 역할을 할 것인가에 대한 복선을 까는 것이라고 생각한다.

셋째 거리인 '꼭두각시 거리'에서는 박첨지와 산받이 그리고 꼭두각시가 등장한다. 박첨지는 처음에 마누라를 찾는다. 마누라가 집을 나간 지 수십 년이 되어 방방곡곡 면면촌촌을 다니면서 찾았다고 말한다. 그러나 실제로 만났을 때는 전혀 다른 태도를 보인다. 얼굴이 못생겼다고 타박을 하기도 하고, 첩을 소개하기도 한다. 꼭두각시는 박첨지의 첩에게 벼락 인사를 받고, 모욕을 당한다.

꼭두각시는 박첨지의 마음을 알고, 박첨지에게 중이 되고자 하니 세간을 나눠달라고 한다. 박첨지는 돈을 3000냥을 가지고 오면 2000냥을 주겠다고 말한다. 꼭두각시는 금강산에 가서 중이 되겠다고 울면서 간다. 그러자 박첨지도 운다. 산받이가 박첨지에게 내   을 때는 언제고 찾을 때는 언제냐며 울기는 왜 우느냐고 말하니, 박첨지는 본처가 없어져 속이 시원해서 운다고 말한다.

'꼭두각시 거리'에서 볼 수 있는 박첨지의 모습은 보수적인 한국남자들의 모습으로 생각된다. 부인을 보고 싶어 하다가 만나면 상대방의 마음을 헤아리지 못하고 싸우는 지혜롭지 못한 한국인 부부의 모습을 보는 듯하다. 조강지처와 첩을 둔 남자와의 만남은 조선조 시대에 있을 수 있는 양반이나 선비들의 모습이며, 이 작품의 상황은 그들을 풍자하고 비난하는 것이라고 생각한다. '꼭두각시 거리'는 유교의 분위기에 젖어 있는 위선적인 한국남자들을 풍자하는 희극적인 장면이다.

넷째로 '이시미 거리'는 이시미가 못된 인간들을 잡아먹고, 또 홍동지가 나와서 이시미를 잡아먹는 모습을 보여주는 거리다. 사람들과 이시미를 잡아먹는 거리이기 때문에 공포의 거리가 될 수 있다. 그러나 잡아먹는 과정이 단순하고, 문제가 있는 사람들이 잡혀 먹히기 때문에 통쾌하기도 하다.

할아버지 나이는 열두 살이고 자기 나이는 여든두 살이라고 말하는 박첨지 손자나 바람 피우는 피조리, 자기 정체성을 제대로 파악하지 못하는 사람들의 죽음은 공포감을 주는 것이 아니다. 그리고 그들이 사용하는 언어가 웃음을 자아내게 하여 희극적 상황을 만든다. 외상술값을 떼어 먹을 정도로 술을 마셔 얼굴이 수수 팥 단지처럼 된 홍백가, 밥도 먹고 흙도 먹고 땅도 먹고 하늘도 먹고 무엇이든지 먹는 영노, 새나 보러 다니는 표생원, 삼천년을 살았다고 떠드는 동박삭이, 세상에 모두 고약한 것만 보여서 눈을 감고 다닌다는 묵대사를 잡아먹는 장면은 공포의 상황이 아니고 희극적 상황이다.

2) 평안감사 마당

제 2 마당인 평안감사 마당의 '매사냥 거리'를 살펴보자. 평안감사가 꿩 사냥을 가는 모습을 그린 대목이다. 그런데 제목은 매사냥거리다. 매를 데리고 함께 가는 사냥이란 뜻으로 생각된다. '매사냥 거리'에서는 백성의 여러 가지 어려움을 잘 해결해 주어야 할 감사가 꿩 사냥을 하는 것을 조롱하고 있다. 몰이꾼으로 홍동지는 똥을 눈다고 야단이며, 발가벗은 몸으로 몰이꾼을 하겠다며 평안감사 앞으로 나간다. 그리고 평안감사는 박첨지에게 돌아갈 경비가 없으니, 꿩을 팔아 돈을 마련해 오라고 말한다. 평안감사가 얼마나 나쁜 관리인지를 보여주는 대목이다.

'매사냥 거리'에서는 탐관오리로서의 평안감사의 나쁜 면을 보여 주고, 평안감사를 조롱하는 박첨지와 홍동지의 모습을 보여줌으로서, 평안감사를 풍자하고 조롱하는 상황을 보여주고 있다.

둘째 '상여 거리'에서는 황주 동설령 고개에서 낮잠을 자다가 개미에게 불알 땡금줄이 물려 직사한 평안감사의 상여가 나가는 장면으로 시작된다. 평안감사가 죽은 것이다. 탐관오리인 평안감사가 개미에게 물려 죽는다. 큰 사고나 병으로 죽은 것이 아니고 개미에게 물려 죽는 것이 우리를 웃긴다. 또 하나의 희극적 상황을 보여주고 있다

평안감사를 풍자하고 비판하는 모습은 '상여 거리'에서도 계속된다. 박첨지가 울다가 누구 상여냐고 묻고, 우리 상여가 아니고 평안감사 상여라는 말을 듣고, "그러기에 암만 울어도 눈물도 안나오고 어쩐지 싱겁더라"[10] 라고 말한다. 그리고 왠 시체 냄새가 이렇게 더러우냐고 말하면서, "방귀도 안 뀌고 뒈졌나"[11] 라고 말한다. 만사에 '무명학생부군지구'라고 쓰여 있다면서, 임자 없는 상여냐고 조롱한다. 상주에게 문상을 할 때도, 박첨지는 장타령으로 문상을 받는 상주를 조롱한다.

박첨지 : 어이 어이 어이.

상　주 : 꼴고 내고 꼴고 내고.

박첨지 : 아 여보게 무슨 놈의 상주가 내가 어이 하면 아이고 하는 거지 꼴고 내고
　　　　 가 뭐야.

산받이 : 아 쟁갭이를 몰라 그러네.

박첨지 : 암만 철을 모르기로서니 내 다시 한번 해 보겠네, 어이 어이.

상　주 : (장타령) 꼴고 내고 −−−−−쓰르르 하고도 들어왔네 작년에 왔던 각설이
　　　　 죽지도 않고 돌아 왔네 여래 영덕 쓰러진 데 삼대문이 제격이요 열녀 춘
　　　　 향 죽어가는 데는 가사낭군이 제격 이요 껑실껑실 댕기다 미나리깡에 혼
　　　　 라당 매화가 뚝딱 −−−−−

박첨지 : 별놈의 상주를 다 보겠네. 상제란 놈이 장타령을 때려 부시니. 에이 나 들
　　　　 어가겠다.[12]

---

10) 같은 책, 310쪽.

11) 같은 책, 310쪽.

12) 같은 책, 311쪽.

상도꾼들이 평안감사 댁 상여를 메고 가다가 길이 나빠 죄다 발이 삐여 상여를 옮기지 못한다. 상도꾼으로 부름받은 홍동지는 똥을 누다가 그 소리를 듣고, 밥을 먹고 나가겠다고 말하면서 그 곳에 가면 떡도 주고 술도 주고, 곶감 대추 그리고 빈대떡과 개장국도 주느냐고 묻는다. 희극적 분위기를 만들어주는 양반에 대한 조롱이다.

그리고 홍동지는 빨가벗은 몸으로 상주에게 문상을 드리자 상주는 빨가벗은 놈은 얼씬도 하지 말라고 소리친다. 그러나 상주를 달래서 상여를 모시면서 "아따 냄새 우라지게 난다. 똥도 안 싸고 뒈졌나"라고 말한다. 양반에 대한 비아냥이다.

셋째 거리는 '절 짓고 허는 거리'다. 박첨지가 이 곳이 터가 좋아 일급지 명당이고, 철이 좋아 절을 한 채 짓겠다고 말한다. 그러자 산받이와 대잡이가 박첨지에게 조롱조로 화상이 절을 지으려고 한다고 놀려댄다. 그러자 상좌들이 나와 조립식 법당을 짓기 시작한다. 절을 다 짓고 나니 산잡이와 대잡이가 이 절에 시주하면 아들과 딸을 낳고, 자손만대에 부귀공명을 한다고 조롱조로 말한다.

절을 다 짓고 나서는 상좌들이 절을 헐기 시작한다. 그러자 산받이와 대잡이는 헌다고 외쳐댄다. 상좌들이 절을 다 헐고 나서 퇴장하면, 박첨지가 나와서 연극이 끝났음을 알린다.

'절 짓고 허는 거리'에서 상좌들이 절을 지었다가 허는 모습은 여러 가지 의미를 갖는다고 생각한다.

첫째로 불교에 대한 비판이다. '피조리 거리'와 '이시미 거리'에서도 나왔지만, <꼭두각시놀음 演戱本>은 스님들을 조롱하는 내용을 담고 있다. 특히 절을 지었다가 허는 모습은 불교를 비판하고 조롱하는 것이라고 생각한다.

둘째는 평안감사 마당에 있는 내용이라는 점을 감안할 때, 탐관오리인 평안감사를 비판하는 내용이라는 관점에서 볼 수 있을 것이다. 탐관오리들의 극락왕생을 비는 불교의 사찰을 지었다가 허는 모습은 불교를 비난하는 것이기도 하지만, 절에서 그런 대접을 받을 가치가 없는 탐관오리들을 동시에 비난하는 것이라고 생각한다.

셋째로 절을 지었다가 허는 것은 또한 절을 짓겠다고 말한 박첨지를 비판하는 것이라고 생각한다. 어떤 의미에서 절을 지었다가 허는 것은 주체의식 없이 탐관오리를 찬양했다가 비난하는 박첨지를 비판하는 것이다. 동시에 박첨지와 유사한 우리들을 비난하는 것이라고 생각한다.

결론적으로 <꼭두각시놀음 演戲本>의 배경이 되는 상황은 박첨지, 스님, 평안감사 등을 풍자하고 조롱하는 희극적 상황이라고 생각한다.

9-3. 인물의 희극성

<꼭두각시놀음 演戲本>에 등장하는 인물들은 대부분 상징적이며 희극적인 인물들이다. 그리고 등장하는 인형들의 모습들도 상징적이며 희극적이다. 동시에 <꼭두각시놀음 演戲本>에 등장하는 인물들은 당대의 인물들을 풍자하고 있다. 탐관오리나 깨끗지 못한 종교인, 허풍떠는 인간들을 상징하고 있는데, 현대에도 존재할 수 있는 인물이라고 생각한다. 먼저 박첨지에 대해 살펴보자.

1) 박첨지

이 작품의 해설자이며 등장인물이기도 한 박첨지는 대잡이와 산받이와 함께 작품의 처음부터 등장하여 막을 내릴 때까지 계속 무대에 나온다. 처음에는 해설자로 나오나 꼭두각시의 남편이나 홍동지의 외삼촌으로 나올 때는 등장인물이 되기도 한다.

박첨지는 희극적인 인물이다. 박첨지라는 인물의 희극성은 몇 가지 관점에서 말할 수 있을 것이다.

첫째로 박첨지라는 인물의 희극성은 우월이론에 의해 설명될 수 있을 것이다. 박첨지는 다른 사람들에게 자기의 우월성을 내세우고 있다. 상대적으로 상대편을 무시함으로 웃음을 자아내고 있다.

박첨지는 자신이 서울에 사는 사람임을 내세우고, 상대편은 촌놈이라고 무시한다. 자신이 우월한 존재임을 나타내기 위하여 박첨지와 대화를 하는 산받이를 '오뉴월 똥파리'라고 비하하여 말하기도 한다.

박첨지는 자신이 한양 사람이며 동시에 팔도강산 유람까지 한 사람이라고 내세운다. "남의 애를 욕할 때 유식하게 했겠지 무식하게 했겠나"13) 라고 말하면서, 자신이 유식함을 내세우기도 한다. 이러한 모습은 작품이 끝날 때까지 계속된다.

둘째로 생각할 수 있는 것은 박첨지의 인색한 모습이다. 스쿨루지 같이 구두쇠인 박첨지의 모습은 여러 곳에서 볼 수 있다. 또 그러한 모습이 웃음을 자아내게 한다.

'박첨지 유람거리'에서 산받이가 박첨지에게 돈을 얼마 가져 왔느냐고 묻자, 돈 칠푼을 가지고 놀음해서 이십일만 냥으로 늘렸다고 말한다. 그러자 산받이는 박첨지에게 "아 여보 영감 본전은 칠푼인데 웬 돈을 그렇게 늘어, 영감 돈 쓰러 나온 게 아니라 이 곳 손님들 주머니 털러 나온게 아니여"14)라고 말한다.

그리고 '꼭두각시 거리'에서 꼭두각시가 헤어지는 조건으로 강원도로 중 되러 가는 데, 필요한 노자돈을 달라고 하자 "아무도 모르게 3000냥을 가지고 오면 내가 2000냥을 뚝 떼어 쓰고 돈 1000냥은 광고 써 붙여서 보낼테니 갈려면 가고 말 테면 말아라"15)라고 말한다.

셋째로 생각할 수 있는 것은 박첨지의 권위주의적 모습이다. 박첨지는 항상

---

13) 같은 책, 293쪽.
14) 같은 책, 294쪽.
15) 같은 책, 299쪽.

나이가 위고, 유식하고, 무서운 힘을 가진 홍동지가 자신의 조카라는 사실을 자랑한다. 그리고 평안감사 마당에서 박첨지는 자신이 평안감사와 말을 주고받는 대단한 존재임을 내세운다.

박첨지의 모습은 유교사회에서 신분과 명분 그리고 혈연과 지연 그리고 학연 관계를 중요시하는 모습을 연상시켜준다. 현대는 평등사회다. 현대사회에서는 성(gender)이나 나이 그리고 사회적 지위는 중요하지 않다. 능력이 중요하다. 현대를 사는 우리의 입장에서 보면 권위주의적이고 자신을 내세우는 박첨지의 모습은 웃음의 대상일 뿐이다.

2) 산받이

다음으로 생각할 수 있는 인물은 산받이다. 산받이는 처음부터 박첨지와 대화를 주고받으면서 작품을 이끌어 간다. 때때로 산받이는 박첨지의 장단을 맞춰 말하기도 하고, 때로는 박첨지를 비난하고 조롱하기도 하면서, 박첨지와 조화를 이룬다.

산받이는 작품이 진행되면서 대화를 나누는 상대자가 늘어난다. 박첨지만 대화의 상대자가 아니다. 꼭두각시도 대화의 상대자가 되고, 박첨지 손자, 홍백가, 영노, 표생원, 묵대사, 동방석이, 홍동지 등과도 대화를 나눈다. 그런 의미에서 산받이도 작품의 해설자며, 대화의 상대자다.

그리고 작품의 재미와 희극적인 분위기를 만들기 위해 산받이는 위트 있는 말로 대응한다. 산받이의 말로 작품은 재미있게 진행된다. 그런 의미에서 산받이는 재미있고 웃음이 나오는 분위기를 만드는 희극적 인물이라 볼 수 있다.

3) 꼭두각시

꼭두각시가 처음으로 등장하는 대목은 '꼭두각시 거리'다. 이 대본에서 꼭두각시는 박첨지의 본부인이다. 박첨지와 꼭두각시는 서로 찾아 헤메 다닌 후에 만나게 된다. 꼭두각시가 집을 나간지 수십 년이 되어 박첨지를 만난다. 꼭두각시가 나와서 자신이 영감을 찾아다닌 과정을 말한다. 이러한 과정도 숫자와 지역 이름을 연결하여 재미있게 말한다.

그리고 오랜만에 만나서 박첨지의 모습을 보니"개가죽 감투"같다고 조롱한다. 계속해서 꼭두각시는 박첨지의 모습을 욕까지 섞어서 "네에미 부엉이가 마빡을 때렸나 웬 털이 그렇게 수북하오"16)라고 말하면서 상대편을 비하해서 말한다.

꼭두각시는 박첨지가 꼭두각시가 못 생겼다고 말하자, "영감을 찾으려고 방방곡곡 얼개빗 참빗 새새다니다가 먹을 것이 없어서 저 강원도 괴미탄에 들어가서 도토리 밥을 먹었더니 얼굴이 요렇게 되었소"라고 말한다. 꼭두각시와 박첨지는 기분이 좋을 때나 나쁠 때나 언제나 우스운 말을 주고받는다.

꼭두각시가 박첨지에게 작은 마누라 덜머리집이 있음을 알게 될 때도 우스운 말을 주고 받는다.

꼭두각시 : 여보 영감 오랜만에 만나서 싸우지만 말고 같이 들어갑시다.

박첨지 : 야 야 이리와, 자네가 나간 지 수십 년이 되어서 늙은 내가 혼자 살 수 있던가, 그래 내작은 집을 하나 얻었네.

꼭두각시 : 옳지 옳지 내 알았오. 영감이 나간 뒤로 알뜰살뜰 모아가지고 작은 집을 한칸 샀단 말이지요.

박첨지 : 왜 기와집은 안사고, 이 늑대가 할켜 갈 년아.

꼭두각시 : 그럼 뭐 말이요.

박첨지 : 그런 게 아니라 작은 마누라를 하나 얻었단 말이다.

꼭두각시 : 옳지 옳지 내 알았오. 내가 갔다 돌아오면 김장 할려고 마늘을 몇 접 샀단 말이죠.

---

16) 같은 책, 297쪽.

박첨지 : 왜 후추 생강은 어렵고, 우라질 년아.

꼭두각시 : 그럼 뭐 말이요.

박첨지 : 자 자 이리와, 작은 여편네는 아느냐.

꼭두각시 : 옳지 옳지 내 알았오. 내가 가면 영영 안 올 줄 알고 작은 여편내를 하나
　　　　　얻었단 말이죠.

박첨지 : 아따 그년 이제 삼일 강아지 눈 뜨듯 하느냐.[17]

4) 홍동지

홍동지가 처음으로 등장하는 대목은 '피조리 거리'다. 홍동지는 생긴 것부터
희극적이다. 홍동지는 발가벗고 있으며, 붉은 색이다. 발가벗고 있는 모습이 우
리에게 웃음을 준다. 그것은 우리의 상식에 어긋나는 의외의 모습이기 때문에
우습기도 하지만, 발가벗은 에로틱한 모습이 우리를 웃긴다. 더욱이 남자의 성
기를 불쑥 내밀고 있는 모습이 웃음을 자아내게 한다. 또한 붉은 색이 우리가
생각했던 것과는 다른 의외의 색깔이기 때문에 우리를 웃긴다.

홍동지의 돌발적인 말과 행동이 또한 우리를 웃기고 통쾌하게 만들어 준다.
홍동지가 본격적으로 등장하는 것은 '이시미 거리'부터 인데, 산받이가 홍동지
를 부르니 "똥 눈다"라고 대답한다. 산받이가 홍동지에게 "네 외삼촌이 용강 이
시미에게 낯짝 복판을 물려서 다 죽어 간다"고 말하자, 홍동지는 "아따 그 망할
자식 잘 됐다"고 말한다. 그리고 박첨지가 있는 곳으로 가는 도중 물을 건너면
서 "송사리 새끼들이 불알을 문다"고 말한다. 일을 저지르고 다니는 박첨지에게
"에이 심한 개 영감"이라고 말하면서 모욕적인 말을 하기도 한다.

'매사냥 거리'에서는 평안감사가 발가벗은 놈이라고 나무라자 "아주머니 바
지저고리를 입었오"라고 말하기도 한다. '상여 거리'에서는 산받이가 평안감사
댁 상여 품을 팔기 위해 빨리 나오라고 말하니, 홍동지가 "똥 눈다. 밥 좀 먹고"

---

17) 같은 책, 297 – 298쪽.

라고 말한다.

'상여 거리'에서 홍동지가 상여꾼 노릇을 하겠다고 하니, 상주가 발가벗은 놈은 안된다고 하니, "이승에서 못 살면 저승에서 살지"라고 말하면서 산받이가 일러 준대로 상주에게 "상제님이나 상두꾼이나 그건 떼어 아랫목에 묻고 왔오?"라고 말한다. 이러한 대목들이 우리에게 웃음을 주는 것은 육담과 같이 에로틱한 면을 갖고 있기 때문이다.

홍동지는 평안감사의 시체에서 심한 냄새가 나는 것을 두고 "아따 냄새 우라지게 난다. 똥을 안 싸고 뒈졌나"라고 말한다. 죽으면서 똥까지 아까워서 세상 사람들에게 주지 않고 가져가니 탐관오리를 심하게 욕하고 있다. 홍동지의 말은 관객의 마음을 시원스럽게 해 주고, 웃음을 자아내게 해 준다.

홍동지는 행동을 시원스럽게 하여 관객들의 마음을 후련하게 한다. '이시미 거리'에서 한 방에 이시미를 죽이는 것이나, '매사냥 거리'에서 말다리가 죄다 부러지게 길을 닦는 것이나 발가벗은 몸으로 몰이꾼 노릇을 하는 모습이며, 산받이가 빨리 등장하라고 말하여 거꾸로 등장하면서 "어쩐지 앞이 캄캄하더라"라고 말하기도 한다. '상여 거리'에서는 옆으로 나오면서 "어쩐지 가물가물 하더라"라고 말한다. 거꾸로 그리고 옆으로 서둘러 나오는 모습이 우리를 웃긴다.

9-4. 언어의 희극성

희곡은 언어의 예술이다. 특히 희곡은 언어 중에서도 대사가 중심을 이룬다. 대사는 대화체와 연설체 그리고 명언 등으로 이루어져 있다. <꼭두각시놀음 演戱本>은 대화체가 주를 이룬다. 언어의 희극성도 대화체 속에서 찾아야 한다.

<꼭두각시놀음 演戱本>은 대화체로 이루어진 희곡이라 상황의 희극성과 인물의 희극성 그리고 언어의 희극성이 겹칠 수도 있다는 것이다. 그러나 언어

의 희극성에서는 대사들을 1) Pun('동음이의어'와 말장난) 2) 과장법 3) 에로틱한 육담 4) 욕 등으로 나누어 고찰하고자 한다.

1) Pun('**동음이의어**'와 말장난)

<꼭두각시놀음 演戱本>에서 나오는 대사의 주류를 이루는 것이 말장난이다. 그 말장난이 우리에게 웃음을 주고, 대사를 이끌어 가는 힘이 되기도 한다.

첫째로 동음이의어나 패로디를 이용한 말장난은 박첨지의 말에서 찾을 수 있다.

> 내 사는 곳을 저저히 일러줄 터이니 들어 보게. 저 南大門 안을 썩 들어 갔겄다. 一관헌 二목골 三淸洞 社稷골 五관헌 六曹앞 七관헌 八角재 구리개 十字街 갱병들이 萬里재 낙양자터. 이 화장터 호리대 골목을 다 제쳐놓고 아랫 벽동 다 제쳐놓고 가운데 벽동 사는 朴閑良 朴主事라면 세상에모르는 사람 빼놓고는 다 안다.[18]

둘째로 나타나는 것은 꼭두각시의 대화로 자신이 돌아다닌 지역을 읊어대고 있다.

> 꼭두각시(唱) : 여보 영감 영감.
>   (꼭두각시 나와서)
>   (唱) 영감을 찾으려고 一元山 가 하루 찾고, 二江景에 이틀 찾고, 三浦州에 가 사흘 찾고, 四法聖 가 나흘 찾고, 五江華에 닷새를 찾아도 영감 소식을 몰랐는데 어디서 영감 소리가 나는 듯 나는 듯 하구려, 여보 영감 영감[19]

---

18) 같은 책, 292쪽.
19) 같은 책, 296쪽.

셋째로는 꼭두각시와 박첨지의 대화가 있다.

박첨지 : 야 야 이거봐, 사내대장부라 하는 것은 위엄 주제가 우긋해야 오복이 두
         리두리한 거여
꼭두각시 : 오복 육복이라 하시오
박첨지 : 육복 칠복은 어떻고
꼭두각시 : 칠복보다 팔복이라 하시오.
박첨지 : 야 야 이년 복타령 하러 나왔냐.[20]

넷째로는 산받이와 피조리가 나누는 대화가 있다.

산받이 : 이건 누구여.
피조리 : 내가 비생이여.
산받이 : 야 기생이면 기생이지 비생은 뭐여.
피조리 : 참 기생이여.
산받이 : 너 그간 어디 갔다 왔니?
피조리 : 나 거울 갔다 왔어요.
산받이 : 서울이면 서울이지 거울이 뭐여, 그래 뭣 하러 갔었나?

다섯째로 동음이의어로 웃기는 것이 있다. ·

박첨지 : 그래 내 한번 아이들한테 물어 봤지.
산받이 : 여보 영감 남의 애를 물었으면 아프다고 하지 않어.
박첨지 : 야야 이 미련한 사람아, 내가 남의 애기를 아 하고 입으로 문게 아니여. 말
         로 물어 봤단말이여.

―――――――――――

20) 같은 책, 297쪽.

산받이 : 난 또 입으로 물었다는 줄 알았지.

그 외에도 "인물의 희극성"에서 언급한 바와 같이 "작은 집과 작은 마누라"와 "마누라와 마눌" 등의 동음이의어를 통해 웃음을 자아내고 있다.

2) 과장법

과장법은 어떤 사실을 과장하여 표현하는 기법이다. 등장인물들이 허풍을 떠는 사람들이라 과장법을 자주 사용하고 있다.

첫째로 과장하여 말하는 장면을 보면, 산받이가 "알만하지. 한양으로 일러도 八門안에 억만 가구가 다 영감네 집이란 말이여"[21]라고 말한다.

둘째로는 '박첨지 거리'에서 박첨지가 등장할 때, 산받이가 박첨지에게 "돈 칠푼을 가져다 어 어디다 썼나"라고 묻자, 박첨지는 "돈 칠푼을 가져다 – <중략> 얼마나 늘었나 보니 삼칠은 이십일만 냥이 늘었구나"[22]라고 말한다.

셋째로 언급하고 싶은 과장된 표현은 '피조리 거리'에서 박첨지가 딸과 며누리의 나이에 대해 말하는 장면이다.

박첨지 : 아하 여보게 내 집에 들어갔더니 우리 두 살반 먹은 딸 애기와 세살반 먹
        은 며늘애기 있지 않은가, 아 요것들이 꽃바구니를 사 달라네 그려.
산받이 : 여보 영감 두 살이면 두 살이고 세 살이면 세 살이지 반살이 웬거요.
박첨지 : 거 모르는 소리 그건 윤달이 껴서 그러네.

넷째로 나오는 과장도 나이에 관한 것이다.

---

21) 같은 책, 292쪽.
22) 같은 책, 294쪽.

박첨지 손자 : 내가 나이가 많아서 그렇다.

산받이 : 너 나이가 몇인데.

박첨지 손자 : 내 나이 여든두 살.

산받이 : 그럼 니 할애비는.

박첨지 손자 : 우리 할아버지는 열두 살, 우리 아버지는 일곱 살, 우리 어머니는 두
　　　　　　 살.[23]

다섯째로 나오는 과장된 장면은 산받이와 영노가 나누는 대화로 영노가 먹
는 것들을 과장되게 "밥도 먹고 흙도 먹고 땅도 먹고 하늘도 먹고 너도 먹고 무
엇이든지 먹는다"[24]라고 기술하고 있다.

3) 육담 (성적인 말)

<꼭두각시놀음 演戱本>에는 에로틱한 대사들도 보인다. 옛날이나 오늘날
이나 에로틱한 대사들은 우리를 웃긴다.

첫 번째로 보이는 육담은 박첨지의 대사다.

산받이 : 그래 어찌 어찌 나무랬나?

박첨지 : 애애 이놈들아, 네 애비 똥구멍하고 이 에미 똥구멍하고 딱 붙이면 양 장
　　　　 구통이 될 놈아, 그랬지, 허허허.

산받이 : 거 참 점잖게 나무랬네.[25]

둘째로 산받이와 홍동지 그리고 상주가 나누는 대사에 육담들이 나타난다.

---

23) 같은 책, 300쪽.

24) 같은 책, 302쪽.

25) 같은 책, 293쪽.

상　주 : 문안이고 문 밖이고 웬 빨가벗은 놈이냐. 대빈 상이다. 빨가벗은 놈은 얼
　　　　씬도 말어라.
홍동지 : 허 허 상여 뫼시러 왔오.
상　주 : 뺄거벗은 놈은 대감 상여에 얼씬도 말어라.
홍동지 : 다 틀렸다. 다 틀렸어, 빨가벗은 놈은 대감 상여라 얼씬도 말라네.
산받이 : 애 애 그럼 좋은 수가 있다.
홍동지 : 뭐여.
산받이 : 내 시키는 대로 해여. 상제님이나 상두꾼이나 모두 사타굼지 그건 떼어
　　　　아랫묵에 묻고 왔느냐고 물어 봐라.26)

4) 욕

　<꼭두각시놀음 演戲本>에는 욕도 여러 곳에 나타난다. 상대편에게 욕을 한
다는 것은 자기는 그만큼 훌륭하고 상대편은 부족하다는 우월감에서 나오는 것
이다. 그리고 <꼭두각시놀음 演戲本>에는 '똥'이라는 단어를 사용한 욕이 많
다. 사실상 이것도 상대방을 똥으로 보는 것을 생각하면, 이 광경을 보는 독자의
작중인물에 대한 우월감에서 웃음이 나오는 것이다. 배우가 바보처럼 넘어지는
모습이나 똥으로 여겨지는 모습에서 관객은 우월감을 느끼며 웃는 것이다.
　먼저 상대편을 비하하는 예를 보자. 박첨지가 못 생긴 꼭두각시를 비하하는
장면이다.

박첨지 : 야 야 이년 복타령 하러 나왔냐, 야 야 이년아 너도 젊어 소싯 적에 어여쁘
　　　　고 어여쁘던 얼굴이 율묵이가 마빡을 때렸나, 우툴우툴하고 땜쟁이 발등
　　　　같고 보리 먹은 삼닢같고 비 트러지고 찌그러지고 왜 그렇게 못생겼나.27)

---

26) 같은 책, 312쪽.
27) 같은 책, 297쪽.

두 번째로 볼 것은 산받이가 박첨지를 비하하는 장면이다.

산받이 : 대갈빼기로 디려받고
박첨지 : 대갈빼기로 디려받고 ―――― 뭐 뭐 뭐 애비 대가리 보고 대갈빼기라 하
　　　　게, 네 집에 나같은 늙은이 하나도 없어?
산받이 : 영감님 같은 늙은이 우리집 마루 밑에 우굴우굴하오
박첨지 : 뭐 뭐 뭐 어떡해, 저 놈이 날 강아지로 알아, 이놈.[28]

다음으로 '똥'이라는 단어를 사용하여 상대방을 비하하는 경우다. '똥'이라는 단어는 첫 장면부터 나온다. 박첨지가 산받이에게 "오뉴월 똥파리처럼 무던히 아는 척하는 구려"라고 말하면서 산받이를 비하하는 말을 한다. 산받이를 똥파리에 비유해서 하는 말하는 것이다. 그리고 박첨지와 산받이가 서로 말을 주고 받으면서 박첨지가 산받이에게 "그럼 너는 똥구멍으로 말했나"라고 말한다. 산받이의 입을 똥구멍에 비유하고 있는 것이다.

홍동지가 하는 말 중에도 '똥'이라는 단어가 많다. 산받이가 홍동지를 불렀을 때, 홍동지는 "똥 눈다"라고 대답한다. '매사냥 거리'에서 평안감사가 사냥을 위해 몰이꾼을 사들이라고 했을 때, 산받이가 홍동지를 부르는데, 홍동지는 "똥 눈다"라고 대답한다. 그리고 '상여거리'에서 평안감사 시체에서 냄새가 많이 남을 보고 "아따 냄새 우라지게 난다. 똥을 안 싸고 뒈졌나"라고 말한다.

'똥'과 비슷한 단어로 '방귀'라는 단어를 사용하는 경우도 있다. 박첨지가 평안감사의 시체에서 냄새가 나는 것을 "아따 냄새 더럽게 난다. 방귀를 안 뀌고 뒈졌나"라고 말한다.

앞에서 언급한 상대를 비하하는 '욕'이나 '똥' 혹은 '방귀'라는 말은 우리에게 웃음을 자아내게 한다. 우월이론에 의하면 상대방을 비하시키면서 갖게 되

---

28) 같은 책, 305쪽.

는 우월감에서 오는 웃음이라 볼 수 있을 것이다.

9-5. 결론과 남은 문제

<꼭두각시놀음>은 서민들이 즐기던 대중적인 연극이다. 공연자들이 관객에게 재미와 웃음을 주기 위하여 희극적으로 공연했으리라 생각한다. 더욱이 남사당패들의 공연의 마지막 레파토리라 <꼭두각시놀음>으로 대단원의 막을 내리는 것이어서 재미있게 공연하려고 노력했을 것이다.

평소에 늘 어렵고 힘든 일로 고생하던 평민들에게 남사당패들의 공연은 큰 재미거리였다. 스트레스를 풀어주는 관람거리였다. 평민들은 권력이나 돈이나 지식을 가진 자들을 풍자하고 조롱함으로써 웃을 수 있었다. 그 가진 자들은 당연히 기존 사회에서 상류층이거나 도덕적으로 고상한 존재였을 것이다. 그런 의미에서 비판과 비하의 대상은 평안감사 같은 관리며 양반인 사람들, 도덕적으로 고상한 스님이나 가정의 요조숙녀, 군자인 척하는 박첨지 등이 될 수 있다. 그리고 그들에게 '똥'이나 '방귀'같은 저속한 말이나 육담을 사용함으로써 관객들은 웃으며 생활의 시름을 떨쳐버릴 수 있었다고 생각한다.

本攷는 희극성에 대한 이론을 고찰하고, <꼭두각시놀음 演戱本>을 '상황의 희극성', '인물의 희극성', '언어의 희극성'이라는 관점에서 고찰하여 다음과 같은 결론을 얻었다.

1) <꼭두각시놀음>은 인과응보의 원리에 의해 이루어진 서민을 위한 통속적인 대중극이고, 전체적인 상황이 희극적이다.

2) 박첨지와 산받이는 배우이면서 동시에 해설자의 역할을 하고 있는데, 두 사람이 작품을 희극적으로 이끌어 가고 있다.

3) 작품을 이끌어 가는 힘이 되는 몇 가지 갈등들은 코믹하게 서로 말꼬리를

물면서 해결되고 있다.

4) 풍자당하고 조롱당하여 웃음을 자아내 주는 대상은 권력이나 학식 혹은 도덕성을 가졌다고 뽐내는 위선자들이다.

5) 화자가 상대방에 대해 우월감을 나타내어 웃기고 있다.

6) '이시미'는 카타르시스 과정을 통해 관객에게 통쾌함을 주고 있다.

7) 이 작품에는 과장법이 여러 곳에 사용되고 있다.

8) 등장인물들의 성격적 결함이 관객을 웃기고 있다.

9) 등장인물들이 동음이의어를 이용하여 사람들을 웃기고 있다.

10) 등장인물들이 '똥'이나 '방귀' 같은 비속어를 사용하여 웃기고 있다.

11) 등장인물들이 에로틱한 육담을 사용하여 웃기고 있다.

12) 관리나 양반의 눈을 피하여 그들을 비판하고 관객들에게 웃음을 주기 위하여 상징적인 방법을 사용하고 있다.

그리고 本攷는 <꼭두각시놀음 演戲本>을 중심으로 희곡적인 면에서 희극성에 대해 논했는데, 남은 문제로 연극적인 면 특히 연기적인 면과 가면의 상징성과 희극성에 대해 고찰함으로써 <꼭두각시놀음>의 희극성에 대해 더 깊이 있는 이해에 도달할 수 있으리라 생각한다.

10장 〈春香歌〉의 禪學的 희극성

10-1. 문제의 제기

판소리가 희극적인 요소가 많은 예술 장르라는 것은 널리 알려진 사실이다. 그리고 판소리 사설이나 판소리계 소설들이 희극적인 요소들을 많이 가지고 있다는 것은 잘 알려진 것이다. 특별히 판소리 중에 대표적인 작품인 〈春香歌〉가 희극적인 작품이라는 것은 누구나 아는 바다.

그럼 〈春香歌〉가 희극적인 작품이 된 원인은 무엇일까? 〈春香歌〉가 희극적인 작품이 될 수밖에 없었던 까닭은 〈春香歌〉의 기원에서부터 찾을 수 있다. 〈春香歌〉는 출발에서부터 희극적일 수밖에 없었다는 것이다.

판소리 〈春香歌〉의 기원에 대해서는 여러 가지 주장이 있다. 설성경은 기존의 주장 중에서 다음의 네 가지를 들었다.

① 야외에서 행하는 광대들의 골계적 재담과 연희에 삽입가요와 설화를 연결시켜 서사적 이야기를 형성하고, 이 이야기가 서도 소리인 배뱅이굿 같은 한 사람의 창으로 발전한 것이다.(김동욱)

② 굿에서 발생하여 오락으로 전용되면서 전설 등을 수용하여 주제화시킨 것이
   다.(이혜구)
③ 시조나 가사문학이 전문 가객의 등장으로 가창 위주로 바뀌고, 이것이 다시 오
   락적 가창에서 광대의 흥행적 가창으로 발전하고, 그 내용도 설화를 취재하여
   해학적 표현과 풍자적 주제를 담게 된 것이다.(김기동)
④ 남부지방 굿에서 부르는 단골무의 서사무가가 발전하여 이루어진 것이다.(서
   대석)[1]

앞의 논거들에 대해서는 문제점으로 "판소리극의 양식적 요소 가운데 어떤
부분이 발생상에 우선하는 것이며, 각 요소들은 어떤 계기 속에서 결합되면서
새로운 양식화를 이루었는가에 대한 논증이 부족하다는 한계를 지니고 있다"[2]

그리고 설성경은 <春香歌>의 기원을 "남원에 사는 못생긴 기생이 어떤 문
제로 원통하게 죽었고, 그 원통함을 풀어주는 '해원굿'이 '소리굿'이란 중간 전
환 과정을 거쳐 '판소리극'으로 양식적인 완성을 보게 되었다"[3]라고 말하면서,
이것을 좀 더 구체화시켜 굿이 판소리극으로 직접 발전했다고 보기 어렵다면서
"이의 극복 방안이 곧 3단계 성립설인 '춘향굿'이 '춘향소리굿'을 거쳐 판소리
극인 '춘향소리'로 발전적 변모를 이룩하였다는 주장이다"[4]라고 기술하고 있
다.

기존의 기원설들과 설성경의 주장에서 우리가 볼 수 있는 공통점 중에 하나
는 판소리의 기원을 굿으로 보고 있다는 점이다. 굿이 <春香歌>의 기원이라
는 것은 <春香歌>는 출발에서부터 娛神的인 요소가 있는 것이었고, 娛神的
인 요소가 있었다는 것은 神을 즐겁게 해드리는 것이므로 희극적인 요소가 가

---

1) 설성경, 『춘향전의 통시적 연구』, 서광학술자료사, 1994, 42쪽.
2) 같은 책, 43쪽.
3) 같은 책, 44쪽.
4) 같은 책, 51쪽.

미되어 있었다는 것이다. 그런 의미에서 <春香歌>는 출발부터 희극적인 것이 될 가능성을 가지고 있었다.

그리고 김동욱의 주장처럼 <春香歌>의 기원이 골계적 재담과 연회에 삽입 가요와 설화를 연결시켜 서사적 이야기를 형성하고, 그 이야기가 서도 소리인 배뱅이굿 같은 한 사람의 창으로 발전한 것이라 해도, 초기부터 골계적 재담과 연회로 이루어졌기 때문에 희극적일 수밖에 없었던 것이다.

또한 <春香歌>는 하나의 연회로 발전되어 갔기 때문에 관객을 즐겁게 하기 위하여 희극적인 것으로 변모되기도 하고 때로는 희극적인 것이 첨가되었을 것으로 추측할 수 있다.

더욱이 <春香歌>는 창자인 광대 즉 민중에 의해 불려지면서 양반을 풍자하고 골계적으로 보고 웃으려는 것이 첨가되면서 더욱 희극적인 작품으로 변형되어 왔다고 생각한다.

뿐만 아니라 판소리 문학의 4대 원리라 할 수 있는 "물질 내지 육체의 원리, 격하의 원리, 유쾌한 상대성의 원리, 과장의 원리"[5] 등의 관점에서 볼 때, 판소리 사설도 희극적으로 변화되어 갈 수밖에 없었을 것이다.

<春香歌>나 <春香傳>을 희극적인 관점에서 보고 논한 논문들은 많다. 그 중에서 몇 개의 논문을 언급하면, 변재열의 「판소리 <<春香歌>의 諧謔性 硏究」[6] 최정락의 「<열녀춘향수절가>에 나타난 골계의 양상과 구조적 기능」[7], 김일열의 「<春香傳>의 골계의 성격과 기능」[8], 윤경희의 「춘향전에 나타난 민중 해학적 세계관」, 박갑수의 「春香傳의 諧謔的 表現(上)·(下)」 등이 있었다.

앞에서 언급한 논문 외에도 <春香歌>나 春香傳에 나타난 滑稽性에 대한

---

5) 성현경, 『韓國옛小說論』, 새문사, 1995, 501쪽.

6) 변재열, 「판소리 <春香歌>의 諧謔性 硏究」, 숭전대학교 대학원 석사학위 논문, 1982.

7) 최정락, 「<열녀춘향수절가>에 나타난 골계의 양상과 구조적 기능」, 경북대학교 교육대학원 석사 논문, 1983.

8) 김일열, 『古典小說新論』, 새문사, 1991, 351 – 365 쪽,

논문은 많다. 그러한 이유는 滑稽性이 <春香歌>나 <春香傳>에서 가장 중요한 요소 중에 하나이기 때문일 것이다. 그럼에도 불구하고 本攷가 <春香歌>의 희극성에 대해 연구하려는 것은 <春香歌>와 같이 민중해학적 특징을 가지고 있는 작품은 일반적인 滑稽性뿐만이 아니라 禪學的 희극성이라는 관점에서 볼 수 있다고 생각하기 때문이다.

10-2. 〈春香歌〉의 구조 분석

문학작품의 구조를 분석하는 방법에는 대체로 세 가지가 있다. 첫째는 초장·중장·종장 등으로 나누는 삼분법적인 방법이고, 둘째는 기·승·전·결 등으로 나누는 사분법적인 방법이고, 셋째로는 발단·전개·위기·절정·대단원 등으로 나누는 오분법적인 방법이 있다. 그 외에 작품의 장면들을 세분화하여 많은 장면으로 나누는 방법을 생각할 수 있을 것이다. 그리고 동시에 생각할 수 있는 것은 작품의 내부구조로서 갈등구조 등을 생각할 수 있다.

성현경은 「春香傳」에서 <春香傳>의 구조를 삼부구조로 보고 다음과 같이 분석하고있다.

> 따라서 이 소설은 '계약의 체결 → 계약의 잠정적 파기 → 계약의 실현' 과정과 함께, '결핍의 상황 → 결핍 극복을 위한 시련과 투쟁 [과업의 수행] → 결핍의 지양·해소[과업의 완수]'·'혼사 장애 →장애 극복 → 혼사 성취'·'불완전한 결연 → 이별 → 완전한 결연' 등의 제 과정을 보여 준다.9)

성현경은 계속해서 <春香傳>의 상호 대립과 갈등구조를 다음과 같이 기술

---

9) 성현경, 「春香傳」, 『韓國옛小說論』, 1995, 389쪽.

하고 있다.

　이와 같은 서사 진행을 통해서, 존재/당위, 현실/이상, 물질/정신, 이익/의리, 기성세대/신진 세대, 옛 시대 의식/새 시대 의식, 낡은 규범/새로운 규범, 계급의식(차등 의식)/평등 의식, 보수성/진취성, 인습/개혁, 관/민, 악관/선관, 상층민/하층민, 존귀한 신분/비천한 신분, 예속/해방, 구속/자유, 차등/평등, 불의/정의 등등이 상호 대립과 갈등을 이루면서, 이들이 한편으로는 조정·지양되기도 하고, 또 한 편으로는 여전히 그대로 남기도 하는데, <춘향전>은 바로 이러한과정을 그려 놓은 작품이다.[10]

　그리고 <春香歌>나 <春香傳>을 4부구조로 분석한 논문은 드물다. 그러나 <春香傳>을 4회에 걸쳐 갈등이 생기고 해소되는 것으로 본 논문은 있다. 김일열의 <春香傳>에 관한 연구인데, 구태여 이 글을 인용하려는 것은 本攷가 시도하고 있는 깨달은 자의 희극적 세계관을 연구하는데 도움이 된다고 생각하기 때문이다.

　사건이 전개되는 전 과정 자체가 갈등이 진행되는 과정이긴 하지만 특히 가시적인 면을 주목하면 갈등은 모두 4회에 걸쳐 이루어지고 또 해소되는 것을 볼 수 있다. 그 첫 번째는 춘향이 이도령과 처음 만나는 과정에서 생긴 이도령과의 갈등이고, 두 번째는 이별하기 직전에 있었던 역시 이도령과의 갈등이며 세 번째는 변학도와의 갈등이고, 네 번째는 암행어사(이도령)와의 갈등이다.[11]

　다음으로는 <春香歌>나 <春香傳>을 5부구조로 보는 것인데, 구체적으

____

10) 같은 책, 같은 쪽.
11) 김일열, 앞의 책, 322쪽.

로 5부구조라고 언급하고 있는 경우는 드물지만, 대부분의 논문과 창극, 영화, 오페라 등으로 각색한 작품들이 5부구조를 의식하고 이루어진 것으로 생각된 다. 그 외에 <春香歌>나 <春香傳>을 여러 장면으로 나누어 연구한 것도 있 는데, 예를 들면 김동욱은 『춘향전연구』의 「春香傳의 比較的 硏究」[12]에서 91개의 장면으로 나누어 비교하고 있다. 그리고 김진영은 『고전소설과 예술』 의 「<춘향전>과 揷畵의 상관성」[13]에서 揷畵場面을 39개로 나누어 설명하 고 있다.

그러나 本攷는 판소리의 장르를 연극이라는 전제하에서 기술하고 있음으로, 5부구조로 분석하고 각 부분에 나타난 깨달은 자의 희극적 세계관을 살펴 보고 자 한다. 5부구조의 각 부분의명칭은 학자에 따라 여러 가지가 있으나, 앞에서 언급한 대로 "발단, 전개, 위기, 절정, 대단원"등의 명칭을 사용하여 신재효 <春香歌>의 <男唱>本을 고찰하고자 한다.

첫째로 '발단'은 3쪽의 처음 부분인 "絶代佳人이 생길 적에"[14]부터 15쪽에 있는 "한 모롱이 두 모롱이 이 골목 저 골목, 從容緩步 次次前進, 물 찾는 기러 기 꽃 찾는 나비로다"까지로 보았다. 달리 보는 방법은 처음부터 이몽룡이 춘향 이와 이별하고 한양으로 떠나는 장면까지로 볼 수도 있을 것이다. 그러나 발단 은 문자 그대로 작품의 발단이 되는 부분이며, 중요한 등장 인물을 소개하는 부 분이라고 생각하여 짧게 잡았다.

둘째로 '전개'는 15쪽의 "春香 門前에 當到하니 城市가 멀잖은데 山林物 色 좋을씨고"에서부터 이몽룡이 서울에 가서 장원급제하고 암행어사가 되어 남원에 와서 감옥에 있는 춘향이를 만나 보고, 광한루로 자러 가겠다고 말하며 떠나는 곳까지다. 이몽룡이 "暗行御使 出頭야"를 준비하기 전까지를 '전개'

---

12) 김동욱, 「春香傳의 比較的 硏究」, 『춘향전 연구』, 1976, 211 - 314쪽.

13) 김진영, 「<춘향전>과 揷畵의 상관성」, 『고전소설과 예술』, 1999, 345 - 362쪽.

14) 강한영 校, 注譯, <春香歌>(男唱), 『申在孝판소리사설集』, 민중서관, 1971, 3쪽.

로 잡을 수도 있겠으나, 이몽룡이 광한루로 가는 곳에서 하나의 장면이 매듭 됨으로, 81쪽 다섯째 줄까지를 '전개'로 삼고자 한다. 작품의 전체가 99쪽이니 '전개'에 해당하는 부분은 작품 전체의 66%에 이른다.

셋째로 '위기'는 변사또의 생일잔치를 준비하는 장면부터 "暗行御使 出頭야"를 외치기 전 장면까지로 잡았다. 연구의 대상으로 삼은 자료를 중심으로 보면, 81쪽의 여섯째 줄의 "그 이튿날 本官 사또 生辰 잔치 차리는데"로부터 91쪽의 "萬一 明官 아니오면 위로 欺君되고, 아래로 罔民된 일 事情으로 할 수 있소"로 보았다.

넷째로 '절정'은 이몽룡이 "暗行御使 出頭야"를 외치는 장면으로 생각했다. 본 자료의 91쪽에 있는 "座上의 守令님네 떠나기로 드는구나"로부터 93쪽의 "行纏 대님 풀고 보니 똥 섬이나 싸 놓았다"까지다.

다섯째로 '대단원'은 문자 그대로 작품의 내용을 마무리하는 장면이니, "暗行御使 出頭야"를 외친 후에 일어난 일들을 정리한 내용이다. 본 자료의 93쪽에 있는 "各 房 下人 달려들어 御사또를 모실 적에, 御사또의 擧動 보소"로부터 마지막 장면인 99쪽의 "이 打令을 내옵기는 後生의 여러 사람 본받고자 하심인저. 덩지덩"까지로 잡았다.

10-3 〈春香歌〉의 禪學的 희극성

禪學的 희극성에 대한 연구란 결국 깨친 자인 독자의 입장에서 볼 때, 작중 인물들이 하는 행위나 감정 표현들이 어떠한 이유로 희극적으로 보이는가를 규명하는 작업일 것이다. 그런 의미에서 본 연구는 인물 중심의 연구도 될 수 있고, 사건 중심의 연구도 될 수 있다고 생각한다. 그러나 본 연구는 試論的으로 연구하는 것이므로 작품의 구조를 분석한 것을 바탕으로 갈등과 갈등에 대한

감정 표현을 깨친 자의 입장에서 희극적으로 생각되는 것을 발단, 전개, 위기, 절정, 대단원의 순서로 기술하고자 한다.

1) 발단

발단의 내용은 월매가 태몽을 꾸어 춘향을 낳은 이야기와 춘향의 꿈 속의 용인 이몽룡이 방자를 데리고 광한루에 봄기운을 즐기러 나왔다가 추천하는 춘향을 보고 반한다. 이몽룡이 방자를 통해 수작을 걸었다가 거절하는 호통소리를 들은 후에 저녁에 춘향의 집에서 만나기로 약속한다. 그리고는 집에 돌아왔다가 저녁에 이몽룡이 방자를 데리고 춘향의 집에 당도하는 것이 전체 내용이다. 여기서 우리가 중요하게 생각할 수 있는 갈등은 춘향과 이몽룡 사이에 존재하는 갈등이다.

일반적인 상식으로 보면, 여기에 우리를 웃길 수 있는 희극적인 내용은 없다. 그러나 춘향을 만나려는 이몽룡과 이러한 요구를 거절하는 춘향이 사이의 갈등은 깨달은 자의 입장에서 보면 웃음을 자아내는 일이라는 것이다. 왜냐하면 젊은 남녀가 봄 날 광한루 같은 곳에서 우연히 만나게 되었을 때, 남자와 여자가 서로 상대방에게 관심을 갖고 감정 표현을 하는 것은 당연한 것인데, 남자가 여자에게 수작을 걸때에 易地思之하여 상대편의 마음을 이해하지 못하고 갈등을 갖게 되는 것은 우수운 일이라는 것이다. 더욱이 춘향은 속으로는 이몽룡의 요구를 수락하면서 겉으로 이도령의 요구를 거절하는 모습이 또한 禪學的 희극성 입장에서 보면, 잔머리를 굴리는 것 같아 더욱 우습다는 것이다.

2) 전개

'전개'에 해당하는 이야기의 내용은 길다. 구태어 '전개'의 과정에 있는 이야기를 나눈다면 네 단계로 나눌 수 있다고 생각한다. 첫째는 이몽룡과 춘향이 합방하는 내용이고, 둘째는 이몽룡과 춘향이가 오리정에서 이별하는 장면이고, 셋째는 변사또가 화려하게 부임하여 춘향을 찾는 것이고, 넷째는 이도령이 거지 꼴로 남원에 와서 벌리는 일들이다.

① 합방

이몽룡이 춘향의 집에 왔을 때, 춘향은 『禮記』를 읽고 있었다. 그리고 춘향은 방을 깨끗이 청소하고 이몽룡을 맞이한다. 월매가 이몽룡에게 잠시 기분으로 춘향이와 합방하려는 것이 아니냐고 하자, 이몽룡은 의심하여 내 말이 곧이 안 들리면, 婚書紙는 못 주지만 不忘記는 써 주겠다면서, 一筆揮之로 百年偕老하겠다는 내용의 不忘記를 써 준다. 그러자 월매는 향단이를 데리고 잡술상을 차려준다. 이몽룡과 춘향이는 술을 마시면서 百年偕老를 약속하고, 춘향의 옷을 벗기고 음탕하게 합방한다. 이몽룡은 여러날을 낮에는 공부하고, 춘향과 이 짓하며 지냈다. 그러자 얼마 후에 아버지가 알고 이 짓을 못하게 "通引을 돌아보며, 「네 所謂 道令님을 골방에다 앉혀 두라」"[15] 이몽룡에게 금족령을 내렸다.

여기서 보이는 두 가지 갈등은 월매와 이몽룡 사이의 갈등과 이몽룡과 이몽룡의 아버지 사이의 갈등이다.

첫째로 월매와 이몽룡 사이의 갈등은 웃기는 일이다. 이몽룡의 마음을 믿지 못 하는 월매는 不忘記를 받고, 춘향이와의 합방을 허락한다. 웃기는 일이다. 도대체 不忘記가 무엇이란 말인가? 不忘記란 종이 조각 하나에 불과한 것이 아닌가? 물론 그 당시 남자의 약속은 중요한 것이라고 말할 수도 있을 것이다. 그러나 그런 종이 하나로 합방을 할 것인가 말 것인가를 결정한다는 것은 諸行無常이라는 우주의 근본 원리를 깨친 자의 입장에서 보면 웃기는 일이 아닐 수 없다.

---

15) 같은 책, 27쪽.

둘째로 이몽룡과 아버지 사이의 갈등이다. 우리는 이몽룡에게 금족령을 내린 아버지의 마음을 충분히 이해할 수 있고, 동의할 수도 있다.

그러나 이몽룡과 춘향이 사이에 육체적 관계가 지속되는 것은 본능에 속한 일이다. 본능은 자연의 원리대로 작동하는 것이다. 외부의 힘이 가해졌다고 바뀌는 것이 아니다. 단지 잠깐동안 참거나 숨길 수 있을 뿐이다. 자연 그대로 놔두면 문제가 좋은 방향으로 해결되는 것이다. 자연의 흐름에 거역해 무리하게 행동할 필요가 없다고 생각한다. 다시 말해서 禪學的 희극성의 입장에서 본다면, 아버지가 무리하게 행한 人爲的인 처사는 웃기는 일일뿐이다.

② 이별

'전개'의 둘째 장면은 이몽룡과 춘향이 오리정에서 이별하는 장면이다. 이 부사는 아들 이몽룡이 바람을 피우자, 결혼하기도 곤란하고, 출세에도 지장이 있을 것 같아 먼저 서울로 보낸다. 방자를 통해 이몽룡이 서울로 가는 것을 안 춘향과 월매는 이몽룡을 전송하기 위해 오리정에 간다. 이몽룡과 춘향은 헤어지면서 거울과 옥지환을 교환한다. 이몽룡은 춘향에게 거울을 주고, 춘향은 이몽룡에게 옥지환을 준다. 그리고 춘향은 "오늘 이별 설워말고 부디 후일 잊지 마소"[16]라고 말하고, 이몽룡은 "울지 마라 울지 마라. 네 설음이 그리할 제 내 마음이 어떻겠나"[17]라고 말하면서 헤어진다.

이 장면에서도 우리는 두 가지 갈등을 보게 된다. 첫째 갈등은 아들을 서울로 먼저 보내는 아버지와 이몽룡 사이의 갈등이고, 둘째는 이별하는 춘향과 이몽룡 사이의 갈등이다.

첫째로 이몽룡과 그의 아버지 사이의 갈등은 앞에서 언급한 것과 같이 웃기는 일이다. 아들이 연애를 하는 데 아들과 그의 애인을 갈라놓는다고 헤어지게

---

16) 같은 책, 31쪽.
17) 같은 책, 31쪽.

될 것인가? 그것은 오히려 둘 사이를 더 가깝게 만드는 것이고, 사랑하는 마음에 불을 지르는 결과가 되리라 생각한다. 그런 의미에서 깨달은 자의 입장에서 보면 이 부사가 이몽룡과 춘향의 사이를 갈라놓는 것은 웃음을 주는 처사라고 생각한다.

둘째로 춘향과 이몽룡이 울면서 헤어지는 장면이다. 둘이 옥지환과 거울을 교환하면서 부디 후일을 잊지 말라고 말하면서 헤어지는 장면도 웃기는 것이다. 왜냐하면 깨친 자의 입장에서 보면 인간은 會者定離의 원칙에 따라 만났다가 헤어지고, 헤어졌다가 인연이 있으면 다시 만나는 것이 순리라 道人은 떠나는 자 잡지 않고 돌아오는 자 막지 않는다고 했는 데, 슬퍼하거나 괴로워 할 필요가 있겠는가 하는 것이다. 그래서 기독교와 불교에서는 사람이 죽어도 울지 않는 것이 아니겠는가? 깨친 자의 입장에서 보면 옥지환과 거울을 교환한다고 다시 만난다는 보장이 있는 것도 아니며, 울면서 헤어진다고 다시 만난다는 보장이 있는 것도 아닌 데, 헤어지면서 소란을 피우는 모습이 웃긴다는 것이다.

③ 변사또의 부임

'전개'의 셋째 장면은 변사또가 부임하는 장면이다. 변사또는 화려하게 부임한다. 신재효는 파멸의 주인공이 될 변사또가 부임하는 장면을 극적 효과를 위해서 더욱 화려하게 묘사했으리라 추측된다. 신재효는 변사또가 부임하는 장면을 다음과 같이 기술하고 있다.

新官 사또 到任할 제 守城將 衙門이라 器具도 壯할씨고. 구름 같은 別輦獨轎 左右 靑帳들고 있고 白方絲紬 흰 복판에 藍水紬로 線 두르고 朱錫꼭지 裝飾하여 紫朱鹿皮 갖은 드림 보기 좋게 만든 日傘

————————중략————————

그 남은 여러 官屬 各方 風約 室俠主人 四十八坊 구경꾼이 四面으로 에워

싸서 大吹打와 긴 細樂에 勸馬聲이 섞였구나[18]

변사또는 부임한 후에는 기생점고를 한다. 기생점고를 하는 장면도 화려한 문장으로 자세하게 기술하고 있다. 변사또에게 닥아 올 미래를 예고하는 듯 하다. 변사또는 기생점고가 끝날 무렵에도 춘향이가 호명되지 않자, "너의 고을 妓生 중에 春香이가 있다더니 點考 不參 웬일이냐"[19]고 외치고는 춘향이를 잡아들인다. 춘향을 본 변사또는 춘향의 아름다움에 감격해서 두목지에 비교하면서 춘향의 아름다움을 찬양한다. 그리고는 변사또는 춘향에게 수청을 들라는 명령을 거절하자, 감옥에 가둔다.

여기서 깨친 자의 입장에서 문제 삼을 수 있는 것은 첫째로 변사또가 춘향에게 집착하는 모습이고, 또 하나는 변사또가 요구하는 수청을 거절하는 춘향의 모습이다.

첫째로 깨친 자의 입장에서 본다면, 변사또가 춘향에게 집착하는 모습이 웃기는 것이다. 변사또와 춘향이 사이에 정이 들어서 변사또가 춘향에게 빠지는 것은 이해할 수 있으나, 소문만 듣고 춘향에게 빠지는 것은 웃기는 일이다. 깨친 자의 입장에서 보면 모든 인간은 동등한 가치를 가진 존재다. 여자도 모두 장단점이 있어서 모두 동등한 존재다. 춘향에게만 집착할 이유가 없다. 한마디로 웃기는 일이다.

둘째로 춘향이가 수청을 거절하면서 지조를 지키는 일이다. 춘향이가 지조를 지키는 일은 개인의 자유며, 좋은 일이라고 생각한다. 그러나 이몽룡을 생각해서 지조를 지킬 필요는 없다고 생각한다. 왜 춘향이가 언제 변할는지 모르는 사람을 위해 지조를 지켜야 한단 말인가? 禪學的 희극성의 관점에서 보면 웃음

---

18) 같은 책, 33쪽.

19) 같은 책, 35쪽.

을 자내게 하는 일일 뿐이다.

④ 남원에 돌아온 이몽룡

이몽룡은 서울 본댁에 올라가서 宰相宅에 成婚하고 글 공부만 힘쓰더니, 과거에 응시하여 장원급제하여 湖南御使가 되어 남원에 당도하였다. 이몽룡은 변사또가 얼마나 나쁜 탐관오리인지를 살펴보고, 춘향의 집에 간다. 월매는 이몽룡의 모습을 보고 실망한다. 이몽룡은 월매와 함께 춘향이를 면회 간다. 춘향은 이몽룡을 보고 남산이 있는 서울에 가서 행복하게 살자고 말하니, 꿈 깨라고 말하고는 잘 곳이 마땅하지 않으니 광한루에나 가서 자겠다며 떠나간다.

여기서 우리는 두 가지 갈등을 볼 수 있다. 첫째는 이몽룡과 월매 사이의 갈등이고, 둘째는 이몽룡과 춘향 사이의 갈등이다.

깨친 자의 입장에서 첫째 갈등을 본다면, 두 사람이 다 웃기는 존재다. 이몽룡은 암행어사이기 때문에 자신의 신분을 숨기는 것은 이해할 수 있겠으나 거지꼴을 해 가지고 그렇게 소란을 피울 필요가 있었겠는가? 다른 방법으로 자신의 신분을 숨기는 방법은 없었겠는가? 월매도 웃기는 사람이기는 마찬가지다. 월매가 이몽룡이 성공하지 못한 모습을 보고 실망하는 모습은 이해할 수 있으나, 사람의 성공과 실패는 인생의 다반사요 자연의 원리에 따라 성공하고 실패할 수 있는 것인데 뭐 그렇게 실망할 필요가 있겠는가? 성공했다면 그만한 이유가 있었을 것이고, 실패했다면 그만한 이유가 있었지 않겠는가?

둘째는 이몽룡과 춘향 사이의 갈등이다. 여기서는 이몽룡이 웃기는 자라고 생각한다. 사랑하는 사람을 그토록 기다렸던 춘향이로서는 이몽룡에게 좋은 곳에 가서 행복하게 살아보자고 말하는 것은 당연한 일이라고 생각한다. 그러한 인간의 마음도 이해하지 못하고 꿈 깨라는 식으로 이야기하는 것은 지혜로운 대답이 아니라고 생각한다. 물론 이야기를 재미있게 전개하기 위해 그렇게 썼겠지만, 깨친 자의 입장에서 보면 이몽룡의 행위는 웃기는 것이라고 생각한다.

3) 위기

‘위기’는 변사또의 생일잔치를 준비하는 장면에서부터 “暗行御使 出頭야”를 하기 전까지다. 이 부분에서의 갈등은 대략 네 가지를 생각할 수 있다. 첫째는 이몽룡과 雲峰營將 사이의 갈등, 둘째는 이몽룡과 順天令監 사이의 갈등, 셋째는 이몽룡과 변사또 사이의 갈등, 넷째는 이몽룡과 谷城縣監 사이의 갈등이다.

첫째 갈등은 운봉영장이 음식을 마련해 줌으로 해결되고, 둘째 갈등은 순천영감이 기생을 대령시켜 줌으로서 해결되고 있다.

그러나 셋째 갈등은 변사또가 이몽룡의 시를 보고도 상황을 파악하지 못함으로 웃기는 상황이 되고 있다. 깨친 자의 입장에서 보아도 자기가 뿌린 씨와 그 결과의 관계와 상황을 제대로 보지 못하고 있는 인간의 모습이니 웃기는 모습일 수밖에 없다.

그리고 넷째 갈등도 웃기는 것이라고 생각한다. 나이가 먹어 지혜로운 노인인 곡성현감은 변화해 가는 상황의 본질을 가장 먼저 파악했다. 곡성현감은 여기서 반성하고 새로운 인간으로 거듭나는 모습을 보였어야 한다고 생각한다. 그런데 그는 이몽룡에게 서울에 가면 곡성현감이 명관이라고 말해 달라고 부탁한다. 웃기는 일이다. 깨친 자의 입장에서 보면, 구태어 불교의 緣起法을 들먹이지 않더라도 곡성현감은 반성하고 떳떳하게 책임질 것은 책임지는 모습을 보였어야 할 것이다. 그런 의미에서 깨친 자의 입장에서 보면 곡성현감은 웃기는 존재라고 생각한다.

결론적으로 말한다면, 인간이 위기에 처했을 때 자연의 원리에 순응하여 無爲하며 자기가 행한 행동에 대해 정당한 처벌을 감수하게 처신하지 못하면 禪學的 희극성의 관점에서 보면 모든 행위나 인물들이 우습게 보이리라 생각한다.

4) 절정

'절정'은 암행어사가 "暗行御使 出頭야"를 외치는 장면이다. '절정'의 첫 부분은 변사또의 생일 잔치에 참석했던 관리들이 분주하게 자리를 뜨는 것으로부터 시작된다. 그 다음에 이몽룡은 廣寒樓 三門짝을 몽치로 뚜드리며, "暗行御使 出頭야"를 웨친다. 잔치마당이 아수라장이 된다. 변사또도 술주정은 간데없고 버선발로 달음박질을 하고, 行纏 대님 풀고 보니 똥 섬이나 싸 놓았다.

이 부분에서의 갈등은 "暗行御使 出頭야"를 외치고 함께 행동하는 이몽룡과 靑牌驛卒들과 변사또를 위시한 관리나 기생들 사이의 갈등이다. 그런데 이 갈등은 해결됐다. 변사또를 위시한 관리나 기생들의 완전한 패배로 끝난 것이다. 그러나 깨친 자의 입장에서 본다면 이러한 상황에서 침착하게 자신을 뉘우치며 처신하지 못하고 반성하지 않으며 살겠다고 소란을 피우는 변사또를 위시한 여러 사람들의 모습은 웃기는 것이 아닐 수 없다.

5) 대단원

'대단원'은 暗行御使가 出頭한 것에 대한 마무리며, 작품의 끝부분이다. 대단원에서 이몽룡은 먼저 11명의 죄수들을 조사하여 방면한다. 그리고 마지막으로 춘향을 조사하며, 변사또가 요구한 수청을 거절한 이유를 묻는다. 춘향이가 정절을 지키기 위해 그렇게 했다 하니 방면한다. 다음으로 변사또를 봉고 파직하고, 그 곳에서 더 머물면서 호남지방을 더 둘러보면서 암행어사로서의 직무를 수행한다.

여기서의 갈등은 암행어사와 춘향에 존재하는 것만을 언급할 필요가 있다고 생각한다. 암행어사가 죄수들을 조사하면서 곧 내가 네가 기다리는 이몽룡이라고 할 수도 있었을텐데, 암행어사는 자신의 신분을 숨기고 조사한 것이다. 깨친 자의 입장에서 본다면, 이몽룡이 웃기는 못된 사람이라고 생각한다. 두 사람이 헤어져 있는 동안 이몽룡이 춘향에게 준 상처도 큰데 마지막까지 사람을 시험하는 자세는 인간의 道에 어긋나는 짓이라 생각한다. 물론 작품을 재미있고 드라마틱하게 이끌어 가기 위해 그렇게 썼겠지만, 禪學的 희극성의 관점에서 보면 이몽룡의 그러한 행동은 비웃음을 사기에 족하다고 생각한다.

10-4. 결론

본 연구는 모든 현상과 문학작품은 희극이라는 가설에서 시작했다. 기존의 문학관에 대한 도전이기도 하고 무모한 시도일 수도 있다. 그러나 이러한 작업이 동양철학과 문학을 연결시키는 작업이 될 수도 있고, 새로운 문학관의 제창이 될 수도 있다고 생각한다.

本攷는 이러한 문학관을 바탕으로 앞에서 깨친 자를 독자로 보고, 깨친 자의 삶의 자세를 "작중인물이 易地思之하여 현실은 진리라는 것을 깨달아 어떤 현상에 대해 화를 내거나 즐거워하는 식의 감정 표현을 하지 않게 되는 것"이라고 단정 짓고, 그 것을 바탕으로 " 禪學的 희극성"이란 개념을 설정한 후, 신재효의 <春香歌> 중에서 <男唱>本을 5부 구조로 나누어 기술하고, 거기에 나타나 있는 "禪學的 희극성"에 대해 고찰했다.

작품의 구조를 분석하는 방법에는 여러 가지가 있을 수 있겠으나, 구체적으로 작품의 구조를 분석하는 과정에서는 "발단 · 전개 · 위기 · 절정 · 대단원"에 나타나 있는 갈등이나 감정 표현을 깨친 자가 어떻게 볼 수 있는가를 중심으로 연구했다. 작품을 분석하는 과정에서 필자는 여러 가지의 갈등이 존재하게 됨과 깨친 자의 입장에서 웃음을 자아내게 하는 것은 갈등이 해소되지 않은 경우이고, 갈등이 해소된 경우에는 웃음을 자아내지 않는다는 사실을 알 수 있었다. 그리고 이러한 과정을 통해 처음에 제시했던 가설인 "모든 문학작품은 희극이다”라는 주장을 옳은 것으로 재확인할 수 있었다.

　결론적으로 다시 말하지만 필자는 모든 문학작품은 희극이라고 생각한다. 왜냐하면 작가들은 인생의 과정과 사회의 모습을 이끌어 가는 본질적인 것은 갈등이라 생각하고, 문학작품에서 우리 주위에 존재하는 갈등의 양상을 묘사하고 기술하고 있는데, 그러한 갈등들은 상황을 연기론적으로 보지 않아 현실은 진리라는 사실을 모르는 데서 오는 결과라고 생각하기 때문이다. 우리 주위에 존재하는 갈등에 대해서는 괴로워하거나 슬퍼할 필요가 없다. 모두가 필연적인 원인에 의해 생긴 결과이니 자기가 뿌린 씨의 열매를 거두듯이 담담하게 보면 된다. 그런데 작 중 인물들은 그러한 현상들을 보고 감정 표시를 하면서 소란을 피우니 모두가 웃기는 희극으로 보인다는 것이다. 그런 의미에서 볼 때, 필자는 신문에도 저녁 9시 T.V.뉴스에도 너무나 많은 웃기는 사람들이 등장한다고 생각한다.

　또한 충분한 연구와 검증 과정을 거치지 못한 이론을 바탕으로 연구함으로서, 논문의 전개 과정에서 무리한 점도 있었다. 그러한 점은 추후에 보완되어야 하리라 생각한다. 이러한 보완은 인물의 희극성, 주제의 희극성, 구조의 희극성 등을 더욱 연구함으로서 보완할 수 있다고 생각한다. 그리고 본고의 시도가 시도로 끝나지 않고, 문학을 보는 새로운 관점이 되기를 기대한다.

11장 〈박타령〉의 희극성

11-1. 문제의 제기

판소리 · 판소리 사설 · 판소리계 소설의 중요한 특징 중에 하나가 '희극성'이라는 것은 새삼스러운 이야기가 아니다. 문제는 앞에서 언급한 세 장르가 한국 예술의 일부분이라는 차원에서 가지고 있는 희극성의 특징을 찾아내어 한국예술의 희극성의 정체성을 규명하는 데 어떻게 기여할 것인가와 그러한 희극성의 정체성을 알아내는 과정을 통해 이전까지 우리가 몰랐던 새로운 의미나 예술적 특성을 찾아낼 수 있느냐 하는 것이다. 그런 의미에서 판소리의 희극성, 판소리 사설의 희극성, 판소리계 소설의 희극성을 연구하는 것은 중요하다. 더욱이 희극성이라는 것은 공연자나 기록자의 사상이나 시대의 문화적 배경에 따라 달라지기 때문에 공연자나 기록자 그리고 그 시대의 사상을 연구하는 데도 도움을 준다.

판소리 · 판소리 사설 · 판소리계 소설에 대한 기존의 연구는 양적으로는 많다[1]. 그러나 대부분의 연구들이 훈고학적이거나 주석학적 연구이며 미시적인 연구이고 거시적인 방법으로 작품을 보지 못하고 있기 때문에 연구 결과가 매우 제한적이다. 작품에 나타나는 단어들을 주석학적으로 해석하여 상징적 의미를 찾아내는 작업은 많이 진척되었으나, 세계적 보편성이라는 의미에서 새로운 검증이나 장르 문제 등의 판단은 유보되어있는 상태라고 생각한다.

어떤 의미에서 판소리·판소리 사설·판소리계 소설에 대한 연구는 동시에 이루어져야 한다. 세 장르는 서로 긴밀한 관계 속에 있기 때문이다. 그러나 필자가 관심을 갖고 연구하는 분야는 '희극성'에 관한 것이며 문학이어서 작가와 시대가 분명하고, 우리에게 희극적인 작품으로 잘 알려져 있는 桐里의「박타령」사설을 대상으로 연구하고자 한다.

桐里의「박타령」사설과 직접 그리고 간접적으로 유사성을 보이고 있는 판소리「흥보가」나 소설「흥보전」에 대한 연구는 많았다. 그러나 판소리「흥보가」는 저자가 분명하지 않고 또 공연할 때마다 조금씩 다르게 공연되고, 소설「흥보전」도 작가가 분명하지 않고 이본이 많으나 桐里의「박타령」사설은 작가가 분명하고 기록된 시대도 추정할 수 있어 桐里의「박타령」사설에 대한 연구는 흥보와 놀보 그리고 박을 제재로 한 일련의 작품들이 갖는 분명한 일면의 의미를 파악할 수 있다는 데 의미가 있다고 생각한다.

桐里의「박타령」사설에 나타난 '희극성'을 연구하려는 本攷는 다른 사람들의 논문들과는 다른 방법론을 택하려고 한다. 기존의 논문들은 '희극성'에 대해 언급하면서 골계, 해학, 유모어, 유머, 풍자, 웃음 등의 용어를 혼란스럽게 사용하고 있다.「흥보전」에 대한 연구에서도 용어의 혼돈은 보이고 있으나, 이원주와 조동일은 '희극성'에 대해 분명한 개념을 세우고 말하고 있다. 이원주는 "비논리적인 서술은 과장을 통한, 해학으로만 이해될 수 있을 것이다[2]"라고 말

---

1) 金起東의 『李朝時代小說論』, 朴晟義의 『古代小說論』, 張德順의 『國文學通論』, 金東旭의 『판소리 發生攷(1)·(2)』, 趙東一의 「興夫傳의 兩面性」, 이원주의 「고대 소설의 골계적 특질」, 설성경의 「桐里 박타령 辭說 硏究」, 설중환의 『판소리 사설 연구』등 무수히 많다.
2) 이원주, 「고대 소설의 골계적 연구」, 語文學 25輯, 한국어문학회, 80쪽.

하고, 조동일은 "골계성을 해학성과 풍자성"[3]으로 나누어 설명하고 있다. 그러나 本攷는 '희극성'이라는 용어를 사용하여, 상황의 희극성, 성격의 희극성, 언어의 희극성 등의 세가지 관점에서 桐里의 「박타령」 사설의 '희극성'을 논하고자 한다.

그리고 먼저 작품을 분석하여, 작품의 윤곽과 의미를 이해한 후 桐里의 「박타령」 사설이 가지고 있는 '희극성'의 특징을 규명하고자 한다.작품을 분석하는 데는 미시적 입장이 아니라 거시적 입장에서 세계적 보편성 획득이라는 관점에서 논하고자 한다. 소설 「홍보전」과 桐里의 「박타령」 사설을 한국 고전문학의 일부분으로만 보는 것이 아니라 세계문학의 일부분으로 보는 관점에서 논하고자 하는 것이다. 그런 의미에서 먼저 비교문학적 입장[4]에서 볼 때 이 작품의 중심은 홍보인가 아니면 놀보인가? 혹은 '박'인가? 아니면 '홍보와 놀보'인가? 등의 문제를 해결하고 작품의 구조를 분석하고자 한다.누구를 주인공으로 보느냐에 따라 작품의 구조를 달리 볼 수 있기 때문이다.

11-2. 작품의 구조

桐里의 「박타령」 사설이 갖고 있는 '희극성'을 규명하기 위해서는 먼저 작품의 구조와 내용에 대한 이해가 선행되어야 한다. 작품의 구조를 분석하기 위하여 제일 먼저 해결되어야 하는 문제는 제목을 '박타령'이라고 한 이유와 작품의 주인공을 누구로 보느냐 하는 문제의 규명이다. 왜냐하면 주인공을 누구로 보느냐에 따라작품의 구조가 달라지기 때문이다.

---

3) 조동일, 「<興夫傳>의 兩面性」, 啓明論叢 5輯 계명대학교, 1969, 100 – 101쪽.

4) 여기서 말하는 '비교문학'이란 '문학작품간의 대비'라는 관점의 '비교문학'을 가리키는 용어이다.

판소리 · 판소리 사설 · 판소리계 소설에 대한 구조 분석은 많았다. 조동일은 「興夫傳」의 兩面性」에서 여러가지 이본까지 도표를 사용하여 구조를 분석하고 있다[5]. 그리고 유광수는 『興甫傳硏究』에서 이야기의 줄거리에 따라 다음과 같이 말하고 있다.

① 이야기의 발단(허두 · 인물 · 배경)
② 판이한 형제의 성정
③ 놀보가 흥보를 구박 출문함
④ 흥보의 간난신고
⑤ 도승이 와서 집터를 잡아 줌
⑥ 흥보가 제비를 구하여 박씨를 얻어 심음
⑦ 흥보 박을 타서 猝富됨(흥보박타령)
⑧ 놀보가 흥보를 찾아와 부자된 사연을 알고 감
⑨ 놀보가 제비를 해쳐 박씨를 얻어 심음
⑩ 놀보가 박을 타서 패가 망신함(놀보 박타령)
⑪ 이야기의 마무리[6]

이러한 나열식의 선행적인 분석은 작품을 객관적으로 보고 분석한 것이라고는 할 수 있겠지만, 이 작품에서 '박' · '놀보' · '흥보' 등이 차지하는 위치와 의미를 염두에 두고 분석한 것이라고 보기는 힘들다. 그런 의미에서 本攷는 '박'의 의미와 '놀보'와 '흥보' 중에서 한 사람이 주인공인가 아니면 두 사람이 모두 주인공인가 하는 문제에 대해 언급하고 작품을 분석하고자 한다.

먼저 제목을 '박타령'이라고 한 이유부터 살펴보자. 우선 생각할 수 있는 것은 다른 이본들에 비해 '박'이 판소리 · 판소리 사설에서 차지하는 의미를 중요

---

5) 조동일, 「興夫傳」의 兩面性, 啓明論叢 5호, 1969, 74 – 84쪽.
6) 유광수, 『興甫傳硏究』, 계명문화사, 1993, 170 – 171쪽.

시했다는 것이다. 그럼 박의 의미는 무엇인가? '박'의 의미에 대해서는 설중환은 한국인의 세계관을 근거로 설득력 있게 설명하고 있다.

> 박은 둥근 圓이다. 원은 '無限大, 宇宙, 일체의 것'을 상징한다. 원은 끝이 없기 때문이다. 따라서 원은 神의 상징인 것이다. 그러므로 작품에서의 원은 유한한 인간의 세계가 아니라, 무한한 신의 세계를 상징한다고 하겠다. 이러한 영원한 신의 세계는 바로 사후에 간다고 생각되는, 강남에 있는 저승을 의미한다.[7]

'박'은 신의 상징일 수도 있고, 자연의 원리가 될 수도 있다고 생각한다. 이 작품의 사상적 배경을 유가적 사상으로 본다면 '박'을 神으로 보는 것보다는 자연의 원리를 상징하는 것으로 보는 것이 더 타당하다고 생각한다. '박'을 보낸 존재는 神일 수 있지만 '박'이 보여주는 것은 인과응보내지는 권선징악이라는 자연의 원리라고 생각한다. 홍보가 부자가 되고 놀보가 망하게 되는 것도 자연의 원리라고 생각한다. 그런 의미에서 제목을 '박타령'이라고 한 것은 사람이 흥하고 망하는 것은 인간의 욕망이나합리적 사고방식을 넘어서는 어떤 자연의 원리에 의해 된다는 뜻을 나타내려고 한 것이라고 생각한다. 어떤 의미에서 보면 이작품에서 '박'은 놀보나 홍보보다 더 중요한 존재라고 볼 수도 있을 것이다.

'박'에 대한 이야기를 상기하면서, 둘째로 생각할 문제는 桐里의 「박타령」 사설에 등장하는 인물 가운 데 홍보를 주인공으로 보는가 아니면 놀보를 주인공으로 보는가 아니면 홍보와 놀보를 모두 주인공으로 볼 것인가 하는 문제다. 이 문제는 매우 중요하다. 왜냐하면 누구를 중심인물로 보느냐에 따라 작품의 구조를 달리 볼 수 있기 때문이다.

金泰俊은 『興甫傳의 比較考察』에서 홍보를 주인공으로 보고 있으며[8], 설

---

7) 설중환, 『판소리사설 연구』, 국학자료원, 1994, 176쪽.
8) 金泰俊, 『興甫傳의 比較考察』, 東岳語文論集 4호, 26쪽.

중환은『판소리사설연구』에서 흥보와 놀보 두 사람을 주인공으로 보고 있으며[9], 이원주는『고대 소설의 골계적 특질』에서 놀보를 더 중요한 인물로 보고 있다[10]. 이 문제의 답은 작품의 주제를 무엇으로 보느냐에 따라 달라질 수 있다고 생각한다. 예를 들어 가난한 사람이라도 착한 일을 하고, 부족한 가운데서도 남을 도우면 큰 복이 온다는 것을 주제로 본다면 흥보가 주인공이 될 것이고, 놀보와 같이 성품이 나쁜 사람은 벌을 받게 된다는 것을 주제로 본다면 놀보가 주인공이 될 것이고, 형제간의 우애를 나타내는 것을 주제로 본다면 흥보와 놀보 두 사람을 주인공으로 볼 수 있을 것이다. 本攷는 다음의 몇가지 이유로 해서 놀보를 주인공으로 보고자 한다.

첫째로 '성격의 희극성'이라는 관점에서 볼 때, 놀보가 흥보보다는 희극적이라는 사실이다. 작가의 수사적 기교 때문에 흥보에 대해서도 웃지만 근본적으로 흥보는 웃기는 인물이 아니다. 흥보는 훌륭한 인물이며 우리보다 우월한 존재이기 때문에 우리를 웃기지 않는다. 우리보다 못한 놀보가 웃기는 존재다. 그리고 놀보가 예상 밖의 행동을 하기 때문에 우리를 웃기는 것이다. 그럼 이러한 사실을 설명해 주는 것은 앞에서 언급한 우월이론과 불일치이론이다.

우리는 홉즈나 레씽의 이론을 통해서 우리보다 도덕적으로 수준이 낮으며 불합리한 행동을 하는 놀보가 우리를 웃기는 인물이며, 그런 의미에서 놀보가 이 작품의 주인공이며 중심인물이라고 생각한다.

둘째로 비교문학적으로 볼 때, 성격 희극적 특성을 가진 희극은 나쁜 성격을 가진 자의 이야기지 좋은 성격을 가진 자의 이야기가 아니라는 것이다. 예를 들면 찰스·디킨즈의『크리스마스 캐럴』도 구두쇠인 스크루지 영감의 이야기지 마음씨 착한 다른 인물에 대한 이야기가 아니며, 몰리에르의『수전노』도 마음씨 나쁜 수전노의 이야기지 마음씨 착한 젊은 남녀의 이야기가 아니다. 다시 말

---

9) 설중환, 앞의 책, 169쪽.
10) 이원주, 앞의 논문, 83쪽.

해서 세계문학의 보편성이라는 관점에서 봐도 桐里의「박타령」의 주인공은 놀보이지 홍보가 아니라는 것이다.

셋째로 보물이 나오는 홍보의 박은 세개인데, 놀보를 망하게 하는 것들이 나오는 놀보의 박은 다섯 개라는 것이다. 응징의 대상이 되는 놀보에 대한 이야기가 더 길고, 성격에 대한 묘사와 설명도 놀보에 관한 것이 훨씬 구체적이다.

넷째로 문학 작품 구조상의 절정이 전체 이야기 중에 너무 앞에 있거나 두개일 때는 문학적 효과가 적은 경우가 일반적이라는 관점에서 봐도, 놀보가 주인공이라는 것이다. 桐里의「박타령」사설의 중심은 놀보가 벌받는 것이지 홍보가 복받는 것이 아니라는 말이다. 홍보가 복받는 이야기는 놀보가 벌받는 이야기를 하기 위하여 앞에 놓은 이야기지 桐里의「박타령」사설의 중심 이야기가 아니라는 것이다.

만일 이러한 주장을 받아들여 이 작품을 놀보를 주인공으로 한 성격희극적인 작품으로 본다면 작품의 구조를 기존의 연구 논문들과는 다르게 볼 수 있다고 생각한다. 기존의 연구들은 대부분 판소리 · 판소리 사설 · 판소리계 소설의 구조를 홍보와 놀보를 동시에 주인공으로 보고 병렬적 구조로 보고 있다.그러나 本攷는 놀보를 주인공으로 하여 직선적 구조로 보고자 한다.

희곡의 구조는 일반적으로 3부구조, 4부구조, 혹은 5부구조로 본다. 그러나 本攷는 놀보를 주인공으로 하여 6부구조로 보고자 한다. 1) 도입부 2) 상승부 3) 위기 4) 절정 5) 하강부 6) 대단원 등으로 나누고자 한다. 위기와 절정을 합해 하나로 본다면 5부구조가 될 것이다.이것을 좀 더 자세히 구체적으로 기술한다면 다음과 같이 될 수 있을 것이다.

1) 도입부 : 처음부터 홍보가 놀보네 집에서 쫓겨나는 장면까지.

2) 상승부 : 홍보가 고생하는 부분부터 놀부가 박을 수확하기 까지. (이 부분이 가장 길다. 놀보를 주인공으로 봤기 때문이다.)

3) 위기 : 놀보가 여섯개의 박을 타는 장면.

4) 절정 : 놀보가 박을 탔을 때, 사당패나 거렁패, 장비 등이 나오는 장면.

5) 하강부 : 놀보가 박을 탈 때마다 이상한 사람들이 나와 무리한 요구를 해
서 집안이 조금씩 망해 가는 장면.

6) 대단원 : 놀보가 망한 후에 흥보를 찾아가서 흥보가 갖고 있는 재산의 반
을 받고, 함께 우애 있게 사는 것으로 작품은 끝난다.

11-3. 상황의 희극성

앞에서 분석한 작품의 구조를 통하여 우리는 희극적인 상황이 어떤 것인가
를 생각할 수 있으며, 각 희극적인 상황에서 어떤 부분이 이 작품으로 하여금
희극이 되게 하는 데 기여하는 상황인가를 연구할 수 있을 것이다. 동시에 그러
한 상황이 우리에게 웃음을 주기 위한 해학적인 것인가 아니면 상대방을 비판
하기 위한 풍자적인 것인가도 알 수 있을 것이다.

그리고 '상황의 희극성'이라는 관점에서 먼저 언급해야할 것은 제목에 대한
것이라고 생각한다. 왜냐하면 제목이 희극적이기 때문이다. 판소리·판소리 사
설·판소리계 소설의 제목들은「흥보가」,「흥보전」,「흥부전」,「연의 각」등인
데, 왜 '박타령'인가 하는 것이다. 다른 말로 바꿔 말하면 '박'을 이 작품의 중심
으로 본 것으로 생각할 수 있다는 것이다. 앞에서 언급한 의미를 가진 박을 작
품의 중심으로 생각했다는 것은 무엇을 의미하는 것인가? 흥보와 놀보 즉 인간
의 운명이 박에 의하여 좌우되는 것으로 봤다는 것이다. 이것은 신재효의 작가
의식이 논리적이고 합리적이었다고 말할 수 있기보다는 상당히 초논리적이고
道教的이며 神仙教的이라고 볼 수 있다고 생각한다. 그러한 관점을 초논리적
이고 비현실적이라고 볼 수도 있지만 역으로 실제로 우리의 인생이 초논리적이
고 예측할 수 없는 것으로 이루어졌다는 면에서 볼 때 인생의 모습을 정확히 본

것이고, 그런 면에서 인생을 희극적인 것으로 본 것이라고 생각한다. 만일 우리의 인생이 박에 의해 좌우되는 것이라면 얼마나 희극적인 것인가! 실제로 우리의 인생은 박과 같이 예측할 수 없는 것에 의해 얼마나 변화하며 행복해지며 불행해지는가! 그런 의미에서 이 작품은 제목부터 희극적인 것이라고 생각한다. 그러나 만일 '박'을 우주의 원리로 본다면, <박타령>은 심오하고 논리적인 비극으로 봐야 할 것이다.

1) 도입부

도입부는 앞에서 언급한 것과 같이 처음에서부터 홍보가 놀보의 집에서 쫓겨나는 데까지라고 볼 수 있다. 작품의 첫 부분은 우리나라가 君子之國이며 禮儀之邦임을 말하고, 忠淸, 全羅, 慶尙의 三道 지경에 박가 두사람이 살고 있었는 데, 형은 놀보며 아우는 홍보인데, 두 사람의 관계가 서로 교섭치 않으며 하등의 관계가 없는듯 무관심한 관계라고 말한다. 그리고 계속해서 놀보는 五臟七腑라서 心思腑 하나가 왼편에 있을 정도로 심술궂고 나쁜 짓 하기를 밥 먹듯 하는 인간으로 소개하고, 홍보의 마음씨는 저의 형과 아주 달라 父母에게 효도하고, 어른을 존경하고, 이웃간에 화목하고 친구 간에 의리있고 굶어서 죽게 된 사람에게 먹던 밥 덜어주는 착한 사람으로 설명하고 있다.

다음 부분에서 놀보는 믿는 데가 있으면 아무것도 안된다면서 나가서 살 것을 명령한다. 그 말을 들은 홍보는 "비나이다 비나이다, 兄님 前에 비나이다. 兄弟는 一身이라, 한 조각을 베면 둘다 病身될 것이니 外禦其侮를 어이하리. 同生 身勢 姑捨하고, 젊은 아내 어린 子息 뉘 집에 依託하여, 무엇 먹여 살리리까[11]"하면서 애걸하지만 오히려 화를 내며 "나같은 草野 農夫가 右愛之情을 알겠느냐"[12]며 내쫓는다.

---

11) 강한영 校注譯,『申在孝판소리사설集』민중서관, 1971, 329쪽.
12) 같은 책, 331쪽.

이상에서 본 바와 같이 도입부에서는 심술쟁이 형 놀보와 마음씨가 착한 동생 홍보가 대립적으로 존재하는 상황이 설정되어 있다. 다음 이야기는 이러한 상황에서 전개되어 나가는 것이다. 그리고 이러한 상대적 인물이 설정되어 있는 상황은 대치적 상황이며 해학적 상황이다. 물론 다음 이야기가 어떻게 전개되느냐에 따라 이런 상황이 비극의 원천이 될 수도 있고, 희극의 원천이 될 수도 있겠지만, 최소한도 여기서 우리는 희극적인 작품으로 될 수 있는 기본적인 상황은 설정된 것이라고 말할 수 있다고 생각한다.

2) 상승부

상승부는 홍보가 놀보의 집에서 쫓겨나서부터 놀보가 박을 수확하기 까지다. 여기서 희극적 상황이라는 관점에서 첫째로 생각할 수 있는 것은 홍보의 가족이 사는 모습이다. 그럼 먼저 홍보의 가족이 사는 모습을보기로 하자.

밥을 하도 자주 않으니 아궁이 풀을 뽑았으면 한 마지기 못자리는 넉넉히 할 테어든.

그렁저렁 여러 해에 子息은 더럭더럭 풀풀이 생겨나고, 가난은 버쩍버쩍 나날이 甚해 가니, 여러 食口 굶어 내기 初喪난 집 개 같구나.[13]

福없으면 할 수 없데. 아들은 스물 다섯. 아씨야 말할 게 있나. 나 차리고 온 衣服은 게다 대면 장갓길. 이 食口 스물 일곱 똑 죽게 되었기에 兄님 前에 苦懇하여 얻어 가자 왔네마는, 問安一向하옵시고 性情 조금 풀리셨나.[14]

홍보가 가난하게 사는 모습이 우리를 웃긴다. 그러나 홍보가 사는 모습은 슬

---

13) 같은 책, 333쪽.
14) 같은 책, 337쪽.

픈 모습이다. 슬픈 모습을 통해 웃음을 주는 것은 물론 언어적 기법에 의해 이루어지는 것이나 이러한 현상은 앞에서 소개한 우월이론과 불일치이론에 의해 설명되어질 수 있다.

우월이론의 입장에서 본다면, 우리가 흥보가 못사는 무능한 모습을 보고 웃는 것은 우리가 흥보보다 우월하다고 생각하기 때문이고, 불일치이론에 의하면 위트 있는 대사와 묘사 때문에 웃는 것이라고 생각한다.

흥보의 모습은 못 사는 모습뿐만이 아니라 잘 사는 모습도 웃긴다. 위트 있는 수사적 기교 때문이다. 흥보의 첫째 박에서 고기와 밥이 많이 나와서 정신없이 먹는 장면을 보자.

> 여러 子息놈들 고기를 붙들고서 낫으로 자를 적에 고기결을 알 수 있나. 가로 잘라 놓은 모양 椽木머리 잘라 놓은 듯, 기둥 밑 잘라 놓은 듯, 건건이와 양념 等物 別로 數가 많잖아, 소금 흩고 맹물 쳐서 土鼎에 삶아 내고, 그릇 없어 밥 푸겠나, 씻도 않은 헌 쇠죽통에 밥 두통을 퍼다 놓고 숟가락은 근본에 없어 있더라도 찾겠는가, 的然 물기 안 한 손으로 질통 가에 늘어앉아 서로 주워 먹을 적에 이 여러 子息들이 노상 밥이 부족하여 서로 뺏아 먹었구나. 그리 많은 밥이로되 큰 놈 입에 넣는 것을 작은 놈이 뺏아 훔쳐 큰 놈도 빼앗기고, 새로 지어먹었으면 싸움 아니 하련마는 악을 쓰며, 주먹 쥐어 작은 놈 볼때기를 이 빠지게 찧으면서, 개 아들놈, 쇠 아들놈, 밥통이 엎어지고, 殺伐이 일어나되 無知한 저 興甫는 밥 먹기에 倫紀 잊어 子息 몇 놈이 뒈져도 살릴 생각은 아예 않고[15]

둘째로 놀보가 구두쇠로 사는 모습도 우리를 웃긴다. 이 상황도 우월이론으로 설명될 수 있다. 이 장면을 읽는 독자가 놀보보다 인간적인 면에서 우월하다는 생각에서 웃음이 나온다는 것이다. 여러 장면이 있겠지만 한 장면만 보기로 하자.

---

15) 같은 책, 373쪽.

두 말씀 할 것 있소. 이번 祭祀 때에 飮食 장만 아니 하고, 代錢으로 놓았다가 도로 쏟아 내옵는데 지난 달 大監 祭祀에 놓았던 돈 한 푼이 祭床 밑에 빠졌던지 몇 사람이 죽을뻔. 이번은 意思가 생겨 싸돈으로 아니 놓고 꿰미체 놓았읍죠.16)

셋째로 생각할 수 있는 웃기는 상황은 동화와 같은 장면들이다. 판소리·판소리 사설·판소리계 소설에 동화적인 요소가 있다는 지적은 이미 기존의 여러 연구에서 지적된 바 있는 사실이다. 本攷는 단지 이러한 상황 설정을 희극적 상황으로 보려는 것 뿐이다. 동화적인 장면의 희극적 요소를 비논리적인 면은 우월이론으로, 예상 밖의 상황을 연출하는 것은 불일치 이론으로 설명할 수 있으리라 생각한다.

동화적인 장면은 많다. 스님이 흥보네가 살 집터를 잡아 주는 것을 비롯해서, 제비의 다리를 고쳐 주는 장면, 그 대가로 '박'를 갖다 주는 것, 흥보네 박에서 아란비안나이트에서 나올듯한 각종 보물과 미인이 나오는 상황은 동화적으로 신비스럽고 꿈 같은 이야기라고 생각한다. 동화적인 장면의 예로서는 놀보네 박이 보통 박보다 훨씬 빨리 자라는 모습을 들기로 하자.

冊曆을 펴놓고 栽種日을 가려 내어 舍廊 앞을 急히 파고 못자리할 거름을 모두 게다 퍼 쟁이고, 단단히 심었더니 아침에 심은 것이 午後가 겨우되어 솟아난 큰 박 순이 水腫난 놈 다리만큼. 놀보 아내가 깜짝 놀라, "여보시오, 아이 압시, 이것 急히 빼 버리오. 殷나라 詳桑穀이 아침에 났던 것이 저녁에 큰 아람 妖物이라 하였으니, 이것 丁寧 災變이오". 놀보가 장담하여, "나물이 되련 것은 떡잎부터 알 것이니, 四五朔이 지나가면 億萬金, 세간살이 그 덩쿨에서 날 터이니 일찌감치 잡죄겠나".

이 박의 크는 法이 날마다 갑절씩이 더럭더럭 크는구나. 연거푸 순이 나고 순이 나고, 한 순이 커지기를 한 아름이 넘는구나.17)

---

16) 같은 책, 339쪽.

3) 위기

위기는 놀보가 여섯개의 박을 하나 하나 켜는 장면이다. 놀보는 박을 켤 때마다 박에 대해 큰 기대를 한다. 놀보가 기대하는 모습이 희극적이다. 첫번째 박을 켤 때의 모습을 보자.

> 冊曆을 펴 놓고 納財日 가려 내어 박통을 타려 할 제 섬(石)술 빚고, 섬(石)밥 짓고, 소 잡히고, 개 잡혀서 먹이를 차린 후에 팔 힘 세고 소리 좋은 健壯한 役軍들을 잔득 먹이고 닷 兩 삯에 三十 名을 얻어다가 生金 통을 먼저 탈 제, 놀보가 좋아라고 제가 소리를 메기는데, 똑 金이 나올 줄로 金으로 메겨, 「여보소, 世上 사람 金 來歷을 들어 보소. 麗水에 생겨나고, 흙 속에 묻히어서 蘇秦은 口辯으로 많이 얻어 실어 오고, 郭巨는 孝誠으로 묻힌 것을 파내었네.」「어기여라 톱질이야.」「五行의 가운데요, 八音의 머리로다. 亞父를 反間키로 陳平은 흩었는데, 故人이 주는 것을 楊震 어이 마다 하고.」「어기여라 톱질이야.」「나는 제비 살렸더니 金 박통 씨 얻었으니, 이 통을 어서 타서 金이 많이 나오며는 石崇을 부러워할까, 이 洞內가 金谷되리.」「어기여라 톱질이야.」[18]

첫째 박을 켜고 나서 놀보는 혼이 난다. 박에서 나온 노인에게 혼줄이 난다. 이 광경을 본 박 타던 역군들은 집으로 돌아가려 한다. 그러자 놀보는 둘째 박을 켜야 한다면서 또 하나의 희극적인 상황을 연출한다.

> 박 타던 役軍들이 이 꼴을 보아 놓으니 無色이 莫心하여 다시 탈 흥이 없어 各己 歸家하려하니 놀보가 挽留하여, 「아까 왔던 그 노인이 상전인 게 아니시라 銀金이 變化하여 내 志氣를 받자 하니, 萬一 中止하여서는 저 다섯 통에 있는 寶貨 興甫 갖다 줄 것이니, 大明堂을 쓰려 하면 初年敗가 똑 있나니 無顔히 알지

---

17) 같은 책, 405쪽.
18) 같은 책, 409쪽.

말고 어서어서 톱질하소.」 놀보가 說소리를 또 메기되 富者만 願하것다. 「어기여
라 톱질이야.」 「人間에 좋은 것이 富者밖에 또 있는가. 堯 임금은 어찌하여 多事
타 마다시고, 孟子는 어찌하여 不仁하면 된다신고. 多事해도 내사 좋고, 不仁해
도 내사 좋의.」 「어기여라 톱질이야.」

――――――중략――――――

「이 통을 어서 타서 좋은 寶物 다 나오면, 富益富 이 내 形勢 無窮行樂하여
보세.」[19]

　전혀 정신을 차리지 못한 놀보의 모습이다. 이러한 상황이 우리에게 웃음을
주는 희극적 상황이라고 생각한다. 이러한 모습은 셋째 통, 넷째 통, 다섯째 통,
여섯째 통을 켤 때까지 계속된다.
　셋째 박을 켤 때는 "先凶後吉이요, 苦盡甘來요, 三行五申이라니 無限 좋
은 寶貨 이 통 속엔 꼭 들었지.」"라고 말하고 있으며, 넷째 박을 켤 때는 "「어기
여라 톱질이야.」 「어서 썰세 네째 통. 이는 分明 세간 통, 그렇지 않으면 美人
통.」 「어기여라 톱질이야.」 「내 身數가 아주 大通, 어찌 그리 神通, 뺏뜨려라 이
내 죽 통, 興甫 보면 크게 호통.」" 이라고 아직도 큰 소리치고 있다. 다섯째 통
은 놀보 부인이 죽기를 마다하고 말리지만 놀보는 박을 또 켠다. 여섯째 박을
켜려하자 부인이 또 죽자고 말린다. 그래서 놀보가 하는 수 없이 박을 대문 밖
에 버리니 저절로 박이 갈라진다. 모두가 웃기는 상황이다. 우월이론의 입장에
서 보면, 이러한 장면들을 웃기는 장면으로 설명할 수 있다. 바보짓을 계속하는
놀보보다 독자나 관객인 내가 우월하다고 생각할 때 웃을 수 있다는 것이다.

---

19) 같은 책, 417 – 419쪽.

4) 절정

절정의 장면은 동화적이다. 재미있고 통쾌한 장면이기도 하고 예상 밖의 일이 벌어지는 상황이기도 하다. 여섯 개의 박이 터지면서 의외의 인물이 생각보다 많이 출동하여 놀보를 괴롭히고 놀보의 재물을 축낸다.

첫째 박이 쪼개졌을 때는 노인이 나와서 조그마한 주머니를 허리에서 끌러 주며 "아무것을 넣든지 여기만 채워 오라"[20]고 말한다. 놀보는 주머니에 채우자면 얼마 안들 거라 생각하고 동의한다. 그러나 돈이고 물건이고 아무리 집어 넣어도 차지를 않는다.

둘째 박에서는 무수히 많은 사람들이 나온다.

슬근슬근 거의 타니 필체 꿰미가 박통 밖에 뾰조록이. 놀보가 보고 좋아라고, 「애겨, 이것 돈꿰미.」 쑥 잡아 빼어 놓으니 줄奉事 五六百 名이 그 줄을 서로 잡고 꾸역꾸역 나오더니, 그 뒤에, 그 뒤에 나오는 놈 곰배팔이, 앉은 방이, 새앙손이, 半身不隨, 지겟다리에 발 디딘 놈, 密紙로 코 덮은 놈, 다리에 피 칠한 놈, 가슴에 구멍 난 놈, 얼어 부푼 낯바닥에 댕강댕강 물들은 놈, 입술이 하나 없어 잇속이 앙상한 놈, 다리가 통통 부어 모기둥만 씩 한 놈, 등덜미가 쑥 내밀어 큰 북통 진 듯한 놈, 키가 한자 남직한 놈, 입이 한쪽으로 돌아간 놈, 가죽 冠을 쓴 놈, 쳇불 冠 쓴 놈, 패랭이 꼭지만 쓴 놈, 熊掌Ⅲ 끈 달아 쓴 놈, 물매 작대 멜빵만 진 놈, 甘苔 한 줌 헌 空石 진 놈, 온 몸에 재 칠하여 아궁에서 자고 난 놈, 헐고 헌 袴衣 적삼 燈盞 그을음이 질음한 놈, 그저 꾸역꾸역 나오는데, 사람들 모은 數가 大邱 十月令 만 한데 各청으로, 「놀보 불러, 놀보 불러.」[21]

셋째 박에서는 寺黨패들이 나온다. 수많은 사당패들은 놀보의 재산을 축낸다. 그리고 여러명의 처녀들도 나온다. 유각골 처자는 쌈지 장수 처녀며, 왕십

---

20) 같은 책, 413쪽.

21) 같은 책, 419쪽.

리 처자는 미나리 장수 처녀며, 순담양 처자는 바구니 장수 처녀며, 영암 강진 처자들은 참빗장수 처녀다. 그때까지도 정신을 못 차린 놀보는 하옥이라는 처녀를 상대로 농탕질을 친다. 그러자 놀보의 부인은 강짜를 부린다.

넷째 박에서도 열 대여섯 살된 아이를 비롯해서 많은 사람들이 나온다. 모두들 놀보네 재산을 축내는 사람들이다.

> 슬근슬근 거의 타니 열 대여섯 살 된 아이가 노랑 머리 갈매 창옷 박통 밖에 썩 나서니 놀보가 壯히 반겨, 「애겨, 이것 仙童이지.」三十 넘은 老總角이 그 뒤 따라 또 나오니 놀보가
> 더 반겨, 「童子가 한雙이지.」그 뒤에 사람들이 꾸역꾸역 나오는데 앞에 선 두 아이는 劍舞장이, 북잡이라, 風角장이, 却說이패, 방정스런 외초라니 等物이 짓끌어 나오더니[22]

다섯째 박에서는 송장 실은 상여가 나오고, 여섯째 박은 놀보 부인이 "기어이 타려거든 내 허리와 함께 켜소"하고 소리 질러 그냥 대문 밖에 버린다. 그러자 박이 켜지도 않았는데 저절로 깨지면서 수많은 병사들이 나온다.

> 千兵萬馬 물 끓듯이 나오는데 그 가운데 나오는 將帥 身長은 八尺이요, 얼굴은 먹빛 같고, 豹범 머리, 고래 눈과 제비 턱, 범의 수염, 形勢는 닫는 말, 黃金 투구 쇄자 갑옷 深烏馬 높이 타고, 丈八蛇矛 비껴들고, 巨雷 같은 큰 목소리, 「이놈 놀보야.」박 타던 삯군들 이 소리에 깜짝 놀라 창자가 터져 죽은 놈이 여러 名이 되는구나.[23]

여섯 개의 놀보네 박에서 여러 종류의 사람들이 나오는 모습은 이 작품의 절

---

22) 같은 책, 431쪽.
23) 같은 책, 441쪽.

정이며 희극적 상황이다. 이부분이 희극적 상황인 것을 앞에서 언급한 不一致理論에 의해 설명되어질 수 있다고 생각한다. 간단히 말해서 불일치 이론은 우리가 생각한 것과 불일치하는 말이나 상황이 벌어졌을 때 우리가 웃게 된다는 이론이다. 그런 의미에서 여섯 개의 박에서 나오는 이상한 사람들은 우리의 예상과 불일치하는 상황이 벌어진다는 점에서 우리를 웃게 하는 상황으로 설명할 수 있다고 생각한다.

5) 하강부와 대단원

하강부는 절정에서 문제가 해결되어 나가는 과정이며, 대단원은 작품 전체의 결론을 짓는 부분이다. 결론은 현대소설이나 희곡에서는 열린 구조로 이루어지기도 하나 桐里의 「박타령」 사설에서는 닫힌 구조로 끝나고 있다.

먼저 하강부를 보면 하강부는 박에서 나온 인물들이 놀보네 집에 피해를 끼치는 것으로 이루어진다고 생각한다. 첫째 박에서 나온 노인은 조그마한 주머니에 돈이든 물건이든 집어넣으라고 하여서 놀보네 재산을 축내고, 둘째 박에서는 수많은 거렁뱅이들이 나와서 술과 식사와 돈으로서 피해를 끼치고, 셋째 박에서는 사당패들이 나와서 돈을 뜯어 가고 그것도 모자라 여자 사당패는 놀보와 농탕질을 해 놀보 마누라로 하여금 질투하겠끔 한다. 넷째 박에서는 검무장이 풍각장이 등 수많은 사람이 나와서 재산을 축내고, 다섯째 박에서는 상여꾼들이 나와서 재산을 축내고, 여섯째 박에서는 張장군을 비롯한 많은 병사들이 나와서 피해를 준다.

이 부분도 예상 밖의 기술과 과장법에 의해 처리된다는 면에서 불일치 이론으로 설명될 수 있다고 생각한다. 그리고 대단원도 작품의 첫 부분에서 보면 예상 밖의 끝난다고 생각할 때 불일치의 이론으로 설명할 수 있다고 생각한다. 그러나 고대 소설의 대부분이 해피엔딩으로 끝나고 있어 예상 밖의 결론이 아니라는 주장도 있을 수 있다고 생각한다. 桐里의 「박타령」 사설의 마지막 부분인 대단원을 인용하면 다음과 같다.

將軍이 回軍하신 後에 家産을 돌아 보니 一敗塗地하였구나. 放聲痛哭하고 興甫 집 찾아 나니 興甫가 大驚하여 極盡히 慰勞하고, 제 세간 半分하여 兄友 弟恭 지내는 樣 누가 아니 稱贊하리. 挑園에 남은 義氣 千古에 遺傳하여 이러한 下愚不移 感動하게 하시오니 廉頑立懦하는 伯夷之風 같은가 하노라.[24]

11-4. 성격의 희극성

등장인물이 갖고 있는 성격의 희극성은 성격의 결함에서 온다. 성격적 결함으로는 허영, 과욕, 착각, 과대망상, 성급함, 교만, 질투, 이기심 등을 예로 들 수 있다. 이러한 성격적 결함으로 해서 여러 가지 일이 벌어진다. 비극적인 일이 벌어질 수도 있고, 희극적인 일이 벌어질 수도 있다. 성격적 결함으로 해서 슬픈 일이 벌어지면 비극이 되고, 웃음을 웃게 되는 상황이 벌어지면 희극이 된다. 이러한 성격적 결함이 우리에게 웃음을 주는 것은 우월이론에 의해 설명될 수 있다고 생각한다. 작품에 등장하는 인물은 성격적 결함이 있는데 나는 그러한 결함이 없다는 우월감에서 웃음이 나온다는 것이다.

그럼 누가 성격적 결함을 가지고 있는 것인가? 성격적 결함을 갖고 있지 않은 인물은 없다고 생각한다. 그러나 桐里의 「박타령」에서는 놀보의 성격적 결함이 가장 크며 표출되고 있다고 생각한다. 그렇다고 홍보나 놀보처와 홍보처에게는 성격적 결함이 없는 것인가? 그런 것은 아니다. 단지 놀보의 성격적 결함이 다른 사람에 비해 두두러진 것 뿐이라고 생각한다. 그리고 작품이 놀보의 성격적 결함을 축으로해서 진행되는 것 뿐이라고 생각한다.

---

24) 같은 책, 445쪽.

놀보의 성격에는 과욕적인 요소와 과욕, 허영, 과대망상 등 나쁘다는 성격은 골고루 다 갖추고 있다. 기독교나 불교와 같은 종교에서는 이러한 것들의 공통성으로 '과욕'이라는 단어로 말하고, 베르그송은 '허영'[25] 이라는 단어로 축약하여 말한다. 그러나 이 작품에서는 놀보가 심술궂은 인물이라고 소개하고 있다.

사람마다 五臟六腑로되, 놀보는 五臟七腑인 것이 心思腑 하나가 왼便 갈비 밑에 兵符 주머니를 찬듯를 찬듯하여 밖에서 보아도 알기 쉽게 달리어서 心思가 毋論 謝絶하고 一望無際로 나오는데 똑 이렇게 나오것다.

本命方에 伐木하고, 蠶絲角에 집짓기와 五鬼方에 移徙 勸코, 三災 든 데 婚姻하기, 洞內 主山을 팔아 먹고 남의 先山에 두葬하기, 길 가는 過客 兩班 재울 듯이 붙들었다 해가 지면 내어 쫓고, 一年苦勞 外上私耕 農事 지어 秋收하면 옷을 벗겨 내쫓기, 初喪난 데 노래하고, 疫神든 데 개 잡기와, 남의 露積에 불지르고, 가뭄 農事 물꼬 베기, 불 붙은 데 부체질, 夜葬할 때 왜장치기, 婚姻뻘에 바람 넣고, 시앗 싸움에 符同하기, 길 가운데 허방 놓고, 外上 술값 억지 쓰기, 顫動다리 딴죽치고, 소경 衣服에 똥칠하기, 배앓이 난 놈 살구 주고,

－－－－－－중략－－－－－－－－

날이 새면 行惡질, 밤이 들면 도둑질을 평생을 일삼으니, 제 어미 붙을 놈이 三綱을 아느냐. 굳기가 돌덩이요, 慾心이 족제비라, 네모진 小爐로 이마를 비비어도 진물 한 점 아니 나고, 대장의 불집게로 불알을 꽉 집어도 눈도 아니 깜짝인다.[26]

놀보의 성격적 결함은 심술로 그치지 않는다. 놀보는 성질이 급해 도움을 청하는 흥보에게 화를 내며 부모를 원망하기도 한다.

---

25) 앙리 베르그송 著 정연복 옮김, 『웃음』, 세계사, 1992, 138쪽.
26) 강한영 校注譯, 앞의 책, 325 － 327쪽.

놀보가 憤이 상투 끝까지 치밀어 그런 惹端이 없구나.「아버지 계실 적에 나는 생판 일만 시키고서 작은 아들이 사랑옵다 글 工夫만 시키더니, 너 매우 有識하다. 唐 太宗은 聖主로되 天下를 다투어서 그 同生을 죽였으며, 曺소는 英雄이나 才操를 猜忌하여 그 아우를 죽였으니, 나 같은 草野 農夫가 友愛之情을 알겠느냐.」[27]

놀보의 성격이 가지고 있는 또 다른 특징은 남이 잘 되는 것을 보고 배 아파하는 성격이며 또한 성질도 매우 급하다. 흥보가 잘된 것을 보고 배 아파하는 광경이나, "내가 바빠 가겠기로 그것만 가져가니, 다시 생각나는 대로 連해 와서 가져가지. 내가 번번이 올 수 없어 奇別을 하는 대로 稱託 말고 보내어라"[28] 라고 말하면서 서두르는 모습은 그의 나쁜 성격의 일면을 보여준다. 다른 말로 말하면 사람이 가지고 있는 못된 성격은 골고루 다 가지고 있다. 이러한 나쁜 성격이 우리에게 웃음을 주는 것은 우월이론에 의해 설명될 수 있다. 좀 더 구체적으로 말하면, 놀보는 못된 성격을 가져 나쁜 놈이고 나는 그런 성격을 갖고 있지 않아 좋은 사람이라는 생각에서 웃음이 나온다는 것이다.

놀보의 부인도 성격이 나쁘기는 놀보와 다를 바가 없다. 단지 정도가 좀 덜할 뿐이다. 그러나 부인이 되어서 남편의 나쁜 행위를 제대로 말리지 못했으니 별 차이가 없다고 말할 수 있을 것이다. 그러나 桐里는 이년의 마음씨는 놀보보다 더 독하다고 말하고 있다. 놀보처의 성격을 드러내는 장면을 보자.

몽둥이를 또 들메니 불쌍한 저 興甫가 제 兄 性情을 아는구나. 눈물 씻고 절을 하며, 「果然 잘못하였으니 너무 軫念 마옵시고 平安히 계십소서. 同生은 가옵니다.」
下直하고 나올 적에 남들은 놀보 家屬이 거렁이에 밥 싸 주네, 밀가루 퍼서 주고 공알踏印한다 해도 모두 거짓말. 이 년의 마음씨는 놀보보다 더 毒하여 狼藉

---

27) 같은 책, 331쪽.
28) 같은 책, 397쪽.

하고, 긴 담뱃대를 물고 안 中門에 비껴서서 始終을 구경타가 興甫가 나간 것을
보고 제 서방을 나무라, 「저러한 떼군 놈을 단단히 쳐 줘야 다시는 안 올 텐데, 어
떻게 때렸길레 如常으로 걸어가네. 계집은 잘 잡죄지. 다리칼 공알주먹하면서도,
同生은 友愛하여 事情을 보았구만.」 興甫가 兄의 집에 錢穀을 타러 왔다가 몽
둥이만 잔뜩 타고 비틀걸음으로 걸어간다.[29)

홍보의 성격도 좋기만 한 것은 아니다. 홍보는 주책이 없어서 가난한 상황에
서 애를 스물다섯이나 낳는가 하면, 식구들 먹여 살리겠다고 머리를 쓴다는 것
이 밥주걱에 붙은 밥을 뜯어 먹을 생각이나 하고, 돈을 벌기 위해 관가에 가서 매
를 대신 맞을 생각을 할 정도로 맹한 사람이다. 그런 바보스러운 모습이 우리를
웃기는 것이라고 생각한다. 김광순은 「興夫傳의 主人公에 關한 人性分析」에
서 홍보의 단점을 다음과 같이 기술하고 있다.

> 첫째 生에 對해 消極的이며 懶怠하고 無氣力한 人物이다.
> 홍부는 自身의 가난을 스스로 打開하려 들지 않고, 모든 것을 運命에 맡기고
> 있다. 그만큼 삶(生)에 對해 消極的이요 無氣力하여 어쩔 수 없는 艱難에 善하
> 지 않으면 안 되었다.
> 둘째 興夫는 無計劃的이며, 無能하며, 依他的이며, 寄生蟲的인 人間이다.
> 셋째로 興夫의 지극한 가난이 鄙陋한 人間 興夫로 轉落 시켰다.[30)

홍보의 이러한 단점들은 성격이라는 면에서 우리를 웃길 수 있는 기본 조건
들을 마련해 주는 것이라고 생각한다. 그러나 무능한 남편을 만나서도 스물일
곱 식구의 먹을 것을 해결하면서, 무능한 남편의 위세까지 받아주면서 사는 홍

---

29) 같은 책, 345쪽.

30) 金光淳, 「興夫傳의 主人公에 關한 人性分析」, 『淸溪 김사엽 박사 송수기념논총』, 1973, 520
　　－523쪽.

보 부인의 모습은 우리를 숙연하게 할 뿐이다. 때때로 예상하지 못한 행위로 우리를 웃기기는 하나 그것은 성격의 결함에서 오는 것으로 보기는 곤란하다.

11-5. 언어의 희극성

희곡은 다른 문학 장르와는 달리 대사로 이루어진 문학이다. 桐里의 「박타령」 사설을 간단히 희곡이라고 말하는 데는 문제가 있을런지 모르겠으나, 아니리와 창으로 이루어진 것은 레지타티브와 아리아로 이루어진 오페라의 대본과도 비슷하며 희곡문학의 모습을 띠고 있는 것도 사실이다. 本攷는 판소리 사설을 희곡 장르라 생각하여, 桐里의 「박타령」 사설에서 대사가 차지하는 의미는 크다고 생각한다 희곡의 대사는 일반적 말의 기능 외에도 인물의 성격을 구축하고 사건을 진행시켜 새로운 국면을 여는 계기를 내포하고 있다.

어떤 의미에서 보면 문학의 희극성은 근본적으로 언어의 수사적 기법에 의해 이루어지는 것이라고 생각한다. 작품의 제재가 아무리 희극이 될 수 있는 것이라 해도 희극적 수사법의 기교를 사용하지 않으면 비극이 될 수도 있다. 그런 의미에서 언어의 희극성에 대한 분석은 매우 중요한 것이라고 생각한다.

그럼 桐里의 「박타령」 사설에서 어떤 대사나 지문이 희극성이 있는 것인가에 대해 분석하자. 웃음을 자아내는 수사적 기교에는 여러 종류의 기법이 있다. 그러나 앞에서 언급한 우월이론과 불일치이론을 이론적 바탕으로 桐里의 「박타령」 사설에 나타난 희극적 언어를 웃음만을 주기 위한 해학적 언어와 상대방을 비판하기 위한 풍자적 언어로 나누어 볼 수 있다. 그러나 해학적 언어와 풍자적 언어의 한계를 정하기가 매우 어렵다. 결과적으로 수사적 기교를 중심으로 하여 1) 과장법 2) 위트 3) 음담패설 4) 패로디 등으로 나누어 기술하고자 한다.

1) 과장법

중국 문학과 한국 문학에 과장법에 의해 쓰여진 문학 작품이 많다는 것은 주지의 사실이다. 특히 桐里의 「박타령」 사설에는 그러한 구절이 많다. 이러한 과장법은 우리의 상식을 벗어나는 것이어서 웃음을 자아내게 한다. 桐里의 「박타령」 사설의 '아니리'와 '창'의 과장된 구절들은 첫 페이지부터 나타난다.

사람마다 五臟六腑로되, 놀보는 五臟七腑인 것이 心思腑 하나가 왼便 갈비 밑에 兵符 주머니를 찬듯를 찬듯하여 밖에서 보아도 알기 쉽게 달리어서 心思가 毋論 謝絶하고 一望無際로 나오는데 똑 이렇게 나오것다.

本命方에 伐木하고, 蠶絲角에 집짓기와 五鬼方에 移徙 勸코, 三災 든 데 婚姻하기, 洞內 主山을 팔아 먹고 남의 先山에 두葬하기, 길 가는 過客 兩班 재울 듯이 붙들었다 해가 지면 내어 쫓고, 一年苦勞 外上私耕 農事 지어 秋收하면 옷을 벗겨 내 기, 初喪난 데 노래하고, 疫神든 데 개 잡기와, 남의 露積에 불지르고, 가뭄 農事 물꼬 베기, 불 붙은 데 부체질, 夜葬할 때 왜장 치기, 婚姻뻘에 바람 넣고, 시앗 싸움에 符同하기, 길 가운데 허방 놓고, 外上 술값 억지 쓰기, 顫動다리 딴죽치고, 소경 衣服에 똥칠하기, 배앓이 난 놈 살구 주고, 31)

여기서 우리는 놀보의 성격을 말하면서 과장법을 쓰고 있음을 알 수 있다. 놀보가 못된 성격을 가진 것은 사실이나 다른 사람과 달리 五臟七腑는 웬 말이며, 과거에 놀보가 나쁜 짓을 한 것은 사실이라 생각되나 그렇다고 도입부에 나열된 것처럼 그렇게 수많은 나쁜 짓을 했다고는 생각되지 않는다. 놀보의 나쁜 성격을 과장되게 표현한 것이라고 생각한다.

그리고 홍보의 박 세 개와 놀보의 박 여섯 개에서 나오는 것들도 과장되게 표현되어 있다. 홍보의 박에서 나오는 보물들이 그렇게 많을 수도 없겠으며, 항차

---

31) 강한영 校注譯, 앞의 책, 325쪽.

박에서 양귀비가 나올 수 있겠는가? 그리고 놀보의 박에서 그렇게 많은 사람이 나올 수 있으며, 놀보의 재산으로 그렇게 많은 사람을 먹일 수 있었겠는가? 과장된 표현이 아닐 수 없다.

간단한 사건을 표현 하는 데도 과장법을 사용하고 있다. 張將軍이 '이놈 놀보야!'하고 소리 질렀을 때 일어난 광경 중에 하나를 다음과 같이 '아니리'로 말하고 있다.

> 박 타던 삯군들 이 소리에 깜짝 놀라 창자가 터져 죽은 놈이 여러 명이 되는구나.[32]

2) 위트

위트란 우리의 상식적 예상을 벗어난 말을하여 웃음을 주는 기법이다. 예를 들면 재미있는 비유를 사용하거나 예상하기 힘든 비유를 사용한 것을 예로 들 수 있을 것이다.

> 그렁저렁 여러 해에 子息은 더럭더럭 풀풀이 생겨나고, 가난은 버쩍버쩍 나날이 甚해 가니, 여러 食口 굶어 내기 初喪난 집 개 같구나.[33]

여기서 여러 식구 굶는 모습을 '初喪난 집 개같다'고 한 것은 직유다. 그리고 이 직유는 흔한 비유가 아니다. 그런 관점에서 볼 때 인용한 구절은 위트의 한 예가 될 수 있다고 생각한다.

집 나간 흥보가 살기가 힘들어 놀보네 집에 찾아가서 「甲戌年에 나간 興甫요.」하고 말하니 놀보가 꾀를 내어 흥보를 모른척 한다. 놀보의 위트가 발휘되는 순간이기도 하다.

---

32) 같은 책, 441쪽.
33) 같은 책, 333쪽.

興甫, 興甫, 一年 새경 먼저 받고 모심을 때 逃亡한 놈, 그 놈은 황보렷다. 쟁
기질 보냈더니 소 가지고 逃亡한 놈, 그 놈은 숭보렷다. 興甫, 興甫, 암만해도 記
憶치 못하겠다.[34]

놀보의 못된 성격이 드러내는 문장이기도 하지만, 그의 위트가 보이는 구절
이기도 하다.

놀보처의 대사 중에서도 위트 있는 구절이 있다. 다섯째 박까지 타고나서 패가
망신한 놀보가 아직도 정신을 못 차리고 여섯째 박을 타려고 하자 한마디 한다.

萬一 雜것 또 나오면 赤手空拳 이 身勢에 무엇으로 勘當할까. 可憐한 우리
夫婦 목숨까지 없앨 터니, 기어이 타려거든 내 허리와 함께 켜소.[35]

'내 허리와 함께 켜소'라는 위트 있는 말에 결국 놀보는 더 이상 박을 켜지 않
을 결심을 하게 된다. 그러나 놀보의 또 하나의 불행을 막기에는 늦은 때였다.

그리고 홍보의 박과 놀보의 박에서 나오는 많은 것들을 과장되게 표현한 것
도 작가가 발휘한 위트의 결과라고 생각한다.

3) 음담패설

음담패설이 희극성을 갖는 것이냐 아니냐에 대해서는 이론이 분분하다. 그
러나 여기서는 희극적 기법의 하나로 보고 언급하고자 한다. 예를 들면, 놀보가
홍보네 자식 많은 것을 탓하면서 "撲殺할 놈, 그 노릇을 해도 밤이면 대고 다른
일 할 틈 있어야지. 계집년 생긴 것이 눈이 벌써 淫女거든"[36] 그리고 "애고애

----

34) 같은 책, 341쪽.
35) 같은 책, 441쪽.
36) 같은 책, 343쪽.

고, 막동아, 氣運 없어 못 살겠다. 놀보집에 급히 가서 개 잡혀서 잘 고아라. 애
고애고, 오늘 저녁 停喪을 얻다 할꼬. 놀보의 안房 치고 鋪陳을 잘 하여라. 애
고애고, 좇꼴리어 암만해도 못 참겠다. 놀보 계집 뒷물시켜 守廳으로 待令하
라"37) 등을 들 수 있을 것이다.

4) 패로디

패로디는 현대문학의 기법으로 많이 사용되는 것이다. 그러나 고전문학에서
는자주 사용하는 기법이 아니다. 이 작품에서도 적다. '五臟六腑'를 '五臟七
腑'로 쓴 것이 패로디의 예가 될 수 있을 것이다.

그 외에 중국 역사와 고사성어를 이용하여 말하고 있는데, 이것들을 그대로
사용하지 않고 한국의 상황에 맞게 변용시켜 사용하고 있는 데 이것도 일종의
패로디 기법의 사용이라고 생각한다. 예를 들면 놀보의 여섯째 박이 터졌을 때
나온 장군의 모습을 묘사하면서 '장비'라는 말은 사용하지 않고 장비의 모습과
비슷한 장군의 모습을 묘사하는 기법은 일종의 패로디의 기법을 응용한 것이라
고 생각한다.

11-6. 결 론

앞에서 本攷는 桐里의 「박타령」 사설을 '상황의 희극성', '성격의 희극성',
'언어의 희극성'이라는 관점에서 분석했다. 분석의 결과로 본고는 다음과 같은
몇 가지 결론을 얻을 수 있었다.

첫째, 작품의 제목이 '박타령'인 것과 박에서 신비스러운 사람들이 나오는 것

---

37) 같은 책, 437쪽.

은 세상만사가 인간의 뜻대로 되는 것이 아니라 인간이나 논리나 합리성을 넘어서는 어떤 존재나 자연의 원리에 따라 된다는 사상 때문이라고 생각한다. 그런 면에서 이 작품의 사상적 배경은 동양철학적인 것으로 생각한다.

둘째, 도입부에서 놀보와 흥보를 경제적으로나 성격적으로 대치시킴으로 기본적으로 희극으로 될 수 있는 상황 설정이 됐음을 알 수 있었다.

셋째, 놀보와 놀보처를 심술궂고 나쁜 사람으로 설정함으로 성격의 희극성이라는 관점에서 희극으로 될 수 있는 길은 열어놓았다고 생각한다.

넷째, 桐里의 「박타령」 사설은 희극문학이라는 관점에서 수사적 기교가 뛰어난 작품임을 알 수 있었다.

다섯째, 수사적 기교로는 과장법, 패로디, 음담패설 등 다양한 방법이 동원되고 있음을 알 수 있었다.

여섯째, 桐里의 「박타령」 사설이 가지고 있는 동화적 분위기는 예상 밖의 상황을 벌어지게 하여 희극적 분위기를 조성하는 데 도움이 됨을 알 수 있었다.

일곱째, 상황과 성격이라는 면에서 희극이 될 수 있는 조건이 마련되었다 해도 수사적 기교가 뒷받침해주지 않으면 희극이 될 수 없음을 알 수 있었다. 극단적으로 말하면 비극이 되거나 희극이 될 수 있는 작품의 제재가 따로 있는 것이 아니라 수사적 기교에 따라 비극이 되고 희극이 될 수 있다는 것이다.

여덟째, 결론적으로 本攷는 桐里의 「박타령」 사설을 장르상으로 볼 때 '성격희극'으로 규정하고자 한다. 물론 판소리의 장르 문제는 간단한 것도 아니며 완전히 해결된 문제도 아니다. 그러나 桐里의 「박타령」 사설을 고찰하면서 내린 것은 최소한도 桐里의 「박타령」 사설은 '성격희극'으로 정의하고 싶다는 것이다.

12장 1910년대 희곡의 희극성

12-1. 문제의 제기

옛부터 한국인은 歌舞를 좋아하는 민족이었고, 낙천적이며 유모어가 풍부한 사람들이었다. 그리고 신라 향가를 비롯하여, 고려속요, 조선조 가사문학, 국한문소설, 시조, 가면극, 판소리 등에 희극적인 요소들이있다. 이러한 전통은 현대문학에까지 이어져 현대시, 현대소설, 현대희곡, 현대수필 등에도 희극적인 맥이 이어져 오고 있다. 본고는 앞에서 <하회별신굿 탈놀이>와 <꼭두각시 놀음> 그리고 신재효의 <춘향가>와 <박타령>에 나타난 희극성에 대해 고찰했다. 한 나라의 전통은 시대를 넘어 현대에 까지 맥을 이어오는 것이다.

그런 의미에서 本攷는 한국문학의 중요한 구성요소인 희곡, 그 중에서도 1910년대의 희곡작품에 나타난 희극성에 대해 연구하려한다. 그리고 1910년대에 쓰여진 희곡작품 중에서 희극이라고 일컬어지지 않는 작품에 대해서도, 다시 말해서 소위 비극으로 알려진 작품에 담겨진 희극적 요소에 대해서도 연구하여 1910년대의 희곡에 나타난 희극성의 특징을 연구하려고 한다.

1910년대의 희곡에 대한 연구는 많았다. 그 중에서도 조일재의 <病者三人>, 이광수의 <閨恨>, 윤백남의 <運命> 등에 대한 연구가 많았다. 그러나 윤백남의 <國境>과 최승만의 <黃昏>에 대한 연구는 희곡사에 간단히 언급되었을 뿐, 구체적인 연구는 적었다. 더욱이 그러한 작품들이 가지고 있는 희극성에 대한 연구는 전혀 없었다. 그러나 '禪學的 희극성'의 개념에 의하면, 일반적인 작품들을 희극으로 볼 수 있기 때문에 이러한 연구도 타당성을 갖는다고 생각한다. 그런 의미에서 本攷는 한국문학이 가지고 있는 희극성의 본질을 규명하고자 하는 연구의 일환으로, 1910년대 희곡의 희극성에 대한 연구를 하고자 한다.

12-2. 〈病者三人〉의 경우

첫째로 성격의 희극성이라는 관점에서 보기로 하자.

<病者三人>에 등장하는 인물은 11명이다. 그러나 가장 핵심적인 인물은 여섯명이다. 그들을 구체적으로 말하면, 고등여학교장 김원경, 여의 공소사, 여교사 이옥자, 학교하인 정필수, 보조의사 하계순, 회계 박원청 등이다. 그 외에 헌병보조원이 중요한 인물일 수 있으나, 인물의 성격이라는 면에서는 중요한 인물이 아니다. 그리고 업동모나 설월 등이 등장하나 그들은 여섯명의 성격을 나타내 주는데 도움을 줄 뿐이다.

<病者三人>에는 병자가 세 명 등장하는데, 그들은 귀머거리 정필수와 벙어리 하계순과 장님 행세를 하는 박원청이다. 병자 세사람은 공통성이 있다. 그것은 모두가 부인에게 무시당하고 구박받으며 살고 있다는 것이다. 그들이 구박받고 무시당하는 것은 작품에 나오는 단어를 사용하여 설명한다면, 우승열패

의 원리 때문이다. 그러나 남자들은 그러한 우주의 원리를 무시하고, 겉으로는 패배하여 겸손한 채 하고 있으나 속으로는 자신들이 남편이라는 권위주의적 사고방식에 젖어서 행동한다. 그들이 꾸민 연극에 부인들이 속으리라고 생각한다. 이것은 한국의 전통적인 사고방식인 남존여비의 사상에서 온 것이니, 일종의 교만이다. 세 명의 남자가 가지고 있는 성격적 결함의 공통성은 '교만'이라고 생각한다.

이 작품에 등장하는 세 명의 여자는 고등여학교장 김원경, 여의사 공소사, 여교사 이옥자 등이다. 세 사람은 모두 좋은 직장과 사회적 지위를 가진 여자들이다. 그러나 그들의 남편들은 그들에 비해 사회적 지위도 낮을 뿐 아니라 능력도 부족한 사람들이다. 근본적으로 모든 사람은 평등하며, 인간 모두는 서로 상대방의 인격을 존중해야 한다. 더욱이 부부인 경우에는 서로를 존중하고 아껴야 한다. 그러나 이 작품에 등장하는 여자들은 남편을 무시하고 하대한다. 그런 의미에서 세 여자들의 성격적 공통성도 교만이라고 생각한다.

결국 남자들과 여자들의 교만이 서로 어처구니 없는 거짓말을 하는 계기를 마련했고, 여자들의 교만이 남편들을 잡혀갈 지경에까지 이르게 했다. 그리고 그러한 사건이 우리에게 웃음을 주며, 동시에 해결의 실마리를 제공하기도 한다.

둘째로 상황의 희극성을 보기로 하자.

이 작품에 나타난 상황의 희극성은 자명하다. 여자들은 모두 성공한 위치에 있고, 남자들은 모두 여자들의 아래 사람으로 일하는 상황으로 설정되어 있다. 어떤 면에서 너무 작위적이며 인위적으로 상황을 설정한 것 같이 느껴진다. 그런 의미에서 많은 연구가들이 <病者三人>을 喜劇으로 보기보다는 笑劇으로 보려는 것이 아닌가 생각한다.

옛날이나 현재나 한국의 가정은 남자들이 밖에서 돈을 벌고, 여자는 가정에서 살림을 하는 것이 일반적이다. 물론 요사이는 많은 여성들이 직장 생활을 해서, 함께 맞벌이를 하기도 한다. 그러나 <病者三人>에서는 부부가 맞벌이를 할 뿐만 아니라 모두 같은 직장에 있는데, 여자들은 교장 선생님, 의사, 교사이고 남자들은 모두 아내의 부하 직원으로 일하는 사람들이다. 이러한 상황이 이 작품을 희극적인 것으로 만드는데 중요한 요소가 되고 있다고 생각한다.

셋째로 언어의 희극성이라는 관점에서 보기로 하자.

세상에는 우수운 말과 우숩지 않은 말이 따로 있는 것이 아니라고 생각한다. 그것은 문학적 언어와 비문학적 언어가 따로 있지 않은 것과 같다. 그 말들이 어떤 성격의 소유자가 어떤 상황에서 어떤 방법으로 말하느냐에 따라 우수운 말도 되고, 우숩지 않은 말로도 되는 것이다. 이 작품에서는 중요한 여섯 명의 등장인물이 성격적으로나 상황적으로 희극적인 처지에 있는 터이라 그들이 하는 말은 대부분이 웃음을 주는 말이다.
예를 들면 다음과 같은 말들을 들 수 있을 것이다.

業 : 아이고 무얼하시오. 서방님이 부엌에서 밥을 다 지시네.하며 들어오는데, 정필수는 창피하고 부끄러워 어찌할 줄 모르다가 시침을 뚝 떼이며.
鄭 : 응. 업동어멈인가. 오늘은 우리 마누라란 사람이 학교에 가서 입대까지 아니 오네 그려. 그래서 할 수 없이 지금 내가 밥 짓는 연습을 하고 있는 중일쎄. 그러나 자네네 집 쌀은 왜 그렇게 문네가 나나. 응.[1]

玉 :정말 병이 그렇게 몹시 들었을까요. 그나마 저 모양이면 내 팔자를 어찌 한단 말씀이오.(하며 실심한다)

---

1) 현대문학 137호, 1966년 5월호, 289쪽.

孔 : 걱정 마시오. 귀커녕 아무것도 아니 먹었소.

玉 : 귀가 안 먹었어요.

孔 : 귀가 무엇이야오. 거짓말로 능청을 그렇게 부리느라고 그리지요.

玉 : 아 저것 보게.

孔 : 그러나 나는 인제 집에 가서 서방인지 남방인지 들이대 줄 일이 한 가지
　　　더 생겼으니 당신 덕에 너무 고맙소.[2]

하인 : 아니고 쓸데없습니다. 벌써 여기 들어왔는걸요.
　　　　박원청이는 깜짝 놀래어 어찌할 줄 모르는데 설월이가 들어온다.

雪 : 영감은 오래간만에도 뵈옵겠구려. 어쩌면 그렇게 한번 아니 오신단 말
　　　이오. 우리 매화는 밤낮으로 영감 생각만하고 있는데, 인정이 있거든 한
　　　번 와서 좀 보시구려.

朴 : 글쎄, 다 알아들었으니 그만두어. 매화가 필때가 되면 어련히 내가 또
　　　꽃구경을 갈라구.[3]

金 : 어서 속속히 고쳐 주시오.

하며 가방 속으로부터 가위와 칼과 집게를 내어 가지고 앞으로 가니 박원청
　　　은 놀래어,

朴 : 아 여보, 내 눈을 어떻게 하려고 기계를 가지고 덤비오.

孔 : 눈이 보이는 게일쎄.

朴 : 아니, 보이지는 아니해도 무엇인지 번쩍번쩍하는 것 같애서 하는 말이오.

孔 : 이 눈은 칼로 도려내어야 낫지, 그렇지 아니하면 큰 병신이 되오.

金 : (하인을 부르며)이애 잔뜩 붙들고 있거라, 꼼짝 못하게.

朴 : 도려내어 아이고머니나.

　　　하며, 하인과 공소사가 붙든 손을 뿌리치고 한 다름에 달아난다.

---

2) 같은 책, 295쪽.

3) 같은 책, 298 - 299쪽.

뒤쫓아 세 사람도 쫓아가는데 막이 닫친다.[4]

이상에서 볼 수 있는 것은 대사에 특별한 수사적 기교는 없고, 단지 작중 인물의 성격과 주어진 상황이 언어에 도움을 주어 언어의 희극성이 나타나고 있다는 점이다.

12-3. 〈國境〉의 경우

첫째로 성격의 희극성이라는 관점에서 보기로 하자.

제목 앞에 '喜劇'[5] 이라는 단서를 붙인 〈國境〉에 등장하는 인물은 여섯 명이다. 그러나 인물의 성격이라는 측면에서 볼 때, 이 작품을 이끌어 가는 인물은 三一銀行 지배인인 32세의 安逸世와 그의 부인인23세의 榮子다. 나머지 네 명의 등장인물들은 안일세와 영자의 성격이 드러나도록 도와주는 인물이다.

영자는 살림을 돌보지 않고 몸치장과 외출 그리고 사교 등에만 열중하는 인물이다. 영자는 음악회에 가는 바람에 남편의 저녁식사에 신경을 쓰지 않아, 남편으로 하여금 굶게도 한다. 오늘날에는 별문제가 아니지만 그 당시에는 대단한 사건이었다. 오늘날에는 별문제가 아니지만 그 당시에는 대단한 사건이었다. 오늘날에는 부인이 저녁식사를 차려주지 않으면, 남자가 직접 요리하여 차려 먹거나 음식을 배달하여 먹으면 그만이다. 그러나 당시로서는 남편이 귀가하는 것을 생각지 않고, 저녁 식사 시간에 여자가 외출하는 것은 좋게 평가되기 어려운 일이었다.

---

4) 같은 책, 304 - 305쪽.

5) 윤백남, 〈國境〉,『泰西文藝新報』12호, 泰西文藝新報社, 1918, 6쪽.

영자의 이러한 생활 태도는 집의 시녀와 사동에게도 비난을 받는다. 안일세는 부인인 영자에게 충고를 해도 듣지 않자, 국경선을 정하고 국교 단절을 선언한다. 그러나 얼마 지나지 않아서 친구의 중재로 영자는 무조건 항복을 하고 화해하게 된다. 희극이 웃음을 통해 인간이나 사회 현상을 성토하고 비난하는 것이라면, 이 작품이 비판의 대상으로 삼고 있는 인물은 榮子라는 신여성이다.

이 작품에서 윤백남은 영자가 가정 살림을 소홀히 하고, 남편을 염두에 두지 않고 자신의 일에만 열중하는 모습을 비판적으로 쓰고 있다. 작가는 영자를 남녀평등의 개념을 잘못 인식한 인물로 그리고 있다. 여성해방이나 남녀평등은 여성의 책임을 망각하고 멋대로 행동하는 것을 의미하는 것이 아니라 남자는 남자가 할 일을 하고, 여자는 여자가 할 일을 제대로 하는 것을 의미한다고 작가는 주장하고 있는 것이다.

이런 관점에서 볼 때, 안일세와 영자의 성격적 문제점은 분명해진다고 생각한다. 성격적 결함이라는 측면에서 안일세와 영자를 본다면, 남성 중심적인 사고방식을 갖고 있는 안일세는 교만한 성격의 소유자며, 영자는 그 당시의 사고방식에 의한다면 허영에 찬 인물이라고 생각한다.

둘째로 상황의 희극성이라는 관점에서 보기로 하자.

<國境>의 배경은 멋을 부리며 음악회나 밖으로 다니기를 좋아하는 부인과 직장 생활을 하며 가정에 충실한 남편이 이루는 가정이다. 당대의 정상적인 가정이라면 남편은 직장 생활을 하고, 아내는 집에서 살림을 하는 것이다. 그런 의미에서 <國境>에 설정된 상황은 희극적 상황이라고 볼 수 있을 것이다. 그리고 '국경'이라는 線을 그어 놓은 것도 일종의 희극적 상황의 설정으로 볼 수 있다고 생각한다.

셋째로 언어의 희극성을 보면, 결함이 있는 성격과 희극적 상황에서 나온 대사들이라 배우의 기교에 따라 우리에게 웃음을 주리라 생각한다. 다시 말해서 부부의 관계나 국경선을 그어 놓고 국교 단절을 선언한 상황에서 나오는 말들이 웃음을 준다.

예를 들면 다음과 같은 구절을 들 수 있을 것이다.

占 : (女子의 音聲으로) 에그, 사람 살리우.

　　(安逸世 깜짝 놀라서 帽子를 눌러 쓰고 두 팔을 기대면서 깜짝 놀라)

占 : 에그 영감 오십니까.

安 : 아, 이놈 너 혼자냐?

占 : 네.

安 : 지금 사람 살리라 하든 계집 목소리가 나지 않았나냐?

占 : 소인이 혼자 演劇을 했습니다.

安 : (어안이 벙벙한 모양으로) 미친놈, 그런데 아씨는 어데 가셨니?

占 : 音樂會에 가셨습니다.[6]

榮 : 아니 – 왜 남의 國境에를 기탄 없이 侵入하십니까 –

安 : (주저하면서) 아 – 아 – 니!

榮 : 아니가다 무엇이오니까 어서 곧 나아가십시오.

　　(安逸世가 무참히　겨나아와서 분함을 못 이기어 두 손으로 머리를 잡고 응응거리다가 무엇을 깨달은듯이 일어나서 自問自答한다.)

(女子音聲) : 안녕하십니까? 요사이 난 일기가 참 추워요.

(男子音聲) : 응 추운데 어떻게 오십니까 어서 들어오십시오 – 아니오 그리는 가시지 마십시오 – 자 이리 앉으십시오.

(女子音聲) : 추운데 왜 혼자 계십니까.

(男子音聲) : 찾아오신줄 알고요.

---

6) 같은 책, 6쪽.

(이때 榮子가 自己房에서 책을 보다가 女子의 음성을 듣고 기
색을 변하고 엿보며 나오다가
安逸世가 미리 알고 점점 더하난 여자 음성에 끌리어 娛入境
內. 安逸世가 돌연히 나서면서)
安 : 아니 왜 남의 國境에를 기탄없이 侵入하십니까 −
榮 : (주저하면서) 누 − 누가 온 것 같아서 ……
安 : 누구가다 무엇이 오니까. 어서 곧 나아가시오.[7]

12-4. 〈閨恨〉, 〈運命〉, 〈黃昏〉의 경우

첫째로 성격의 희극성이라는 관점에서 보기로 하자.

월포울(H.Welpole) 앞에서 언급한 바와 같이 "이 세상은 생각하는 자에게는
희극이요, 느끼는 자에게는 비극이다"라고 말하고 있다. 재미있는 말이다. 왜
그럴까? 理性으로 어떤 인물이나 사건을 볼때, 그 존재나 현상의 원리를 理性
으로 알고 본다면, 세상에서 일어나는 일들이 대부분 우주의 원리대로 일어나
는 데, 사람들은 그것을 모르고 엉뚱하게 행동하고 대응하는 것을 보면 웃기는
것이 될 것이고, 感性으로 어떤 주관성을 가지고 세상을 보면, 모든 일이 슬프
게 느껴진다는 것이다.
　<閨恨>, <運命>, <黃昏> 등은 분명히 비극이다. 희극이라고 말하기는
힘들 것이다. 그러나 이러한 작품들의 내용을 보고 느끼는 자로서 보지 말고 생
각하는 자의 입장에서 본다면, 희극적인 요소가 있다는 것이다. 좀 더 확대해서
말한다면, 비극에도 희극적인 요소가 있다는 말이다. 단지 그 희극적 요소가 전

---

7) 같은 책, 7쪽.

체적 분위기 때문에 작품을 희극으로 바꾸지 못할 뿐이다. 이런 것을 희비극이라고 일컫기도 한다.

먼저 <閨恨>부터 보기로 하자.

이광수의 첫 번째 희곡 작품인 <閨恨>은 1917년『學之光』1월호에 발표된 작품이다. 또한 <閨恨>은 이두현에 의해 근대희곡의 효시라고 일컬어지기도 했다.

> 近代劇을 個人意識에 눈뜬 近代市民社會의 意志의 표현이라고 본다면 春園의 <閨恨>에서 비로소 우리나라 近代文學의 최초의 戲曲다운 戲曲을 가졌다고 할 수 있겠다.8)

장편소설『無情』보다 5개월 앞서 발표한 <閨恨>은 단막 희곡으로 시골 어느 부잣집의 안방을 배경으로 초겨울에 벌어지는 드라마다. 이 작품이 갖고 있는 근본적 갈등은 조혼으로 인한 불행한 부부 관계와 남편이 부인에게 일방적으로 보낸 이혼 제의다.

남편은 동경 유학을 하고 있는 지식인이며, 아내는 시골에서 시부모를 모시고 살림만하는 여자다. 두 사람 사이에는 애정도 없으며, 지적 수준의 차이도 심하다. 건전한 부부관계가 제대로 유지되지 못하는 상황에서 남편이 편지를 통하여 일방적으로 이혼을 제의한다. 남편의 일방적인 이혼 제의에 시부모는 물론이며, 시누이와 시동생 모두가 李氏를 편들며, 영준을 비난하고 나선다. 여주인공 李氏는 충격적인 이혼 제의에 실성해버리는 파국으로 이 작품은 결말을 맺는다.

'성격의 희극성'이라는 측면에서 理性的으로 영준과 李氏를 고찰한다면,

---

8) 李杜鉉,『韓國新劇史研究』, 서울대학교 출판부, 1966, 91 쪽.

두 사람은 모두 웃기는 사람들이다. 남편만 의존하고 사는 여자의 모습도 웃기는 것이고, 갑자기 이혼하자고 말하는 사람도 웃기는 사람이다. 李氏는 주체의식을 가지고 자기 중심적으로 살아야 했고, 영준은 어느 날 갑자기 이혼을 요구할 결혼이었으면 하지를 말거나 이혼을 요구할 생각이라면 상대편이 잘 이해할 수 있게끔 논리적이고 합리적인 이유를 들어 설명했어야 옳다고 생각한다.

<運命>은 작가가 작품의 서두에 '사회극'이라는 장르 표시를 한 1910년대의 사회문제를 다룬 희곡이다. <運命>은 1막 2장으로 되어 있고, 때는 여름이고, 장소는 호놀루루시로 되어 있다.

제1장은 박메리의 집에서 전개되는데, 박메리와 이웃 여인들이 환담하는 도중에 송애라가 이수옥을 데리고 들어 온다. 박메리는 옛날 애인 이수옥을 만나서 지난 일들을 이야기하고, 장한구는 그 장면을 엿보게 본다. 메리에게 치근덕거리다가 뜻을 이루지 못한 장한구는 양길삼에게 메리와 수옥과의 사연을 고자질하여, 양길삼으로 하여금 칼을 들고 수옥을 찾아 나서게 만든다.

제2장은 대합실에서 일어나는 일을 다루고 있다. 대합실에서 비를 피하려던 수옥과 메리가 우연히 만나서 앞으로 살아갈 방도를 이야기하며 옛 추억에 잠긴다. 이 광경을 본 길삼이 칼을 들고 메리에게 달려 들고, 메리가 그 칼을 빼앗아서 길삼을 죽인다. 이수옥은 모든 일을 운명으로 돌리고 메리를 행복하게 해주겠다고 말한다.

앞의 줄거리에서 볼 수 있는 것과 같이 <運命>은 사진 결혼의 폐해를 다룬 작품이다.

<運命>이라는 작품에서 문제가 되는 것은 박메리가 불행하게 된 원인이다. 박메리가 불행하게 된 것은 사진결혼이나 중매결혼 때문인가? 아니면 허영에 빠져 사진결혼을 묵시적으로 승인한 박메리 자신 때문인가? 윤백남은 사진결혼과 유교의 독즙이 원인이라고 말한다.

이수옥 : 사진결혼의 폐해올시다. 또 하나의 썩어진 유교의 독즙이 올시다. 문권의
　　　　남용이 올시다. 그러면 그릇된 도의와 부유(腐儒)의 습속이 우리 조선 사
　　　　회에서 사라지기 전에는 우리 사회는 얼빠진 등걸밖에 남을 것이 없읍니
　　　　다. 인생의 두려운 마춰제 올시다. 모든 생기와 자유를 그것이 빼앗어 갑
　　　　니다. 그런데 왜 메리 - 씨는 이 하와이에 오 신 뒤에 그 결혼을 거절치
　　　　아니허셨든가요. 일종의 사기 결혼이 아니오니까?
박메리 : 어디 그럴 겨를이 있었나요. 배에서 내리자 남편된 이가 찾어 나와서 그
　　　　길로 교당에서 결혼의 서명을 해버렸는 걸이오.9)

　여기서 우리는 작가가 불행한 결혼의 원인을 사진결혼의 폐해며 유교의 독
즙이라고 했다가, 박메리의 책임을 묻는 모습을 보게 된다. 그러다가 결국에 가
서는 운명으로 돌린다. 모두가 잘 살자고 한 일인데 결국에 가서 불행해졌기 때
문이다. 그래서 이 작품의 제목이 '運命' 이다.

　성격의 희극성이라는 면에서 볼 때, 제일 먼저 문제가 되는 것은 메리의 허영
이다. 그것이 메리의 허영인지, 메리 부모의 허영인지에 대해서는 다른 의견이
있을 수 있으나, 제일 먼저 생각할 수 있는 것은 메리의 허영이다. 메리는 사진
결혼으로 자신의 행복을 얻을 수 있다고 생각한 것이다. 그러나 이 허영은 희극
적 요소이기는 하나 작품의 구성상으로 볼 때, 희극의 원인이 된 것이 아니고
비극의 원인이 되고 있다.

　성격의 희극성으로 문제가 될 수 있는 다른 것은 양길삼과 장한구의 욕망이
다. 사진으로 자신의 모습을 속여서 부인을 얻으려 했던 양길삼이나 메리를 육
체적으로 탐냈던 장한구나 모두가 탐욕적인 인물이다. 여기서도 마찬가지로 그
탐욕은 이성적으로 볼 때, 희극적 요소이기는 하나 비극을 낳는 원천이 되었지,
희극적인 작품이 되는데 도움이 되는 요소가 되지 않았다.

---

9) 尹白南, <運命>, 『한국희곡전집 I』, 한국연극협회, 308 - 309쪽.

<黃昏>은 1919년 2월에 창간했던 『創造』에 崔承萬이 발표했던 작품이다. 이작품은 이광수의 <閨恨>과 마찬가지로 결혼 문제를 다루고 있는데, 특히 중매결혼의 문제점을 집중적으로 드러내고 있다.

작품을 다루는 방식에 있어서도 멜로드라마의 격식을 따르고 있어 <閨恨>과 함께 新派劇的인 범주에서 벗어나지 못하였다. 특히 주목되는 것은 이 작품의 文體인데 說敎式의 對話를 쓰고 있어, 애초에 婚姻 문제에 대한 啓蒙을 의식하고 쓴 작품임을 알 수 있다.[10]

<黃昏>은 한 젊은이의 멜로드라마적인 삶을 다루고 있다. 기혼자인 주인공 金仁成은 裵順貞이라는 애인이 생기자, 삶의 의미를 새롭게 깨닫고 부인과 이혼하려고 한다. 그러나 이혼은 김인성의 뜻대로 되지 않는다. 주위에 있는 사람들이 이혼을 반대하고 정신적으로 압박을 가한다. 金仁成의 친구 안광식은 사회가 그들의 이혼을 좋게 보지 않을 것이라고 걱정한다.

(安) : (걱정하는 얼굴로) 글쎄 말일세. 내가 아무리 걱정한들 자네 마음 같겠나마는 나도 참, 자네 볼 적마다 딱하데. 나도 輕忽하게, 이래라 저래라 말할 수도 없는 일일세. 勿論 社會라는 것이 자네를 理解하고 자네를 잘 - 안다 하면 모르지만 그렇지 않으면 죄다 자네를 辱하지 않겠나! 그렇지 않아도 가득, 요새 靑年들은 離婚들을 잘 한다고 사회에서 떠드는데 자네조차 離婚을 해 보게, 지금만치 얻은 자네 名望은 勿論 떠러질 것이고 여러 사람들의 떠드는 소리는 귀가 아플 것이 말인가!
(金) : (激烈한 顔色으로) 社會라는 것은 무엇인가! 나를 떠난 社會라는 것이 어디 있단 말인가?[11]

---

10) 서연호, 『韓國近代戱曲史硏究』, 高大民族文化硏究所 出版部, 1982, 81쪽.
11) 최승만, 「黃昏」, 『創造』 창간호, 1919, 4쪽.

친구만이 金仁成의 이혼을 반대하는 것이 아니다. 목사님, 부모님도 김인성의 이혼을 반대한다. 나중에는 原婦人의 혼령까지 꿈속에 나타나서 김인성을 괴롭힌다. 주위에 있는 여러 사람으로부터 정신적인 압박을 받는 것이다. 아버지는 조상 볼 낯이 없다면서, 조상에게 부끄러운 일이라고 말한다.

> (父) : 그러니까 나는 모르겠다. 다시는 나한테 離婚이란 소리 버리지 말어라. 네가 어떻게 하든 나는 챙견 안하겠으니 네 마음대로 하려므나 非先王之法이면 不敢服이라는 말도 있는데 우리 집안이 祖上적부터 그런 일이 도무지 없어서. 只今 내가 와서 辱되게 한다면 나는 죽어도 맘을 못 놓겠으니까 나는 할 수 없다.
> (金) : 그러면 저는 또 다시 말씀치 않겠습니다.
> (父) : 그건 네 마음대로 하려므나.
> (金) : 그러면 저는 …… 이 집에서 나가겠습니다.
> (父) : 이놈 썩 나가거라.[12]

집을 나간 金仁成은 심한 신경증세로 시달리면서 순정이네 집에서 치료를 받는다. 여러 가지 방법으로 치료를 해도 병이 낫지 않는 仁成은 병의 원인은 자신에게 있는 것이 아니라 아버지와 어머니 그리고 사회에 있다고 외치면서 작은 칼로 가슴을 찔러 자살한다.

이 작품을 성격의 희극성이라는 관점에서 본다면, 주인공인 金仁成의 성격적 특성을 들 수 있을 것이다. 김인성은 부인이 있으면서 애인을 갖는다. 이것은 탐욕이며 그리고 이혼을 한다는 것은 당대의 사정을 고려한다면 망상이며 허영이다. 이러한 성격적 특성도 黃昏이라는 분위기 속에서는 비극의 원인이 될 뿐이다.

그러나 인물의 성격의 일부를 상징적으로 말해 주는 인물의 이름은 희극적

---

12) 같은 책, 13쪽.

이다. 유부남으로 처녀와 연애를 하다가 이루어지지 않아 자살하는 주인공의 이름은 어짐이 완성된다는 의미의 '仁成'이며, 처녀로서 유부남과 연애를 하는 여인의 이름은 순종적이며 곧고 바르다는 뜻의 '順貞'이다. 역설적으로 볼 때 희극적인 이름이 아닐 수 없다.

둘째로 상황의 희극성이라는 측면에서 보기로 하자.

작품 <閨恨>은 부인은 집안에서 시부모를 모시고 살림을 하고 있고, 남편은 일본에 유학가서 공부하고 있는 것이 작품의 배경이다. 이러한 상황은 비극으로 가는 바탕이 될 수도 있고, 희극으로 가는 바탕이 될 수도 있다. 그러나 이 작품에서는 비극으로 가는 바탕을 이루고 있으므로, 상황의 희극성이라는 관점에서 언급하기는 힘들다.

<運命>의 경우는 사진결혼으로 미국에 시집 가서 일어나는 일을 다루고 있다. 메리는 옛날 애인이 미국에 옴으로서 미국 땅에서 애인을 만나게 되고, 그것을 방해하는 장한구라는 인물이 등장하는 상황이다. 이러한 상황은 재미있는 희극으로 갈 수 있는 상황이다. 그러나 이 작품도 작가가 비극으로 이끌어 갔기 때문에 상황의 희극성이라는 관점에서 언급할 것이 없다.

<黃昏>의 경우는 중매결혼으로 이루어진 가정에서 남자 주인공이 애인이 생겨서 이혼할 것을 요구하고, 주변의 사람들은 이혼을 반대하여 결국 남자 주인공이 자살하고 마는 것으로 끝난다. 이러한 상황도 역시 희극으로도 혹은 비극으로도 이끌어 갈 수 있다. 그러나 작가는 비극으로 이끌어감으로서 상황의 희극성을 찾아볼 수 없게 만들었다.

셋째로 언어의 희극성에 대해 언급하기로 하자. 언어란 절대적으로 희극적인 말도 비극적인 말도 없다. 성격의 희극성과 상황의 희극성이 뒷받침 될 때,

그 말은 희극성을 갖게 된다. 그런 의미에서 <閨恨>과 <運命> 그리고 <黃昏>은 언어의 희극성이라는 관점에서 언급할 것이 없다고 생각한다.

12-5. 禪學的 희극성

1910년대에 쓰여진 희곡들에 등장하는 인물들은 다양한데, 이런 다양한 인간들의 모습은 시대의 양상과 문제들을 보여주는 것이라고 말할 수 있을 것이다. '禪學的 희극성'이라는 관점에서 이러한 인간들의 모습을 보면, 그들의 진면목을 볼 수 있으리라 생각한다. <閨恨>과 <運命>은 당대의 결혼의 양상과 문제점들을 보여주고, <病者三人>은 남녀평등의 문제를 보여준다고 볼 수 있다.

<病者三人>을 보면, 가짜 환자 남자 세 명이 등장한다. 귀머거리 정필수와 벙어리 하계순 그리고 장님 행세를 하는 박원정이다. 조일재는 세 명의 남자에 대응하는 여자로 고등학교장 김원경, 여의사 공소사 그리고 여교사 이옥자 등이다. 조일재는 여자들은 사회적 지위가 높은 여자들로 그리고 남편들은 아내들을 모시고 지내는 사회적 지위가 낮은 남자들로 설정하고 있다.

'禪學的 희극성'이라는 관점에서 보면, 제일 먼저 생각할 수 있는 것은 남녀를 우한 존재와 열한 존재로 나누어 분별심을 갖는 것이 우리에게 웃음을 준다. 남과 여를 분별하여, 여자는 높은 지위의 사람들로 남자는 낮은 지위의 사람들로 설정한 것이 웃긴다. 어떤 직업과 직위를 가졌다고 해도 더 높은 사람도 더 낮은 사람도 없는 것이다. 모두들 자기에게 알맞은 직업과 지위를 가지고 사는 것이다. 그리고 남과 여의 구별도, 서로 모습은 다를 수 있지만 근본적으로는 같은 인간인 것이다. 더 높은 존재도 낮은 존재도, 더 귀중한 존재도 덜 귀중한 존재도 아닌 것이다. 그리고 때때로 화를 내는 장면도 보이는데, 연기론적으로

그럴 수밖에 없는 상황들이 벌어지는 것임으로 화를 낼 필요가 없는 것이다. 작중인물들이 화를 내는 모습이 우리를 웃긴다.

<閨恨>을 보면, 여주인공 李氏는 남편의 이혼 제의로 실성하고 만다. 李氏의 입장에서 실성을 하는 것은 이해할 수 있지만, '禪學的 희극성'의 입장에서 보면, 당연히 일어날 수 있는 일이 일어난 것임으로 크게 감정의 동요를 느낄 필요가 없다고 생각한다. 李氏는 남편 될 사람에 대해 자세히 알아보지도 않고 애정도 없이 중매결혼을 했으며, 남자는 동경 유학생이라는 지식인이고, 李氏는 세속적으로 무지한 여인이었다면, 남편이 아내에게 일방적으로 이혼을 통고하는 일은 일어날 수 있는 일이다. 그러므로 남편의 그러한 행위에 별로 놀랄 필요가 없는 것이다. 일어날 수 있는 일이 일어났기 때문이다. 그런 의미에서 李氏가 충격을 받고 실성하는 모습도 깨친 자를 웃기는 광경이라고 말할 수 있다.

그리고 남자주인공의 모습도 웃긴다. 왜냐하면 남자주인공이 공부를 많이 한 자신과 무식한 아내를 분별하여 일방적으로 이혼을 통고하고 있기 때문이다. 자신과 아내는 연기론적으로 모두가 완벽한 사람이고 가는 길이 다를 뿐이지 어떤 사람이 더 높거나 낮은 존재가 아니다. 남자주인공인 남편은 조용히 자기의 길을 걸어가면 된다. 상대방에게 충격을 주지 않고도 자기의 길을 가는 방법은 많이 있을 수 있다고 생각한다.

<運命>은 사진결혼의 폐해를 다룬 작품이다. 장한구가 자신이 짝사랑하던 박메리의 비밀을 양길삼에게 고자질하는 것이나 양길삼이 메리를 죽이려다가 도리어 메리에게 양길삼이 죽는 것이나 모두 일어날 수밖에 없는 일이 일어난 것이다. 박메리가 교제하던 이수옥과 결혼하지 않고 지난날의 사진만 보고 양길삼과 결혼하려고 결심한 데서 온 결과들이다. 메리가 고통스러워하는 것도 이수옥이 메리에게 행복하게 해 주겠다며 서글퍼하는 것도 '禪學的 희극성'의 입장에서 보면 모두 웃기는 일이다. 연기론적으로 보면 모든 일들이 일어나야

할 일들이기 때문에 고통스러워 할 필요도, 서글퍼할 이유도 없기 때문이다.

<黃昏>은 중매결혼으로 이루어진 가정에서 남자 주인공이 애인이 생겨서 아내에게 이혼할 것을 요구한다. 그러나 주변 사람들이 이혼을 반대하여 남자 주인공이 자살하는 것이다. 남자 주인공이 자살한다는 면에서 이 작품을 비극이라고 볼 수 있을 것이다. 그러나 '禪學的 희극성'의 관점에서 보면, "주변 사람들의 반대"라는 당연한 사실에 대해, 자살이라는 극한적인 방법으로 대응하는 것은 웃기는 일이다. 모든 죽음이 서글픈 것은 아니다. 죽지 말아야 하는데, 자살이라는 죽음을 선택하는 것은 우리를 웃기는 일이다.

12-6.結論

앞에서 本攷는 1910년대의 희곡 중에서 <病者三人> · <國境> · <閨恨> · <運命> · <黃昏> 등에 대하여 성격의 희극성, 상황의 희극성, 언어의 희극성이라는 관점에서 고찰했다.

이러한 고찰을 통하여 本攷는 몇가지 결론에 도달했다.

첫째로 <病者三人>은 성격의 희극성과 상황의 희극성이라는 관점에서 인위적이고 작위적인 면은 있지만 희극적으로 구성된 작품이라는 점이다. 그러나 너무 작위적으로 이루어져 희극이라기보다는 笑劇으로 보는 것이 더 타당하다고 생각하게 되었다.

둘째로 <病者三人>에 나타난 언어의 희극성을 통해 언어의 희극성은 독자적으로 존재할 수 있는 것이 아니고 성격의 희극성과 상황의 희극성이 뒷받침해 줄 때 존재하게 됨을 보았다.

셋째로<國境>이라는 작품의 앞에 붙여진 '喜劇'이라는 말과 작품 분석의 결과를 연결시켜 생각해 볼 때, 윤백남이 생각한 희극의 개념은 이론적 바탕이 무척 약했다는 것을 알 수 있었다.

넷째로 <國境>에 대한 분석을 통해 이 작품은 희극이라기보다는 웃음이 담긴 '笑劇'임을 알 수 있었다.

다섯째로 <閨恨>·<運命>·<黃昏> 등의 작품 분석을 통해 성격의 희극성이나 상황의 희극성이라는 관점에서 희극적인 요소가 있다해도, 작가가 작품의 전체적 분위기를 희극적인 작품을 만들겠다는 목적을 세워놓고 이끌어 가지 않으면, 성격의 희극성이나 상황의 희극성이 독자적으로 희극적인 성격을 나타낼 수 없음을 보았다.

여섯째로 <黃昏>에서 작중 인물의 이름이 가지고 있는 희극성을 통해 작중 인물의 이름이 독자적으로 웃음을 자아낼 수 있음을 알 수 있었다.그러나 이러한 작중 인물의 이름이 가지고 있는 희극적 요소도 작품 전체를 '喜劇'으로 바꾸어 놓지는 못했다.

일곱째로 1910년대 작품에 등장하는 인물들의 행동이나 죽음을 '禪學的 희극성'이라는 관점에서 볼 때 대부분이 웃기는 행위라는 사실을 알 수 있었다.

마지막으로 1910년대의 희극성은 대부분 너무 작위적이고 인위적이어서 우리 고전의 희극성을 넘어서고 있지 못함을 알았다. 그 이유는 서구적 기법을 받아들이려고 했으나 아직 제대로 소화하고 있지 못해서, 희극적인 면에서는 우리 고전의 해학적 특성만큼의 수준에도 도달하지 못한 시대였다고 말할 수밖에 없다고 생각한다.

13장 김우진 희곡의 희극성

13-1. 문제의 제기

金祐鎭 희곡에 나타난 희극성에 대한 논의는 서연호의 『한국근대희곡사』에서 이미 언급된 바 있으나 , 구체적으로 논의되지는 않았다. 아마도 金祐鎭을 희극작가라고 부르기는 곤란하기 때문이 아닌가 생각한다. 그러나 필자는 金祐鎭이 희극작품만 쓴 작가가 아니라 하더라도, 그의 작품 세계에 나타난 희극성을 규명하여, 그러한 희극성이 한국희극사에서 차지하는 의미를 규명하는 작업은 의미있는 일이라고 생각한다.

서연호는 『한국근대희곡사』의 「희극의 전개」라는 항목에서 <두더기 詩人의 幻滅>과 <正午>의 희극성에 대해 다음과 같이 언급하고 있다.

김우진은 <두더기 시인의 환멸>(1925.12)과 <정오>(김우진 전집 권1)를 발표하였다 두더기 시인의 환멸>은 목포지방 방언으로 '누더기' 같이 천박한 시인의 현실에 대한 환멸을 다루었다는 의미를 지시하고 있지만 실제 내용에서는 방황하는 주인공 시인에 대한 주변 사람들의 환멸 역시 노골적으로 표현되어 있어서 전체적으로 반어적 비유가 일관되게 살아나지 못한 작품이다. 애초에 이 작품은 등장인물들의 삶에 대한 허구성과 문명에 대한 보수성을 적나라하게 노출시키고 그 모순을 논리적으로 비판함으로써 이른 바 문명비판적인 냉소극(冷笑劇)을 시도한 것으로 보이나 일관되지 못한 비유와 관념적인 토론 형식의 장황한 대사로 인하여 희극적 분위기 조성과 통일성을 충실하게 이루 지 못하고 말았다.[1]

그리고 계속해서 <正午>에 대해 다음과 같이 언급하고 있다.

<正午>는 무더운 여름날 정오에 공원에서 벌어지는 잡다한 일상사를 소묘 형식으로 엮은 희극이다. 고리대금업자인 일본인, 한인 사무원, 학생, 청년 시인, 순사, 아이를 업 은 여인, 날품팔이 노동자 등이 등장하는데 이들의 행위를 기존 세대나 사회현실의 우수꽝스런 모순을 비판하는 입장에서 풍자한 소품이다.[2]

유민영도 金祐鎭의 작품 중에 희극이라고 일컬을 수 있는 작품이 있음을 언급하고 있다.

이와 같이 「정오(正午)」는 일관성 있는 스토리도 없고, 드라마를 형성할 수 있는 특별한 사건도 없을 뿐만 아니라, 희곡 구성의 고전적 법칙도 준수되지 않은 습작기 작품이라 하겠다. 그러나 한 시대의 단면을 희극적으로 스케치하듯이 그려 보려고 한 김우진이 앞으로 그려 나갈 작품테마인 전통인습(傳統因襲)과 근대의식의 상충(相衝) 같은 것을 비쳤던 것이다. 「정오(正午)」는 그의 다섯 작품 중 두 편의 희극 가운데 하나이기도 하다.[3]

이상의 언급에서 서연호와 유민영은 金祐鎭의 작품들 중에 희극이라고

---

1) 서연호, 『한국근대희곡사』, 고려대출판부, 1996, 243쪽.
2) 같은 책, 244쪽.
3) 유민영 편주, 『金祐鎭作品集』, 형설출판사, 1979, 198 쪽.

일컬을 수 있는 작품이 있음에 대해 공통된 견해를 갖고 있다는 사실을 알 수 있다.

金祐鎭은 그의 작품뿐만이 아니라 인생을 살펴봐도 희극적인 면이 많다. 대지주의 아들로 태어나서 사회주의적 사고방식을 가지고 연극을 한 것이나, 유부남으로서 처녀인 윤심덕과 연애를 하다가 자살한 것이나, 사실주의 희곡도 제대로 정립되지 않은 상황에서 희곡 창작에 표현주의 기법을 시도한 것 등 – 그의 많은 행동들이 희극적인 일이었다고 생각한다.

本攷는 金祐鎭 희곡 작품에 나타난 상황과 인물 그리고 대사의 희극성에 대해 고찰하려고 한다. 그러나 작품에 담겨진 상황, 인물, 대사 그리고 주제의 희극성은 작품에 따라 표현된 양상이 다르고, 상호간의 관계도 단순하지 않기 때문에 작품에 따라 연구 방법을 융통성 있게 사용하겠다. 그리고 희극성의 개념은 기존의 개념과는 달리 禪學的 희극성이라는 면을 중요시하여 존재하는 현실이야말로 우주의 움직임과 역사의 흐름 속에서 진리인데도 불구하고, 그러한 사실을 모르고 그것에 도전하고 부정하는 인간의 모습도 희극적인 양상으로 기술하고자 한다.

연구의 범위는 <正午>와 <두더기 詩人의 幻滅>로 하고자 한다. 나머지 작품들은 근본적으로 희극으로 보기 곤란하기 때문에 무리한 주장을 하게 되리라 생각하기 때문이다.

그리고 연구사적으로 볼 때, 金祐鎭의 희곡에 대한 연구는 많았다. 특별히 <難破>·<李永女>·<山돼지>등에 대한 연구는 많았다. 그러나 金祐鎭 희곡에 나타난 희극성에 대해 깊이 천착하여 연구한 것은 없었다. 그런 의미에서 本攷는 연구사적으로도 의의있는 작업이 되리라 생각한다.

13-2. 〈正午〉의 희극성

1막으로 되어 있는 희곡 <正午>에서의 일차적인 상황은 무대장치와 시간으로 주어진다. 시간은 正午에 가까운 午前이며, 장소는 대도회에 있는 公園 안이다. 좀 더 구체적으로 제시하면 다음과 같다.

어떤 大都會에 있는 公園 안. 中央에 맵시 좋은 茅亭. 그밑 十字形으로 柵이 있고 그 각 柵 兩便을 끼고 벤치가 붙어 있다. 周圍에 綠陰. 그 사이를 터가 左右로 내려가 있 다. 바람 한 점 없는 뜨거운 여름날의 午前.

徐徐한 開幕. 後面 벤취에 壯年의 모군軍이 드러누워 낮잠을 자고 있다. 그 옆의 벤취에는 日本 아이보는 女子(고모리)가 입을 떡 벌리고 졸고 앉았다. 다른 벤취에는 商 人 모양의 로하오리 입은 日人과 구레 수염 많은 남자가 걸터앉아서 더위에 사지가 늘어져 있다. 뒤의 벤취에는 中學制服 입은 學生二人, 券煙을 피우고 있다. 그 中 하나는 新聞을 읽으면서.[4]

이러한 상황에서 '구레수염'과 '하오리'의 대화는 시작된다. 등장인물들이 서로 대화하고, 행동하는 것이다. 우리는 무대장치와 인물들이 보여주는 상황을 통해 앞으로 이 작품의 전개되어 나갈 부분들이 희극적인 장면이 될 것을 알 수 있다.

작품의 배경이 되는 시간은 바람 한 점 없는 正午에 가까운 뜨거운 午前이다. 서서히 막이 오르면 모군軍은 벤취에 드러누워 낮잠을 자고 있다. 아이 보는 여자(고모리)는 입을 벌리고 졸고 앉았다. 상인 모양의 로하오리를 입은 日人과 구레수염 난 남자는 더위에 사지가 늘어져 있다. 뒤에 있는 벤취에는 中學制服을 입은 학생 두 명이 있는데, 두 명은 券煙을 피우고 있다. 그 중 한 명은 신문을 보면서 담배를 태우고 있다.

---

4) 같은 책, 9쪽.

바람 한점 없는 뜨거운 오전이라는 시간도 우리를 편하게 해 주는 시간은 아닌데, 그 무대 위에 등장하는 인물들이 모두 비정상적인 상태다. 등장인물들은 게으름뱅이고, 진취성이 없는 인물들이다. 등장인물들은 외형적으로 보면 대부분 쉬는 것을 좋아하는 게으르고 박력 없는 무능한 자들이다. 독자나 관객은 무대 위에 설정된 시간이나 장소를 보고 웃고, 등장인물들이 보통 사람보다 못한 행동을 하는 것을 보고 우월감 속에서 웃을 수 있을 것이다. 그러나 그것은 우월감에서만 오는 웃음이 아니라 등장인물의 성격적 결함에서 오는 웃음이라고 말할 수도 있다. 그런 의미에서 <正午>는 성격 희극적 요소가 많은 작품이라고 생각한다.

그들이 나누는 대사도 정상적이 아니다. 일본인 하오리가 말하는 한국어는 대부분 문법적으로 틀리는 말이다. 흔히 외국인이 한국말을 하는 식이다. 예를 들면 "그런 거짓말이 우리 다 알아 있소"5), 그리고 "當身이 내 집세 받아먹은 것 罪 요, 監獄署에 갔소. 이것 몰라 있소?"6) 등을 들 수 있을 것이다. 이런 대사들은 훌륭한 배우들에 의해 읊어진다면 상당히 재미있는 부분이 되리라 생각한다. 물론 이러한 웃음의 생성 원인은 우월이론으로 설명될 수 있으리라 생각한다.

<正午>의 대사가 정상적이 아닌 것은 앞에 든 예뿐이 아니다. 구레와 학생1, 2와의 사이에 존재하는 대사도 정상적이 아니다. 학생1, 2의 대사를 통해 볼 때, 학생들이 좋은 학생들이 아님을 알 수 있다.

> 구　레 : (學生에게) 그도 그래. 이 양반 말이 옳지. 그저 學校 다니면 工夫에만 熱心해 야지. 담배 먹으면 술 먹지 술 먹으면 妓生房에 가지. 노형들이 그런단 말이 아니라, 요새 學生들은 風紀가 그렇다고 합니다.

---

5) 같은 책, 9쪽.
6) 같은 책, 10쪽.

學生 2 : 별 先生님을 다 만났군. 여기는 公園이랍니다. 담배 피우고 쉬라는 데야
　　　요. 敎場이 아냐요.
학 생 1 : 사랑하는 사람과 놀다가도 그것도 싫으면 달아 나와서 꿈꾸고 낮잠 자는
　　　데 야요. 알아있소? 넹가미상.
구　　레 : 허허, 노형들도 나이깨나 먹은 이 말이라면 모두 뜻에 안 맞는단 말이오
　　　그려.
學生 1 : 옳게 아셨소. 늙은이란 젊은이에게는 비상극이랍니다.
구　　레 : 노형은 父母도 안 계시오? 年長者의 말은 덮어 놓고 비상이라니? 當初
　　　에 요새 學生이란 一言以蔽之하고 난 反對야.
학 생 1 : 인제 修身講演인가.[7]

이상의 인용문에서 기성세대라고 볼 수 있는 구레가 학생1, 2에게 망신당하
는 모습을 볼 수 있다. 학생1, 2가 불량한 학생들이기 때문이다. 어른들에게 달
겨드는 학생들의 모습은 우리에게 불쾌감을 준다. 그러나 그 어른들이 문제가
많은 위선자들이고 나쁜 인간이라는 데서, 그들이 받는 고통에 쾌감을 느끼고
웃을 수 있는 것이다. 한국인을 착취하는 일본인 '하오리' 그리고 그 일본인에
게 빌붙어 먹고 사는 '구레'가 곤욕을 당하는 것은 비록 불량한 학생들에 의해
이루어진다고 해도 유쾌한 것이다.

다음에 나오는 대사는 순사와 고모리 사이의 대사다. 고모리는 애보는 여자
인데, 돌봐야 할 어린애는 히로짱하고 놀라 하고, 공원에 와서 낮잠을 자고 있
는 것이다. 순사가 실죽실죽 우는 여섯 살 된 어린아이를 앞세우고 공원에 와서
고모리를 나무라면서 하는 대사다.

巡　　査 :(애를 보고 벌떡 일어서는 아이 보는 여자(고모리)를 보고) 이 애가 네가
　　　데 리고 온 애지?

---

7) 같은 책, 12 – 13쪽.

고모리 : 오, 우지 마소, 우지 마소.

巡　査 : 너 왜 애 보러 왔으면 애나 보지, 이런 데 앉아서 졸고 있어.

고모리 : 제가 히로(弘)짱 하고 논다니까 그랬지요. 땡볕에서 서 있을 수가 있어야
　　　　지요.

巡　査 : 땡볕이 더우면 이 애에게도 더울 게 아냐! 쇼오가 나이!

고모리 : 아가 우지 마소. 응, 울지 말아. 그러길래 그만 집으로 가서 놀자니까 그
　　　　래. 히로짱이 때리던?

巡　査 : 그러다가 너 어린애 잃어버리면 어떻게 할려고 그러니? 애 보러온 년이
　　　　낮잠 자고 있다니.8)

　여기서 우리는 고모리를 나무라는 순사와 게으름을 피우는 고모리를 본다.
외형적으로 보면 고모리를 비난하는 글 같으나, 김우진의 사상과 앞 뒤 내용을
근거로 볼 때, 작가는 핍박받는 낮은 계층의 고모리가 자신의 일을 게을리하는
모습을 즐기는 것 같다. 일제하의 권력자인 순사, 일본 아이인 여섯살 난 어린
아이는 모두 브르죠아 계층의 인간들이다. 그들에게 눌려지내는듯 하나 사실은
그들을 조롱하고 자기 편한대로 생활하는 고모리의 모습은 우리에게 웃음을 준
다. 그러나 고모리의 모습의 이면을 파악하지 못했을 때는 순사에게 야단 맞는
게으름뱅이 고모리의 모습만이 우리에게 닥아올 것이다.

　다음에는 모리軍과 순사의 대사가 나온다. 그러나 모리軍의 대사는 세번밖
에 나오지 않는다. 나머지는 모두 게으른 모리軍의 모습을 비난하는 '하오리'
와 '구레'의 대사다. '구레'는 모구軍을 하등노동자라 어쩔 수 없다고 비난하
고, '하오리'는 그런 노동자는 굶는게 좋다면서 놀고먹는 것은 죄라고 말한다.
그러자 '구레'는 무식한 자식들이 그리고 나서는 社會主義니 무슨 主義니 하
고 떠들고만 다닌다고 말한다. 그리고 나서 '하오리'와 '구레'는 공원에서 놀고
있는 학생1, 2를 나무란다. 그 때 모구軍이 다시 와서 벤취에 누우려고 한다. 그

---

8) 같은 책, 13 - 14쪽.

러자 '하오리'는 다시 모구軍을 비난한다. 그러자 학생2는 空日되어 낮잠 자는 것이 나쁠 것이 뭐 있소라고 말한다. 이런 대사의 내용을 미루어 볼 때, '하오리' 와 '구레' 그리고 모구軍의 대화도 모구軍의 게으름을 비난하는 것이라고 보기 보다는 프로레타리아 계층으로부터 돈을 착취하여 놀고먹으며 살면서, 모구軍 과 같이 어려운 계층의 사람들의 상황도 제대로 이해하지도 못하고 함부로 말 하는 '하오리'와 '구레'를 비난하고 조롱하는 냉소조의 희극성을 담고 있는 대 화라고 생각한다.

마지막으로 주제의 희극성이라는 관점에서 보면, <正午>가 갖고 있는 희 극성을 더 명확히알 수 있으리라 생각한다. <正午>의 주제를 여러 가지 관점 에서 말할 수 있겠지만, 유민영이 언급한 내용을 인용하면 다음과 같다.

> <正午>는 짤막한 단막극으로서 구성도 엉성할뿐더러 주제의식도 선명치 못
> 하다. 그렇지만 그의 心像과 정신적 究竟의 片鱗만은 엿보인다고 하겠다. 즉 일
> 본인과 친일 한국인에 대한 혐오감과 사회부조리에 대한 저항, 신구 세대의 상극,
> 갈등, 빈곤 등이 작품에 깔려 있고, <산돼지>에서와 같이 희곡에 詩를 도입한 것
> 이 특징으로 나타난 다.9)

분명히 이 작품에는 일본인, 친일 한국인, 기성세대, 잘못 된 신세대의 모습 등을 비판하고 있다. 그리고 작가는 그러한 모습들을 냉소적으로 보면서, 모두 들 자기 자신이 옳다고 생각하는 어리석은 자들을 부정적인 모습으로 풍자하고 있다. 채만식의 <태평천하>에서 자신이 살고 있는 세상이 태평천하라고 생각 하는 윤직원 영감을 부정적으로 풍자하는 것처럼 작가는 일본인, 친일 한국인, 순사, 학생1, 2 등 - 자신이 옳다고 생각하는 자들을 모두 풍자하고 있다. 또한 이러한 광경을 한국인의 웃음 즉 깨달은 자의 웃음이라는 측면에서 본다면, 현

---

9) 같은 책, 196쪽.

상황의 본질을 제대로 깨닫지 못하고 소란 피우는 인간들이 우습기만 하다. 그리고 이러한 모습을 이해하기 위하여 우월이론을 사용한다면, 이런 어리석은 인간들의 모습이 독자나 관객에게 웃음을 줄 수 있는 것이 <正午>가 가지고 있는 희극성이라고 생각한다. 앞에서 언급한 한국인의 웃음이라는 측면과 우월이론의 입장에서 볼 때, 성격적 결함을 가진 인물들이 우리를 웃기고 있으므로 <正午>는 성격 희극적인 요소를 가지고 있는 작품이라고 말할 수 있다고 생각한다.

13-3. 〈두더기 詩人의 幻滅〉의 희극성

<두더기 詩人의 幻滅>은 제목부터 희극적이다. 두더기 시인이란 결국 누더기 시인을 말하는 것이니, 결국 거지꼴을 하고 사는 시인이라는 말이다. 그러니까 '두더기 詩人의 幻滅'이란 말의 뜻은 "비록 누더기를 쓰고 살지만, 자기가 지적으로 우월한 시인이라는 존재이므로 다른 사람에게 환멸감을 갖는다"는 말이다. 웃기는 일이다. 시대에 앞서 간다는 생각 속에서 사는 시인이라 누더기를 쓰고 살면서도 시대에 뒤떨어진 삶을 산다고 생각되는 사람들에게 환멸감이 느껴지는지는 알 수 없지만, 자본주의 국가에서 누더기를 쓰고 앉아서 다른 사람에게 환멸감을 느낀다고 떠벌이는 것은 세상에 사는 일반적인 사람들에게는 웃기는 일이 아닐 수 없다. 그리고 사람이란 하는 일이 다르고, 가는 길이 다른 것인데 함부로 다른 사람에게 환멸감을 갖는다는 것은 자기도취에 빠지거나, 인간을 상대적 안목에서 보지 못하는 어리석은 허영에 찬 인간이 아닐 수 없다. 허영에 차있고 자기 자신에 도취해 있는 모습을 통해 시인을 조롱하고 비웃으며 독자나 관객은 웃는다고 생각한다. 시인이나 독자나 자기중심적으로 생각하면, 상대방에게 비웃음의 대상이 될 수밖에 없다.

상황의 희극성이라는 관점에서 <두더기 詩人의 幻滅>의 무대와 주인공인 이원영의 삶의 터전을 살펴보자. <두더기 詩人의 幻滅>의 무대는 한국의 전통적 가정이다. 집의 구조도 온돌방이 있는 재래식 집이다. 아들인 주인공을 사이에 두고 시어머니와 며느리가 있고, 부부간에는 한 명의 어린아이가 있다. 주어진 조건으로 봐서는 평온한 분위기의 가정이다. 그러나 이 가정의 실제 내막은 다르다.

이 집안의 가장이라고 볼 수 있는 시인 이원영은 돈벌이는 안하고 집안에서 소리 높여 시나 읊는 무능한 가장이고, 어린아이는 아버지의 시 읊는 소리에 잠 못 이루고 있다. 시인의 즉 어린 아이의 할머니는 애가 잠을 자지 못하니 소리 높여 시를 읊지 말라하고, 시인의 애인인지 여자 친구인지 알 수 없는 貞子는 이런 복잡한 집에 놀러 와서 시인과 추상적이고 관념적인 이야기만 나눈다. 한마디로 불안정한 집안이다. 집안도 허공에 떠있는 웃기는 집안이지만, 무엇보다도 주인공인 이원영이 허영에 차있는 인물이다. 이원영은 가정에서는 남편으로서 아버지로서 아들로서의 역할도 제대로 못하면서, 전위적인 사고방식을 가지고 貞子와 추상적인 이야기만 나눈다. 그리고 아내에게는 전통적이고 보수적인 윤리를 강요하고, 전위적인 貞子를 좋아하는 척하다가 자기 마음대로 되지 않는다고 백파이어(흡혈귀)라고 부르는 이중적인 인격을 가진 인간이다. 정말로 우리에게 조롱과 비웃음을 받기에 충분한 존재다. 그런 면에서 <두더기 詩人의 幻滅>도 성격 희극적인 요소가 강한 작품이라고 생각한다.

그리고 대사들도 냉소를 받기에 족한 이원영의 성격을 드러내 보여준다.

母 : (건너 房에서) 애야, 좀 조용해라. 애써 잠 드려는 것을 (어린애 얼리는
　　妻의 소리)
元 : (더 소리를 높여)
　　오냐 물결아 놀어라

바람아 뛰여라……

母 : 조용히 하라니까 안 들리니 걔도 참.

元 : (如前히)

보다 어여쁘고

보다 힘있게 뛰일

님 한분을 만났거든

母 : (뛰어나와 문을 열고 드려다 보면서) 저녁에 웬일이냐.

밥도 안 먹고 웬 말 기운이 그리 나니. 제발 애 좀 자게 하려무나. 님을 만났으면 만났지 왜 그렇게 소리치라는 법이라드니? 님도 님이지만 어린 子息도 좀 생각을 해야지. (드러가려 다가밖에 인정기를 채리고) 에그 그게 누구요. (元永이가性히 映窓門을 열고 내다본다) 난 깜짝 놀랐거든 누구 찾아 왔소?

貞子 : (나오며) 李元永氏 계서요?

元 : (映窓을 열고 나오며) 아 오셨소?

자 들어오시오. 어머니는 들어가서요.

고만 조용히 할테니까.

母 : 무엇이 조용히야? 또 떠들어 넬판이지. (貞子에게)

여보슈 이사람 아들이 지금 두 살인데 저 잘난 아버지 덕에 잠 못자 큰

고생 이오. 손님도 조용히 해주셔야 합니다.

貞 : 걱정마세요. 난 어린애 잠 못 자게 하러온 게 아녜요.

母 : 이 애를 조용하게 해 주시라는 말예요. 손님이 떠드신다는 게 아니라.

元 : 글세 좀 들어가 坐定하셔요. 걱정말구 貞子氏 이리 들어오슈.

母 : 아이를 또 깨어 놓기만 해봐라 모두 쫓겨날테니까요.

元 : 아무럼 그럽지요. 安眠妨害罪라니 逐出律이 相當하구 말구. (貞子를

引導해 드리며 映窓門 열어 논대로) 난 퍽 기다렸지요. 안 오는 걸로만

알고 가슴이 뭅뭅해 지지 않겠소……10)

주인공인 이원영은 어머니와 자식보다 애인인지 여자 친구인지 잘 구별이 안되는 貞子를 더 중요시 여긴다. 원영은 정상적인 정신 상태를 가지고 있는 사람이 아니다. 성격적인 면에서 문제가 있는 사람이다. 이러한 성격적인 결함이 우리로 하여금 그를 조롱하고 비웃게 하는 것이다.

앞의 인용문을 보면 원영과 貞子의 사이가 상당히 좋은 것 같다. 그러나 다음의 인용문을 보면 두 사람의 관계가 그리 간단하지만도 않다는 것을 알 수 있다.

元 : 고따위 常識은 또 어대서 잡아 넣는구.

貞 : 常識하니 常識가진 게 무슨 羞恥나 되는 일이유.

元 : 당신도 낡은 탈 쓴 「新女性」에 不過하단 말야.

貞 : 흥 갈수록 음흉한 소리뿐이로군 (다시 惱殺할 듯이) 날 그렇게 알지마우. 적어두 當身의 노리개감될 資格은 없으니까.

元 : (어이 없는 듯 가만히 하고 있다가) 자 그러지 말구 참으로 내 누이 노릇이나 하 구려. 決코 다른 생각 안 둘터이니 처음 만날 때 모양으로 多情히 지냅시다. 참 오래 되지도 않았지 그렇게 까지 내 마음을 아니 서로 마음을 喜悅로써 차게 한 지가 不過 數日이 아네요.

貞 : (코 끝으로) 이래도 나는 여간 똑똑한 사람이 안예요 두더기 詩人이 쓰는 詩에속아 넘어갈 줄 아우?

元 : (화를 내며) 고만 두구려 참 兇測한 女子로군. 世上에 미운 것도 많지 만남의 感情을 놀리는 것처럼 미운 것이 다시 있을까?

貞 : 두더기 詩人 눈에는 그렇게 밖에 안 보이는 게로군. 요새 사람들은 다른 男子의 아내 빼앗기를 지내다가 울타리에 피인 꽃가지 꺽어가듯이 생각하는 모양 같습니다만 난 良心까지 팔아먹지 않어요.

元 : (證明的 態度로) 黃海勳이는 누가 죽게 했소?

貞 : 당신도 그렇게 生覺하는구려(嫌惡의 情에 못이기는 듯이) 그러기에 요새 靑年이란 멍텅구리지. 번연히 옳지 않은 줄 알고도 왜 自己묘 자리

---

10) 같은 책, 19 - 20쪽.

를 自己가 파요 글세.

元 : 옳지 않긴 무엇이 옳지 않어! 이 뱀파이어야.

貞 : (泰然하게) 내가 지금 한 말을 잊었소. 나는 내 良心을 犧牲해 가면서
　　도 感情에 徹底하지 않아요. 사람이란 제각기 제 生活을 支配하는 이
　　가 아니면 안 되어요.

元 : 이 뻔뻔한 아씨야 黃氏의 遺書는 世上에다 發表된 것이요. 責任을 안
　　지겠다고? 고따위 수작을 良心있는 이가 할 말이요?11)

이원영의 貞子에 대한 태도는 갈팡질팡이다. 이원영은 처음에는 貞子를 시
대를 앞서 가는 여성처럼 대하다가 "낡은 탈을 쓴 신여성"이라고 말하기도 하고
심지어는 貞子에게 '뱀파이어(VAMPIRE : 흡혈귀)'라고 소리지르기도 한다. 貞
子에 대한 이원영의 생각에는 통일성이 없다. 이원영의 사고는 체계가 서 있지
않고 우왕좌왕하는 것이다. 이원영의 이러한 성격적인 결함은 <두더기 詩人의
幻滅>이 가지고 있는 성격희극적 특징의 원인이 되는 것이라고 생각한다.

　이원영의 일관성 없는 사고방식은 부인에 대한 태도에서도 나타난다.

元 : (妻에게) 너는 저리로 가! 네 天職은 어린애 哺乳하는데 있어!

貞 : 詩人의 天職은 溫良한 妻의 自由 빼앗는데 있소?

元 : 同窓生을 만나면 만났지 이게 무슨 짓이야 사람을 嘲弄을 해도 분수가
　　있지.

貞 : 卑劣하게 굴지마러요. 詩人의 墮落은 참 더럽습니다.

妻 : (感情의 自然한 投合으로 元永에게) 天痴가 싫거던 날 마음대로 바깥
　　에나 나가 게 해주구려.

貞 : 그러면 事實인가? 바깥 出入도 맘대로 못하게 하는 것이.

元 : (비웃으며) 貞子氏도 例에 안 빠지는군. 센티멘탈이티에 同情해서는

---

11) 같은 책, 26－27쪽.

그리 神奇러 운 「新女性」이 못되는 게야.

貞 : (모르는체 하고 妻에게) 아 - 니 그렇게 自由없는 게 事實이니 노라뿐을 왜 본 받지 않니? (손을 붓잡으며) 瓊順이도 世上달은 女子와 항상 같으라는 法이 어디 있니?

元 : 홍 노라만한 資格이나 있으면 벌써부터 自由는 고만 두고라도 타란테라댄스라도 가르쳐 주었겠다.

貞 : 사람대접에 분수가 있게 해요. 世上이 元永氏 詩같은 줄 아우? 이런 훌륭한 女子가 있기 때문에 당신 家庭이 되지 않았소? (妻에게) 네가 너무 맘이 곱기는 해도 그렇다고 나 같은 女子고 보면 家庭은 벌써 깨어졌었을 것이 아니니?

元 : 家庭이란 監獄이란게 내 主義야. 아모러한 女子일지라도 한번 妻가 되면 사람으로서의 自由는 없어지는 게야. 女性의 永遠한 生命은 이곳에 있단말야.

妻 : 저게 主義래요.

貞 : (同時에) 왠 主義야! 그래서 아들 낳게 하구. 옷꼬매 주게 하구 밥 지어 주게 하 구 그리고 나서는 自己는 自稱 詩人은 無所不爲로 그게 詩人이요. 남 一生은 犧牲을 만들어 놓고 나서는 自己 혼자만 天堂에서 하누님과 같이 노래한다는 두덕이 詩人?[12]

이원영의 또 다른 성격의 일면을 보여 주고 있다. 이원영은 세상을 돌아다니며 '新女性' 혹은 '남녀평등' 그리고 '自由' 등을 외치고 다니면서, 자신의 아내에게는 마음대로 외출할 수 있는 자유도 주지 않는 남자다. 이원영은 '남녀평등'을 외치면서 아내를 무시하는 사람이다. 결혼을 한 후에 아이를 낳고 살면서 "가정이란 지옥"이라고 말한다. 말과 행동이 일치하지 않는 사람이다. 이원영은 정상적인 정신 상태를 가진 남자가 아니다. 그는 자기의 정체성을 파악하지

---

12) 같은 책, 31 - 32쪽.

못하고 공중에 떠있는 사람이다. 이러한 성격적 결함은 우리로 하여금 그를 비웃고 조롱하게 하는 것이다.

그리고 앞에서 기술한 이원영의 모습과 이 작품의 주제는 작품의 서두에 나오는 詩에 나타나 있다. 金祐鎭의 <山돼지>에 도입된 시가 그 작품의 주제를 나타내듯이 <두더기 詩人의 幻滅>에 담겨진 시도 작품의 주제와 이원영의 심적 상태를 담고 있다.

아하 만났어라 偶然히
물결놀고 바람치는
海邊가에서 님을 만났어라
오냐 물결아 놀아라
바람아 뛰어라
보다 어여쁘게 놀고
보다 힘있게 뛰일
님 한분을 만났어거던
아하 世上은 재미있어라
겨울이 못가서 봄이 오고
가슴이 식기 前에 님이 왔어라
오냐 물결아 놀아라
바람아 뛰어라
보다 어여쁘게 놀고
보다 힘있게 뛰일
님 한분을 만났거던
아하 두더기 냄새에 무슨 걱정
안房에는 아히 울음소리
건너房에는 詩人의 노래
오냐 물결아 놀아라

바람아 뛰어라……
오냐 물결아 놀아라
바람아 뛰여라……
보다 어여쁘고
보다 힘있게 뛰일
님 한분을 만났거든[13]

　시적 화자는 안방에서 아이의 울음소리가 나고 두더기 냄새가 나는 곳에서 살고 있으면서도 해변가에서 님을 만나 뛰노는 것을 꿈꾸고 있다. 집안은 지저분하고 시끄러운데 시적 화자는 해변가에서 님을 만났다면서 "물결아 놀아라, 바람아 뛰어라, 보다 어여쁘게 놀고"라고 외쳐대고 있다. 시적 화자 즉 이원영은 제 정신이 아니다. 그는 현실을 무시하고 허영에 들떠 있는 사람이다. 우월이론으로 설명하지 않아도, 주인공의 성격적 결함이 우리를 웃게 하는 중요한 요소가 됨을 알 수 있다. 그리고 한국인의 웃음 즉 깨달은 자의 웃음이라는 측면에서 봐도 주인공 이원영은 자신의 정체성을 제대로 이해하지 못하고 있어서 독자나 관객에게 조소의 대상이 될 수 있다고 생각한다. 앞에서 언급한 두 가지 측면에서 볼 때, <두더기 詩人의 幻滅>도 성격 희극적 양상을 띠고 있는 작품임을 알 수 있다.

13-4. 金祐鎭 희극의 희극사적 의의

　지금까지 한국에서는 희극에 대한 이론과 희극사에 대한 연구가 제대로 이루어지지 않았기 때문에 金祐鎭 희극의 희극사적 의의를 논하는 것은 매우 어

---

13) 같은 책, 18 – 19쪽.

려운 일이라고 생각한다. 그러나 근대희극사 속에서 金祐鎭 희극의 위치를 살펴보고, 그의 희극이 한국 근대희극사 속에서 어떤 의의를 갖는가를 살펴보는 것은 의미 있는 일이라고 생각한다.

희극적인 한국문학 작품은 여러 장르에서 고대로부터 오늘날까지 면면히 이어왔다. 연극에서는 1911년 林聖九가 御成座에서 연극을 시작한 이래 오늘날까지 여러 극단에서 희극적인 작품들이 공연되었으며, 희곡 분야에서는 1912년에 趙一齋가 <病者三人>을 쓴 이래로 오늘날까지 많은 희극적인 희곡 작품이 있었다.

1910년대에는 趙一齋의 <病者三人>을 비롯해서 尹白南의 <국경>, 柳志永의 <이상적 결혼> 등이 있었다.

1920년대에는 金泳俌의 <정치삼매>(1921.10)와 <시인의 가정>(1921.12)을 위시하여 金雲汀의 <15분간>(1924.1), 金祐鎭의 <두더기 詩人의 幻滅>(1925.12)과 <正午>, 金東煥의 <바지 저고리>(1927.1), 朴勝喜의 <홀아비 형제>(1928.5), 石山의 <두 여성>(1928.9) 등을 들 수 있을 것이다.

1930년대에는 蔡 萬植의 <스님과 새장사>(1931.2), <예수나 안 믿었더면>(1937.5) 등과 같은 풍자극을 위시하여, 朴珍의 <절도병 환자>(1930.3), 金起林의 <천국에서 왔다는 사나이>(1931.3.3 - 21), <미스터 불독>(1933.7), 李無影의 <예술광사 사원과 5월>(1935.10), 宋影의 <황금산>(1936.11) 등이 있었다.

1940년대의 희극 작가로는 <맹진사댁 경사>를 쓴 吳泳鎭을 들 수 있을 것이다. 1940년대는 어두운 시대였다. 희극 작가가 많이 존재하지 않은 것은 당연하다고 생각한다. 좀 더 많은 자료를 가지고 연구하면 吳泳鎭을 제외한 다른 희극 작가도 나올 수 있다고 생각한다.

1950년대 이후에는 李根三을 위시한 많은 희곡 작가들이 희극성을 띤 작품들을 썼다. 작품이 재미있어야 한다는 시대적 요청에 의해 이루어진 것이라고 볼 수도 있다고 생각한다. 독재 정권을 풍자하고 조롱하기 위한 작품들도 많이 쓰여졌다. 그러나 한극 희극사에 대한 연구는 매우 부족하여 제대로 이루어지지 못한 상태이다.

한국근대희극사를 개관해 볼 때, 金祐鎭의 희극은 초창기에 속하며, 한국근대희극사에 대한 구체적인 연구가 이루어지지 않아 단정적으로 말할 수는 없지만, 한국 근대희극의 가장 두두러진 특징으로 추정되는 성격희극의 양상을 띠고 있다. 그런 의미에서, 金祐鎭의 희극 작품들은 성격희극의 개척자 역할을 한 희극 작품이라고 생각한다.

13-5. 결론

앞에서 本攷는 金祐鎭의 <正午> · <두더기 詩人의 幻滅>을 상황의 희극성, 대사의 희극성, 인물의 희극성, 주제의 희극성 등의 관점에서 살펴 보고, 그 두 작품들이 희극사적으로 어떤 의의를 갖는가에 대해 연구했다. 그러한 작업의 결과로 다음과 같은 결론들을 얻을 수 있었다.

첫째로 <正午>는 제재면에서 볼 때, 한국 사회가 갖고 있는 문제를 다룬 작품 같으나, 구체적으로 제재를 다루는 과정에서 작중 인물들의 성격적 결함을 통해 웃음을 자아내게 하는 기법을 사용하고 있어, 성격희극적인 단면을 띤 작품이라고 말할 수 있음을 알았다.

둘째로 <正午>는 제재라는 면에서 우리 사회가 가지고 있는 어두운 면을 희극적인 기법으로 처리하고 있어 외형적으로는 풍자희극내지는 블렉코메디로 분류할 수 있는 가능성을 갖고 있는 작품이라고 말하고 싶다.

셋째로 <두더기 詩人의 幻滅>에는 여러 가지 문제가 존재하나, 그러한 모든 문제의 핵심에는 주인공 元永의 성격적 문제가 있고, 모든 상황은 元永에 의해서 만들어지는 것이므로 <두더기 詩人의 幻滅>은 성격희극적인 특성이 강하다는 사실을 알았다.

넷째로 <두더기 詩人의 幻滅>을 통해 볼 때, 주인공 元永의 여성관은 貞子와 부인에 대한 이중적인 태도로 미루어 이율배반적이고 냉소의 대상으로서 우리에게 웃음을 줄 수 있음을 알았다,

다섯째로 어떤 의미에서 金祐鎭의 희극에 등장하는 인물들은 대부분 웃기는 존재다. 자신의 모습을 제대로 파악하지 못하고, 도취해서 살아가는 존재이기도 하다. 그런 의미에서, 金祐鎭의 희극은 성격희극적 성격을 갖고 있는 희극이라고 결론을 내렸다.

여섯째로 한국근대희극사적 관점에서 볼 때, 金祐鎭의 희극은 한국근대희극사에 대한 연구가 구체적으로 이루어지지 않아 단정적으로 말하기는 어렵지만 성격희극의 개척자적 역할을 했다고 말하고 싶다.

14장 오영진 희곡의 희극성

14-1. 문제의 제기

오영진은 일제강점기와 해방공간 그리고 정부 수립이후를 거쳐 파란만장의 인생을 살면서, 여러 편의 희곡작품과 영화시나리오를 썼다. 오영진은 예술 활동뿐만 아니라 정치 활동을 하면서도, 경성제국대학교 조선어문학과 출신답게 한국의 전통적인 고전을 의식하면서 한국적인 작품을 남기려고 노력했다. 그는 동시에 정치활동과 같은 사회활동을 했던 경험을 바탕으로 사회비판적인 작품을 남기기도 했다.

1916년에 태어난 오영진의 작품 활동은 1933년 3월 평양공립보통학교를 졸업하고, 그 해 4월에 경성제국대학교 예과에 입학하면서부터 발휘되기 시작했다. 예과 시절, 校友誌였던 『淸凉』에 단편소설 <할멈>을, 창작지에 <R의 이야기>를 각각 日文으로 발표했고, 京城帝大學生 韓人同人誌 『東辰』에 <論介와 眞伊에 대한 少感>을 발표하기도 했다.

오영진은 한두 해 선배인 구자균, 김형규, 동창인 김사엽, 최재희 등과 교유하였으며, 조선어문학과의 異端으로 자처하면서 교내 문학동아리도 만들고, 영화동호회를 조직하기고 했다. 동인잡지인 『城大文學』에는 단편소설 3편 <眞相>, <거울>, <친구의 死後>를, 중편소설 <언덕위의 生活者>를 모두 日文으로 발표했다. 그는 1938년에 경성제국대학을 졸업하게 되는데, 졸업 논문은 「嶺南女性의 內房歌辭」였다. 그러나 그가 성취하고 싶었던 것은 영화 예술이었다. 결국 그는 졸업 후 全州師範 교원 자리를 제안받기도 했지만, 모든 것을 포기하고 영화 공부를 위해 일본으로 건너갔다. 그러나 그는 1940년 일본에서 영화 공부를 제대로 하지 못하고 귀국했다.

오영진은 광복과 동시에 정치의 와중에 휘말리게 된다. 평양에서는 조만식과 오윤선을 중심으로 순수 애국단체인 平南建國準備委員會가 결성되었다. 그 때 오영진은 조만식의 비서겸 보좌역을 맡아 建準作業에 동분서주했다. 그의 정치 활동에 대해 언급하는 것은 그의 작품 중에 정치성내지는 사회비판적 성격을 띠는 작품들이 있기 때문이다.

영화평론으로 출발한 그가 1942년 『國民文學』에 <배뱅이굿>과 1943년 <孟進士宅 慶事>를 발표함으로 해서 시나리오 작가로 알려졌고, 다시 1949년 <살아있는 李重生 閣下>와 <正直한 詐欺漢>을 발표함으로써 또 희곡 작가로 등장한다. 오영진은 영화평론을 꾸준히 쓰면서도 제재에 따라서 시나리오 또는 희곡을 썼던 것이다. 그리고 1950년에는 서울예술학원에 강사로 출강하면서 오리온 영화사를 창설하여 영화제작에 관여하다가 6.25를 맞는다.

오영진은 1942년 시나리오 <배뱅이굿>으로부터 1974년 사이코드라마 <며느리>, <夫婦>, <누나>, <섹스>를 쓰기 까지 26편의 작품을 남겼는데 작가 경력 32년 동안 26편(개작 4편 포함) 밖에 못썼다는 것은 그가 격동의 시대에 창작 외에 정치·사회적인 일에 많이 관여했기 때문일 것이다. 그의 작품 중에서 시나리오 <孟進士宅 慶事>가 희곡<孟進士宅 慶事>와 뮤지컬 <시집가는 날>로 개작되었고, 희곡 <살아있는 李重生閣下>가 시나리오

<人生差押>으로 개작되기도 했다.

本攷가 오영진 희곡의 희극성에 대해 연구하려는 것은 그의 작품들이 고전이나 사회상을 제재로 이루어지기는 했으나 그러한 작품들이 갖는 대표적인 공통성이 희극성이라고 생각하기 때문이다. 기존의 오영진에 대한 전반적인 연구나 오영진의 희곡에 대한 연구 그리고 오영진 희곡의 희극성에 대한 연구들이 있으나, 本攷가 앞에서 정리한 이론으로 연구한 것은 없기 때문에 새삼스럽게 연구하려는 것이다.

14-2. 〈孟進士宅 慶事〉의 희극성

1) 우월이론과 불일치이론의 입장에서 본 희극성

우리가 맹진사의 모습을 보고 웃는 것은 우월이론으로 설명될 수 있다고 생각한다. 관객이나 독자가 욕심 많은 맹진사를 보면서, 우리는 그렇게 욕심 많은 인간도 어리석은 인간도 아니라고 생각하면서 웃는 것이다. 우리는 맹진사보다 우월한 인간이라는 것이다. 우리는 맹진사처럼 높은 신분을 얻기 위하여 돈을 쓰지도 않으며, 자기의 신분을 높이기 위하여 딸을 신분 높은 집안에 억지로 시집을 보내지도 않는다는 것이다. 우리는 맹진사처럼 욕심 많은 인간이 아니라는 것이다. 맹진사처럼 탐욕스러운 인간이 아니라는 것이다.

그 뿐만이 아니다. <孟進士宅 慶事>에서 자신의 분수를 모르고 사는 사람은 맹진사뿐이 아니다. 맹진사 부인 韓씨도 별 차이가 없다. 사위가 될 '미언'이가 김판서 댁 자제라고 좋아하다가, '미언'이가 절룩발이라고 사위감이 아니라고 생각하는 것은 진실한 인간의 모습이 아니다. 결혼을 신분 상승의 수단이나 하나의 거래로 생각하는 인간의 모습이다. 순수한 인간의 모습을 추구하는 관객이나 독자의 입장에서 보면, 웃음내지는 비웃음을 자아내게 하는 韓씨의 모습이라고 생각한다.

'입분'이의 경우도 예외는 아니다. 오늘날이라면 몰라도 조선시대에 본인이 좋아서 지아비로 결정된 사람을 육체적 결함이 있다고 바꾸겠다는 생각을 갖는 것은 진실한 인간의 모습이 아니라고 생각한다. 맹진사의 발상으로 시작된 일이기는 하지만, '신부'라는 자신의 자리를 하녀인 '입분'이에게 강제로 넘긴다는 것도 합당한 처사가 아니다. 그것도 모자라 '미언'이가 육체적으로 출중한 인물로 밝혀지자, 다시 신부의 자리를 바꿀 생각을 한다는 것은 진실한 인간의 모습이 아니다. 우월이론의 입장에서 볼 때, <孟進士宅 慶事>에 등장하는 인물 중에 잘못을 저지르는 인물들은 관객이나 독자에게 우월감을 주어 웃게 하는 인물들이다.

불일치이론의 입장에서 보면, 몇 가지 예상 밖의 사건들이 우리를 웃게 한다. 맹진사의 집에 하루를 묵고 가게 되는 '김명정'이라는 인물도 지나가는 과객으로 알았다가, '미언'의 숙부로 밝혀짐으로 웃게 된다. 이목구비가 반듯한 '미언'이가 절룩발이로 소문이 났다가, 결혼식을 위해 신부집에 왔을 때는 예상을 뒤엎고 육체적으로 훌륭한 신랑이 되는 것은 관객이나 독자의 예상을 깨는 것이다. 예상을 깨고 몇 가지 장면들이 웃음을 자아내게 하는 것은 불일치이론으로 설명될 수 있으리라 생각된다.

2) 상황의 희극성

희극의 구조는 대립구조다. 대립된 성격과 상황이 웃음을 자아내게 한다. <孟進士宅 慶事>에는 지배층과 피지배층의 대립이 있고, 탐욕과 순수의 대립이 있다. <孟進士宅 慶事>라는 제목을 보면, '맹진사'라는 인물의 대립적인 성격과 '경사'라는 것의 대립적 상황이 웃음을 자아내게 한다. '맹진사'라는 인물의 중요성으로 해서, 성격희극이라는 선입감을 갖기 쉬우나 작품을 분석해 보면, 성격희극이라기보다는 상황희극이라고 말하는 것이 옳다고 생각될 정도로 계속 희극적 상황이 연속적으로 이어진다.

<孟進士宅 慶事>의 첫 번째 상황은 맹진사가 자신보다 신분이 높은 김판서댁 자제 '미언'이를 사위로 삼으려는 데서부터 시작된다. 탐욕스러운 성품에서 나온 생각이다. 첫 번째 단추를 잘못 끼웠기 때문에 계속해서 웃음을 자아내게 하는 상황이 계속된다. 禪學的 희극론의 입장에서 보면, 높은 신분과 낮은 신분의 사람이 있다는 생각부터가 그릇된 것이다.

다음으로 나타나는 희극적 상황은 김판서댁 자제인 '미언'의 숙부되는 김명정이 출현하는 장면이다. 김명정은 자신의 신분을 숨기고 지나가는 과객이라고 말하면서 맹진사댁에 나타난다. 김명정은 맹진사댁에 하루 이틀 묵을 수 없느냐고 묻는다. 맹진사는 처음에는 못마땅하게 생각하나, 김명정이 자신의 이름을 밝히고 유생이라고 말하면서 도라지 골에 사는 사람이라고 하자 묵을 것을 허락한다.

맹진사 : (조급하게 관을 연방 매만지며 내려가서) 이거 아까는 너무도 실례가 컸
　　　　소이다. 듣자오니 도라지골에 사신다는데 무식한 것들이 그런 소리를 미
　　　　처 전치도 않어설랑 원 인사가 아니었습니다 그려.
김명정 : ----- 누구시온지.
맹진사 : 네! 바로 내가 이 집 쥔 맹태량이올시다.
김명정 : 아 그렇습니까! 이거 되레 송구스럽습니다. 소생은 도라지골에 사는 김명
　　　　정이란 유생인데 실상인즉 아까도 잠깐 여쭈었지만 진사 영감댁 재실이
　　　　하도 조강하고 정결하다기에 심히 당돌한 청이 오나 집으로 가는 길에
　　　　하루 이틀 폐를 끼칠까 하와 ---
　　　　1 즉 조금도 어려워 마시고 한 달이구 두 달이구 ---- 자자! 위선 이리
　　　　좀, 어서 이리 좀, 어서 이리 좀. (두 사람 마루로 對坐한다.)1)

---

1) 오영진, <孟進士宅 慶事>, 권순종 외 2인편 『韓國戲曲選』, 중문출판사, 1989, 345쪽.

김명정은 식사를 하면서 길보에게 "죽은 나무에 꽃이 피었네"라고 말한다. 그러자 길보가 김명정에게 미언이 "언챙이갑쇼? 그렇잖으면 외눈깔이"냐고 묻는다. 그러자 김명정은 "배안의 병신이야"라고 말한다. 이목구비가 멀쩡한 사람이 절름발이로 바뀌는 상황이다.

길　보 : 해필이라닙쇼? 지체 높은 판서대감 자제로 문장은 소동파요, 필적은 왕희지요, 풍채는 두목 지라 뭣이 부족해서 해필입니까?

김명정 : 다 근사하지만 풍채 하난 ----아니야.

길　보 : 아니라닙쇼? 그럼 신랑을 잘 아십니까.

김명정 : 아다 뿐인가, 썩 잘 알지, 나하군 죽마지우로 아주 막역한 사인데 ----

인생의 재미도 모르고 한평생을 쓸쓸히 지낼 줄 알았드니 그래두 인덕이 좋아 이댁 아가 씨 같은 분을 만났으니 다행이지. 그이가 대감댁 자제루 이십이 넘도록 혼취 못한 그 탓이었지.

길　보 : 그 탓이라께?

김명정 : 죽은 나무에 꽃이 피었네.

길　보 : 죽은 나무에 꽃이 피었다뇨? 언챙이갑쇼? 그렇잖으면 외눈깔이.

김명정 : 외눈깔이 언챙이만 못지 않는 탈 한 가지가 있어.

길　보 : 네에 ----무슨 탈?

김명정 : 아 그것두 몰라?

길　보 : 그거라닙쇼?

김명정 : 그래 진정 그것두 몰라?

길　보 : 아무두 ----

김명정 : (씻은 발을 닦으면서) 이거야 이거 -----

길　보 : 이거라닙쇼?

김명정 : (길보 귀에 수군수군) ----배안의 병신이야.

길　보 : (어안이벙벙해 있다가 절름발이 시늉을 해보고) 아이구머니 하느님 맙시
　　　　사, 이거 사람 여럿 잡을 일 생겼구나. 영감마님 영감마님!
　　　(안으로 뛰어들다가 참봉을 만나 귓속말, 참봉 대경실색하여 사랑과 안으로 흩어
　　　　진다. 이윽고맹진사, 허둥지둥 뛰어나와 김명정 앞으로 나아간다)
맹진사 : 여, 여보, 도라지골 양반. (절름발이 시늉을 해 보이고) 이, 이게라뇨?[2]

　　다음으로 이어지는 희극적 상황은 맹진사의 아버지인 맹노인, 맹진사의 형
인 맹효원, 맹진사와 일가친척들이 모여서 이 문제를 어떻게 해결할까하고 긴
급회의를 하는 모습이다. 맹효원은 맹진사를 재물을 탐내서 결혼을 정했다고
비난하기도 한다. 맹진사는 결혼은 양반끼리 맺은 인륜대사인데 퇴할 수도 없
고, 진퇴유곡이라고 말한다. 맹노인은 맹진사의 말을 제대로 알아듣지 못하고,
엉뚱한 말만 계속한다. 맹진사의 부인인 韓씨는 이미 정한 결혼이니 마음에 안
들더라도 그냥 결혼하는 것이 어떻겠느냐고 말한다. 그러자 갑분이는 그럼 어
머니가 대신 시집을 가라고 말한다. 입분이는 진정한 마음과 사랑이 중요하지,
다리가 절름발이인 것이 무슨 중요한 일이냐고 말한다. 그러자 갑분이는 "네가
가려므나, 그 절름발이가 그렇게 좋거든. 네가 가서 그 놀라운 진정이란 것허구
실컷 살어! 아무도 말리지 않을테야!"[3]라고 말한다. 그 말을 들은 맹진사는 좋
은 생각이 떠올랐다고 무릎을 치면서 갑분이와 이뿐이를 바꿔치기할 계획을 세
운다.
　　이것 또한 우리에게 웃음을 주는 상황이라고 생각한다. 불일치이론의 입장
에서 보면, 우리가 예상하지 못한 상황이 우리에게 웃음을 주는 것이라 설명할
수 있고, 우월이론의 입장에서 보면, 관객이나 독자는 우리는 그런 어리석은 결
정을 안 하는데, 맹진사는 그런 어리석은 결정을 한다고 생각하면서 웃는 것이

---

2) 같은 책, 346 - 347쪽.
3) 같은 책, 354쪽.

라 생각한다.

다음으로 이어지는 희극적 상황은 갑분이와 입분이가 바뀐 상황이다. 갑분이가 입분이가 되고, 입분이가 갑분이가 된 것이다.

맹진사 : 에헴, 에 － － － 넌 말이다. 오늘부텀 입분이가 아니다.

입　분 : 네?

맹진사 : 내 딸 갑분인 한동안 없는 거나 매한가지루.

입　분 : 에그머니나, 무슨 그런 무서운 말씀을.

맹진사 : 그렇게 알아다구.

입　분 : 싫어요! 갑분 아가씨가 없어지셨다면 저두 따라 없어져요. 갑분 아가씨께
　　　　서 죽었다면 저도 따라 죽어요.

맹진사 : 네가 갑분 아가씨를 그처럼 위하느냐?

입　분 : 그 아가씨 떠나선 전 한시도 못살 것만 같아요.

참　봉 : 무던합지요?

한　씨 : 무던허구말구요.

맹진사 : 그러면 말이다. 갑분 아가씨 시키는 일이라면 죽을 일이라도 거리낌없이
　　　　다 해야지, 응?

입　분 : 네, 뭐든지 다해요. 그 아가씨 일이라면 열토막으로 죽으래도 죽겠어요.

참　봉 : 무던협죠?

한　씨 : 무던허구말구요.

맹진사 : 그러면, 갑분 아가씨 대신 도라지골로 시집이라도 가줄테야, 입분아?

입　분 : 네? 제가 도라지골로? 아이 나리마님도, 그것만은 안돼요.

한　씨 : 농담이 아니다. 입분아.

입　분 : 못해요. 그것만은 안돼요. 그런 법이 어뒀어유.

맹진사 : 갑분 아가씨가 너한테 시키는 일인데두?

입　분 : 그래두 그것만은 싫여요. 숫제 죽으라면 죽어유. 그렇지만 그것만은 － － － －

맹진사 : 요 앙큼한 것, 갑분 아가씰 위한단 소리도 새빨간 거짓말이었구나, 표리

부동한 이 고약한 것.

입　분 : 하누님![4]

처음에는 입분이가 있을 수 없는 일이라고 거절하지만, 결국 주인인 갑분이를 위해 허락한다. 관객이나 독자의 입장에서 보면, 웃지 않을 수 없다. 관객이나 독자는 맹진사가 잔꾀를 부린다는 것과 잔꾀를 부리는 것이 불행의 원인이 된다는 것을 알고 있기 때문이다. 여기서도 우월이론이 적용될 수 있을 것이다. 관객이나 독자가 웃는 것은 그들이 진실을 모르는 맹진사나 갑분이보다 우월하다는 생각에서 생기는 것이기 때문이다.

마지막 희극적 상황은 신랑 미언이가 절름발이가 아니라는 사실이 밝혀지는 상황이다. 잘 생긴 신랑이 말을 타고 오자, 길보는 신랑이 안 보인다고 말한다. 그러자 참봉은 재빨리 눈앞에 벌어진 상황을 파악하고, 맹진사에게 달려가서 땅이 하늘로 뒤집힐 일이 생겼다고 소란을 피운다. 참봉은 미언의 모습을 보고 맹진사에게 "그 눈은 샛별 같이 빛나서 재기가 영롱하며, 그 코는 장부의 기상이 용솟음치며, 그 사지는 싱싱한 나머지 철퇴같이 억세며, 그 체격의 간드러진 맵시 또한 하늘의 선인군자인양 늠름한 풍채 도무지 듣던 소문과는 홱 딴판이나 장차 이 일의 조치를 어찌하시리요?"[5]라고 말한다. 그러자 맹진사는 "잘못 본게지"라고 말한다. 맹진사는 직접 미언에게 가서 몸 상태를 확인한다. 맹진사는 미언에게 걸어보라고 시키기도 한다. 미언이가 절름발이가 아닌 것을 안 맹진사는 다시 입분이와 갑분이를 바꿀려고 하나, 맹노인은 신랑이 저렇게 훌륭하게 생겼는데 왜 빨리 식을 거행하지 않느냐고 호통이다. 미언의 숙부인 김명정도 초례는 빨리 올려달라고 재촉한다. 결국 입분이를 갑분이로 바꾸지 못하고 결혼식을 올린다. 맹진사에게는 비극적인 장면이 될 수 있겠으나 관객이나

---

4) 같은 책, 358 - 359쪽.

5) 같은 책, 368쪽.

독자에게는 통쾌한 웃음을 주는 장면이라고 생각한다.

대단원은 미언과 입분이가 첫날밤을 치루는 것으로 이루어지는데, Happy Ending으로 끝나는 것이다. 일반적으로 희극의 결말이 Happy Ending으로 끝나는 것을 생각하면 당연한 결과일 것이다.

3) 언어의 희극성

연극의 대본과 희곡작품에서 말하는 언어의 희극성은 결국 대사의 희극성이다. 맹진사의 대사도 참봉의 대사도, 길보의 대사도, 갑분이와 입분이의 대사도 상황을 생각하면 웃음을 주는 대사라고 말할 수 있겠다. 그러나 우리에게 웃음을 주는 대표적인 대사는 상황을 모르고 말하는 맹노인의 대사다.

첫 번째는 맹진사가 미언이가 '절름발이'라는 말을 듣고, 그 사실을 맹노인에게 말하는 상황이다. 귀가 어두운 맹노인은 엉뚱한 말만 한다.

맹진사 : 아버님, 미언이가 병신이랍니다그려.

맹노인 : 뭐?

맹진사 : 갑분이 신랑이 절둑발이랍니다그려. 이를 어쩌면 좋습니까. 양반끼리 맺은
　　　　인륜대산데 퇴 할 수도 없고 그냥 둘 수도 없고, 이야말로 진퇴유곡인즉 어
　　　　찌 했으면 좋겠습니까? 아버님께 좋은 묘책이나 없을지요, 네? 아버님?

맹노인 : 뭐라고 그러느냐? 다 죽어가듯 종알대니 무슨 소린지 난 통이 모르겠구나.

맹진사 : 미언이가 병신이랍니다.

맹노인 : 미음? 음 미음을 먹으라구?

맹진사 : 미음이 아니라 미언이에요? 미언이요.

맹노인 : 미언? 오 미언이? 가만 있자 ㅡㅡㅡㅡ 미언이가 누구드라? 응.

맹진사 : 엥이 참. 갑분이 신랑 될 미언이 말이에요. 그 미언이가. (냉큼 일어나 절
　　　　름발이의 시늉을 하며 거의 비명으로) 이거랍니다. 갑분이 새신랑이 이
　　　　거랍니다. 이거요. 이렇게 지독한 절름발이라니 어쩌면 좋습니까? 어쩌

면 좋아요?

맹노인 : (지극히 행복한 웃음을 띠어 기침 한번 치르고) 옛날에 「노래자」가 때때
옷을 입고설랑 참새를 잡아 달라고 그 아버지에게 엉석을 부렸더니 백살
이 된 그 아버지께서 대단히 기 뻐하드란다. 하하하하 ----「노래자」와
같이 너두 내 앞에서 재롱을 부리는게냐? 부모 앞에서는 백살을 먹어도
자식이란 언제나 어린애 같은 게니깐, 오냐 나도 즐겁다. 그만해 둬라 --
---- 하하하하.

맹진사 : 어이구 아버님 「노래자」 이야기가 아니에요. (드디어 신경질) 미언이가
쩔뚝발이에요.

맹노인 : 누가 쩔뚝발이야?

맹진사 : 갑분이 신랑 미언이 말씀에요.

맹노인 : 갑분이? 오-라 그년이 혼인이 내일이라지 참!

맹진사 : 어이구 하느님, 미언이가 ----(김명정, 행장을 꾸려든다)

참 봉 : 쉿!

맹진사 : 어? 뭐야? (김의 존재를 알아차리고 황황히 뒤로 손짓해서 참봉과 노인을
퇴장케 한다)[6]

다음으로는 맹노인이 뒤늦게 미언이가 절름발이라는 말을 듣고, 소란을 피
우는 대사다. 이목구비가 반듯한 미언이가 초례를 치루기 위해 집에 왔을 때,
맹노인은 자기 집안에는 대대손손 병신과 혼인한 일이 없다고 큰 소리 친다.

맹노인 : 들자허니 이 부랑당같이, 아껴 기른 무남독녀 외동 손녀를 절뚝발이에게
주다니 그나마 이 목이 부실한 나를 속여가며! 이럴 땐 필유곡절이야 이
불측한 놈들! 이실직고해라. 돈에 팔렸느냐, 논밭에 팔려 그랬느냐 말해
라 (一同, 꼼짝 못한다)

맹진사 : 아버님, 그런게 아니에요.

---

6) 같은 책, 349-350쪽.

맹노인 : 안된다, 못한다. 이 놈 태량아! 안된다면 안되어. 그놈 좀 내놔라. 그 병신
　　　　사위 놈 내가 한번 봐야겠다. (대청 앞으로 가서 쳐다보며 무턱대고) 어떤
　　　　놈이냐. 엑기 이 뻔뻔스런 놈, 그 병신 주제 꼴에 언감생심도 유만부동이
　　　　지. 내 집에 장가를 들어오다니 이 멀쩡한 놈아!
맹진사 : 아버님! 그리된 사연이 아니랍니다. 아버님, 고정 좀 하세요.
맹노인 : 안된다. 나를 대청까지 어서 안동해라. 김판서 아니라 영의정 대감 아니
　　　　라 그만 더한 인물이라도 안돼.
맹효원 : 형님, 그런게 아녜요. 첨엔 저희도 그렇게만 알었드니 그렇지가 않어요.
　　　　에그 이거 다치겠습니다.
맹노인 : 놔라, 저리 비켜! 내 발루 올라갈테다, 비켜라.
맹효원 : 에그그 위태롭습니다, 형님. (노인이 부쩍 우기고 올라간다. 할 수 없이
　　　　마루 위에 모셔 올린다)
맹노인 : 어서 그 놈을 내 눈 앞에 불러오지 못할까! (김명정, 미언이와 함께 쪽문
　　　　에 나타난다.)
맹노인 : (휘휘 둘러보고) 오! 네 놈이로구나. 엑기 천하에 맹문 집을 업수히 봐도
　　　　분수가 있지. 우리 집안에 대대손손 병신 혼인헌 일은 없어. 네 아무리 김
　　　　승지 후예라기로서니 막무가내다. 이 고연놈, 얼핏 나가지 못할까. 내
　　　　기 전에 얼핏 없어지지 못할까.[7]

　　세 번째로는 맹진사가 미언이가 절름발이가 아닌 것을 알고, 다시 입분이를
갑분이로 바꾸기 위하여 초례를 미루는데, 맹노인은 상황을 모르고 왜 빨리 초
례를 치루지 않고 미루느냐고 호통을 치는 장면이다. 갑분이와 입분이가 바뀐
것을 모르는 맹노인은 맹진사에게 초례를 빨리 치루라고 야단이다.

맹진사 : 에헴. (금시 천연스럽게 웃는다)
맹노인 : 그런데 웬일루 여태 초례를 올리지 않느냐.

─────────────
7) 같은 책, 372쪽.

맹진사 : (금시 울상으로 변한다) 네 지금 방금 올리겠습니다.

맹노인 : 오늘 죽을지 내일 죽을지 알 수 없는 내가 아니냐. 이것들의 경사요, 이 맹
　　　　 문가의 경사이니 초례가 한시 바삐 보고 싶다.

맹진사 : 네 ― 곧 ― ― ― ― 방금 ― ― ― ― 잠깐만, 아버님.

맹노인 : 허 이놈 태랑아! 효원아, 그래도 오히려?

맹진사 : 어이구 ― ― ― (훌쩍 뛰어가 父에게 귓속말로 하다가 환멸을 느끼며 돌아
　　　　 서서) 참봉! 어유, 이 노릇을 ― ― ― ― 얼른 좀 내다보게, 동구 밖.

참봉 : 네. (내닫는다)

맹노인 : 뭐보담 이건 양반집 행색이 아니야. 장가온 새서방을 저렇게 우두커니 앉
　　　　 혀두는 법이 어디 있드냐. 어서들 시작해라.

맹효원 : 형님! 다 압니다. 잠깐만 기다려 주세요. 오늘 따라 웬 근력이세요. 이렇
　　　　 게 원.

맹노인 : 엑기, 불측불효한 무리들, 무슨 대꾸가 그리 수다스러우냐. 이제나 저제
　　　　 나 경각에 있는 늙은 것에게 돈으로 사서 바치는 경사도 아니어늘 ― ― ―
　　　　 ― ― 그래도 냉큼 서두르지를 못할까[8].

4) 성격의 희극성

성격적 결함이 웃음을 자아내게 하는 희극을 성격희극이라고 말한다. 성격
희극이란 등장인물의 성격에 문제가 있어 비정상적인 성격이 여러 가지 희극적
대사와 희극적 상황을 만드는 희극이다. 성격희극은 주인공의 터무니 없는 욕
심이나 허영 등이 웃음을 자아내게 하는 희극이다.

맹진사는 헛된 욕심을 가진 허영에 찬 인물이다. 맹진사는 돈으로 '진사'라
는 벼슬을 샀고, 딸을 신분이 높은 김판서댁에 시집을 보내 자신의 신분을 높이
려 했다. 그러다가 상황이 바뀌자 교활한 방법으로 그 상황을 피해 가려다가 자
기가 설치한 덫에 걸려 비웃음을 사게 된다.

---

8) 같은 책, 373 - 374쪽.

　　맹진사의 허풍과 욕심을 드러내는 장면은 1막 1장부터 펼쳐진다. 맹진사가
갑분이의 혼사를 위해 김판서 댁에 다녀와서 가족들에게 말하는 장면이다.

길　보 : 그렇잖아두 가셨던 일 어찌나 되셨나 큰나리마님허구 운산골 나리꺼정
　　　　오셔서 ---

맹진사 : 운산골 나리? 오 숙부님께서도 오셨단 말이겠지? 그러면 그럴테지.

길　보 : 네. 가셨던 일 하회가 어찌나 되셨나 하구.

맹진사 : 게서두 안절부절들이냐?

길　보 : 아----그야----

맹진사 : 에끼 걱정들두 -----나가 여쭤라. 곧 나아가 뵙겠다구.

길　보 : 그럼 거지반 성사가 됐군입쇼.

맹진사 : 헛! 누가 나선 일인데.

길　보 : 아무럼입쇼. 제가 뭐랬읍니까?

맹진사 : 예, 갑분 아씬 어딨느냐?

길　보 : 갑분 아가씬 입분이 거나리구 이웃 색씨들 허구 뒷산에 도라지 캐러 가셨
　　　　나 봅니다.

맹진사 : 뭣이? 도라지 캐 ― 러? 에이 조심성 없는 것, 냉큼 쫓어가 모셔 오누라.

길　보 : 네에. (발 씻을 물을 떠다 놓고 사랑으로 나간다.)

맹진사 : 저 때문에 이 애비 이 고초도 모르고 --- 그나마 지체 높은 김판서 댁 며
　　　　느리가 되느냐 못되느냐 하는 판국에 에이 조심성 없는 계집애 같으니라
　　　　구. (한씨와 유모 안에서 나온다)

한　씨 : 에그 영감, 들자오니 거진 성사시켜 가지구 오셨다지요.

맹진사 : 나왔소?

한　씨 : 그래 근사하게 들어맞었어요.

맹진사 : 근사하게? (잔뜩 버티며 의관을 벗는다)

한　씨 : (의관을 받아 유모에게 넘기며) 자, 가셨든 일 얘기나 좀 하시구려. 그래
　　　　어떻습니까?

맹진사 : ━━━━ 에헴!

한　씨 : 아이 갑갑해.

맹진사 : 에헴, 놀라지 말어. 행랑방만 삼십간. 에그그 삼십간이라니 사십간두 더
　　　　 됐겠든 걸. 행랑방만 말야, 행랑방만 ━━━━ 알았어?

유　모 : 아유머니나 행랑방만 사십간, 이건 정말 어마어마 하구면입죠. 나리마님.

맹진사 : 거기다가 오곡백과를 가뜩 가린 곳간이 아마두 하나 둘 셋 넷 ━━━

한　씨 : 아마 대궐 같은 집인가 보구려.

맹진사 : 내게 대한 접대야 말루 구중궁궐에서 나온 손님인양 융숭허기 이를 데 없구.

유　모 : 어쩌면 ━━━ 그런 집 구경이라도 한번 했으면, 갑분 아가씨 시집갈 땐 이
　　　　 년이 꼭 후행하게 해 주셔요. 네, 나리마님.

맹진사 : 후행? 암 가야지. 젖엄마가 후행 가잖으면 누가 가나9).

　　다음부터 벌어지는 희극적 상황들은 모두 맹진사의 탐욕스러운 성격이 만들
어내는 장면들이다. 둘째 번 장면은 김판서의 동생이 과객이라고 자신의 신분
을 속여서 동네에 나타나는 장면인데, 맹진사는 처음에는 그를 박대하다가 김
명정이 자신은 도라지골에 사는 사람이라고 말하자 대하는 태도가 완전히 달라
진다.

　　다음으로 김명정이 미언이가 절름발이라고 말하자, 맹진사는 생각이 달라져
갑분이 대신 입분이를 시집을 보내려고 한다. 미언이가 절름발이가 아니고 멀
쩡한 젊은이라는 사실이 밝혀지자, 또 다시 마음을 바꿔 입분이 대신 갑분이를
시집보내려고 한다. 그러다가 맹노인의 호통으로 초례가 시작되어 맹진사는 망
연자실하게 된다. 분수에 넘치는 욕심으로 결혼이라는 인간대사를 망친 맹진사
와 한씨와 갑분이의 마지막 모습이다.

　　입　분 : 여, 여━보. (말이 떨어지기 전에 치마폭에 얼굴을 파묻는다)

---

9) 같은 책, 330 ― 332쪽.

미　언 : (입분을 안아 일으킨다. 패물과 활옷을 벗겨준다. 자기도 벗으며 촛불을
　　　　꺼버린다)
갑　분 : 어머니, 촛불이 꺼졌다.
한　씨 : 아이구 이 노릇을 낸들 어떻게 하느냐, 모두가 너의 애비 덕이야, 애비 잘
　　　　둔 덕이야 덕.
갑　분 : 어머니. (안으로 들어선다. 한씨, 뒤따라 나가다가 맹진사와 마주친다)
한　씨 : (한참 노려보다가) 잘도 망한다. 잘도 망해.
갑　분 : 바보, 아버지 죽어. (퇴장)

한참 사이
누가 부르는지 모르나 도라지타령이 들려온다.

맹진사 : (멍청하게 서 있다가 넘어지듯 주저앉는다)
삼　돌 : 장인 약속을 하셨지요?
맹진사 : 아유 이놈을 어떡하나?[10]

5) 禪學的 희극성

선학적 희극론의 핵심은 작중인물들이 분별심을 갖는 것이나 평상심을 유지
하지 못하고 화를 내거나 슬퍼하거나 지나치게 기뻐하는 모습이 어리석은 행위
라 우리에게 웃음을 자아내게 한다는 것이다. 세상 사람들은 분별심이 부족한
사람을 어리석은 사람이라고 말한다. 분별심이 없는 사람을 바보라고 말하기도
한다. 그러나 선불교에서는 분별심을 갖는 사람을 어리석은 사람이라고 말한다.
분별심을 갖는 것이 지식이라면, 분별심을 갖지 않는 것은 지혜라고 생각한다.
　세상 사람들은 똑똑한 사람이 있고 못난 사람이 있으며, 양반이 있고 평민이
있으며, 많이 가진 자와 적게 가진 사람이 있다고 말한다. 그러나 선불교는 똑

---

10) 같은 책, 379쪽.

똑한 사람과 똑똑하지 못한 사람이 있는 것이 아니라 우리 모두가 우리에게 적합한 똑똑함을 가지고 있으며, 양반과 평민이 있는 것이 아니라 우리가 가지고 있는 신분은 모든 신분이 우리에게 알맞은 신분이라는 것이다. 많이 가진 자와 적게 가진 자가 있는 것이 아니라 우리 모두는 우리에게 알맞은 정도를 갖고 있는 것이라고 말한다. 뿐만 아니라 우리는 가진 양에 상관없이 모두 귀중하고 훌륭한 존재라고 말한다. 선불교의 관점에서 보면 우리 모두는 아무것도 없는 거지이기도 하고, 역설적으로 말하면 우주의 모든 것을 가진 부자이기도 하다. 그러므로 선학적 희극론의 입장에서 보면 인간들이 분별심을 가지고 행동하는 모습은 모두 웃기는 것이다.

맹진사는 신분이 높은 사람과 낮은 사람을 차별하여 대우한다. 맹진사는 판서와 평민을 구분하고, 자기 가족과 하인들을 차별한다. 갑분이는 이목구비가 반듯한 미언이와 절름발이 미언이를 다르게 대한다. 그래서 절름발이와는 결혼하지 못하겠다고 말하면서, 어머니 한씨와 입분이에게 내 대신 시집을 가라고 투정을 부린다. 그러나 입분이는 진정한 마음과 변함없는 사랑이 중요하다고 말하면서 절름발이 미언이를 남편으로 맞이하지 않으면 안 된다고 충고한다.

입　분 : 에그머니나, 정말 시집 안 가실려나보네, 아가씨! 정말 안 가세요? 그런 법 없어요. 그만 일에 그럼 못써요. 그럼 안되요, 아가씨.

갑　분 : 뭐야? 뭐가 그만 일이야! 그 몹쓸 병신에게 가란 말이냐? 너 같으면 가겠니, 응. 어떡허란 소리냐?

입　분 : 그야 가야지요.

갑　분 : 아니구 기맥혀라.

입　분 : 언챙이든 쩔뚝발이든 그런게 무슨 상관이 있어요.

갑　분 : (대노) 아니 넌 그럼 무엇이 상관이란 말이냐, 응?

입　분 : 진정이에요, 진정만 있으면 모든 건 문제가 아닌 줄 알아요.

갑　분 : 진정? 응, 사랑 말이로구나.

입　분 : (크게 긍정해 보이며) 더군다나 새서방님께선 꼭 그 진정이 많으실꺼예요.
　　　　그게 젤이지 뭐예 요.

갑　분 : (울며) 어떻게 그리 잘 알아. 네가 데리구 살어봤어, 그이를.

입　분 : 아이머니나, 이 아가씨가! (맹진사, 초연히 들어온다)

갑　분 : 그럼 뭐야! 무슨 바보같은 소리냐 말야.

입　분 : 바보요? 그러찮어요. 난 무식한 년이지만 이렇게 생각해요. 난 진정이 제
　　　　일이라고. 진정만 있으면 죽어도 괜찮다구요.

갑　분 : 네가 가려므나, 그 쩔뚝발이가 그렇게 좋거든, 네가 가서 그 놀라운 진정
　　　　이란 것허구 실컷 살어! 아무도 말리지 않을테야![11]

미언은 첫날 밤을 입분에게 너는 하인도 아가씨도 아닌 내 아내라고 말하면서, 맹진사의 딸이나 입분이나 똑같은 신분으로 차별심 없이 대한다. 입분이와 미언이는 분별심 없이 모든 인간을 공평하게 대하나, 맹진사와 갑분이는 차별심을 가지고 미언이와 입분이를 대한다. 맹진사와 갑분이가 분별심을 가지고 인간을 대하는 모습이 우리를 웃기는 것이다.

그리고 관객이나 독자가 맹진사와 다른 인물들을 분별심을 가지고 대하는 것도 웃기는 것이다. 맹진사는 욕심 많은 탐욕스러운 인물이라 생각하여 비웃고, 미언이와 입분이는 순수하고 분별심이 없어 칭찬하며, 맹진사와 미언(혹은 입분)이를 분별하여 맹진사를 비웃는 것도 깨친자를 웃기는 것이라고 생각한다. 왜냐하면 깨친 자의 입장에서 보면, 맹진사도 미언이도 갑분이나 입분이도 연기론적으로 모두가 완전자이기 때문이다. 뿐만 아니라 맹진사의 탐욕스러운 욕심은 그에게만 있는 것이 아니라 우리 모두에게 있는 것이기 때문이다.

맹진사는 연기론적으로 탐욕스러운 인간이 되었을 뿐이다. 우리도 그와 같은 입장에 처했다면 별로 차이가 나지 않았을 것이다. 모든 인간이 연기론적으로 완전자라는 사실을 생각하면, 맹진사를 비웃는 관객이나 독자의 모습도 깨

---

11) 같은 책, 353 - 354쪽.

친 자의 입장에서 보면 웃기는 모습이라고 생각한다.

14-3. 〈살아있는 이중생 각하〉의 희극성

1) 우월이론과 불일치이론의 입장에서 본 희극성

관객이나 독자들은 이중생의 모습을 보고 웃는다. 우월이론의 입장에서 보면, 관객이나 독자들은 자신들이 이중생보다 우월한 존재라고 생각해서 웃는 것이라고 말할 수 있을 것이다. 관객이나 독자들은 자신들이 이중생보다 우월한 존재라고 생각해서 웃는 것이다. 관객이나 독자들은 자신들은 이중생처럼 자진하여 아들을 학도병으로 보낼 정도로 친일적이지도 않았고, 군정시대에는 미군들에게 아부하지 않았다는 면에서 이중생보다 훌륭하다는 것이다. 이중생은 그러한 와중에서도 란돌프 같은 사람에게 사기를 당했으나, 관객이나 독자들은 자신들은 그런 사깃꾼에게 사기를 당하지 않았다는 면에서도 이중생보다 우월하다고 이중생을 비웃는 것이다.

이중생은 일제에 잘 보이기 위해 아들을 학도병에 보낸다. 이중생으로서는 자기의 이익을 위하여 한 행위다. 미군정하에서 사업에 성공하려고 딸을 미군과 사귀게 한 것도, 이중생나름대로는 머리를 쓴 것이다. 그러나 모두가 실패했다. 이중생은 사기를 당해 모든 것을 실패하자 가짜로 부고장을 내고 죽은 척한다. 살아있는 이중생을 장사한 것이다. 그러나 그것도 실패한다. 관객이나 독자가 보기에는 실패한 이중생의 모습이 웃음을 자아내게 하는 것이다. 우월이론의 입장에서 보면, 관객이나 독자는 자신들이 이중생보다 우월하고 훌륭하다는 생각에서 웃는 것이다. 그런 의미에서 <살아있는 이중생 각하>는 우리에게 웃음을 주는 희극이라고 말할 수 있을 것이다.

불일치이론의 입장에서 본다면, 이중생은 보통사람들의 예상을 뛰어넘는 행위들을 한다. 보통사람들의 예상과 일치하지 않는 즉 불일치한 행위를 하는 것이다. 이중생은 사위에게 가짜 사망진단서를 쓰게 하고, 가짜로 죽은 이유를 만들고, 가짜 부고장을 내고, 가짜 초상을 치르다가 패가망신하게 된다. 이중생이 하는 일은 보통 사람들은 생각도 못할 일이다. 이중생은 멀쩡히 살아있으면서 자신의 재산을 지키기 위해 자기 자신을 죽은 사람으로 만드는 것이다.

불일치이론의 입장에서 본다면, 이중생은 보통사람들이 생각할 수 있는 것과 일치하지 않는 예상 밖의 일을 행함으로서 우리를 웃기는 것이다. 그런 의미에서 <살아있는 이중생 각하>는 불일치이론의 입장에서 보아도 희극성을 가진 작품이라고 말할 수 있을 것이다.

2) 상황의 희극성

희곡의 구조는 근본적으로 대립의 구조이지만, 희극의 구조는 웃음을 자아내게 하는 대립구조다. 그리고 희극적 상황은 그와 같은 대립구조 속에서 연속적으로 만들어진다. <살아있는 이중생 각하>의 구조는 구세대와 신세대의 대립구조이기도 하고, 타락한 사람들과 순수한 사람들의 대립구조이기도 하다.

<살아있는 이중생 각하>의 첫 번째 장면은 이중생이 초대한 인물들을 위해 파티를 준비하는 장면이다. 이중생은 시장과 재판장 같은 사회적 인사들을 초대했다. 이중생의 부인 우씨는 떡가루를 만들어다가 떡을 찌기도 하고, 숙수쟁이를 불러다가 여러 가지 반찬을 하기도 한다. 우씨는 파티를 위해 갈비찜과 약식을 만들기도 하고, 과일도 준비한다. 그러나 이중생의 사위인 송달지는 늦게 일어나 그런 파티에 별 관심을 보이지 않는다. 송달지는 미안해서 일꾼들과 함께 떡을 치려고 하니, 우씨가 "아랫 것들과 뭘 떠들고 야단이요. 체신머리 없이"라고 송달지를 야단치기도 한다. 송달지의 부인인 하주는 송달지에게 국밥이나 떠다 먹고 훌쩍 나갈 생각 말고, 이런 기회에 유력인사들을 사귀라고 말하기도 한다. 이중생은 파티가 흥겹게 이루어지게 하기 위해 인물 좋고 노래 잘하는 기

생도 부르라고 말한다. 이중생이 송달지에게 기생을 불러오라하니, 하주는 송
달지에게 당신이 언제 기생을 봤다고 아는 척 하느냐고 야단이다.

그런데 사태는 급변해 이중생은 사기죄로 경찰에 체포돼 쇠고랑을 차게 되
고, 둘째딸 하연은 오·이·씨에 가서 사업 허가를 얻어주겠다고 돈을 갖고 간
사기꾼 란돌프에게 버림받고 온다. 하연은 신문을 내동댕이 치며, 란돌프는 사
기꾼이며, 체포되었다고 말한다. 이런 상황에서 송달지는 기생을 데리고 집에
가는 길이라고 전화한다.

새삼 월·포월(H.Welpole)이 "이 세상은 생각하는 자에게는 희극이요, 느끼
는 자에게는 비극이다"라는 말이 떠오르는 상황이다. 감상적으로 생각하면, 이
중생의 상황이 비극이지만, 이성적으로 그리고 논리적·합리적으로 생각하면
웃기는 상황이 아닐 수 없다. 필자의 희극성에 대한 근본적인 태도도 상황을 이
성적으로 깨침의 경지에서 보자는 것이므로, 이중생 가정의 모습은 희극적 상
황이라고 말할 수 있다고 생각한다.

2막 1장의 상황은 이중생이 유치장 생활을 하는 모습을 상상력을 동원해서
설명하고 있다.

하　주 : 당신은 자기 생각만 허구 그렇지만 아버지 같은 분이 어떻게 하루 이틀도
　　　　아닌 한달 두달을 유치장 살이를 한단 말이오. 콧구멍만한 방에 열 명, 스
　　　　무 명을 구겨 놓구 뒷간두 방안에 있다는구려. 그렇죠?
송달지 : 그렇지, 거기두 뭐 특등이 있을려구.
우　씨 : 에그머니, 그 냄샐 다 맡구 ＿＿＿＿ 방안에 헌 버선짝만 있어두 질색이시
　　　　든 영감이 그 고린내를 어떻게 견뎌 배긴단 말이냐. (운다)
하　주 : (따라 울며) 따귓꾼, 사기꾼, 거기다 살인강도, 별의별 인종이 한 방에 이
　　　　마를 대구 있다는구려, 그렇지 여보?
송달지 : 응.
우　씨 : 에그머니 그 양반은 내가 옆에 있는 것만으로두 짜증을 내시는데 ＿＿＿＿＿

하　주 : 벼룩은 없구 빈대는 없구! 이는 꼬이지 않구 글쎄 나중에는 심심파적 이
　　　　사냥만 한대요, 어머니.
우　씨 : 에그 가엾어라. 이를 어쩌누, 너의 아버진 파리 한 마리 위잉 해두 못 주무
　　　　시는 어른인데.[12]

　이런 상황에서 송달지는 장인 이중생의 죄목을 열거한다. 송달지가 "거기다
가 공문서 위조지! 탈세가 되지, 화는 한꺼번에 몰아치는 거야!"라고 말하자, 우
씨는 "아니 그래 자네는 장인 갇힌 것이 당연하단 말인가!"라고 소리친다. 그러
자 송달지는 "아니예요, 어머니. 법적으로 따지면 말씀이지. 뭐, 거기다가 은행
의 융자 신청도 결국 자기 물건이 아닌 산림을 했으니 이것도 건이되죠 ─────
──아마 나오시기 힘들걸요"라고 말하자, 부인인 하주가"듣기 싫어요! 그럼 나
오시지 못하도록 축수라도 허구려. 에이 어디 저 따위가 ────"라고 화를 내
며 외친다. 슬퍼할 수도 웃을 수도 없는 상황이다. 그러나 이성적으로 생각하면,
우리는 이 상황을 보면서도 웃지 않을 수 없다.
　이중생의 형인 이중건은 이중생이 사기, 횡령배임, 탈세범으로 잡혀가서 쉽
게 나오지 못할 것이라고 말하면서, 하나밖에 없는 형의 집 한 칸 마자 뺏어먹
어야 옳으냐고 열을 올리기도 한다. 이중건도 더 많은 돈을 벌기 위해 욕심을
부려 동생에게 집을 빌려주었다는 사실을 생각하면, 이중건에게 생긴 모든 일
이 웃기는 일이 아닐 수 없다.
　다음으로 더욱 웃기는 것은 이중생이 유치장에서 나와 집으로 돌아와서의
장면이다. 이중생은 대동한 변호사에게 동생공사하는 처지라고 말하면서 용석
아범에게 삐이루 몇 병을 가져오라고 말한다. 그리고는 재산을 정리하는 말을
한다. 이중생이 "에에또, 이 뭉치가 죄다 대지와 가옥 등기구, 이게 공장, 이것
들은 아직 되지도 않은 건국제지와 한국제재 주권이니 어서 치워버리구 ────

---

12) 오영진, <살아있는 이중생 각하>,『한국대표희곡선집 1』, 태학사, 380쪽.

이게 반도임업이니 쓸데 없구 −−−−− 여기 있군, 대지니 가옥등기 두 명의 변경을 촌수 있는 대루 바삐 옮겨야 할 게 아뇨”13)라고 말하자, 최변호사는 이중생의 재산 하나도 다치지 않게 잘 처리하겠다고 말한다.

이중생은 가족들을 모아놓고 재산을 정리하기 위해 단기 보석으로 나왔다고 말하면서, 잘못하면 할아버지 때부터 물려받은 재산이 하루아침에 날라갈 판이라고 말한다. 이중생의 작은 딸 하연은 아버지가 자기를 불행하게 만든다고 불만을 털어놓기도 하고, 이중생의 형 이중건은 이중생이 털어먹은 것이 그가 살던 집과 소 열두 마리, 닭이 일백구십 마리, 쌀이 열다섯 섬이 된다고 상환하라고 야단을 벌인다. 그러자 이중생은 최변호사와 의논하여, 이중생이 죽은 것으로 하여 재산을 건질 계획을 세운다. 의사인 사위 송달지에게 사망진단서를 쓰게 한 후, 부고장을 써서 이중생이 죽었음을 세상에 알리자는 것이다.

2막 1장의 모습도 사람을 웃기는 희극적 상황이라고 말할 수 있다. 이중생과 최변호사 등이 머리를 맞대고 살아날 길을 찾는 모습이다. 잔꾀를 부리는 모습은 웃기는 광경이다. 일반적으로 잔꾀는 또 다른 불행의 원인이 되기 때문이다.

2막 2장은 이중생이 가짜로 자살을 하고, 부고장을 돌리는 장면이다. 이중생은 송달지에게 이중생의 사망진단서를 쓰라고 한다. 이중생은 사위인 송달지가 사망진단서를 쓰는 것을 거절하자, 하주에게 <송달지 내과 의원> 도장과 남편 도장을 가지고 오라고 하여 <사망진단서>에 도장을 찍는다. 결국 이중생은 죄를 뉘우치고 자살한 것으로 하고, 송달지는 이중생의 대행인으로 행세하기로 약속한다. 이중생의 모든 재산도 송달지의 것으로 결정한다. 송달지는 이중생의 장례를 오일장으로 하고, 영결장소는 자택, 묘지는 명성골로 한다고 적어 부고장을 돌린다. 2막 2장의 희극적 상황들은 관객이나 독자의 예상 밖의 장면을 연출한다는 면에서, 웃음의 원인을 불일치이론으로 설명할 수 있는 장면이라고 생각한다.

---

13) 같은 책, 385쪽.

제3막은 초상집 정경이다. 이중생이 죽지 않은 상가집의 모습은 경쾌하고 유
머러스한 분위기이다. 웃음소리가 이따금 들려오고, 송달지는 혼자 온돌방에서
꾸벅꾸벅 졸고 있다. 이중생의 가족들은 관청에서 관리들이 조사를 나온다고
소란을 피우기도 한다. 이중생과 돈거래가 있었던 김주사·변주사·홍주사 등
은 이중생이 일생동안 모은 재산을 딸에게도 물려주지 않고, 사위에게 물려주
고 떠난 대단한 분이라고 칭찬하기도 한다. 이중생의 형인 이중건이 이중생이
면도칼로 경동맥을 끊어 여기저기 피가 질펀하게 피바다를 이루었다는 말을 하
자, 김주사·변주사·홍주사는 좌불안석이 되어 일어서 가기도 한다.

병풍 뒤 관속에 있던 이중생이 답답하여 밖으로 나오기도 한다. 이중생은 쓸
데없이 쌀을 축내지 말라하고, 정작 와야 할 관리들은 안 왔다고 신경질을 부린
다. 이중생은 조금 전에 다녀간 김주사·변주사·홍주사에게 돈을 받을 것이
있다고 일러주기도 한다.

김의원이 오자, 모두들 예의 있게 대접한다. 김의원은 모든 재산을 의사인 송
달지 앞으로 해놓았다고 하자, 전 재산을 의료시설을 만드는 데 쓰면 어떻겠느
냐고 말한다. 송달지는 좋다고 말하고, 병풍 뒤에서 이 소리를 들은 이중생은
펄펄 뛴다. 그리고 최 변호사도 가족들과 의논해서 결정해야 한다고 말한다. 김
의원도 정부 당국과 의논해서 결정하겠다고 말한다. 김의원은 이중생이 사기·
배임·공금횡령·탈세·공문서 위조 등을 위반하고 있어서, 법적으로 재산을
청산하면 고인에게는 아무런 재산이 남지 않는 것을 잘 알라고 말하기도 한다.
그리고 김의원은 송달지에게 무료병원 설립은 정부의 방침과도 합치한다고 말
한다.

김의원이 가자 이중생이 병풍 뒤에서 나와 송달지를 닦달한다. 누구 마음대
로 내 재산을 무료병원 설립에 쓰려고 하느냐고 소리를 질러댄다. 최변호사는
상황이 이상하게 돌아가자, 변호사 비용을 먼저 달라고 말한다. 이중생의 비서
인 임표운은 나중에 계산하자고 말하면서 다투기도 한다. 이 때 징병간 아들 하

식이가 돌아온다. 이중생은 하식을 반가이 맞이한다. 그리고 이중생은 딸 하주에게 사위 송달지 때문에 재산이 모두 날라가게 생겼다고 소란을 피운다. 그러자 하주가 남편인 송달지에게 바보인척 하고 입이나 다물고 있으면 되는 것이지, 왜 잘난척 하느냐고 말하자, 죽어만 살던 송달지가 아내인 하주의 뺨을 때린다. 그리고 송달지는 이중생의 아들 하식에게 자신의 처량한 위치를 말한다. 그러자 하식은 아버지 이중생에게 구차스러운 수의를 벗고, 깨끗한 인간으로 돌아가라고 말한다. 얼마 후 이중생은 자신에게 자신은 집두 없구 돈도 없는 귀신이란 말이냐고 외친다. 그리고는 이중생은 정말로 자살해 죽는다.

<살아있는 이중생 각하>도 <孟進士宅 慶事>와 마찬가지로 희극적 상황의 연속이다. <살아있는 이중생 각하>에서도 하나의 잘못된 생각이 계속 잘못된 생각을 만들어가는 것이라고 볼 수 있다. 진실하지 못한 생각이 계속 진실하지 못한 생각을 만들어가는 것이다. 첫 단추를 잘못 끼우면 계속 다음 단추를 잘못 끼우게 되는 것이다. 한 번 거짓말을 하면, 앞의 거짓말을 합리화하기 위해 계속 거짓말을 해야 하는 것과 같은 이치다. 불교적으로 말하면, 하나의 잘못된 업보가 계속 잘못된 업보를 낳는 것이다. 이것들을 감상적으로 보면 비극적인 일이지만, 이성적·논리적·합리적으로 보면 희극적 상황이 되는 것이다.

3) 언어의 희극성

희곡에서 언어의 희극성은 대사의 희극성을 의미한다. 대사의 희극성은 우리가 예상했던 것과는 다른 대사가 나올 때 생기는 경우가 많다. 오늘날 한국의 개그맨과 개그우먼들이 웃기는 방법이다. <살아있는 이중생 각하>에서 대사가 가지고 있는 희극성은 불일치이론에서 말하는 것처럼 우리가 기대했던 것과는 다른 대사가 나와 생기기도 하지만, 인물이 상황을 제대로 파악하지 못해 생기는 경우가 많다. 우리가 흔히 하는 말로 상황을 파악하지 못하고 하는 말이 웃음을 자아내게 한다. <살아있는 이중생 각하>에서는 송달지의 대사가 그런 대사에 해당될 것이다.

송달지는 이중생이 경찰서에 잡혀 갔는데도 상황을 알지 못하고, 이중생의 집에서 준비하고 있는 파티에 기생을 데리고 가겠다고 전화를 하기도 한다. 송달지는 상황이 바뀐 것을 알지 못했기 때문이다.

그런가 하면 이중생이 죽은 사람으로 바뀐 상황을 잠시 잊고, 이중생에게 걸려온 전화를 받고 바꿔주려고 한다.

그때 전화 벨 소리. 이중생, 깜짝 놀라 옆으로 굴러간다. 송달지 전화를 받는다.

송달지 : 네, 네, 잠깐 기다리세요. 아버지 전화 ─────
이중생 : 엑끼 ───── 죽은 내가 전화를 받는단 말이냐?
송달지 : 아이참, (전화를 계속 받으며) 네 네 알겠습니다.
이중생 : (옆방에서) 누구한테서 온거야?
송달지 : 임선생하구 최변호사허구 곧 오신다구요. 국회 특별조사위원회의 김의
　　　　원 한 분이 같이 오신답니다.14)

김의원이 문상을 왔을 때는 송달지는 이중생의 입장은 전혀 고려하지 않고 이중생의 재산으로 종합병원을 세우겠다고 말하여 사람들을 웃기기도 한다. 이중생은 관 속에서 펄펄 뛰지만 상황을 파악하지 못하는 송달지는 의사 공부를 시작한 것도 그런 계획으로 한 것이라고 말한다. 구두쇠이며 사깃꾼인 이중생의 입장은 전혀 고려하지 않고 하는 말이다. 역시 상황을 제대로 파악하지 못하는 김의원도 맞장구를 쳐서 사람을 웃기고, 이중생을 곤두박질하게 만든다.

김의원 : (그냥 달지에게) 보건 시설 같은 것은 어떻습니까, 선생이 의사라구 허시

---

14) 같은 책, 401쪽.

니 말씀입니다만 ----

최변호사 : 보건 시설?

김의원 : 네, 우리나라처럼 보건 시설이 불충분한 나라도 없지요. (이중생 펄펄 뛴
다) 그야 그럴 것이, 지금꺼정은 저마다 도회지서만 개업할랴구 주사 한
대두 돈 있는 이만 맞게 생겼구, 돈 몇 환 있구 없구를 귀중한 생명이 왔
다갔다하지 않았습니까. 무로루 치료해주는 국립병원이 있지만, 아주 시
설이 불충분하거든요.

송달지 : (의외로 흥분하며) 그렇습니다. 내가 의사 공부를 시작한 것도 그런 의미
에서 한 것이죠. 의사란 상업이 아닙니다.

김의원 : 잘 알겠습니다. 판결 결과가 이렇다 저렇다 경솔히 말할 수 없으나 송선
생의 생각을 관계 당국에 보고해서 고인의 재산일랑은 특별히 이 방면에
쓰시게 하시죠? (이중생 곤두박질 한다)[15]

김주사 · 변주사 · 홍주사의 경우처럼, 이중생이 가짜로 죽은 것을 모르기 때문
에, 사람들이 나누는 대화가 우리를 웃기는 경우도 있다. 이중생이 살아있을 때,
김주사 · 변주사 · 홍주사는 이중생을 만날 입장이 아니었다. 사실상 김주사는 종
로에 있는 이중생의 가게를 쓰구 집세라고 다달이 오천환만을 내고는 시치미를
떼는 사람이고, 변주사는 어물판 구전 오만환을 나누어 먹기로 약속하고는 두 달
째 얼씬도 안하는 사람이고, 홍주사는 전쟁 전에 오푼 변으로 삼만환을 가져가고
는 오늘까지 이자 한 푼 안 갚는 사람이다. 그런데 이중생이 죽은 상가에 조문을
와서 천연덕스럽게 이중생의 죽음을 안타까워하는 말을 하는 것이다. 김주사 ·
변주사 · 홍주사가 상황을 모르고 하는 말이 독자와 관객을 웃기는 것이다.

김주사 : 저번 백참판댁 상가에두 저 중이 왔었어 ----

변주사 : 백참판 대감이나 이 대감이나 아까운 분들이지. 세상에서는 인색하다거

---

15) 같은 책, 405쪽.

나 모리배라거나 별 별 말두 많었구 실없는 사람의 입술에두 오르내렸지
만 진실로 국보적 보물이었어. 하였튼 무슨 일을 했던 간에 이만한 재산
을 벌어 놓았으니 훌륭하지 뭡니까. 모리배라면 어때? 사기꾼이라면 어
때? 공범이 어떻구 아님 또 어떻단 말요? 우선 벌고 보는 거지.

홍주사 : 그야 자결허시는 것만 봐두 범상한 어른이 아니지. 누가 이 좋은 세상을
　　　　두고 한번 가면 그만인 걸 성큼 헌단 말요. 춘추가 몇이더라 — — — — —

송달지 : 쉰? — — — — — —

홍주사 : 갑인 을묘 정유니까 쉰넷이겠군.

송달지 : 쉰셋 — — — — —

변주사 : 일생을 두구 모은 재산을 텁석 이 사위 양반에게 물리구 가신 건 어떻구,
　　　　예사 사람이야 아들이 없으면 딸에게 물릴 것이구, 마누라에게 줄 게 아
　　　　니오. 그걸 왼통 사위 양반에게 주셨습니다그려. 그것두 억만환 하나 둘
　　　　은 내리지 않으리다.

김주사 : 온 정신 없는 소릴 — — — — 가옥만 해두 둘이 되고 남지. 이 집 한 채만두
　　　　집 지으실 때 구경했지만 건평이 삼백팔십 평이 — — — — 넘죠?16)

　　다음으로 언어의 희극성 가운데 대표적인 것은 동어반복이다. 같은 말의 반
복이 웃기는 것이다. 별로 웃기는 말이 아닌데도 계속 반복해서 사용하면, 사람
을 웃기게 된다. 예를 들면 옛날에 "잘 났어 정말"이나 "집에 전화하니 없데"라
는 말도 그 말 자체로는 별로 우수운 말이 아닌데, 계속 반복해서 사용했을 때
우리를 웃기게 된다. 여기서는 '숙수쟁이'라는 단어를 계속 반복해서 사용하여
우리를 웃기고 있다.

　　복　순 : 왜 용석이 아버지 어디 갔니?
　　옥　순 : 마님이 숙수쟁이 집에 두구 숙수쟁이 부르러 숙수쟁이 집에 보냈지. 호호

---

16) 같은 책, 399쪽.

----그러구두 일 은 자기 혼자 잘한다구.

복　순 : 그러구두 누구보구 일을 잘헌다 못헌다 야단이란다. 그치, 얘 ----

안에서 "용석 아버지" 하는 소리와 함께 어멈 나온다.

말이 잰 여자.

다음 대화는 굉장히 빠르게 주고 받는다.

어　멈 : 기집애들이 여기 있으면서두 대답을 안 해. 용석 아버지 좀 찾아와, 마님
　　　께서 떡 치신다구 부르신다.

복　순 : 용석 아버지 심부름 갔어요.

옥　순 : 숙수쟁이 데릴러 숙수쟁이 집에 갔는데, 뭐.

어　멈 : 미쳤다구 와 있는 숙수쟁이는 어쩌구 숙수쟁이 데릴러 숙수쟁이 집에 갔
　　　지 뭐유.

어　멈 : 숙수쟁이 집에 와 있는 걸 왜 마님이 숙수쟁이 데리러 숙수쟁이 집에 보냈
　　　단 말이냐.

옥　순 : 그야 마님이 숙수쟁이 집에 온 줄을 몰랐으니까 숙수쟁이 집에 가랬지. 그
　　　치, 애?[17)]

또한 봉사들의 대사가 우리를 웃기기도 한다.

이중건 : 어두운데 조심허우.

그때 다다미방을 거쳐 나오던 봉사 2인, 자기에게 하는 말 알고,

봉사1 : 우리는 어둡고 밝은 걸 별루 가리질 않습니다.

---

17) 같은 책, 371－372쪽.

이중건 : 그야 그럴 테지, 어서들 들어가서 좀 주무시지, 오늘두 밤새 수고 허셔야
　　　　겠으니 ----
봉사2 : 소경 잠자기루 그것두 별로 가리질 않습니다. (하고 안으로 들어간다)[18]

그 외에 글의 내용 자체가 우리에게 웃음을 주는 것으로는 이중생의 유언장
을 들 수 있을 것이다.

이중생 : (방으로 올라가며) 뭐 그리 심각히 생각할 게 없지. 에에또 최선생이 어디
　　　　유서 한번 다시 읽어보슈. 누락된 점이 없나.
최변호사 : (낭송조로) "황천은 굽어 살피소서. 소생은 죽음으로써 전생의 모든 과오
　　　　를 청산하나이 다. 개과천선은 고 성현도 용납하시는 바이오니 황천은
　　　　이중생을 긍휼히 여기사 널리 용서, 용서하옵소서. 각설 ---- 소생의
　　　　동산, 부동산, 가옥, 유가증권을 불문하고 소생 소유의 전 재산을 모모에
　　　　게 양도하오니." 영감, 이 이름 석 자가 문젭니다그려 ---- "소생 소유
　　　　의 전 재산을 모모에게 양도하오니 모모는 마땅히 다음의 사항을 처리할
　　　　지니라. 제일은 현금 삼백환과 서린동 ××번지 소재 가옥 일백오십 평을
　　　　가형 이중건 씨에게 양도할 것이요, 제이는 소생이 존경하는 고문 변호
　　　　사 ---" 제이에게두 한 구절 넣습니다. 백씨 영감께서 꼭 넣야한다길래.

이중생 : 그야 그럴 것이지.
최변호사 : "소생이 신임 존경하는" ---- 헤헤, 존경은 뺄까요?
이중생 : 어서 읽으슈.
최변호사 : "고문 변호사 최영후에게 대한 적당한 사례금을 망각치 말것이요, 제
　　　　삼은 고문 변호사최영후는 온갖 수속상 추호도 법률적으루 미비 상이
　　　　함이 없기를 기할지어다. 년, 월, 일, 이중생" 이만하면 만족허십니까?
이중생 : 완고한 형님이 지으신 걸루선 엥간하군 그래. 그럼 내가 친필루 쓰지. (책

----

18) 같은 책, 400쪽.

상 앞으로 간다)

최변호사 : 날짜는 훨씬 옛날루, 말하자면 본 사건이 발생하기 퍽 이전으루 하십
　　　　　 쇼. 그래야만 법적 효과를 발생할 수 있습니다.[19]

4) 인물의 희극성

어떤 의미에서 희극은 희극적 인물이 만들어내는 것이다. 희극적 인물이 희
극적 대사를 만들고 희극적 상황을 만드는 것이다. <살아있는 이중생 각하>
에서 대표적인 희극적 인물은 물론 이중생이다. 그러나 때때로 송달지나 하주,
최변호사, 이중건 등도 우리를 웃기는 인물의 역할을 하기도 한다.

이중생은 <맹진사댁 경사>의 맹진사와 같이 탐욕적인 인물이다. 그는 수단
과 방법을 가리지 않고 재산을 모으려 하고, 출세하려고 한다. 전형적인 출세주
의자이기도 하다. 아들을 일제의 징용에 보내 일본사람들에게 잘 보이려 하고,
딸을 군정 하에 있는 미국인과 사귀게 하여 이권을 따낼려고 하다가 사기를 당
하기도 한다. 이중생은 자식보다 출세를 더 중요시 여기는 사람이다. 출세를 위
해 반민족적 행위도 서슴치 않는 자이기도 하다. 이중생의 반민족적 행위를 아
들인 하식은 다음과 같이 말하기도 한다.

하　　식 : 아버지!
이중생 : 오냐, 하식아.
하　　식 : 제가 하식인 걸 아시겠습니까. 제 이야긴 왜 하나도 묻지 않으십니까?
이중생 : 오 참! 그래 얼마나 고생했니?
하　　식 : 일본놈에게 끌려가 죽을 고생을 하다가 그것두 모자라 화태에서 십 년이
　　　　　나 고역을 치르고 돌아온 하식이올시다. 화태에서는 아직두 아버지 같은
　　　　　사람이 떠밀다시피 보낸 젊은이와 북한에서 잡혀온 수많은 동포가 무지

---

19) 같은 책, 393 – 394쪽.

막도한 소련 놈 밑에서 강제 노동을 허구 있어요.[20]

이중생의 탐욕적인 모습은 <살아있는 이중생 각하>의 첫 장면인 파티를 준비하는 데서부터 나타난다. 이중생은 자기가 새로운 사업을 하는 데 필요한 사람들에게 호감을 사기 위해 집에서 파티를 준비한다. 성공적인 파티가 되게 하기 위해 기생까지 불러 파티를 열려고 한다. 그러나 이런 계획은 이중생이 사기배임죄로 경찰에 잡혀 감으로서 깨지게 된다.

그러나 이중생은 여기서 좌절하지 않고, 자신의 재산을 보전하기 위해 사위인 송달지에게 사망진단서를 쓰게 하고, 이중생이 하주에게 시켜 송달지의 도장을 가져다가 찍고 죽은 사람으로 위장한다. 이중생의 가족들은 이중생이 죽었다고 부고장을 보내고, 상을 치룬다. 이중생의 유산 상속자가 된 송달지가 문상 온 김의원에게 무료 종합병원을 세우고 싶다고 말하여 이중생이 관속에서 나오려고 시도하기도 한다. 결국 이중생은 자기 재산이 모두 없어질 것으로 생각되어 자신의 삶을 포기하고 만다.

이중생은 자기가 불법으로 모은 재산을 유지하기 위하여, 잔재주를 부리고 온갖 방법을 생각해낸다. 결국 자기가 판 구덩이에 자기가 빠지고 만다. 욕심이 잉태하여 죄를 낳고, 죄가 장성하여 패가망신하게 된다. 이중생은 가문을 일으키려고 했다지만, 결국 가문도 망하게 되고 만다. 앞에서도 언급했지만, 감성적으로 보면 비극으로 느껴질 수 있겠으나, 이성적 · 논리적 · 합리적으로 보면 희극적인 것이다. 그의 성격이 이중생과 그의 집안을 망하게 했고, 연극을 보는 관객이나 작품을 읽는 독자를 웃게 만든다.

둘째로 우리를 웃게 만드는 인물은 송달지다. 이중생의 사위인 송달지는 '송달지 내과 의원'의 원장이다. 그는 의사지만 병원에 손님이 없어 집에서 노는 처지에 있는 공처가다. 그의 마누라인 하주는 남편에게 큰 소리치는 것은 보통

---

20) 같은 책, 409쪽.

이며, 남편에게 이중생을 위해 여러 가지 일을 할 것을 강요한다. 송달지는 눈치 없이 이중생의 재산으로 무료 병원을 짓겠다고 말할 정도로 상황을 파악하지 못하는 인간이기도 하다. 송달지가 우리에게 웃음을 주는 것은 상황을 제대로 파악하지 못하는 인간이기 때문이다. 결단성이 없는 공처가인 송달지는 자기 자신의 위치와 상황을 모르고 행동하고 있다. 다른 면에서 보면, 송달지는 순수한 인간의 모습도 보인다. 세상사를 제대로 모르는 순수한 인간의 처신이 우리를 웃기기도 한다.

기세 등등한 하주의 모습도 우리를 웃긴다. 하주는 남편인 송달지에게 큰 소리를 치면서 처갓집 덕택에 사는 인간이라고 말하지만, 결국 송달지는 처갓집 덕을 본 것이 아니라 처갓집 때문에 궁지에 몰리게 된다. 하주도 친정 아버지 이중생의 덕을 보려고 남편 송달지에게 이중생을 위해 무엇인가를 하라고 야단을 벌리지만 결국 모든 것이 허사가 되고 만다. 하주의 진실하지 못한 인간의 모습이 우리를 웃긴다. 그 녀의 허영에 찬 이기적인 성격이 자신의 불행을 가져왔으며, 또한 우리로 하여금 허탈한 웃음을 웃게 한다.

5) 禪學的 희극성

선학적 희극성의 입장에서 보면, '正과 邪', '眞과 僞', '서민과 귀족', '인간과 비인간'의 대결은 인간에 대해 분별심을 가지고 대하는 것이기 때문에 웃긴다고 생각한다. 선학적 희극성의 입장에서 보면, 대중들이 분별심과 차별심을 가지고 사람이나 상황을 대하거나 그러한 상황에서 平常心을 유지하지 못하는 것이 웃긴다는 것이다.

<살아있는 이중생 각하>에서도 좋은 인간과 나쁜 인간이 갈라진다. 이중생과 우씨와 하주는 나쁜 사람이고, 송달지와 하연과 하식은 착한 인물이기도 하다. 이중건과 이중생의 일가(우씨, 하주, 송달지, 하연, 하식)와 김의원은 상층계급이고, 용식 아범과 어멈, 그리고 옥순과 복순은 하층계급이라고 말할 수 있을

것이다. 이러한 구분은 속세에서는 의미가 있을지 모르나, 연기론적으로 생각
하면 무의미하다. 연기론적으로 보면, 모든 존재가 다 귀중하고 위대한 존재이
며, 자기 나름대로 타당한 위치에 존재하기 때문이다.

사실상 이중생도 그러한 존재가 되고 싶었겠는가? 조상이 일제에 부응하여
모아 놓은 재산이 있기 때문에 그 재산을 유지하고 더 늘리기 위하여 욕심을 부
리다가 생긴 일이 아니겠는가? 조상의 업보가 이중생으로 하여금 탐욕적인 인
생을 살게 한 것이 아니겠는가? 어떤 의미에서 성격도 재산유지도 모두 조상 탓
이기도 하다.

그런 의미에서 선학적 희극성의 입장에서 보면, 선한 자와 나쁜 자로 높은 신
분의 인간과 낮은 신분의 인간으로 나누어 갈등하고 다투는 모습이 모두 웃기
는 것이라고 볼 수 있다.

14-4. 결론

오영진의 희곡 중에서 <맹진사댁 경사>와 <살아있는 이중생 각하>라는
작품의 희극성에 대해 고찰한 후에 다음과 같은 결론을 얻었다.

① <맹진사댁 경사>는 맹진사의 탐욕이 빚은 성격희극의 특성을 가지고 있
　는 것은 사실이나, 작품 분석을 통해 희극적 상황의 연속으로 이루어진 작
　품이라는 것을 알 수 있었다. 물론 탐욕적이고 허영에 찬 욕심이 희극적
　상황을 만들어내는 것이기는 하지만, 이어지는 희극적 상황은 앞에서 만
　들어진 상황에 의해 자연스럽게 만들어가는 것이라고 생각했다. 첫 번째
　단추가 잘못 끼워졌을 때, 다음 단추가 잘못 끼워지는 것이나 마찬가지라
　고 본다.

② <맹진사댁 경사>는 사회의 상층부에 존재하는 인간에 대해 풍자적 수법
으로 비판한 것이라 생각한다.

③ <맹진사댁 경사>에서 대중들이 맹진사가 곤경에 빠지는 것을 보고 기뻐
하고 좋아하는 것은 전통적인 것을 제재로 하는 풍습극이 가지고 있는 축
제적 기능을 보여주는 것이라고 생각한다.

④ <살아있는 이중생 각하>는 사회 모순을 풍자적 수법으로 비판한 작품이
다.

⑤ <살아있는 이중생 각하>도 이중생의 지나친 욕심이 빚어낸 희극이기는
하지만, <맹진사댁 경사>와 같이 첫 번째 희극적 상황은 이중생의 탐욕
적인 성격이 만들어내지만, 다음의 희극적 상황들은 앞의 희극적 상황들
이 만들어내는 것이라고 생각한다. 한 번 거짓말을 하면, 그 거짓말을 합
리화하기 위해 계속 거짓말을 해야 하는 원리와 비슷하다고 생각한다.

⑥ <맹진사댁 경사>와 <살아있는 이중생 각하>의 제재를 볼 때, 희극의 제
재는 그 사회가 가지고 있는 문제점들이 될 수 있다고 생각한다.

⑦ 희극과 비극은 구별하기 어렵다는 것이다. 어떤 상황을 이성적으로 보면
모두가 희극이고, 감성적으로 보면 모두가 비극이라는 것이다.

⑧ 사회문제를 희화화시켜서 상대방을 비웃고 비판하는 것은 좀더 나은 사회
를 만들려는 욕구의 표현으로 볼 수 있다는 것이다.

⑨ 선학적 희극론의 입장에서 볼 때 <맹진사댁 경사>도 <살아있는 이중생
각하>도 모두 등장인물들이 분별심을 가지고 희로애락하는 모습을 담고
있으므로 두 작품 모두를 희극으로 볼 수 있다는 것이다.

15장 근대희곡의 희극성

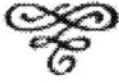

15-1. 문제의 제기

희극성이란 무엇인가? 웃음이란 무엇인가? 우리는 왜 웃는가? 희극성과 笑劇의 관계는 무엇인가? 희극성과 喜劇의 관계는 무엇인가? 한국문학과 희극성의 관계는 무엇인가? 희곡의 구성요소와 희극성의 관계는 무엇인가? 문학작품의 구성요소와 희극성의 관계는 무엇인가? 앞에 언급한 문제들은 한국근대희곡의 희극성에 대해 연구하는 데, 중요한 문제이다. 우선 기존의 연구들을 보면 다음과 같다.

1970년도 한국에서 <동서문학의 해학>이라는 주제로 국제 P. E. N. 펜회가 열렸을 때, 세계의 많은 작가와 문학연구가들이 자기 나라의 문학작품에 나타난 해학에 대해 논한 바 있으며, 1974년에는 신윤상이 「韓國의 유모어」라는 저서를 발표하여 우리 조상들이 얼마나 유모어가 있는 분들이었으며, 향가를 비롯하여 많은 시가문학와 산문문학에 유모어가 어떻게 나타나 있는가를 기술한 바 있다. 1976년에는 임철규가 「창작과 비평」 겨울호에 <희극의 미학>이라는 제목으로 희극에 대해 이론적으로 논했고, 1979년에 이정탁은 이우출판사에서 「韓國文學硏究」를 출간했다. 1980년에는 송동준이 힝크(W. Hink)가 쓴 <희극성과 희극이론 입문>이라는 글을 번역하여 「해외문예」 겨울호에 소개한 바 있으며, 1982년 서울대학교 출판부는 머천트(M. Merchant)가 쓴 「희극」이라는 책을 석경증이 번역해서 출간했다. 1983년에 김지원은 문장사에서 「해학과 풍자의 문학」을 출간했고, 1985년 서울대학교 출판부에서 데이비스(J. M. Davis)의 「笑劇」이라는 책이 홍기창의 번역으로 출간되었다. 1987년에는 박춘태가 「오영진 희곡의 희극성 연구」라는 논문을 발표한 바 있으며, 1992년에는 베르그송(L. Hutcheon)의 「패로디이론」을 김상구·윤여복이 번역하여 문예출판사에서 출간했다. 1992년에는 이인성이 문학과 지성사에서 몰리에르의 희극을 연구한 「축제를 향한 희극」이라는 저서를 출가하기도 했다.

그러나 이러한 연구들이나 번역서들은 한국문학의 희극성을 이해하는 데 충분한 것들이 되지 못했다. 더욱이 한국문학작품에 대한 연구들은 뚜렷한 이론에 바탕을 두고 논했다기보다는 감각적으로 느껴지는 것을 기술하거나 상식적인 이론을 가지고 문학작품을 연구하고 있어 체계적인 논의가 제대로 이루어졌다고 생각하지 않는다.

그런 의미에서 本考는 희극성의 개념과 희극성과 희곡의 구성요소와의 관계 등을 이론화하여, 그것을 바탕으로 한국근대희곡의 희극성에 대해 연구하려 한다. 이러한 연구를 위해서는 많은 한국근대희곡작품들을 연구의 대상으로 삼아야 할 것이나, 本考는 시론적으로 세 개의 작품을 선정하여 연구하려 한다.

本考가 연구의 대상으로 삼은 작품은 1912년에 조일재에 의해 쓰여진 <病子三人>과 1943년에 발표된 오영진의 <孟進士宅慶事>와 1960년에 쓰여진 이근삼의 <원고지>이다. 세 작품은 앞에서 설명한 것이지만, 세 작품을 비교하면서 연구하여 새로운 면을 찾아내고자 한다. 근대희곡작품들이 가지고 있는 희극성이 공통점을 결론으로 제시하기 위해, 같은 작품들에 대해 기술한다.

15-2. 희극적인 구조

아리스토텔레스와 구조주의자들은 희곡의 생명은 구조에 있다고 말했다. 같은 사건이라도 작품의 구성을 어떻게 하느냐에 따라 의미가 달라지고, 강조하는 점이 달라진다. 더욱이 희곡은 제한된 시간에 제한된 장소에서 제한된 행위와 조건들을 가지고 이루어지는 연극의 대본이기 때문에 구조가 중요한 것이 되지 않을 수 없다. 그런 의미에서 희곡의 구조는 매우 치밀해야 한다. 일반적으로 희곡의 구조는 3부구조 혹은 5부구조로 나누어서 말한다.

그럼 희극적 구조란 무엇인가? 다른 말로 표현하면 "우리에게 웃음을 주는 구조란 어떤 것인가?" 하는 것이다.

먼저 <病者三人>의 구조는 반복적 구조다. 구조라는 면에서 우리에게 분명하게 웃음을 주는 구조는 반복적인 구조다. 똑같은 말을 반복하면 우리는 웃게 된다. 평한 말도 계속 반복하면 우리는 웃게 된다.

<病者三人>에서는 계속해서 각각 새사람이 바보가 되는 장면이 세 번 반복해서 나온다. 처음에는 정필수가 귀머거리가 되는 장면이 나오고, 다음에는 하계순이 벙어리가 되는 장면이 나오고, 다음에는 박원청이 장님이 되는 장면이 나온다. 똑같은 모습의 병자는 아니지만 병자가 출현하는 모습의 반복이 웃음을 자아내게 한다.

그리고 정필수가 귀머거리가 되고, 하계순이 벙어리가 되고, 박원청이 장님이 될 때, 부인들이 정말로 귀머거리가 되고, 벙어리가 되고, 장님이 됐는지를 계속 반복해서 확인하는 장면과 계속 남자 행세를 하는 장면이다.

金 : 말을 어떻게 알아듣고 그리해. 이 편지가 보이지 아니하느냐 하는 말이오.
　　(소리를 지른다.)
朴 : 도무지 안 보이는데, 어디…… 하며 눈을 희번덕이고, 손으로 더듬더듬

하여 장님 모양을 짓는 다.

金 : 눈을 뜨고서도 이것 못 보아요.

朴 : 응. 눈은 떴어도 희미해서 도무지 보이지를 않네 그려. 별안간에 안질이
　　 났나, 원. 조금도 보이지 안는걸.

金 : 그러면 장님이로군.

朴 : 그렇지, 보이지 아니하니까 장님이지.

金 : 응, 그러면 그만 두시오. 전재 출납하는 일을 장님에게 맡겨둘 수는 없
　　 으니 회계는 보 지 마오. 내가 요전부터 어쩐지 속에 돈이 날마다 없어
　　 지더라니, 이상히 여겼더니, 모두 이 장님의 짓이로구면. 인제 장님이
　　 되었으니까 장님 행세를 해야지.

朴 : 장님 행세는 어찌 하는 것인가.[1]

인용문에서 보는 바와 같이 장님이나 귀머거리나 벙어리 행세를 한번하고
마는 것보다 여러번 함으로써 우리에게 웃음을 준다. 또 부인들이 남편에게 계
속 반복해서 귀머거리, 벙어리, 장님이라고 말함으로써 또한 우리에게 웃음을
준다.

다음으로 <孟進士宅慶事>를 보기로 하자. <孟進士宅慶事>는 1막이 3
장이고, 2막이 2장이어서 모두 5장으로 된 작품이다. <病者三人>이 4장으로
된데 비해 <孟進士宅慶事>는 5장으로 되어 있다. 5부구조는 일반적인 구조
이며, 안정된 구조이다. 그럼 어떤 구조적 요소가 <孟進士宅慶事>를 웃음을
주는 작품으로 되게 하는가?

첫째는 반전의 구조다. 반전은 우리에게 재미와 웃음을 준다. 이 작품에서 맹
진사의 교활한 계략은 몇 번의 반전을 겪는데, 김명정이 맹진사댁에 찾아와서
신랑될 사람이 절룩발이는 헛소문을 퍼뜨리어 맹진사가 당황하여 신부를 갑분
에서 입분으로 바뀌는 것과 실제로 신랑이 등장하였을 때 건장한 풍채의 미남

---

1) 조일재, <病者三人>, 현대문학 통권 137호, 66년 5월, 302쪽.

임이 밝혀지자 다시 상황을 반전시키려다가 실패하는 것이다. 상황이 어두운 것에서 밝은 것으로 반전시키려다가 실패하고 만다. 그러한 반전 과정을 통해 관객은 웃게 된다.

둘째는 패로디적인 구조다. 패로디는 고대 수사학에서부터 그 연원을 찾을 수 있는 것으로, 오늘날에는 미술, 문학, 연극 등에서 포스트모던한 예술 현상의 하나로 논해지기도 한다. 벤존슨은 "패로디, 원래의 작품보다 더 부조리하게 만드는 기적적인 힘을 가진 패로디"[2]라고 정의하고 있는데, 패로디가 가지고 있는 희극적인 요소를 강조한 정의를 하나 소개한다.

하나의 문학적 텍스트나 다른 예술적 대상을 가정적으로 재현하는 것으로 보통 코믹하다. ―「전형화(典型化)된 본질」의 재현, 다시 말해서 패로디는 이미 최초의 본질에 대한 독특한 재현으로 기정화된 하나의 전형화된 「본질」의 재현이다. 패로디적 재현은 모델의 관행을 드러내고 같은 메시지 안에 두 개의 기호를 공존시킴으로써 그 책략을 드러낸다.[3]

인용문에서도 보는 바와 같이 패로디는 일반적으로 희극성을 가지고 있다. 이근삼은 「演劇槪論」에서 패로디를 희극의 한 분야로 설명하고 있다.

희극에서 흔히 말하는 패로디(Parody)란 특정한 個人이나 특수한 어떤 藝術作品을 素材로 택하여 그 모순을 폭로하는 경우를 말한다. 그러나 패로디에서 취급하는 특정한 個人이나 어떤 특수한 作品 또는 事件은 觀客이 당장 알아차릴 수 있도록 명확히 나타나 있어야 그 재미가 더해진다. 패로디는 誇張, 轉倒를 그 특색으로 한다.[4]

---

2) 린다허천 著, 김상구 · 윤예복 譯, 『패로디 이론』, 문예출판사, 51쪽.
3) 같은 책, 82쪽.
4) 이근삼, 『演劇槪論』, 범서출판사, 1984, 106쪽.

<孟進士宅慶事>의 제재와 전래 민담과 관련하여 여러 가지 연구가 있었다. 뱀서방 이야기와 관련하여 권오만의 연구가 있었고, 서연호는 딸 팔아먹은 아비의 민담과 같은 구조임을 주목하여야 한다고 주장하기도 했고, 윤일수는 바꿔치기 혼인 설화와 대비하여 연구한 바를 발표한 적도 있다. <孟進士宅慶事>의 모체가 된 이야기가 어떤 것이라 해도, 이 작품이 패로디적 구조를 가지고 있음은 분명하다. 그런 의미에서 우리에게 웃음을 구조임을 알 수 있으나, 이근삼이 지적하고 있는 것 같이 독자나 관객이 분명하고 쉽게 이해할 수 있을 때 웃음을 줄 수 있다고 생각한다.

다음으로 이근삼의 <원고지>를 보기로 하자. <원고지>는 1960년에 발표된 단막극이다. 짧은 작품이고, 탁월한 기법을 이용하고 있는 작품은 아니지만, 현대인과 현대 가정의 한 단면을 잘 보여주고 있다.

이 작품의 희극적 구조로서의 첫 번째 특징은 이중적 구조라고 생각한다. 작품의 부분들은 희극적으로 꾸며져 있지만, 전체는 인생의 비극적인 면을 보여주고 있는 작품이다. 어떤 의미에서 "비극의 가면을 쓴 희극"[5]이라고 말할 수 있다고 생각한다.

이 작품은 이중적 구조를 가지고 있기 때문인지, 대사들이 희극적으로 생각되기도 하고, 비극적으로 느껴지기도 한다. 예를 들면, 장남과 장녀가 말하는 "용돈, 교과서, 과자! 떡국, 만두국, 설농탕! 영화값, 연극값, 다방값! 교제비, 차비, 동창회비! 돈! 돈! 자신에 대한 책임! 자식에 대한 책임!"[6] 등의 말은 서글퍼 보이기도 하지만, 동시에 우리를 웃기는 말이기도 하다.

둘째로 우리가 이 작품에서 웃음을 웃게 되는 것은 반복적 구조 때문이다. 반복적 구조는 여러 곳에 나타나는 데, 다음에 인용한 부분도 그 예가 될 수 있을

---

5) 이현우, 비극의 가면을 쓴 희극, The Shakespeare Review, No. 22, 한국셰익스피어학회, Spring 1993, 23쪽.

6) 이근삼, <원고지>, 『한국희곡작품선집』(권순종, 손종훈 編), 중문출판사, 1991, 26 – 27쪽.

것이다. 이러한 반복적 기법은 정신없는 살아가는 교수의 모습을 묘사하는 데
도 사용되고 있다.

교수 : 그 곡 이름이 뭐지.

처 : 「찬란한 인생」이라나요.

교수 : 찬란한 인생이라. 찬란한 인생이 자꾸 되풀이 된다는 말이군.

처 : 그런가부죠. (교수가 소파 앞에 굴러있는 신문지를 짚어본다.)

교수 : (신문을 혼자 읽는다.) 참 비가 많이 왔군. 강원도쪽의 눈이 굉장한 모
    양인데 또 살인이야. 이번엔 두 살 난 애가 자기 애비를 죽였대. 참 짚
    차가 동대문을 들어 받아 동대문이 완전히 무너졌군. 짚차는 도망가
    버리구. 이것 봐, 내「개성을 잃은 노동자」라는 번역품이 착취사(搾
    取社)에서 다시 나왔어. 이씨가 또 당선됐군. 신경통에 듣는 한약이
    새로 나왔는데. 끔찍해라. 남편이 자기 아내한테 또 매맞는군. (처가
    신문지를 한 장 다시 접는다. 날짜를 보더니)

처 : 당신두 참, 그건 옛날 신문이예요. 오늘 것은 여기 있는데.

교수 : (보던 신문 날짜를 읽고)오라, 삼년 전 신문을 읽고 있었군. 오늘 신문
    이나 주시오. (오늘 신문을 받아가지고 다시 읽는다.) 참, 비가 많이
    왔군. 강원도 쪽에 눈이 굉장한 모양인데, 또 살인이야. 이번엔 두 살
    난 애가 자기 애비를 죽였대. 참, 짚차가 동대문을 들이받아 동대문이
    완전히 무너졌군. 짚차는 도망가 버리구. 이것 봐, 「개성을 잃은 노동
    자」라는 번역품이 악마사(惡魔社)에서 나왔어. 이씨가 또 당선됐군.
    신경통에 듣는 한약이 새로 나왔는데. 끔찍해라. 남편이 자기 아내한
    테 또 매 맞았군.

처 : 참, 세상도 무척 변했군요. 삼년 전만 해도 그런 일이 없었는데, 당신 피
    곤하시죠?

위의 장면은 교수의 서글픈 모습이기도 하지만, 반복적 기법으로 우리를 웃

기는 장면이기도 하다.

15-3. 인물(혹은 성격)의 희극성

인물의 희극성은 성격의 결함에서 온다. 인물의 성격적 결함이 여러 가지 어처구니없는 상황과 기대나 예상 밖의 일을 벌어지게 할 때, 관객들은 웃는다. 그러한 성격적 결함으로는 허영, 과욕, 착각, 과대망상, 성급함, 교만, 질투, 이기심 등을 예로 들 수 있다.

그럼 먼저 <病者三人>의 경우부터 보기로 하자.

<病者三人>에는 병자가 세명 등장하는데, 그들은 귀머거리 정필수와 벙어리 하계순과 장님인 박원청이다. 병자 새사람은 공통성이 있다. 그것은 모두들 부인에게 무시당하고, 구박받으며 살고 있다고 것이다. 그들이 구박받고 무시당하는 것은 작품에 나오는 단어를 이용하여 설명한다면, 우승열패의 원리에 따라 남자들이 여자의 명령에 따라 잘 모시면서 순종적으로 지내야 하는데, 남자들이 그렇게 하지 않기 때문이다. 그리고 남자들이 자신들을 병자라고 한 것은 병자라고 하면 부인들이 꼼짝 못하리라는 착각 즉 자기 자신들을 과대 평가하는 허영된 마음에서 생긴 것이라 생각한다. 그리고 세명의 여자들이 남편을 무시하는 것은 여자의 교만에서 나온 것이니, 그 교만을 계속 지키지 못하고 마지막에 헌병보조원이 남편을 잡아가겠다고 할 때, 자신들의 남편이라고 잡아가지 말라고 말함으로써 또한 웃음을 자아내게 한다.

결국 <病者三人>에서의 희극성은 세명의 여자들이 교만한 마음을 계속 유지하지 못하고 반전시킴으로써 웃음을 나오게 하고, 세명의 남자들은 자신들

을 높이 평가하는 과대망상이나 허영 때문에 독자나 관객의 웃음을 유도하게
되는 것이라고 생각한다.

다음으로 <孟進士宅慶事>를 보기로 하자.

희곡에는 여러 인물이 등장하지만, 한 사람의 이름이나 특성을 부각시키는
제목으로 된 작품이 많다. 춘향전, 심청전, 햄렛, 수전노 등과 같은 작품이다.
<孟進士宅慶事>의 경우도 이와 유사하다. 이 작품에는 많은 인물들이 등장
하지만, 핵심적인 인물은 맹진사다. 그런 의미에서 이 작품이 가지고 있는 희극
성도 맹진사에게서 주로 나오는 것이다.

맹진사는 허영과 욕심이 가득찬 인물이다. 맹진사는 進士라는 벼슬도 돈으
로 산 사람이고, 딸을 자기보다 신분이 높은 집에 며느리로 보냄으로 집안과 자
신의 신분 상승을 도모하려는 욕심과 허영에 찬 인물이다. 그래서 맹진사는 결
혼도 하기 전에 계속 "에헴! 난 말이야, 이제부터 말이야, 권세 높은 김판서 대
감의 사둔이야"7) 라고 뇌까린다.

孟進士라는 인물이 가지고 있는 희극성 즉 우리에게 웃음을 주는 것은 孟進
士의 허영에 찬 성격 때문에 불행해지거나, 자기 꾀에 자기가 넘어가 가슴을 치
는 모습이다.

孟進士는 신분 상승에 대한 욕심 때문에 돈으로 '進士'라는 벼슬을 사고도
모자라서 딸을 판서댁의 며느리로 시집을 보내 또 한번의 신분 상승을 시도한
다. 그러나 미언이가 절뚝발이라는 소문 앞에서 孟進士와 한씨 그리고 갑분의
마음은 또 다시 바뀐다. 그러나 그 때는 이미 시간적으로 늦어서 미언이는 바뀐
신부인 이뿐이와 결혼하게 된다. 그리고 孟進士와 한씨와 갑분이는 고통스러
워서 가슴을 친다.

---

7) 이근삼, 서연호 編, 孟進士宅慶事, 『吳泳鎭全集』1권, 범한서적주식회사, 1989, 9쪽.

우리는 허영과 욕심에 찬 孟進士의 성격이 벌이는 장면들을 보면서 웃게 된다. 孟進士는 자기의 꾀에 넘어가서 불행의 길을 자초한다. 어떤 의미에서 이 작품은 웃음을 수단으로 孟進士를 비판하는 작품이라고 말할 수도 있을 것이다.

다음으로 <원고지>에 등장하는 인물들을 살펴보다.

<원고지>에 등장하는 인물은 여러 명이다. 중년교수, 처, 장남, 장녀, 감독관, 천사 등이다. 그러나 중심인물은 중년교수다. 교수는 가정에서는 처, 장남, 장녀에게 압박을 받고, 외부에서는 감독관에게 압박을 받는다. 압박을 받는 모습이 측은하기도 하고, 우습기도 하다.

교수의 본분은 연구하고 가르치고 사회에 봉사하는 것이다. 그런데 이 작품의 주인공인 교수는 번역 일에만 열중한다. 다른 말로 돈을 벌기 위해 원고지의 칸을 채우는 일만 한다. 번역한 책을 아홉권이나 출간했다. 생각하기에 따라서는 번역이 연구에도 도움이 되고, 사회에 봉사하는 일이 될 수도 있다. 그러나 이 작품에 등장하는 교수에게는 번역은 돈을 벌기 위해 원고지의 칸을 매꾸는 작업이다. 그것은 본분을 망각한 일이여, 과욕이다.

교수는 창조적인 연구와 가르치는 일에 열중하며, 그 대가로 지불되는 돈으로 안분지족하며 살아야 한다. 지나친 욕심에서 나온 교수의 행위는 측은하다는 생각을 불러 일으키기도 하지만 이성을 가지고 자세히 살펴보면 웃기는 일이기도 하다. 그 웃음은 조롱 섞인 웃음일 수도 있고, 측은한 마음이 담긴 웃음일 수도 있다.

15-4. 희극적인 대사

희곡은 다른 문학 장르와는 달리 대사로 이루어진 문학이다. 지문이 있기는 하지만, 주를 이루는 것은 대사다. 희곡의 대사는 일반적인 말의 기능 외에도 인물의 성격을 구축하고 사건을 진행시켜 새로운 국면을 여는 계기를 내포하고 있다.

그럼 어떤 대사가 희극성이 있는 것인가? 웃음을 자아내게 하는 대사는 위트가 있는 대사이거나, 아이러니, 풍자, 동음이의어, 반복어 등을 가진 대사다. 그 외에 기대 밖의 말이나 음담패설 같은 것을 들 수 있다. 그러나 희곡의 대사만으로는 간단히 희극성이 있다거나 없다고 말하기를 힘들다. 왜냐하면 희곡의 대사는 대사만으로 웃길 수 있는 것이 아니고, 최후의 실제적인 웃음은 연출가가 배우에 의해서 만들어지기 때문이다.

그럼 먼저 <病者三人>을 보기로 하자.

<病者三人>에서는 세 남자가 위기에 몰리는 상황이 자주 나오므로, 그러한 상황을 모면하기 위한 위트있는 말이나 기대 밖의 예상치 못한 말들이 자주 보인다.

鄭 : 응, 업동어멈인가. 오늘은 우리 마누라란 사람이 학교에 가서 입대까지 아니 오네그려. 그래서 할 수 없이 지금 내가 밥짓는 연습을 하고 있는 중일세.[8]

鄭 : 응, 나 하는 일 말인가. 내 사무야말로, 참 대단히 분주하지. 안팎에 쓰레질도 하고, 찻물도 끓 이고, 손이 오면, 명함도 전하여 주고, 이 사람 저 사람의 심부름도 대신하여주고, 한 두 가지가 아니지. 내 사무같이 분주할까, 도트러 말하면, 내 사무는 위생과 외교내치(外交內治)를 겸한것이지.

---

8) 조일재, 같은 책, 289쪽.

業 : 아이고 무슨 사무가 그리 야단스러워요. 그러면 그 학교 하인이요구려.
　　　다른 것이 무엇 있나요.[9]

　그리고 풍자적인 단어들이 있다. 예를 들면, 벙어리, 귀머거리, 장님 등이다. 벙어리, 귀머거리, 장님의 의미는 옛날 한국의 여성이나 일제하에서 벙어리, 귀머거리, 장님처럼 사는 한국인을 의미하는 것으로 생각한다. 그러나 범위를 좁혀서 말한다면, 옛날 시집살이를 하던 여인들이 벙어리 노릇 삼년, 귀머거리 노릇 삼년, 장님 노릇 삼년을 하면서 지낸 것과 같이 남자 세명이 여자의 역할을 옛날 여자들 같이 하면서 사는 것을 풍자한 말이라고 생각한다.
　다음으로 <孟進士宅慶事>를 보기로 하자.
　<孟進士宅慶事>는 대사도 웃기는 것도 많지만, 특히 절름발이나 맹진사, 맹노인의 연기를 통해 더 웃음을 많이 준 작품이다. 대사도 매우 재미있어 작품을 읽다가 웃게도 된다. 가장 먼저 눈에 띄는 것은 말의 반복이다. 맹진사의 대사 가운데 반복적인 대사가 많다.

孟進士 : 얘! 아무도 없느냐, 아무도 없어? 헛! 내가 어떤 길을 다녀왔다구 쥐새끼
　　　　　한 마리 얼씬 않 느냐. (삼돌이 안에서 나온다.)
삼 돌 : 에그 나리마님, 어느새 당겨오셨군요.
孟進士 : 에끼 이눔…… 그래…… 마님 계시냐?
삼 돌 : 네, 가셨던 일 어찌나 되셨나 그렇잖어두 안절부절……
孟進士 : 안절부절은 왜? 그런 걱정말구 냉큼 나오시라고 그래.[10]

　‘아무도’, ‘안절부절’ 등의 단어가 계속 반복된다.
　孟노인은 귀가 제대로 들리지 않고, 상황의 변화를 잘 몰라 엉뚱한 소리를

<hr>

9) 앞의 책, 290쪽.
10) 이근삼, 서연호 編, 앞의 책, 9쪽.

한다. 귀가 제대로 들리지 않아 기대 밖의 엉뚱한 말을 한다.

맹노인 : 갑분이?

孟進士 : 아버지 손녀 말씀이어여. 벌써 열여덟인데 어디다 줘야 허지 않겠습니까?

맹노인 : 열여덟 살…… 여 그년이 어느새

孟進士 : 어떨까요? 김판서 자제하구요!

맹효원, 孟進士 : (동시에) 도라지골 김판서 자제요.

--------중략--------

孟進士 : 아버지, 혼사에 부족이 없다구 여기는데요.

맹노인 : 혼사라, (삭막하다가)…… 누, 누구의 혼사던가.

맹효원 : 가분이허구 말씀이에요.

맹노인 : 오라! 갑분이 갑분이가 누구든가?

孟進士 : 어이구! 아버지 손녀! 제 딸 갑분이!

맹노인 : 오 - 라.

맹효원 : 형님 생각이 어떠십니까. 김판서 댁이어요. 우리 갑분이허구.

맹노인 : 오라 김판서 허구…… 다시 이를 자리냐. 훌륭하다뿐야. 헌데 애들아, 거
　　　　나이가 너무 틀리지 않겠느냐.11)

맹노인이 상황의 변화를 몰라 엉뚱한 말을 하는 장면을 인용한다.

맹노인 : 듣자하니 이 부랑당같이, 아껴 기른 무담독녀 외동 손녀를 절뚝바리에게
　　　　주다니 그나마 이 목이 부실한 나를 속여가며! 이럴 땐 필유곡절이야. 이
　　　　불측한 놈들! 이실직고 해라. 돈에 팔렸느냐, 논밭에 팔려 그랬느냐 말해
　　　　라. (일동 꼼짝 못한다.)

---

11) 같은 책, 13쪽.

맹진사 : 아버님, 그런게 아니에요.

맹노인 : 안된다, 못한다. 이놈 태랑아! 안된다면 안되어. 그 놈 좀 내놔라. 그 병신
　　　　사위놈 내가 한 번 봐야겠다. (대청 앞으로 가서 처다보며 무턱대고) 어떤
　　　　놈이야. 엑기 이 뻔뻔스런 놈, 그 병신 주제꼴에 언감생심도 유만부동이
　　　　지. 내 집에 장가를 들어오다니 이 멀쩡한 놈 아.[12]

다음으로 <원고지>를 보도록 하자.

<원고지>에서 희극성이라는 면에서 두드러지게 눈에 보이는 언어 현상은
상징성을 부여하여 인위적으로 만든 단어와 동음이의어이다.

먼저 상징적인 단어들을 보면, 착취사(搾取社), 악마사(惡魔社), 일요일, 국
경일(國慶日), 금용일, 찬란한 인생, 자존심의 문제, 예술에 있어서의 창조성,
검둥이와 미녀, 어떤 여자의 고백 등이다.

착취사와 악마사는 문자 그대로 교수를 착취하는 악마와 같은 출판사이고,
일요일은 일하는 날이고, 금요일은 돈(金)을 벌어야 하는 날이고, 국경일은 남
들은 놀지만 교수는 일해야 하는 날을 의미하는 것 같다.

'찬란한 인생'은 역설적으로 우리의 인생은 찬란하지 않다는 의미 같고, '자
존심의 문제'는 현대인은 자존심이 없다는 의미 같고, '예술에 있어서의 창조
성'은 현대예술은 창조성이 없다는 것 같고, '검둥이와 미녀'는 현대인은 어울
리지 않는 존재끼리 산다는 것 같고, '어떤 여자의 고백'은 어떤 여자도 변명할
말은 있다는 의미 같다.

둘째로 동음이의어로는 사고와 사고(事故)가 있다. 앞의 사고는 漢字를 사
용하고 있지 않지만 思考를 의미하고, 뒤의 사고는 事故를 의미한다.

---

12) 같은 책, 47 − 48쪽.

15-5. 제목의 상징성과 희극성

모든 예술작품을 창작하는 과정에서 제목을 정하는 일은 매우 중요하다고 생각한다. 왜냐하면, 때때로 제목은 작품의 주제나 내용을 이야기하기도 하고, 작품 전체에 대한 이미지를 상징적으로 요약한 것이기 때문이다. 그런데 本考가 연구 대상으로 삼은 세 작품은 모두 매우 인상적이고 많은 의미가 담긴 것으로 생각된다.

병자삼인이라는 제목은 작품의 제대를 말해주면서 남성들을 병자로 풍자하고 있다. 다른 말로하면 남자는 여자 위에 군림해야 한다는 것이다. 여자가 남자 위에 군림하면 이 작품에서 처럼 보기 흉한 모습의 가정이 된다는 것이다.

그럼 병자 세사람은 누구인가? 벙어리, 귀머거리, 장님 등이다. 그럼 왜 벙어리, 귀머거리, 장님인가? 그것은 옛날 한국의 여인들이 시집가서 벙어리, 귀머거리, 장님 노릇을 하면서 시집살이 하던 것을 상징적으로 의미하는 것이라고 생각한다. 그리고 앞에서도 언급한 바와 같이 의미를 좀더 확장한다면, 일제하에서 살던 한국인 모두를 의미한다고 볼 수도 있으리라 생각한다.

<孟進士宅慶事>라는 제목은 孟進士와 慶事라는 두 개의 단어로 나누어서 생각할 수 있다.

孟進士는 욕심이 많고 허영에 찬 인간이다. 이 작품은 孟進士를 자식의 결혼을 통해 신분 상승을 노리는 욕심쟁이이며 이기주의자로 그리고 있다. 그런데 문제는 맹진사가 바로 우리들 자신의 모습이라는 데 있다. 그런 의미에서 작가는 작품을 통해 맹진사를 욕심이 많고 허영에 찬 상징적 존재로 만들고, 孟進士라는 인물을 통하여 우리 자신들의 모습을 풍자하고 있는 것이다.

'慶事'는 하나의 역설이다. 孟進士에게는 경사가 아니라 흉사다. 그러나 이뿐이에게는 경사다. 한 사람에게 흉사가 다른 사람에게는 경사일 수 있는 것이 이 세상사다.

<원고지>에의 원고지는 교수가 돈을 벌게 해주는 대상이기도 하며, 외형적으로는 그물망처럼 마의 형태이기도 하다. 돈을 버는 곳이 죽는 모퉁이라는 말이 있는 것 같이 교수가 돈을 벌 수 있는 곳인 원고지가 교수를 죽이는 것이기도 하다. 창조적 연구와 학생들을 가르치는 것을 게을리 하고 번역 작업으로 원고지의 칸이나 채우면서 지낸다면 그것은 자살 행위다. 이 작품에서 교수는 원고지처럼 생긴 그물에 잡힌 생선과 같은 존재다. 원고지라는 그물에 잡힌 교수는 죽지 못해 살면서, 그물 속의 물고기처럼 죽는 날만 기다리는 존재인지 모른다.

15-6 〈원고지〉의 禪學的 희극성

禪學的 희극성의 핵심은 分別心과 차별심을 갖지 않는 것과 어떤 상황에서도 平常心을 유지하는가 못하는가를 점검하는 것이다. 분별심을 갈거나 화를 내는 것이 우리는 웃기기 때문이다. 그러나 연극대본 즉 희곡작품을 '분별심'과 '차별심'을 갖지 말라는 관점에서 분석하는 데는 어려움이 있다. 왜냐하면 연극을 이끌어가는 것이 두 대립되는 존재 사이의 갈등이기 때문이다. 희곡작품을 분석하는 경우에는 어떤 존재와 어떤 존재 사이의 갈등인지를 정확히 이해하여야 한다. 中道적으로 자기 나름대로의 존엄성과 가치를 가진 인간이나 집단 혹은 사상이나 이념 사이의 갈등인지 아니면 좋은 자와 나쁜 자 혹은 옳은 자와 잘못한 자 등 사이의 갈등인지를 분명히 알아야 한다. 분별심과 차별심을 가진 좋은 자와 나쁜 자의 갈등은 T.V.드라마와 같은 멜로드라마에 존재하는 갈등이기 때문이다. 그러나 禪學的 희극성의 입장에서 보면, 분별심을 갖는 것은 모두가 독자를 웃기는 것이다.

禪佛敎와 禪學의 입장에서 볼 때, 희곡작품의 바람직한 갈등은 분별심과 차별심 없이 존귀한 가치를 지닌 개인이나 집단 사이에 존재하는 갈등이어야 한다고 생각한다. 예를 들어, 브레히트의 <코카시아의 백묵원>에서 보면 두 가지 갈등이 존재한다. 코카시아 지방에서 태어난 사람이 "코카시아를 고향이라고 말할 자격이 있는가 아니면 코카시아 지방을 발전시킨 사람이 코카시아를 고향이라고 말할 자격이 있는 것인가" 하는 것이고, 또 하나의 갈등은 '어머니'라는 단어의 의미에 대한 것이다. 생모가 어머니라고 말할 자격이 있는 것인가 아니면 어린아이를 키운 사람이 어머니라고 말할 자격이 있는 것인가 하는 것이다. 여기서 어떤 사람도 나쁜 사람이거나 좋은 사람이 아니다. 모두가 자기 나름대로의 존귀함과 가치를 지닌 사람이다. 두 종류의 인간들 사이의 갈등은 좋은 사람들과 나쁜 사람들 사이의 갈등이 아니라 자기 나름대로의 존귀함과 가치를 가진 사람들 사이의 갈등이다. 누구의 주장에 동의할 것인가 하는 것은 관객의 몫이다. 그러나 모든 사람을 자기 나름대로의 가치를 가진 존재로 보는 것은 분별심을 갖는 존재로 보는 것이 아니지만 독자에게 둘 중에 한 쪽편에 설 것을 요구한다면, 분별심을 갖도록 하는 것이 될 것이다. 禪學的 희극성의 입장에서 보면 그 것도 우리를 웃기는 것이 될 것이다.

이근삼은 <원고지>에서는 은근히 좋은 사람과 나쁜 사람으로 구별하려고 노력하고 있다. 가족을 위해서 자신을 희생하여 여러 곳에 강사로 나가기도 하고, 돈을 더 벌기 위해 하기 싫은 번역을 하는 아버지를 좋은 사람으로 설정하고, 나머지 사람들을 상대적으로 나쁜 사람으로 설정하고 있다.

"분별심과 차별심을 갖지 말라"라는 관점에서 볼 때, 작가가 작중 인물들을 나쁜 사람과 좋은 사람으로 구분하는 것은 바람직한 일이 아니다. 왜냐하면 선불교와 선학의 입장에서 볼 때, 모든 사람들은 제 나름대로의 가치를 가진 귀중한 존재이기 때문이다. 작가는 아버지는 가족을 위해 희생하는 착하고 좋은 사람으로, 어머니와 아들과 딸은 아버지에게 힘든 일을 시켜 평안히 지내는 나쁜 사람으로 설정하고 있다. 다시 말하지만 '분별심'이라는 관점에서 볼 때, 등장인물을 좋은 사람과 나쁜 사람이라는 두 종류의 인간으로 나누어 인물을 설정하는 것은 좋지 않다.혹자는 연극의 핵심이 갈등이기 때문에 어쩔 수 없는 것이라고 말할는지 모른다. 그러나 선불교와 선학의 입장에서 본 바람직한 갈등은 좋은 인간과 나쁜 인간 사이에 존재하는 것이 아니라 자기 나름대로의 귀중함과 가치를 갖는 인간이나 상황 사이의 갈등이다. 외형적인 모습을 중심으로 분별하여 좋은 인물과 나쁜 인물을 설정하는 것은 바람직한 일이 아니라고 생각한다. 왜냐하면 선한 자와 악한자의 갈등은 독자나 시청자가 선한 자의 승리라는 답을 미리 만들어 갖게 되고, 작가에게 그런 결론을 강요하게 되어 작품이 결국 멜로물로 될 수밖에 없기 때문이다.

그리고 禪學的 희극성의 입장에서 보면, 좋은 사람과 나쁜 사람으로 나누는 것은 웃기는 일이다. 왜냐하면 선불교의 입장에서 보면 우주의 삼라만상은 진리이고 정의이고 옳은 존재이기 때문에 나쁜 사람과 좋은 사람으로 나누는 것은 웃기는 일이다. 필자는 이렇게 분별심을 가지고 세상을 보고 말하는 것이 禪學的 입장에서 보면 우리를 웃기는 것임으로 喜劇이라고 부르고자 한다.

어떤 의미에서 보면 세상사는 모두 분별하는 일로 채워져 있다. 그리고 우리가 어려서부터 받은 교육은 세상의 옳고 그른 것을 분별하는 것이었다고 말할 수 있다. 우리는 어려서부터 공부를 잘 하는 학생과 못하는 학생, 키가 큰 학생과 작은 학생, 이쁜 학생과 미운 학생으로 구분되어 왔다. 그러나 禪學이 주장하는 中道의 입장에서 보면, 공부를 잘 하고 못하는 학생이 있는 것이 아니고 우리는 모두가 자기에게 알맞은 수준으로 공부하고 있으며, 키가 크고 작은 학생이 있는 것이 아니고 우리 모두는 자기에게 알맞은 키를 갖고 있는 것이며, 이쁘고 미운 학생이 있는 것이 아니고 우리 모두는 자기에게 알맞은 아름다움을 갖고 있는 것이다. 그러므로 분별심을 갖는 것은 깨침의 경지에 들어간 사람이라고 볼 수 없는 것이다. 그렇다고 분별심이라는 것이 따로 있는 것으로 생각하고, 분별심에 집착하면 그 것도 본분사의 경지가 아닐 것이다.

막이 오르면 장녀는 무대에 올라 아버지에 대해 소개한다. 아버지를 타 대학

출강과 번역으로 돈을 잘 버는 감정도 생각도 없는 돈 만드는 기계로 소개한다. 그리고 어머니는 퇴근한 아버지의 주머니와 가방을 뒤져 돈을 찾아내는 돈밖에 모르는 여인으로 소개한다.

장녀는 자기와 남동생은 책임감 있는 그런 아버지를 두어 물질적으로 부족하지 않게 행복하게 잘 살아가고 있다고 말한다. 장남은 아버지가 피곤을 풀기 위해 축음기를 틀라고 하니 시끄러운 음악을 틀어 아버지를 피곤하게 만든다. 또한 장남은 늦게 일어나는 게으른 사람으로, 어머니에게 명령조로 잠바, 마후라! 등을 외치면서 갖다 달라고 요구하는 불량한 존재다. 아들 뿐이 아니다. 딸도 부모에게 요구만하는 장녀다.

아들과 딸을 시끄러운 음악이나 틀고, 어머니에게 "잠바, 마후라!"라고 외치는 나쁜 존재로 분별하여 보는 것도 웃기는 일이다. 아들과 딸이 그러는 것은 부모가 어렸을 때부터 그렇게 교육했기 때문이다. 연기론적으로 볼 때 존재할 것이 존재하는 것임으로 좋지 못한 젊은이로 보는 것은 웃기는 일이다.

교수는 철쇄를 차고 사는 존재다. 늘 책임 속에서 산다. 감독관에게 그리고 아내에게 늘 번역에 대해 독촉을 받고 산다. 철쇄를 풀고 편안한 마음으로 있으면, 아내는 교수에게 다시 철쇄를 감아준다. 그리고는 "빨리! 빨리!"라고 독촉한다.

교수와 함께 선한 존재로 등장하는 인물은 천사다. 천사는 교수가 옛날에 가졌던 이상적인 인간형이다. 천사는 교수의 소망이며 꿈이었다. 교수가 천사에게 당신은 왜 나를 버렸느냐고 묻자, 천사는 당신이 나를 버렸다고 말하면서, 교수를 돕고 싶다고 말한다. 그러나 교수는 천사의 도움을 받아들이지 못하고 현실적으로 어려워 허우적거리기만 한다. 또 다시 감독관이 원고는 언제 쓰느냐고 외쳐댄다.

'천사'라는 존재의 설정도 禪學的 희극성이 입장에서 보면, 웃기는 것이 될 수 있다. 왜냐하면 우주의 삼라만상이 부처이고 진리이고 완전자라면, 우리 모두가 절대자이고 완벽한 존재인데 우리를 천사와 천사가 아닌 자로 분별하는 것은 웃기는 일이라고 생각하기 때문이다. 禪學的 입장에서 본다면, 우리 모두를 천사라고 볼 수 있을 것이다.

마지막 장면은 교수가 밤을 새워 번역을 하다가 책상에 쓰러져 잠든 후에 아침을 맞이하는 장면이다. 아버지는 딸이 갖다 준 영자신문을 번역해야 되는 것인 줄 알고, 번역을 하려다 오늘 신문임을 알고 그만둔다. 아버지는 아침 여덟 시에 출근을 하고, 장남과 장녀는 돈보따리를 가지고 들어오는 어머니를 기다린다. 집에 들어 온 어머니는 두 자식에게 돈을 나누어 주고, 감독관에게 "연탄준비! 김장거리! 빨래감!"하는 독촉을 받으면서 작품은 끝난다.

禪學的 희극성의 입장에서 보면, 다음과 같은 몇 가지 요소들이 독자나 연극의 관객에게 웃음을 준다고 생각한다.

첫째로 분별심과 차별심을 갖지 말라는 입장에서 보면, 좋은 사람과 나쁜 사람으로 나누는 것이 우리를 웃긴다고 생각한다. 선불교적으로 볼 때, 모든 사람은 연기론적으로 존재할 수밖에 없는 인물로 존재하기 때문에 나쁜 사람도 좋은 사람도 없다. 모두가 귀중하고 가치 있는 적합하고 알맞은 시간과 공간에 존재하는 사람이다. 「원고지」라는 작품은 좋은 사람과 나쁜 사람 사이의 갈등이 아니라 귀중하고 가치있는 사람들사이의 갈등을 다루어야 했다고 생각한다.

둘째로 평상심의 유지라는 관점에서 보면, 작중 인물들이 평상심을 유지하지 못하고, 화를 내거나 불만을 토로하는 것이 우리를 웃긴다고 생각한다. 장남은 밥 세끼도 못 먹이고, 학비도 제대로 못 주는 부모들이 아들 딸이 결혼 할 때가 되면 아주 귀찮게 간섭을 한다고 불만을 토로한다. 불만을 토로할 일이 아니다. 자식을 사랑하는 부모의 마음에서 나온 말이니 불만스럽게 들을 말이 아니다.

교수도 화를 낸다. 아내가 출판사 사람을 만났느냐고 추궁하기 때문이다. 여러 대화에서 교수가 화를 내는 장면이 나온다. 禪學的으로 볼 때, 교수가 뿌린 씨를 교수가 거두는 것인데, 화를 낼 이유가 없는 것이 아닌가?

또는 아들이 틀어주는 음악소리를 시끄럽다고 손으로 귀를 막기도 하고, 그만 틀으라고 손을 흔들기도 한다. 불만스러워할 일이 아니다. 자신이 직접 축음기에 가서 자기가 고른 판을 올려놓은 것이 아니고 아들을 시켰기 때문에 온 결과인데 불만스러워 할 이유가 없다고 생각한다. 기성세대와 젊은 세대 사이에 좋아하는 음악의 차이가 있는 것은 당연한 것이다. 부모와 자식 간의 그리고 부부간의 의견 대립이나 갈등으로 화내는 장면이 선불교의 입장에서 보면 웃음을 자아낸다고 말할 수 있을 것이다.

그리고 禪學的 입장에서 보면 우주의 삼라만상이 진리이기 때문에 모든 소리는 法音이며 진리의 소리고 아름다운 음악이다. 누가 말하는 소리도 法音이며 진리의 소리다. 스님의 말도, 목사의 말도, 지나가는 개의 소리도, 새의 소리도, 접시가깨지는 소리도 모두가 진리의 소리다. 젊은이가 좋아하는 음악소리도 진리의 소리다. 시끄러운 음악으로 분별하여 생각하는 것도 웃기는 일이다.

세상에 완벽한 문학연구방법은 없다. 모든 방법들이 자기 나름대로의 문제점을 가지고 있다. 역사주의 비평의 방법은 의도적 오류를 가지고 있으며, 형식주의비평의 방법은 존재론적 오류를 가지고 있다. 자기가 좋아하는 방법들을 선택하여 연구할 때는 선택적 오류가 생기며, 가능한 모든 방법을 사용하여 문학작품을 비평하거나 연구할 때는 소모적 오류가 생기기도 한다.

禪學的 희극성의 방법도 많은 문제점이 있다고 생각한다. 선불교라는 특이한 종교내지는 사상체계에 공감하지 못할 수도 있다. 유치원 때부터 대학을 졸업할 때까지 학교에서 선과 악, 홀륭함과 비속함, 공부를 잘 하는 것과 못하는 것, 성공과 실패 등 항상 분별하여 좋은 것을 택해야 성공해야 한다고 배웠는데, 분별심을 갖지 않는 것이 깨침의 출발점이라고 말하니, 동의하기 힘든 때가 있을 것이다.

그리고 우리는 일상적인 삶 속에서 늘 화를 내기도 하고, 큰 소리를 지르기도 하고, 싸우고 미워하기도 하는데, 선불교는 우리에게 세상에는 화를 낼 일도 없고, 모든 소리는 진리이며 음악이라고 말하며, 세상의 모든 일은 내 탓이기 때문에 우리에게 잘못하는 사람이 없어 용서할 사람도 사랑할 원수도 없다고 가르친다. 이러한 내용에 당황할 사람들도 있을 것이다. 선불교는 종교이기도 하지만, 철학적인 면이 강하다. 선불교의 사상을 이용한 禪學的 희극성의 방법으로 문학작품을 연구하는 것은 작가의 전체적 의도를 이해하는 데 큰 도움이 안 되는 경우도 있겠지만, 작품의 한 단면을 이해하는 데 도움이 되리라 생각한다.

또 다른 문제는 그럼 비극이란 무엇인가 하는 문제다. 비극에 대한 정의도 무수히 많이 있지만, 간단히 정리한다면, "비극은 여러 가지 형태의 보다 깊은 자기 인식의 과정을 통해 보다 나은 인간으로 승화될 수 있다는 가능성과 자신을 주며, 동시에 우리에게 생명의 귀중함을 깨치게 해 주는 것"이라고 생각한다.

禪學的 희극성이라는 관점에서 볼 때, 그럼 어떤 작품이 비극인가? 본고의 목적이 비극에 대해 규명하는 것이 아니라 간단히 설명한다면, 선시와 오도송 그리고 열반송 같은 것이라고 생각한다.

한 가지 예를 들어 성철 스님의 열반송을 가지고 생각해 보자. 성철 스님의 열반송은 다음과 같다.

일생동안 남녀의 무리를 속여서
하늘에 넘치는 죄업은 수미산을 지나친다.
산채로 무간지옥에 떨어져서 그 한이 만 갈래나 되는데
둥근 한 수레바퀴 붉음을 내뿜으며 푸른 산에 걸렸도다.

이 시의 뜻은 과연 무엇인가? 성철 스님은 왜 자신이 무간지옥에 빠질 정도의 죄를 지었다고 말하는 것인가? 이 글의 뜻을 알고 나면, 우리는 비극의 정의에서 흔히 말하는 것처럼 자아에 대한 인식이 새로워지고, 자신이 살아갈 삶의 세계가 더 넓어지리라 생각한다. 우리 생명의 귀중함에 대한 더 깊은 인식을 통해 보다 나은 인간으로 승화될 수 있을 것이다.

15-7. 결론

본 연구는 「病者三人」, 「孟進士宅慶事」, 「원고지」등에 나타난 희극성에 대해 고찰했다. 세 작품이 한국근대희곡 작품들을 대표하는 것은 아니지만, 세 작품이 갖고 있는 희극성이 한국근대희곡 작품들에 나타나 있는 희극성의 일부를 이룰 수 있다고 생각한다. 세 작품에 나타난 몇 가지 희극성의 특성을 기술함으로 결론에 대신하고자 한다.

첫째로 세 작품에 나타난 희극성의 가장 큰 특징은 반복적 기법의 사용이다.

우리에게 웃음을 주는 몇가지 원인 중에 '반복적 기법'은 상당히 중요한 기법 중에 하나다. 아무리 대수롭지 않은 말이나 문장도 이야기 도중 간혹 섞어서 여러번 반복해서 나오면 사람들은 웃게 된다. 그것은 앞에서 언급한 '무의식적인 기계화'에 해당하는 것이라고 생각한다.

둘째로 작중인물의 성격적인 결함이 독자나 관객에게 웃음을 준다는 것이다. 다른 말로 해서 성격 희극적 양태가 있다는 말이다. 대표적인 작품으로 「孟進士宅慶事」를 들고 싶다.

셋째로 한국근대희곡의 희극성의 특성은 사회 비판내지는 풍자성에 기인한다는 것이다.

한국근대사는 수난과 고통의 역사였다. 가난을 극복하는 역사였으며, 민주화를 위한 투쟁의 역사였다. 동시에 부정부패의 역사이기도 하다. 그래서 작가들은 사회와 역사의 문제를 많이 다루고 있다. 그런 의미에서 「病者三人」과 같이 웃음을 통해 사회를 비판하고 풍자하는 작품은 많으리라 생각한다.

넷째로 「원고지」와 같이 비극적 구조와 희극적 구조가 혼합되어 있는 이중적 구조를 가진 작품이 많으리라 생각한다. 비극 속에 희극이 들어있는 것인가, 아니면 희극 속에 비극이 들어있는 것인가는 논란의 대상이 될 수 있다. 앞에서 언급한 바와 같이 비극의 가면을 쓴 희극이라고 보는 것이 옳다고 생각한다. 노드롭 · 프라이가 희극 속의 비극 즉 Tregi - Comedy라고 말하는 것과 유사한 것이라고 생각한다.

다섯째로 세 작품이 우리에게 웃음을 주는 기법으로 위트나 기대 밖의 말, 그리고 동음이의어 등을 생각할 수 있겠다. 특히 위트나 기대 밖의 말들은 우리의 일상생활 속에서도 웃음을 주는 것이다. 일반적인 대중매체에 나오는 웃기는 이야기들은 상당수가 기대 밖의 말을 통해 온다는 것을 알 수 있다.

그 외 음담패설 같은 것이 우리에게 웃음을 주나 실제로 한국근대희곡 작품에서는 자주 보이지 않는다. 그런 현상은 한국사회의 보수성을 보여주는 일단이 아닌가 생각한다.

그리고 남은 문제로는 본 연구를 통해 필자는 한국근대희곡의 희극성 문제는 단지 문학적인 지식만으로 이루어질 수 있는 연구가 아님을 알 수 있었다. 희극성에 대한 연구는 철학, 심리학, 생물학 등의 견지에서 다각적으로 이루어지고 있음을 알 수 있었다. 좀더 광범위하고 깊은 연구를 통해 한국문학의 희극성 문제를 규명하는 것이 남은 문제라고 생각한다.

16장 결론과 남은 문제

 필자는 한국희곡에 나타난 희극성에 대한 연구가 부분적으로는 이루어졌으나, 전면적으로 이루어지지 못한 점을 착안하여, 한국희곡의 희극성에 대해 통시적으로 고찰했다. 더불어 희극연구에 있어서의 연구방법론에 대한 연구가 부족함을 인식하고, 서양의 희극성에 대한 이론을 정리하고, 한국적 희극성의 개념으로 禪學的 희극성을 제시했다.

 한국희곡을 통시적으로 볼 수 있는 능력이 부족한 필자가 가면극·판소리·인형극 그리고 근대희곡에 대해 동시에 연구하다보니, 여러 가지 면에서 부족한 점도 나타났다. 그러나 부족한 대로 한국희곡의 희극성을 통시적으로 정리하면서, 희극작품과 그 작품의 여러 가지 배경에 대해서 생각하게 되었다.

 예술작품이 시대의 사상과 사회적 환경의 소산이라면, 희극도 마찬가지로 시대의 사상과 사회적 환경의 소산이라고 생각한다. 한국희극은 한국이라는 사회적 배경과 한국 사람들의 사상에 의해 생성되었다. 그러한 바탕에서 만들어진 한국희극은 다음과 같은 특성이 있다는 결론을 얻었다.

첫째, 한국희극은 성격희극의 성격이 강하다. 성격희극은 주인공의 욕심과 허영이 많은 웃음을 자아내게 하는데, 이런 작품들의 희극성은 주로 우월이론에 의해 설명될 수 있다는 것이다.

둘째, 한국희극은 사회비판의 성격이 강하다. 이러한 작품으로는 남녀평등의 문제를 다룬 작품들을 들 수 있을 것이다.

셋째, 한국고전희극은 민중성이 강하다.

넷째, 한국희극은 과장법을 많이 사용하고 있다.

다섯째, 한국의 고전희극에는 娛神의 성격이 있음을 알 수 있었다.

여섯째, 한국희극은 에로틱한 육담을 사용하여 웃기고 있다.

일곱째, 한국희극은 '똥'이나 '방귀'같은 비속어를 사용하여 웃기고 있다.

여덟째, 한국희극은 동음이의어를 사용하여 웃기고 있다.

아홉째, 한국희극은 반복기법을 사용하고 있다.

열 번째, 한국희극은 패로디를 사용하고 있다.

열한 번째, 한국희극의 대사 중에는 우리에게 웃음을 주는 위트나 기지가 사용되고 있는데, 이러한 작품들의 희극성은 불일치이론으로 설명될 수 있다.

열두 번째, 희극에서 성격을 중요시하는 작품의 희극성은 우월이론으로 설명이 되고, 희극의 대사를 중요시 하는 작품의 희극성은 불일치이론으로 설명됨을 알 수 있었다.

열세 번째, 禪學的 희극성의 입장에서 보면 대부분의 작품은 희극이다. 비극은 자신을 돌이켜 보고 자신의 부족함을 느껴 우리를 서글프게 만드는 선사들의 오도송이나 열반송이 될 것이다.

열네 번째, 禪學的 문학연구방법과 禪學的 희극성은 수용미학적 비평과 다원론적 미학 그리고 포스트모던니즘의 이론의 입장에서 보아도 연구방법론으로서의 타당성이 있다는 결론을 얻었다.

남은 문제로는 禪學的 문학연구방법의 입장에서 볼 때, 세상의 대부분의 작품이 희극이라면, 과연 비극은 무엇인가 하는 것이다. 앞에서 언급한 것과 같이 悟道頌이나 涅槃頌을 비극이라고 볼 수 있을 것이다. 우리는 오도송이나 열반송을 보면서 생의 진정한 모습을 보고 자기 자신이 누구인지 깨달을 수 있기 때문이다. 우리가 오도송이나 열반송을 읽으면서, 우리 자신이 無我의 존재임을 깨달을 때, 이 세상에서 생존경쟁을 하면서 서로 싸우고 비난하고 중상모략하고, 자기만 正義이고 바른 삶을 산다고 떠드는 인간들의 모습에서 비애를 느끼지 않을 수 없을 것이다. 우리는 오도송이나 열반송을 통해서 자신이 연기론적으로 완전자이며, 우주의 삼라만상이 완전자이고 모두가 한 몸이며 서로에게 스승이 된다는 것을 깨달을 때, 자기 자신에 대한 새로운 인식의 세계에 들어갈 수 있다. 그런 의미에서 오도송이나 열반송은 비극이라고 말할 수 있을 것이다.